Classic Literature

經典文學

潛藏在光芒的瞬間

莎士比亞戲劇故事集

Tales from Shakespeare

查爾斯・蘭姆、瑪麗・蘭姆 Charles and Mary Lamb 著
傅光明 譯

臺灣商務印書館

TALES FROM SHAKESPEARE

CHARLES & MARY LAMB

ILLUSTRATED BY
W. PAGET.

Tales from Shakespeare

by

Charles & Mary Lamb.

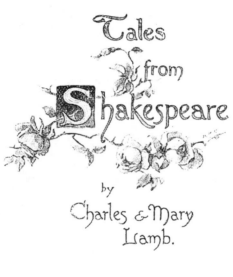

推薦序

請莎翁來家裡作客

韓秀

在倫敦，人們想念莎士比亞，便會來到泰晤士河畔的莎翁環形劇場（Globe Theatre）或站或坐，與數百年前的人們一樣，觀賞一齣原汁原味的莎翁戲劇。在華盛頓，人們會來到近國會山莊的莎士比亞圖書館和劇場（Folger Shakespeare Library），於是數百年的研究與保存盡收眼底。在雅典，藏書家們足不出戶，與書櫃裡精心收藏的各種版本的莎翁作品集對話，也是極大的樂趣。

莎士比亞的戲劇是不會衰老與過時的，無論時代如何變遷，科技如何進步。人性的善與惡早已被莎翁揣摩透徹，活靈活現地搬上了舞台，傳誦數百年。但是，戲劇是對話的藝術。故事的背景，情節的發展，人物的生平、性格、行為，以及人物之間關係的轉折，都需要觀眾從對話中去理解、去欣賞。莎翁時代的語言與現代的英文又是很不相同的。當然，莎翁是詩人，其戲劇語言是詩句，並非尋常百姓每天使用的大白話，雖然當初莎翁娛樂的對象多半是熱愛戲劇的普羅大眾。

於是，我們看到了一種隔閡，是語言的，也是舞台劇的。更重要的是，我們的舞台上並不常常有莎翁戲劇的演出。當我們看不到表演的時候，與莎翁對話的唯一途徑是閱讀劇本，英文本或者翻譯本。

閱讀劇本則需要充沛的想像力，需要一種將平面變成立體的能力，與閱讀小說之類的敘事文體大不相同。這就使得今天許多對莎翁有興趣的讀者又感覺到了一些難度。

愛因斯坦對時間的研究與眾不同，他不但知道時間是前行的，而且知道時間是會中斷的，是會倒流的，甚至是一個曲向自己的圓。換句話說，曾經在世界上發生過的悲喜劇都是會再重複發生的。時間會把一切的可能性一再地展示出來。這就使得後來的人們對於莎翁戲劇有著一種似曾相識的感覺。不錯，正是這微妙的感覺引領著人們一再地溫習莎翁透過優美的詩句所表現的世間百態、所蘊含的哲理。

時間是可以用鐘錶、日曆來計量的。時間也是無法度量的感覺。這無法度量的感覺，帶領著兩位英倫的寫手回到從前，瑪麗・蘭姆和她的弟弟查爾斯・蘭姆在十九世紀初將二十齣莎翁戲劇改寫成故事。兩三百年的時間在這兩支筆下成為一瞬。

天哪，查爾斯・蘭姆是誰？不就是《伊利亞隨筆》的作者嗎？不就是那大大有名的隨筆作家嗎？華文讀者對這位名家的隨筆作品可是熟悉得很，如詩的文字，雲淡風輕的敘述，那樣的熨貼，那樣的優雅。他和他的姊姊用講故事的方式來詮釋莎士比亞的喜劇與悲劇，將兩三百年前的舞台移到了一本故事書裡，縮短了十九世紀英文讀者與莎翁的距離。當年，這些故事讓讀者在莎翁之後的歲月裡，讀到莎翁之時語言的雋雅、飄逸。現如今，許多歐美的少年人便是從蘭姆姊弟的敘事中去親近莎士比亞的，待他們到了高中，便會迫不及待地閱讀莎翁劇本。然後，他們會走進劇場，觀賞那許多熟悉的場景，喃喃著那許多倒背如流的臺詞，與劇中人物同命運數小時。到了這些年輕人成為父母的時候，他們一定會記得為自己的子女早早備下蘭姆姊弟的這本美麗之書。就這樣，傳統與傳承便日復一日地形成了。

蘭姆姊弟的莎翁戲劇故事盡量地保存了莎翁詩句的時代風格。但是，人生是這樣的艱難，命運待這姊弟兩人實在是非常嚴酷的。在艱難的真實生活裡，他們卻保存了心境的昂揚。他們的書寫平和、舒緩、溫柔，帶著笑意。他們沒有憤怒，沒有抱怨命運的不公。他們只是互相扶持著，默默走完人生之路，將一切的愛意、溫暖、美好化作文字，留給後人，留給了我們。

對於華文讀者而言，哪怕幼稚園時代就進了雙語學校，英文還是外語，畢竟有著隔膜。好的譯文自然是大家所期待的。臺灣商務印書館的這本新譯莎翁戲劇故事出自一位勤奮、認真、熱忱的學人之手。很多年以前，傅光明博士看到這本書的中文譯本，就難以抑制要將這本精采的書再重新翻譯一次的衝動。繁忙的研究、寫作、編輯等等工作佔據了大量的時間，但是始終沒有讓他放棄將最為貼切的譯本貢獻給華文讀者的願望。

如果說，莎士比亞戲劇是一座充滿了詩意的宮殿在雲端閃亮，那麼，蘭姆姊弟的莎翁戲劇故事就是一座天橋，不但自身如同美麗的彩虹，更是提供了便利，給予人們走進宮殿一探堂奧的萬千可能性。

我們手中的這一本書，大大跨前一步，不但保存了莎翁的詩意，保存了蘭姆姊弟的溫婉、謙和，也發揚了現代華語自身的優勢，瀟灑自如、語帶詼諧，賞心悅目。於是，我們有了機會，請莎翁步出殿堂，來家裡作客，沏上一壺香茗，溫上一壺醇酒，與數百年前生活在另外一個語境中的詩人閒話家常。

目次

序言

這些故事是寫給年輕讀者閱讀的，可作為解讀莎士比亞的入門書。為此，書中盡可能使用莎士比亞自己的語言。即使是改編時所添加的詞語，也是字斟句酌，努力做到盡可能不損害莎士比亞那優美漂亮的英文，因此，我們也是盡量避免使用莎士比亞時代之後流行的語言。

以後，年輕讀者在讀到這些故事的原著時，將會發現：在悲劇故事的改寫方面，莎士比亞的語言並未經過太大的變動，就將莎士比亞的語言直接表現在故事的敘述或對話中；而在改寫喜劇故事時，發覺到幾乎無法將莎士比亞的語言改成敘述文字。因此，對不習慣戲劇形式的年輕讀者而言，對話恐怕顯得過多了些。如果說這是個缺憾，也是出於我們誠摯地希望讀者能盡量領略莎士比亞語言的原汁原味。倘若讀者在讀到「他說」、「她說」處，以及一問一答的地方，有時感到厭煩，也敬請諒解，因為惟有如此，才能讓大家稍稍體會到經典傑作的雪泥鴻爪。莎士比亞戲劇是一座豐富的寶庫，值得人們在不斷的閱歷中欣賞、領會。相對而言，我們所改編的這些故事僅僅是寶庫中微不足道的一部分，充其量不過是臨摹莎士比亞那精美絕倫圖畫的複製品而已。為了讓這些「複製品」讀起來更像散文，我們不得不改動一些莎士比亞的經典詞句，如此一來，就遠不能表達原著的涵義，也損害了莎士比亞語言的美感。不過，即便在有些地方，我們原封不動地使用了原著的自由體詩，希望利用原作的簡潔樸素達到散文的效果；然而，要把莎士比亞的語言從天然土壤和生意盎然的花園裡移植過來，無論如何，勢必會損傷它與生俱來的美麗詩意。

我們曾經想把這些故事寫得通俗易懂，甚至連年紀較小的孩子也可以成為讀者，也時時刻刻想朝這個方向去做，但是大部分莎士比亞戲劇的主題阻礙了我們實現這個意圖，使這項工作做起來步履維艱。畢竟，讓幼小的心靈理解人生的各種經歷，絕非易事。同時，這些故事也是有意寫給青春少女的，因為一般來說，男孩子更早地被允許享用父親的藏書了。早在姊妹們獲准閱讀這部成人讀物之前，他們通常已經對莎士比亞戲劇中的許多經典場景瞭若指掌了。既然年輕的紳士們對原著已能如此熟悉，向他們推薦這裡的故事就不合適了。相反地，倒是希望他們能好好幫助一下姊妹們，將莎士比亞戲劇中最難理解的部分講解給她們聽。一旦幫助姊妹們克服了這些困難，也許他們還會為姊妹們選讀一些原著段落（當然是仔細挑選適合年少的她們閱讀的部分），正是那些段落讓他們也喜歡上了這些故事。但願他們將會發現，由於姊妹們已經透過這個並不完美的縮寫本，對戲劇情節有了一些初步的認識，因此能夠理解他們選讀給她們聽的優美摘要和精彩段落，並享受閱讀的樂趣。倘若年輕讀者有幸能從中得到愉悅，我們自然希望這種閱讀能讓他們期盼自己趕快長大，以便完整地閱讀莎士比亞原著（這個想法，不算奢望，也不至於是非理性的吧）。總有一天，當睿智的朋友們帶領他們體會到莎士比亞戲劇時，他們將會發現在這些故事裡（尚且不算那些幾乎同樣數量而未經改寫的故事），還有許多出乎意料的事件和命運的浮沉被刪節了，因為太豐富了，根本無法包容在這樣一本小書當中。此外還有許多活潑可愛、形色各異的男女人物，如果硬是要縮寫，恐怕會因此喪失很多樂趣。

我們希望，年輕的讀者翻閱完這些故事的最後一頁時，會有這樣的認識：莎士比亞的戲劇足以豐富他們的想像力、美化心靈，使他們拋棄所有自私自利和唯利是圖的想法；這些故事教導他們學會一切美好而高貴的行為：禮貌待人、仁慈善良、慷慨大方、富有悲憫之心。我們還希望，待他們年齡大了一些，繼續讀莎士比亞原著時，更能夠證明今天的閱讀是正確的，因為莎士比亞的作品真的是充滿了人類所有美德的典範。

圖片來源：

Illustrated by Arthur Rackham in 1899.

Image courtesy of Baldwin Library of Historical Children's Literature, George A. Smathers Libraries, University of Florida, http: //ufdc.ufl.edu

愛麗兒唱起了這支可愛的歌曲：騎在蝙蝠的背上東飛西飛。——第21頁

愛麗兒開始唱歌：令尊睡在五英尋下的深淵 。——第13頁

海上有個小島，上面只住著老人普洛斯彼羅[2]和他年輕漂亮的女兒米蘭達[3]。米蘭達來到島上的時候年紀還太小，因此，除了父親的臉，她根本不記得還見過其他哪些人。

他們住在一座岩石鑿出來的洞室裡，或者說是石窟裡；裡面隔了幾間屋子，其中一間被普洛斯彼羅命名為書房，裡面放著他的書，大部分是關於魔法的內容。在那個時候，飽學之士都喜愛研究魔法，而且，普洛斯彼羅也覺得魔法的學問確實很有用處。由於一個陰錯陽差的機緣，普洛斯彼羅漂流到這座島上。這座島曾經被女巫西考拉克斯[4]施過妖術，但是在普洛斯彼羅來到島上不久以前，她就死了。普洛斯彼羅憑著自己掌握的魔法，把許多善良的精靈釋放出來，原來這些精靈都是因為拒絕執行西考拉克斯的邪惡命令，被她囚禁在一些大樹的樹幹裡。從此以後，這些溫和的精靈便一直聽從於普洛斯彼羅的意願，精靈們的頭目是愛麗兒[5]。

小精靈愛麗兒活潑可愛，天性不喜歡搗亂，不過他特別愛捉弄一個名叫凱列班[6]的醜妖怪。他憎恨凱列班，因為凱列班是他從前仇人西考拉克斯的兒子。這個凱列班是普洛斯彼羅在樹林中發現的，他長得奇形怪狀，就連猴子都長得比他像人類的樣子。普洛斯彼羅把他帶回洞室裡，教他說話。普洛斯彼羅本來很想善待他，可是凱列班從母親西考拉克斯身上繼承了醜陋本性，注定了使他學不會任何好的、或者有用的本事，只好把他當成奴隸來使喚，派他撿拾木柴和做那些最費體力的活兒；而愛麗兒的職責就是督促他幹活兒。

每逢凱列班幹活兒時偷懶，或者疏忽怠慢了他的工作，愛麗兒（除了普洛斯彼羅，誰也看不見他）便會悄悄地跑過來，擰他、掐他，有時甚至把他摔到爛泥裡，愛麗兒再變成一隻猴子衝著他扮鬼臉，再不然就是變成一隻刺蝟，躺在凱列班跟前打滾兒，凱列班深怕刺蝟的尖刺會因而刺扎著他光著的腳丫子。只要凱列班對普洛斯彼羅差遣給他的活兒稍有怠慢，愛麗兒就會用這一套惱人的惡作劇捉弄他。

有這些神通廣大的精靈聽從差遣，普洛斯彼羅就有能力駕馭海上的風濤和海浪。精靈們得到他的指令，興起一股猛烈的巨浪，而這時候風浪裡正好有一艘精緻的大船，在驚濤駭浪裡掙扎，隨時都會沉入海底。普洛斯彼羅指著那艘船對女兒說，船上載滿了像他們一樣的生靈。

「哦，我親愛的父親，」米蘭達說，「如果是您用魔法興起了這場可怕的風浪，就請發發慈悲，可憐可憐他們吧。看！船馬上就要撞碎了。可憐的人們！他們會無一倖免的死去。假使我有力量，我寧願叫大海沉到地底下去，也不能讓這艘漂亮的船和船上所有可貴的靈魂遭到毀滅。」

「我的女兒米蘭達，不必如此驚慌，」普洛斯彼羅說，「我不會造成任何損害。我已經下了指令，保證不讓船上的人受到絲毫傷害。親愛的孩子，我這麼做都是為了妳。妳不知道自己是誰，也不知道自己是從哪裡來的。至於我，妳也只知道我是妳的父親，住在這座破石洞裡。妳還記得來到這座洞室以前的事情嗎？我想妳不記得了，因為那個時候妳還不滿三歲呢。」

「我當然記得，父親。」米蘭達回答。

「那怎麼可能呢？」普洛斯彼羅問，「妳見過別的房子，或是什麼人嗎？我的孩子，告訴我，妳記得些什麼事？」

「我覺得那彷彿就像回憶起一場夢似的。從前我不是有四五個女人伺候嗎？」米蘭達說。

「沒錯，而且還不止呢。可是妳怎麼還記得這些事？那妳記得自己是怎麼來到這裡的嗎？」普洛斯彼羅接著問。

「不記得了，父親。」米蘭達說，「我想不起其他的事情了。」

「米蘭達，十二年前，」普洛斯彼羅接著說，「我是米蘭的公爵，妳是郡主，我唯一的繼承人。我有個弟弟叫做安東尼奧[7]，我信任他所做的一切事情。而且因為我喜歡過隱居的生活，關起門來讀書，所以將國事託付給妳的叔叔，就是我那個不講信義的弟弟（他確實不講信義）。我完全忽視世俗的事，一味沉浸在書籍裡，把全部的時間都奉獻在修養才智上。我的兄弟安東尼奧掌握權力以後，竟然把自己當成真正的公爵了。我給他機會，讓他得到人民的擁戴，卻也喚醒了他醜陋天性裡的狂妄野心，他竟然妄想奪取我的領土。沒多久，在我的敵人——一位有權勢的國王——那不勒斯國王[8]的幫助之下，他終於達到了目的。」

「為什麼那時候他們不殺死我們呢？」米蘭達說。

「我的孩子，」父親答道，「他們沒有這個膽量，因為人民十分愛戴我。安東尼奧把我們押到一艘大船上，還沒駛出幾海里，他就逼迫我們坐上了一艘沒有纜索、帆篷和桅檣的小船。他遺棄我們，以為這樣一來，我們必死無疑。但是宮廷裡有個好心大臣貢薩羅[9]，他十分愛戴我，偷偷地在船上放了飲水、食糧、衣物，和一些在我眼裡比領土更加寶貴的書。」

「哦，父親，」米蘭達說，「對您而言，那個時候的我是多麼大的一個累贅呀！」

「不，親愛的。」普洛斯彼羅說，「妳是個小天使，幸虧有妳，我才不致於絕望而死。是妳那天真的笑容使我承受了一切不幸的苦難。我們的食糧一直支撐到船隻在這座荒島上靠了岸，從那一刻起，我最大的快樂就是教育妳，米蘭達，在我的教導下，妳確實受益良多。」

「真感謝您啊，親愛的父親，」米蘭達說，「現在請告訴我，為什麼您要興起這場風浪呢？」

「告訴妳吧，」她的父親說，「這場風浪會把我的仇敵那不勒斯國王和我那個殘忍的弟弟沖刷到這座島上來。」

說完這番話，普洛斯彼羅用魔杖輕輕碰觸了女兒一下，米蘭達就睡著了。因為此時，精靈愛麗兒出現在主人面前，報告他是如何刮起這場風暴，又是怎麼樣處置船上的人。儘管普洛斯彼羅知道米蘭達永遠看不見這些精靈，但他不願意讓女兒看見他在跟空氣談話（如果讓她看見，她會這麼想的）。

「唔，勇敢的精靈，」普洛斯彼羅對愛麗兒說，「你的使命完成得如何啊？」

愛麗兒繪聲繪影地把這場風暴描述了一番，還說水手們是如何的害怕，國王的兒子腓迪南[10]第一個跳到海裡，他父親以為就這麼親眼看見自己心愛的兒子被海浪吞噬掉了。

「但是他很安全，」愛麗兒說，「他坐在島上的一個角落，雙臂交叉在胸前，悲傷地哀悼著父王的死——他認為父王也一定淹死了；其實，他連一根頭髮都沒損傷。他那身王袍雖然被海浪浸溼，看起來卻比以前更鮮亮了。」

「這才是我靈敏的愛麗兒，」普洛斯彼羅說，「把年輕的王子帶到這裡來吧，一定要讓我女兒見見他。國王在哪兒？還有我那位弟弟呢？」

「我離開的時候，他們都在找腓迪南，」愛麗兒回答說，「他們沒有抱著多大希望，都以為自己眼睜睜地看著他淹死了。雖然每個人都以為只有自己得救了，但是船上的水手一個也沒有少。儘管他們看不見那艘船，但是它現在正穩當地停泊在海港裡。」

「愛麗兒，」普洛斯彼羅說，「你很忠實地完成了這件差事，可是還有一些事情亟需去做呢。」

「還有其他差事嗎？」愛麗兒說，「主人，請容許我提醒您，您曾經答應過給我自由。請您回想我為您做了多少重要的差事，從來沒有對您說過一次謊，也沒有犯過一次差錯，伺候您的時候也從來沒有不情願，或說過一句抱怨的話。」

「怎麼！」普洛斯彼羅說，「難道你不記得是我把你從什麼樣的磨難裡拯救出來，難道你忘記了那個邪惡的女巫西考拉克斯？她年紀老邁，又妒忌成性，佝僂得頭髗都快要磕到地上了。告訴我，她是在哪兒出生的？說吧。」

「主人，她是在阿爾及爾出生的。」愛麗兒說。

「哦，是嗎？」普洛斯彼羅說，「我得再說一遍你的來歷，因為我發覺你不記得了。一聽到壞女巫西考拉克斯的妖術，沒有人會不害怕，所以她從阿爾及爾這個地方被驅逐出去，水手們把她丟棄在這座島上。因為你是個精靈，心腸太軟，不肯執行她的邪惡命令，她就把你囚禁在大樹裡。我發現你時，你正在那兒嚎啕大哭呢。記住，是我把你從那場磨難中搭救出來的。」

「對不起，親愛的主人。」愛麗兒說。他因為自己顯得有些忘恩負義而覺得慚愧，「我將聽從您的差遣。」

「好吧，」普洛斯彼羅說，「總有一天，我會讓你自由。」然後他又吩咐愛麗兒下一步要做的事情；愛麗兒立刻去做了，他先去剛才丟下腓迪南的地方，看見他仍然坐在草地上，還是那副垂頭喪氣的樣子。

「啊，年輕的紳士，」愛麗兒看到他的時候說，「我馬上就把你弄走。我覺得應該把你帶到米蘭達小姐面前，讓她一睹你瀟灑的模樣。來吧，閣下，跟我走。」然後他開始唱歌：

令尊睡在五英尋下的深淵，
他的骨骼變成了珊瑚，
那些珍珠正是他的眼睛。
全身沒有一點點腐爛，
因為遭受到海水的變幻，
反而變得富麗又珍奇。
海上的女神每小時敲起喪鐘，
聽！叮噹鈴——我聽到了那鐘聲[11]。

關於國王失蹤的這個離奇消息，很快就讓王子從昏迷中驚醒了過來。他莫名其妙地跟著愛麗兒的聲音走，一直被指引到正坐在樹蔭底下的普洛斯彼羅和米蘭達那兒。在這之前，米蘭達除了自己的父親，從未見過其他的男人。

「米蘭達，」普洛斯彼羅說，「告訴我，妳在那邊看到了什麼？」

「哦，父親，」米蘭達非常驚訝地說，「那一定是個精靈。天哪！它怎麼會那樣東張西望啊！父親，它長得真好看。它是個精靈嗎？」

「不，女兒，」父親回答，「它也吃也睡，像我們一樣有各種各樣的知覺。你看到的這個年輕人本來是在船上，因為悲傷，才變成現在這副模樣，要不然，你看到的可能就是個美男子。他失去了同伴，此時正在四處尋找他們。」

米蘭達本來以為所有男人都像父親一樣，一臉嚴肅，留著灰白鬍子，所以當她看見這個英俊的年輕王子出現在眼前，便感到十分的欣喜。而腓迪南沒有想到會在一座荒涼的島上遇見這樣一位可愛的姑娘，同時，由於聽到了怪聲音，他覺得一切都是那麼的不尋常；他斷定自己來到了一座仙島上，認為米蘭達就是這裡的仙女，於是，他索性稱呼她為「仙女」。

米蘭達略帶羞澀地回答，她並非仙女，只是一個平凡的女孩子。她正要講述自己的身世，剛好這個時候，普洛斯彼羅打斷了她的談話，看見他們互相傾心愛慕，他心裡非常高興。因為他看得出來，他們已經（像我們平常所說）一見鍾情了，但是為了考驗腓迪南的愛情究竟是否堅定，他決定以自己的方式故意為難他們一下。於是，他走過去，嚴厲地說：王子是個奸細，來到島上的目的是想從他這個島主的手裡奪去這座島。

「跟我來，」普洛斯彼羅說，「我要把你的脖子和腳捆綁在一起。讓你喝海水，吃貝蛤、樹根和橡子殼。」

「不，」腓迪南說，「我不能接受這樣的待遇，除非你能打敗我。」說著，他拔出劍來。但是普洛斯彼羅一揮魔杖，就把他固定在原地站著，一動也不能動了。

米蘭達緊緊抱住父親說：「您為什麼這麼殘忍呢？父親，請您發發慈悲吧，我來為他擔保；他是我這輩子所見到的第二個男人，我覺得他是個忠實的人。」

「閉嘴！」父親說，「女兒，妳要是再多說一個字，我就要責罵妳！怎麼，妳想袒護一個騙子嗎？在這世上，妳只見過他和凱列班，就認為再沒有比他更好的男人。告訴妳，傻ㄚ頭，大部分男人都比他強得多，就像他比凱列班還要強一樣。」他這麼說也是為了試驗女兒的愛情是否堅貞。她回答道：

「我對愛情並不抱什麼奢望，我不想看到一個比他更俊美的男人了。」

「來吧，年輕人。」普洛斯彼羅對王子說，「你沒有力量來違背我。」

「我確實沒有。」腓迪南回答。他不知道這是因為魔法使他失去了所有抵抗的力量，他吃驚地發現自己不得不莫名其妙地跟著普洛斯彼羅走。他一步一回頭地望著米蘭達，一直到看不見為止。當他跟著普洛斯彼羅走進洞窟，他說：「我的精神被束縛住了，彷彿是在夢裡。但願每天能從我的牢籠裡看見她——哪怕只是望一眼這位美麗的姑娘——這個人的威脅、恐嚇，以及我能感到的身體上的軟弱，對我而言就都算不了什麼。」

普洛斯彼羅囚禁腓迪南在這個洞室裡之後，過了一會兒，就把他帶出來，指派給他一個又苦又累的活兒，他還特意讓他女兒知道他派給腓迪南的是個什麼樣的苦活兒。然後普洛斯彼羅假裝到書房去，偷偷地觀察他們倆。

普洛斯彼羅吩咐腓迪南把一些沉重的原木堆起來。王子哪兒幹得了這種苦力的活兒，不一會兒，米蘭達就看見自己的情人快要累死了。

「唉！」她說，「別太累了。我父親正在讀書呢，在三個小時之內，他不會出現的，請你歇歇吧。」

「啊，親愛的小姐，」腓迪南說，「我不敢這麼做，我得先幹完了活兒才能歇息呢。」

「要是你坐下來，」米蘭達說，「我就替你搬一會兒。」腓迪南無論如何也不肯答應。米蘭達不但沒幫上忙，反而變成了累贅，因為他們一下子就沒完沒了地長談起來，木頭搬得更慢了。

普洛斯波羅命令腓迪南幹這個活兒，只是為了考驗他的愛情。他並不像女兒所想的那樣，在洞室裡讀書，而是隱著身子站在旁邊，偷聽他們談話。

腓迪南問起她的名字，她如實地告訴他，還說：說出自己的名字，已經違背了父親特別的叮囑。

普洛斯彼羅對女兒生平頭一次的違命只是微微一笑，因為他使用了魔法，驅使她這麼快就墮進情網，所以對於女兒為了表示愛情而忘記服從他的命令，他並不生氣。他興致頗濃地聽著腓迪南對米蘭達訴說的一番話，王子表示他對米蘭達的愛勝過平生見過的所有女人。

米蘭達聽他稱讚起自己的容貌，說她的美貌超越了世界上所有的女人，就回答說：「我不知道其他女人都長什麼模樣。而除了你——我的好朋友，和我親愛的父親，我也沒見過其他任何一個男人，我不知道這座島以外的人都長什麼樣子。可是相信我，先生，除了你，在這世界上，我不願意有別的伴侶；除了你，我再也想像不出一個可以讓我喜歡的相貌。可是，先生，我怕我對你說的這些話太過隨便，而把父親的戒律全忘光了。」

普洛斯彼羅聽到這句話以後，微笑著點點頭，好像是在說：「此事正合我意，我女兒將要去做那不勒斯的王后了。」

然後，腓迪南又動情地講了很長一段話（年輕的王子們講話十分溫文儒雅），他告訴天真的米蘭達，他是那不勒斯的王位繼承者，他希望她成為他的王后。

「啊，先生！」她說，「我真傻，竟然高興得流起眼淚了。我將用純樸、聖潔的天真來報答你。既然你願意娶我，我就是你的妻子了。」

就在此時，普洛斯彼羅顯了身，弄得腓迪南來不及向米蘭達道謝。

「我的孩子，一點兒也不用怕，」他說，「我聽見了你們倆的談話，我很贊同你們的想法。腓迪南，要是我對你太嚴厲了，我將會好好彌補一下，我要把女兒嫁給你。你所承受的一切折磨、煩惱，不過都是出自於考驗你的愛情；而你，居然高貴地承受住考驗。作為送給你的禮物，把我的女兒帶走吧——這也是對你的真愛的報償。你千萬不要笑我誇口，無論你如何稱讚她，都趕不上她本人的好。」然後，他對他們說，他要去辦一件事，希望他們坐下來聊天，一直到他回來為止。對於這樣一個命令，米蘭達一點也不想違背。

普洛斯彼羅離開以後，就召喚他的精靈愛麗兒。愛麗兒很快就出現在他的面前，急切地要講述他是怎麼對付普洛斯彼羅的弟弟和那不勒斯國王。愛麗兒說，當他離開他們的時候，他讓他們看到、聽到一些稀奇古怪的事，已經快把他們嚇瘋了。當他們疲憊得四處遊蕩，由於缺乏食物，而飢腸轆轆時，他忽然在他們面前擺上一桌珍饈美味；然後正當他們要狼吞虎嚥的時候，他又變成一個鳥身女面的怪物[12]，一個生著翅膀、奇醜無比的妖精，出現在他們面前，而那桌酒席頃刻間化為烏有。最令他們感到詫異的是：這個看似鳥身女面的怪物竟然對他們說話，提醒他們當初把普洛斯彼羅驅逐出他的公國，讓他和幼小的女兒淹死在海裡，是件多麼殘忍的事；還說，就是因為這樣的罪過，才使他們遭受如此恐怖的災難。

那不勒斯國王和那個毫無信義的弟弟安東尼奧，都很懊悔當初不該無情無義地對待普洛斯彼羅。愛麗兒告訴他的主人，他相信他們的懺悔是真誠的，他自己雖然是個精靈，也不能不同情他們。

「那麼就把他們帶到這兒來吧，愛麗兒。」普洛斯彼羅說，「你不過是個精靈，若是連你看見他們受苦都動了惻隱之心，我跟他們同樣是人，難道不會同情他們嗎？可愛的愛麗兒，快把他們帶來吧。」

愛麗兒很快就把國王、安東尼奧和跟在後面的老貢薩羅帶過來。為了驅使他們來到主人面前，愛麗兒在空中奏起粗獷的音樂，使他們在驚奇之中不自覺地跟著他走。這個貢薩羅就是當年好心替普洛斯彼羅準備書籍和食物的那個人，那時候，普洛斯彼羅邪惡的弟弟把他丟在海上一艘沒有遮欄的船裡，以為他會死去。

悲傷和恐嚇使他們麻木到失去知覺，竟然認不出眼前這個人是普洛斯彼羅。於是，普洛斯彼羅先是在好心的老貢薩羅面前顯示身分，尊稱他是自己的救命恩人，然後，他的弟弟和國王才知道：他就是當年他們圖謀害死的那個普洛斯彼羅。

安東尼奧流著淚，用悲痛的話語和真誠的悔過哀求哥哥，希望得到寬恕，國王也誠懇地悔恨當初幫助安東尼奧推翻他哥哥的罪過。然而，普洛斯彼羅饒恕了他們。當他們保證一定會恢復他的爵位時，他對那不勒斯國王說：「我有一件禮物你意想不到的禮物要送給你。」接著打開一扇門，讓他看見他的兒子腓迪南正在和米蘭達下棋。

沒有任何事情可以超越這種喜悅——這對父子出乎意料重逢時的快樂，因為原本他們都認定對方已經淹死在風浪裡了。

「哦，多麼奇妙啊！」米蘭達說，「這些人是多麼高尚啊！世界上既然住了這樣的生靈，它一定是個美麗的世界。」

那不勒斯國王看見年輕的米蘭達長得如此漂亮，氣質出眾又優雅，也像他兒子一樣驚訝。

「這個女孩兒是誰？」他說：「她似乎是拆散我們，又讓我們團圓在一起的女神。」

「不，父親，」腓迪南回答說，他發覺父親的神情陷入同樣的誤解——像自己當初剛見到米蘭達時的樣子，不由得笑了起來，說道：「她是凡人，不過非凡的天神已經把她賜給了我。父親，我選擇她的時候，沒有徵得您的同意，因為當時我沒有想到您仍然活在世上。她是這位著名的米蘭公爵普洛斯彼羅的女兒，我久仰公爵的大名，只是直到現在才見到他。是他賦予我新生命，成為我的第二個父親，因為他把這位親愛的姑娘許配給我。」

「那麼，我就是她的公公了。」國王說，「但是說起來還真是奇怪，我必須先請求我這位兒媳婦的寬宥。」

「莫提舊事。」普洛斯彼羅說，「既然結局如此美滿，就別再回想不幸的陳年往事吧。」然後普洛斯彼羅擁抱他的弟弟，再次向他保證一定饒恕他。他還說，是賢明、統領四方的天神，為了讓他的女兒繼承那不勒斯的王位，才將他從米蘭公國流放出來；因為唯有如此，當他們在這座荒島上會面，國王的兒子才會愛上米蘭達。

普洛斯彼羅安慰弟弟的這番話語十分寬厚仁慈，使安東尼奧感到羞愧、懊悔不已，他哭泣到無法說話的地步。慈祥和藹的老貢薩羅看到這幅令人歡欣的和解場景，也情不自禁地落淚，並且祈禱上天祝福這一對年輕人。

此時，普洛斯彼羅告訴他們，他們的船隻安全停靠在海港裡，水手們都在船上，他和女兒將在第二天早晨陪著他們一起回去。「在此期間，」他說，「請駕臨我這座寒傖的洞窟，分享、品嘗一下我所能提供的美味吧。夜晚時，我要給你們解解悶，述說我在這座荒島上的生活。」然後，他叫凱列班去預備一些食物，並且收拾好洞窟。國王一行人看到這個奇形怪狀、長相野蠻、面目猙獰的妖怪，都十分驚訝。而普洛斯彼羅說，這個凱列班是他唯一的僕人。

普洛斯彼羅離開荒島以前，他解除了愛麗兒服侍他的勞役，這個活潑可愛的小精靈快樂極了。儘管愛麗兒對主人忠心耿耿，卻一直渴望著享受充分的自由，像一隻野鳥般無拘無束地遨遊空中；有時候在綠樹底下，有時候在悅目的果子和芳香的花叢裡。

「伶俐的愛麗兒，」普洛斯彼羅給予這個小精靈自由時，他說：「我會想念你的。然而你應該去享受你的自由了。」

「謝謝你，我親愛的主人。」愛麗兒說，「在我離開之前，讓我先使用和風把你們的船隻吹送到家，然後再跟我這個忠實幫助過您的僕人告別吧。然而，主人，當我恢復了自由，我將活得多麼快樂啊！」

此時，愛麗兒唱起了這支可愛的歌曲：

蜜蜂吸吮的地方，我也在那兒吸吮，
我躺在蓮香花的花冠裡入眠，
一直睡到貓頭鷹啼叫，

騎在蝙蝠的背上東飛西飛，
追趕著炎夏悠哉游哉。
如今在懸掛枝頭的花叢下
我要快快活活地生活[13]。

然後，普洛斯彼羅把他的魔法書和魔杖深深地埋藏在地下，他下定決心：今後再也不使用魔法了。既然這樣戰勝了他的敵人，又與他弟弟及那不勒斯王和好如初，如今，唯一剩下的最大幸福和快樂，就只有等他重新回到本國，恢復爵位，並且親眼看到女兒米蘭達與腓迪南王子舉行快樂的婚禮。國王說，一回到那不勒斯，立刻就為他們舉行隆重的婚禮。

在精靈愛麗兒的平安護送下，經過一段愉快的航行，不久，他們就抵達了目的地。

註：

1.暴風雨 ——*The Tempest*，莎士比亞悲喜劇（傳奇劇）。
2.普洛斯彼羅 ——Prospero。
3.米蘭達 ——Miranda。

4. 女巫西考拉克斯——Sycorax。

5. 愛麗兒——Ariel。

6. 凱列班——Caliban。

7. 安東尼奧——Antonio。

8. 那不勒斯國王——King of Naple。

9. 貢薩羅——Gonzalo。

10. 腓迪南——Ferdinand。

11. Full fathom five thy father lies:
Of his bones are coral made;
Those are pearls that were his eyes:
Nothing of him that doth fade,
But doth suffer a sea-change
Into something rich and strange.
Sea-nymphs hourly ring his knell:
Hark! now I hear them, - Ding-dong, bell.

12. 鳥身女面的怪物——Harpy，源自希臘神話中鳥妖，後來在傳說中演變成人面鳥身的妖怪。

13. Where the bee sucks, there suck I;
In a cowslip's bell I lie;
There I crouch when owls do cry.

On the bat's back I do fly
After summer merrily.
Merrily, merrily shall I live now
Under the blossom that hangs on the bough.

（仙后）提泰妮婭說：你們好好伺候這位可愛的先生。
——第37頁

仲夏夜之夢[1]

雅典城有這麼一條法律，規定市民願意把女兒嫁給誰，就有權力強迫她嫁給誰。要是女兒不肯嫁給父親替她挑選的丈夫，父親就可以憑著這條法律，要求判處她死罪。可是一般作父親的不願意輕易葬送自己女兒的性命，所以雖然城裡的年輕姑娘們也有不太聽話的時候，這條法律卻很少或者從來也未施行過，也許作父母的只是時常用這條可怕的法律嚇唬她們罷了。

然而有一回竟然發生了這麼一件事。一個名叫伊吉斯[2]的老人真的跑到忒修斯[3]（當時統治雅典的公爵）面前控訴說：他命令女兒赫米亞[4]嫁給雅典貴族出身的青年狄米特律斯[5]，可是女兒不願意，因為她說自己愛上了一個名叫拉山德的雅典年輕人。伊吉斯請求忒修斯進行審判，並且要求按照那條殘酷的法律來審判女兒死罪。

赫米亞替自己辯解，說她之所以違背父親的意願，是因為狄米特律斯曾經向她的好朋友海麗娜[6]示愛過，而且海麗娜也瘋狂地愛著狄米特律斯。儘管赫米亞提出這個堂皇正大的理由，說明她為何違背父親的命令，卻不能說服嚴厲的伊吉斯。忒修斯雖然是位偉大而仁慈的君主，卻沒有權力改變國家的法律。因此，他只能寬限給赫米亞四天的時間去考慮；四天以後，如果她仍然不肯嫁給狄米特律斯，就要被判處死刑。

赫米亞從公爵那裡離開以後，立即去找她的情人拉山德，把目前的危急狀況告訴他，說她如果不放棄他而嫁給狄米特律斯，就必須在四天之後死去。拉山德聽到這個不幸的消息，十分悲傷。這時，他想起有個姑媽住在距離雅典不遠的地方，只要到了那個地方，這條殘酷的法律就會因為超出了城界而失去效力（這條法律的效力只適用於雅典城邦內）。他提議赫米亞當天晚上從父親那裡逃出來，跟著他一起逃到姑媽家，他們就在那兒結婚。「我在離城幾英里之外的樹林子裡等妳——」拉山德說，「就是我們在愉快的五月裡，常跟海麗娜一起散步的那片可愛樹林。」

赫米亞歡快地接受了這個建議。除了她的朋友海麗娜，她沒有把計畫逃跑的事情告訴任何人。海麗娜（如我們所知，姑娘們常會為了愛情而做出傻事）非常不仁厚地決定：告訴狄米特律斯這件事情。洩露朋友的祕密對她而言，並沒有什麼好處，也只是無趣地跟著那不忠實的愛人到樹林裡去；因為她知道狄米特律斯一定會跑到那兒去跟蹤赫米亞。

拉山德與赫米亞相約見面的那片樹林，就是那些叫做仙人的小東西經常喜歡去的地方。

仙王奧布朗[7]和仙后提泰妮婭[8]帶著他們所有的小隨從，在這片樹林子裡舉行夜宴。

就在這時，不幸發生了，小仙王和小仙后之間出現了爭執。每逢月照花林的夜晚，他們總是會在這片歡快樹林的蔭涼小道上，一見面就吵架，直到那些小仙子都因為害怕而爬到橡果殼裡躲藏起來。這次不愉快的爭吵，是由於提泰妮婭拒絕把她偷偷換來的小男孩送給奧布朗——這個小男孩的母親是提泰妮婭的朋友，她一死去，仙后就從奶媽那兒偷來孩子，並在樹林子裡撫養孩子[9]。

在這一對情人相會於樹林的夜晚，提泰妮婭正帶著幾個宮女散步，她遇見奧布朗，後頭還跟著幾位仙宮的侍臣。

「又在月光下遇見了妳，真是巧遇啊，驕傲的提泰妮婭！」仙王說。

仙后回答：「怎麼，嫉妒成性的奧布朗，是你嗎？仙子們，趕快走開吧，我已經發誓不跟他在一起了！」

「等一等，莽撞的仙女，」奧布朗說，「難道我不是妳的丈夫嗎？為什麼提泰妮婭要違抗她的奧布朗呢？把妳偷偷換來的小男孩送給我作侍僮吧。」

「你死了這條心吧，」仙后說，「就算你拿整個仙國作為代價，也買不了我這個孩子。」說完後，她氣沖沖地離開她的丈夫。

「好，妳走吧，」奧布朗說，「在天亮以前，我要讓妳嘗點苦頭，來報復這次的屈辱。」

於是，奧布朗叫來了他最寵信的樞密顧問帕克[10]。

帕克（有時候也有人叫他「好人羅賓」）是個精明狡詐的精靈，他慣於在鄰近的村莊裡玩些滑稽的惡作劇：有時跑到牛奶房裡撇去奶皮，有時又把他那輕靈的身體鑽進攪奶器裡。當他在攪奶器裡跳起奇妙的舞蹈，擠奶的姑娘無論費多大勁也無法把奶油做成黃油，就算是村子裡的小夥子去幫忙出力也不行。不管什麼時候，只要當帕克高興地鑽到釀酒器裡去惡作劇時，麥酒就一定會被他弄壞。當幾個要好的街坊鄰居聚在一起，想舒舒服服地喝上幾杯麥酒的時候，帕克就變成一顆烤熟的野蘋果，跳進酒杯裡去。趁老太婆要喝酒的時候，他就蹦跳到她的嘴唇上，把麥酒灑滿在她那乾癟的下巴。過了一會兒，老太婆正端莊地坐下來，打算講個悲慘的故事給街坊們聽，帕克又從她身子底下抽出那張三腳凳，把可憐的老太婆摔在地上，逗得那些喜歡閒聊的老人捧腹大笑，發誓說他們從未如此開心過。

「帕克，到這兒來。」奧布朗對這個快樂的小夜遊神說。「去替我採一朵姑娘們叫作『輕浮之愛』的花來。當人們睡著時，把那朵小紫花的汁液滴在眼皮上，肯定會讓他們醒來之後，對映入眼簾的第一件事物一見傾心。當我的提泰妮婭熟睡時，我要把這花汁滴到她的眼皮上，等她一睜眼，不論看見的是獅子、熊、愛管閒事的猴子，還是愛湊熱鬧的無尾猿，她都會愛上牠。我當然知道怎麼用另一種麼法，替她解除這種眼睛上的魔法，但前提是：她必須先把那個孩子送給我作侍僮。」

帕克打從心底就喜歡惡作劇，覺得主人要玩的這個把戲非常有趣，就跑去找花朵了。奧布朗正等著帕克回來，卻看見狄米特律斯和海麗娜走進樹林，並偷聽到狄米特律斯責怪海麗娜不該跟在他身邊。狄米特律斯說了許多無情的話，而海麗娜卻仍然溫柔地勸說他，提醒他回想當初他是如何愛著她，向她表示堅貞不渝。但是如今，（如他所說）即使有野獸的威脅，他卻棄海麗娜於不顧，任憑野獸擺佈，可是海麗娜呢，仍然在他後面拚命地追著。

仙王向來喜歡情人間的忠貞不渝，對海麗娜寄予深切的同情。也許如拉山德所說，他們經常在皎皎月光下，到這片愉快的樹林散步，說不定在狄米特律斯鍾愛著海麗娜的快樂時光，奧布朗曾經見過她呢。無論如何，等到帕克摘採了小紫花回來，奧布朗就對他的這位寵兒說：「帶上一點兒花，樹林裡有位可愛的雅典姑娘，愛上了一個傲慢青年。只要一發覺那個小夥子睡著了，你就在他眼皮上滴一點兒愛汁。記住，一定要設法等到姑娘靠在他身邊的時候再滴，那麼，他醒來之後，這個他所輕蔑的姑娘就會是映入他眼簾的第一個影像。那個小夥子穿著一件雅典式長袍，一眼看到就能辨認出來。」帕克信誓旦旦地承諾，他會巧妙地辦成這件事兒。然後，奧布朗趁著提泰妮婭不留神的時候，鑽進她的臥室裡，而此時她正準備就寢。她的仙室是個花壇，長著野麝香草、蓮香花和芬芳的紫羅蘭，上面覆蓋著金銀花、麝香薔薇和野玫瑰簇擁成的華蓋。夜晚時分，提泰妮婭總是在這兒入眠，她蓋著由蛇皮打磨光的被衾，雖然只是一小塊衾罩，裹起一個仙子卻十分足夠了。

奧布朗看到提泰妮婭正在吩咐她的仙子們，在她睡著的時候都應該做些什麼。「你們當中，」仙后說，「有的人去殺死麝香薔薇嫩苞裡的蛀蟲，有的人去和蝙蝠作戰，搶奪牠們的皮翅膀——拿來給我的小仙子們做外衣，還有些人必須去監視每夜吵鬧不休的貓頭鷹，別讓牠靠近我。不過，現在先唱支催眠曲，送我入眠吧。」於是，她們唱起這支歌：

雙舌的花蛇，多刺的刺蝟，

遠遠走開，勿讓我看見；
蠑螈和蜥蜴，千萬別搗亂，
絕不要走到仙后的身邊來。
夜鶯，用妳那甜蜜的歌喉，
吟唱一支甜美的催眠曲吧。
睡呀，睡呀，快睡吧！睡呀，睡呀，快睡吧！
災害、邪魔和符咒都走開，
永遠遠離美麗仙后的身邊。
伴隨著催眠曲沉睡吧，晚安！[11]

仙后聽著這支可愛的催眠曲，進入了夢鄉。唱完歌曲的仙人們，開始去履行仙后分派給他們的重要工作。這時，奧布朗躡手躡腳地走到提泰妮婭身邊，往她的眼皮上滴下一點兒愛汁，說道：

等你甦醒之後睜開眼，
你就看見你的真愛。[12]

再回過頭來說赫米亞。為了逃避不肯嫁給狄米特律斯而注定犯下的死罪，她當天晚上就從父親家裡出逃了。她走進樹林，看見心愛的拉山德已經在那兒等著她，預備和她一起前往他姑媽家。但是在林子裡還沒走到一半路程，赫米亞就累得走不動了。拉山德對待這位親愛的姑娘體貼入微，而赫米亞為了他，甚至不惜冒險豁出性命，證明她對待拉山德的情意是多麼的真摯。拉山德勸她在一片柔軟的青草堤地上休息，等天亮之後再啟程，他自己也在離她不遠的地方躺下，兩人很快就睡著了。恰在此時，帕克找到了他倆。他見那個睡著了的英俊青年，穿著雅典樣式的衣服，離他不遠處還睡著一個可愛的姑娘，斷定他倆一定是奧布朗派他尋找的雅典姑娘和她的那個傲慢情人。既然只有他倆在一起，帕克理所當然地推測：等雅典青年醒來，第一眼看到的人一定是那個女孩。帕克毫不猶豫，就在他的眼睛裡滴了一點兒小紫花的汁液。但事與願違，海麗娜正好從這兒經過，結果，拉山德一睜開眼，看見的第一個人不是赫米亞，而是海麗娜。說也奇怪，愛汁的魔力奇妙無比，拉山德對赫米亞的所有愛情居然一下子煙消雲散，他愛上了海麗娜。

假如他醒來第一眼看見的人是赫米亞，那帕克所犯的錯誤也就無所謂了，因為他已經對那位堅貞的姑娘如醉如癡。可是仙子的愛汁卻讓可憐的拉山德全然忘掉自己的真愛赫米亞，反過來去追求另一位姑娘，而且在深更半夜時，將赫米亞孤零零地遺棄在樹林裡睡覺，這倒是始料未及，也實在是悲慘的轉變。

不幸的事情就這樣發生了。如前所述，當狄米特律斯粗暴地從海麗娜身邊跑開以後，海麗娜用盡力氣去追趕他，但在這場賽跑比賽中，雙方力量懸殊，她沒跑多遠就跑不動了；在長距離賽跑中，女人總是輸給男人。不一會兒，海麗娜連狄米特律斯的影子都看不見了，她憂從中來，落寞徘徊，走著走著，不知不覺就走到了拉山德睡覺的地方。

「啊，」她說，「地上躺著的人是拉山德，他是死了，還是在睡覺？」於是，她輕輕碰了他一下：「可敬的先生，倘若你還活著，就醒醒吧。」拉山德聽到這句話，睜開了眼睛，愛汁此時已經產生效力，於是他立刻對她說出了愛慕和讚美的話，纏綿悱惻，說她的美貌比赫米亞出色多了，就像鴿子比烏鴉漂亮一樣，而且，為了可愛的海麗娜，他自己情願赴湯蹈火，還說了許多諸如此類的癡情話。海麗娜知道拉山德是她的朋友赫米亞的情人，也知道他們倆已經鄭重其事地訂婚，所以當她聽到拉山德對她這樣說話，簡直憤怒極了。她以為拉山德在嘲笑、戲弄她（這當然也怪不得她）。

「唉，」她說，「為什麼我生來就是要讓大家奚落和嘲弄呢？年輕人，狄米特律斯永遠都不肯溫柔地看我一眼，不願意對我說句貼心的知心話，難道這樣還不夠嗎？先生，你竟然用這種譏笑的態度假裝向我示愛。拉山德，我還一直以為你是個誠懇有教養的謙謙君子。」她怒氣沖沖地說完這些話，就離開了。拉山德緊隨其後，他早就把自己那位仍然在熟睡中的赫米亞拋諸腦後。

赫米亞醒來，發覺只剩下自己孤單一人待在那兒，傷心之餘不由得害怕起來。她在林子裡四處尋找，既不知道拉山德發生了什麼事，也不知道該往哪個方向去尋找他。與此同時，奧布朗看到狄米特律斯正睡得香甜；因為他費了半天勁也沒找到赫米亞和他的情敵拉山德，倒是把自己弄得疲乏。奧布朗問了帕克幾個問題，就知道他把愛汁滴錯在另一個人的眼睛裡。現在居然得來全不費工夫，一下子就找到了本來想找的那個人，他用愛汁在睡著的狄米特律斯的眼皮上點了一下。狄米特律斯立刻就醒來了，他第一眼看見的是海麗娜，於是他就像拉山德剛才的表現一樣，也對她說起癡癡的情話。正巧此時，拉山德出現了，後面跟著赫米亞（由於帕克無意間所造成的失誤，現在輪到赫米亞來追她的情人了。）於是，眼前出現了一幕情景：因為拉山德和狄米特律斯受到同一種強烈的迷藥「輕浮之愛」的支配，他們竟同時開口向海麗娜示愛。

海麗娜大為驚訝，以為是狄米特律斯、拉山德和曾經跟她十分友好的赫米亞互相串通，故意捉弄她呢。

赫米亞像海麗娜一樣吃驚；原本，拉山德和狄米特律斯都愛著她，可是，她不明白究竟是怎麼一回事，他們現在都變成了海麗娜的情人。赫米亞覺得，這件事似乎不像是一場玩笑。

兩個姑娘一直是閨中密友，互為知己，現在開始惡言相向。

「殘忍的赫米亞，」海麗娜說，「是妳叫拉山德用虛假的溢美之辭來惹惱我。妳的另一個情人狄米特律斯，以前恨不得把我踩在腳底下，現在他居然稱呼我女神、仙女、絕世美人、寶貝、天人，難道不是妳教他的嗎？他恨我，要不是妳唆使他來捉弄我，他怎麼會對我說這種話。殘忍的赫米亞，妳竟然跟男人合夥嘲笑可憐的朋友啦。我們同學一場，難道妳忘記了那時候的友誼嗎？赫米亞，有多少次我們倆都是坐在同一個椅墊上，唱著同一首歌，繡著從一個花樣上描下來的花。我們就像並蒂的櫻桃一起長大，友愛得像是連體嬰一樣。赫米亞，妳這樣和男人合夥嘲弄可憐的朋友，未免太不講情面、太不符合大家閨秀的身分吧？」

「妳這些氣話真叫我莫名其妙，」赫米亞說。「我並沒有嘲弄妳，我看倒像是妳在嘲弄我呢！」

「唉，」海麗娜說，「你們儘管繼續裝模作樣吧，裝成一本正經的樣子，等我一轉過身，再對著我扮鬼臉，然後你們擠眉弄眼，繃著臉繼續耍弄這個好玩的惡作劇。如果你們還稍微有點憐憫之心，稍微懂得風雅禮儀，也不至於這麼對待我呀！」

海麗娜正在和赫米亞爭吵，這時，狄米特律斯和拉山德離開她們，為了爭奪海麗娜的愛情而到林子裡決鬥去了。

一發現男士們不在，海麗娜和赫米亞也走開了，儘管疲憊，又振作起精神，重新在林子裡四處徘徊，尋找各自的情人。

仙王和小帕克一直偷聽著她們爭吵。她們剛一走開，仙王就對帕克說：「帕克，這是你的疏忽，不然就是你故意搗蛋吧？」

「相信我，精靈之王，」帕克回答說，「是我弄錯了。你不是對我說，從那個男人所穿的雅典樣式的衣服，就能認出他嗎？不過，事情弄成這樣，我一點兒也不覺得抱歉，因為看著他們爭吵，我倒是覺得很有趣呢。」

「你也聽見了，」奧布朗說，「狄米特律斯和拉山德已經去找一個適合決鬥的地方。我命令你用濃霧籠罩起黑夜，把這些爭吵的情人引到黑暗裡，讓他們迷失方向，誰也找不到誰。然後裝出對方說話的嗓音，用難聽的話刺激他們，叫他們跟著你走，讓他們每個人都自以為聽到情敵的聲音，你要讓他們疲憊得再也走不動為止。等他們睡著了，你再把另一種花的汁液滴進拉山德的眼睛裡，等他醒來的時候，就會忘掉剛才對海麗娜所產生的愛，恢復以前熱戀赫米亞的愛情。這麼一來，兩位美麗的姑娘就能快快樂樂地與她們所愛的男人在一起了，他們也都會把過去發生的一切看作一場惱人的夢。快點去辦吧，帕克，我還要去看看我的提泰妮婭找到了什麼樣甜蜜的情人。」

提泰妮婭仍然沉睡未醒，奧布朗看見她旁邊有一個鄉巴佬，在樹林子中迷了路，並且看起來也睡著了。「就讓這個傢伙成為提泰妮婭心愛的人吧。」說著，他拿出一個驢頭套在鄉巴佬的頭上，驢頭大小正合適，簡直就像原本長在他脖子上似的。奧布朗雖然輕輕地把驢頭放上去，但還是弄醒他了。他站起身來，並不知道奧布朗對他做了些什麼手腳，就一直走到仙后沉睡的花壇上去。

「啊！我看見的是什麼天使呀！」提泰妮婭一邊睜開眼睛一邊說，那朵小紫花的汁液已經開始產生作用了。「你的聰明像你的美貌一樣超凡脫俗嗎？」

「啊，小姐，」愚蠢的鄉巴佬說，「要是我能夠聰明得走出這片樹林，就心滿意足了。」

「請不要離開這片樹林，」已經變得癡迷的仙后說，「我是個不平凡的精靈。我愛你。跟我一塊兒走吧，我會派仙人伺候你的。」

於是，她叫喚了四個仙人，他們的名字分別是：豆花、蛛網、飛蛾和芥子。

「你們好好伺候這位可愛的先生，」仙后說，「他走路時，你們就在他周圍歡蹦，圍著他跳舞；請他吃葡萄和杏子，把蜜蜂的蜜囊偷來給他。」她又對鄉巴佬說：「來，跟我坐在一塊兒。美麗的驢子，讓我摸摸你那可愛、毛茸茸的臉蛋吧！溫柔的寶貝，讓我吻吻你那對漂亮的大耳朵吧！」

「豆花在哪兒？」長著驢頭的鄉巴佬說，他沒有注意仙后對他說的情話，卻對剛剛派給他的侍從感到很驕傲。

「在這兒哪，老爺。」小豆花說。

「抓抓我的頭，」鄉巴佬說，「蛛網在哪兒？」

「在這兒哪，老爺，」蛛網說。

「好蜘網先生，」愚蠢的鄉巴佬說，「殺死那顆荊樹上的紅色小蜜蜂；好蜘網先生，把蜜蜂給我拿來。蜘網先生，做事的時候不要太慌張，小心別把蜜囊弄破了。要是打翻了蜜囊，流出來的蜜汁把你淹死了，我會感到很難過的。芥子先生在哪兒？」

「在這兒，老爺，」芥子說，「您有何吩咐？」

「沒什麼，」鄉巴佬說，「好芥子先生，你只要幫豆花先生替我撓撓頭就行啦。芥子先生，我覺得臉上毛髭髭的，好像該去理髮啦。」

「甜蜜的情人呀，」仙后說，「你想吃點什麼呢？我有個膽子大的仙子，他能找到松鼠的存糧，幫你撿些新鮮的堅果。」

「我倒想吃一大把乾豌豆，」鄉巴佬說。他戴上了驢頭，也就有了驢子的胃口。「可是求妳不要讓手下的人來打擾我，我想睡上一覺。」

「那就睡吧，」仙后說，「我要把你摟在懷裡。啊，我是多麼愛你！多麼疼你啊！」

仙王看見鄉巴佬在仙后懷裡睡著了，就走到她面前，責備她不該把愛情濫用在一頭驢子身上。

這一點她無法否認，因為鄉巴佬此時正睡在她懷裡，她還在他的驢頭上插滿了鮮花。

奧布朗捉弄了她一陣後，又向她要求獲得那個偷換來的男孩子。她因為被丈夫發現自己正與新的意中人在一起，非常慚愧，也就不敢拒絕了。

奧布朗就這樣終於把要求許久的小男孩弄到手裡去做他的侍僮。而後，他又可憐起提泰妮婭，覺得都是由於自己的惡作劇，害她落得如此難堪的境地。奧布朗往她眼睛裡滴了一些另外一種花朵的汁液。仙后立刻恢復了神智，對自己剛才的一見鍾情感到相當驚訝，說她對於眼前這個畸形怪物，感到非常厭惡。於是奧布朗從鄉巴佬的頭上取下驢頭，讓他肩膀上依然頂著自己那顆愚蠢的腦袋，繼續睡他的覺。

奧布朗和他的提泰妮婭言歸於好後，他對她說起那兩對情人的故事和他們半夜吵架的經過，她答應跟著他一起去看看這樁奇遇的結果。

仙王和仙后找到了那兩個情人和他們的漂亮小姐，他們都睡在草地上，彼此距離得不遠。帕克為了彌補先前所犯的過失，煞費苦心，想盡辦法讓他們在彼此不知不覺的情況下，把大家都帶到同一個地方去。他小心謹慎地輕輕擦去拉山德眼睛上的迷藥，再滴上仙王給的解藥。

赫米亞是第一個醒來的人，看見她失去的拉山德睡在離她那麼近的地方，就望著他，對他剛才反覆無常的態度感到莫名驚詫。不久，拉山德也睜開了眼睛，一看到他親愛的赫米亞，先前被迷藥蒙蔽的神智也清醒過來，又恢復了他對赫米亞的愛。他們倆談起夜間的奇遇，搞不清楚這些事究竟是真正發生過，還是他們都做了同樣荒唐的夢。

這個時候，海麗娜和狄米特律斯也醒了，甜甜的睡眠讓海麗娜焦慮、煩躁、氣惱的心緒平靜下來。她聽到狄米特律斯對她表示愛慕，心裡非常高興。她能夠感受到他說的都是真心話，真是令人驚喜不已，百感交集。

兩位在夜間漫遊的美麗姑娘，現在已經不再是情敵，她們言歸於好，重新成為真正的朋友，彼此寬恕對方先前所說的刻薄話，平心靜氣地商量在當前情勢下有何最佳的解決辦法。不久，大家都同意，既然狄米特律斯已經放棄娶赫米亞為妻，他就應該竭力說服赫米亞的父親取消已經判定的殘酷死刑。狄米特律斯正準備返回雅典，去為友誼兩肋插刀。正在此時，他們非常驚訝地看見赫米亞的父親伊吉斯的到來；他到樹林子裡的目的，是為了追回逃跑的女兒。

伊吉斯明白狄米特律斯現在已經不想娶他女兒，也就不再反對她嫁給拉山德了，並且答應四天之後為他們舉行婚禮，那一天恰巧是本來預備處死赫米亞的日子。海麗娜鍾情的狄米特律斯現在對她也很忠實，她也歡喜得答應在同一天和他結婚。

仙王和仙后隱身在旁，親眼目睹了這場和解，由於奧布朗的幫助，這兩對情人的愛情都得到了美滿結局，他們心裡也感到非常高興。於是，這些善良的精靈決定在全仙國舉行比賽和宴會，來慶祝即將舉行的婚禮。

現在，要是有人聽了這個關於仙人和他們惡作劇的故事而感到生氣，認為事情太離奇，令人難以置信的話，那麼大家只要這麼想：他們僅僅是在睡眠中做夢吶，這些奇遇不過都是他們的夢影幻象。我希望讀者中沒有誰會這麼不可理喻，會為一場美妙、無傷大雅的仲夏夜之夢而感到生氣。

註：

1.仲夏夜之夢——*A Midsummer Night's Dream*，浪漫喜劇。

2.伊吉斯——Egneus。

3.忒修斯——Theseus。

4.赫米亞——Hermia。

5.狄米特律斯——Demetrius。

6.海麗娜——Helena。

7.奧布朗——Oberon。

8.提泰妮婭——Titania。

9.歐洲神話中，傳說仙人常常在半夜偷走聰明美麗的孩子，用愚蠢的妖童替換。此處朱生豪譯為「換兒」——譯注。

10.帕克——Puck，別名「好人羅賓」(Robin Goodfellow)。

11.You spotted snakes with double tongue,
Thorny hedgehogs, be not seen;
Newts and blind-worms do no wrong,
Come not near our Fairy Queen.
Philomel, with melody,
Sing in our sweet lullaby,

Lulla, lulla, lullaby; lulla, lulla, lullaby;
Never harm, nor spell, nor charm,
Come our lovely lady nigh;
So good night with lullaby.
12. What thou seest when thou dost wake,
Do it for thy true-love take.

潘狄塔的美貌、靦覥和王后般的儀態風度，立即使王子墜入愛河——第50頁

冬天的故事[1]

從前，西西里[2]國王里昂提斯[3]和他那位美麗賢慧的王后赫米溫妮[4]，相處得琴瑟和諧。里昂提斯與這位出色夫人之間的愛情，讓他內心裡感到相當幸福，簡直稱得上是萬事如意，除了一件事：他有時候很想再見見他的知心好友和同學——波希米亞國王波力克希尼斯[5]，並且想把他引薦見給王后。里昂提斯與波力克希尼斯是從小一塊兒長大的同伴，可是當他們的父親相繼逝世後，他們倆就各自回國繼承王位。雖然他們之間經常交換禮物、信件，並且派遣親信使臣互相問候，但是他們倆已經有好多年沒有見面了。

後來，經過多次邀請，波力克希尼斯才從波希米亞來到西西里宮廷，拜訪他的朋友里昂提斯。

剛開始，里昂提斯對於波力克希尼斯這次的拜訪，內心感到相當快樂，他還特地請王后殷勤款待這位少年時代的朋友。能和這位親愛的好友兼夥伴相聚，真是幸福極了。他們談起當年的許多舊事，回想在校園裡度過的時光和少年時代玩的一些鬼把戲，並且敘述給赫米溫妮聽，她也總是歡快地加入這種談話。

住了很長一段時間之後，波力克希尼斯準備離開了。這時候，赫米溫妮按照丈夫的意思，跟著他一起挽留波力克希尼斯，希望波力克希尼斯再多住些日子。

然而從此，這位善良的王后開始變得苦惱起來，因為波力克希尼斯拒絕了里昂提斯的挽留，卻被赫米溫妮的溫柔說服力打動了，他決定再多住幾個星期。這樣一來，儘管里昂提斯深知波力克希尼斯一向為人誠實正直、品行高潔，也同樣知道貞潔王后的美好品性，卻被一股難以克制的嫉妒心支配了。雖然赫米溫妮對波力克希尼斯所表示的殷勤，都是基於她丈夫特別的關照，而她那樣做也只是為了讓丈夫高興，可是想不到，這一切卻加深了這個不幸國王的嫉妒心。里昂提斯本來是個熱情真誠的朋友，最好、最體貼入微的丈夫，現在倏忽間變成一個殘暴、毫無人性的怪物。他把宮廷裡一個叫卡密羅[6]的大臣召進宮，並且將自己的猜疑告訴他，吩咐他去毒死波力克希尼斯。

卡密羅是個善良的人，他十分清楚里昂提斯的嫉妒心，實際上沒有一點兒真憑實據，因此，他不但沒有毒死波力克希尼斯，反而告訴他這個國王的命令，並且同意跟著他一起逃出西西里王國。於是，波力克希尼斯靠著卡密羅的幫助，平安抵達自己的波希米亞王國。從此，卡密羅就住在波西米亞王國的宮廷，成為波力克希尼斯的知己和寵臣。

波力克希尼斯逃出西西里王國的消息，更加激怒妒火中燒的里昂提斯。他走進王后房間時，這位善良的女人正與小兒子邁密勒斯坐在一起，邁密勒斯[7]正要講述一個他最得意的故事，讓母親解解悶呢；此時，國王走進來，帶走孩子，然後下令將赫米溫妮關進監獄。

邁密勒斯雖然只是個年紀很小的孩子，卻打從心底深愛著自己的母親。他親眼見到母親遭受如此重大的屈辱，得知人們帶走她，並且將她關進監獄裡，感到十分悲傷。漸漸地，他變得消沉憔悴，飲食、睡眠都變少了，以致於大家都認為他將因為悲傷過度而死去。

國王把王后關進監獄以後，就派遣克里奧米尼斯[8]和狄溫[9]這兩個西西里大臣，一起到德爾菲的阿波羅神廟去請示神諭：王后對他究竟是否忠實。

赫米溫妮進了監獄後不久，生下了一個女兒。這個可憐的女人看到她那可愛的孩子，倒也得到不少安慰。她對著嬰兒說：「我可憐的小囚徒啊，我像你一樣地純潔清白。」

赫米溫妮有一個善良、高貴的摯友寶麗娜[10]，她是西西里大臣安提哥納斯[11]的妻子。寶麗娜夫人一聽說王后生了孩子，就來到囚禁赫米溫妮的牢房。她對伺候赫米溫妮的宮女愛米利婭[12]說：「愛米利婭，懇求妳轉告善良的王后，如果她願意把小寶貝託付給我，我就抱著她去見她的父王。說不定他見了這個無辜的孩子，會軟下心腸。」

「最可敬的夫人，」愛米利婭回答說，「我很願意把您這個高貴的提議轉達給王后。其實如今她正盼望著有個朋友能把孩子帶到國王面前呢。」

「也請告訴她，」寶麗娜說，「我願意斗膽地在里昂提斯面前替她辯護。」

「願上帝永遠保佑您，」愛米利婭說，「您對仁慈的王后真是太好了！」

然後，愛米利婭來到赫米溫妮那兒去，赫米溫妮欣然地把她的孩子託付給寶麗娜，因為她實在擔心沒有人膽敢冒險把孩子帶到她父親那裡。

寶麗娜帶著剛出生的嬰兒，迫使她自己闖到了國王面前。儘管她丈夫害怕國王會生氣，竭力勸阻她，她還是把孩子放到她父王面前。寶麗娜義正詞嚴地替赫米溫妮辯護，嚴厲指責國王不仁，懇求他可憐那無辜的妻子和孩子。可是寶麗娜勇敢的勸諫，只是更加增添里昂提斯心中的怒氣，他吩咐寶麗娜的丈夫安提哥納斯帶她退下。

寶麗娜臨走時，把孩子留在她父親的腳邊，心想：只剩下國王和他的小寶貝在一起，當他看到這個孤苦無依、清白無辜的孩子，總會產生出憐憫心。

善良的寶麗娜卻想錯了。她前腳才剛走，這個冷酷無情的父親就吩咐安提哥納斯把孩子抱走，乘船到海上，將孩子隨便遺棄在荒涼的海岸上，讓她自生自滅。

安提哥納斯一點兒也不像好心腸的卡密羅，他對里昂提斯唯命是從，馬上抱著孩子坐船，真的打算一找到荒涼的海岸，就趕緊丟棄這個女嬰。

國王曾派遣克里奧米尼斯和狄溫到德爾菲的阿波羅神廟去請示神諭，但是他竟然不等待他們回來，也不顧念王后才剛剛生產，身體尚未調養好，而且正沉浸在痛失骨肉的悲傷中，里昂提斯就命令隨從把王后押出監獄，當著宮廷所有大臣和貴族的面前，判定她犯下不忠實的罪行。全國所有的大臣、法官和貴族集合在一起，共同審問赫米溫妮。當不幸的王后作為一名受審的犯人，站在她的臣子們面前時，克里奧米尼斯和狄溫走到聚集的人群中，把加封的神諭呈給國王。里昂提斯吩咐臣子開啟諭封，大聲誦讀。神諭上赫然寫著：

赫米溫妮無罪，波力克希尼斯無可指責，卡密羅是個忠臣，里昂提斯是個嫉妒的暴君。如果找不回那已經失去的，國王將永無繼承人。

國王拒絕相信神諭，他說這些都是王后的朋友編造出來的謊言，並且要求法官繼續審問王后。當里昂提斯說完這些話的時候，一個侍從走進來，他告訴國王：邁密勒斯王子聽說要判定母親死罪，感到悲傷和恥辱，突然間死去了。

赫米溫妮一聽到她所疼愛的孩子竟然為了她的不幸抑鬱而死，立刻暈厥了。里昂提斯的心也被這個消息刺痛了，開始可憐起不幸的王后，吩咐寶麗娜和王后的侍女把她帶走，想盡辦法救醒她。不久，寶麗娜回來告訴國王，赫米溫妮死了。

聽說王后死了，里昂提斯後悔自己過於殘忍地對待王后。他心想，一定是他的虐待讓赫米溫妮心碎，他開始相信她的清白。他也終於相信神諭上的話都是真的，因為他意識到「如果找不回那已經失去的」指的就是他的小女兒。現在，年輕的王子邁密勒斯已死，他不會有繼承人了。他情願犧牲自己的王國，也要去找回失去的女兒。里昂提斯悔恨不已，自從那天以後，他在哀痛和懊悔裡度過了許多年。

安提哥納斯帶著襁褓中的小公主坐船飄到海上，被一場風暴刮到了波希米亞海岸，那裡恰巧是好心腸的國王波力克希尼斯的王國。安提哥納斯一上岸，就把這個嬰兒遺棄了。

安提哥納斯再也回不到西西里王國，向里昂提斯稟報小公主被遺棄在什麼地方，因為他剛剛要回到船上，樹林裡就跳出一隻熊，把他撕得粉碎。對他而言，倒算是公正的懲罰，因為他聽從了里昂提斯邪惡的命令。

由於赫米溫妮將孩子送到國王那兒去的時候，把她打扮得很漂亮，所以孩子的衣著華麗，戴著寶石。另外，安提哥納斯在她的斗篷上別了一張字條，並且在上面寫下「潘狄塔」這個名字，還有幾句晦澀的話，暗示她出身高貴，以及她所遭遇的不幸命運。

這個可憐的棄嬰被一個心地善良的牧羊人撿到了，他把小潘狄塔抱回家，交給他的妻子精心照料。但是貧窮的生活讓他禁不住誘惑，牧人把撿到的珠寶藏起來。他還為此搬離家鄉，以免得讓人知道他一夜致富。他用潘狄塔身上的一部分珠寶買了幾群羊隻，於是他成為一個富裕的牧羊人。他把潘狄塔當作自己的孩子撫養長大，而潘狄塔也認為自己不過是個牧羊人的女兒。

小潘狄塔出落成一個可愛的少女，雖然她接受的教育只是一個牧羊人的女兒所能得到的教育，但是她先天從母后那裡繼承了優雅的氣質，這種氣質從她那未受啟蒙的心靈裡綻放出光采，從她的言談舉止，沒有人會認為她不是在她父親的王宮裡長大。

波希米亞王波力克希尼斯有一個獨生子，名叫弗羅利澤。這位年輕的王子在牧羊人的房子附近打獵時，看見了老人的這個養女。潘狄塔的美貌、靦腆和王后般的儀態風度，立即使王子墜入愛河。不久，王子就假扮成平民，化名道里克爾斯，經常到老牧人家中做客。弗羅利澤經常不在宮裡，這讓波力克希尼斯十分著急，他派人暗中監視兒子，結果發現原來他愛上了牧羊人的美麗女兒。

波力克希尼斯召來了卡密羅，就是那個曾在里昂提斯的狂怒下救過他一命的忠實的卡密羅。他讓卡密羅陪同他前往牧羊人的家——也就是潘狄塔的養父家裡。

波力克希尼斯和卡密羅都化了裝，到了老牧人的家裡。而此時，牧人們正在慶祝剪羊毛的節日。雖說是陌生人，但是在剪羊毛的節日裡，凡是客人都受到歡迎，他們也被邀請進來，一起參與盛會。宴會充滿了歡樂和愉快的氣氛。他們擺開了桌子，準備隆重舉辦這次的鄉村宴會。房子前的草地上，有些小夥子和姑娘們跳起了舞，另外還有些小夥子站在門口，從一個攤販手裡買緞帶、手套和類似的小物件。

大家這樣歡快地熱鬧著，弗羅利澤和潘狄塔卻安安靜靜地坐在一個僻靜的角落，他們似乎更喜歡彼此談心，並不願意參加周圍人的比賽和無聊的娛樂。

國王偽裝得很成功，連親生兒子都認不出。他走近到一個可以聽見他們談話的地方。看到潘狄塔與他兒子談話時的高雅氣質，波力克希尼斯著實吃了一驚。他對卡密羅說：「我一生從未見過出身低微而又長得如此漂亮的姑娘。她的言談舉止好像比她的身分高貴許多，簡直高貴得跟這個地方一點兒也不相稱。」

卡密羅說：「真是如此，在這些牧羊人家的姑娘裡，她可稱得上是王后了。」

「好朋友，請借問一聲，」國王對老牧人說，「與你女兒聊天的那個英俊的鄉村少年是誰啊？」

「大家都叫他道里克爾斯，」牧羊人說，「他說他愛我的女兒；說實話，要想從他們的接吻中分辨誰更愛誰，是決不可能的。假如年輕的道里克爾斯能夠娶到她，她會給他帶來意想不到的好處。」他指的當然是潘狄塔剩下的寶石，他買羊群時用去了一部分，其餘的寶石都小心妥善地收藏著，準備當作她的嫁妝。

隨後，波力克希尼斯與兒子交談起來。「怎麼樣，小夥子！」他說，「你好像滿腹心事，沒有享用宴席的興致。我年輕時經常贈送許多禮物給我的情人，你卻讓那個攤販走過去了，沒有買任何東西給你的姑娘。」

年輕的王子怎麼也想不到正在跟他說話的人是父王，就回答說：「老先生，她看重的不是這些毫無價值的東西。潘狄塔希望從我這兒得到的禮物，是鎖在我心裡的真心。」然後他轉身對潘狄塔說：「啊，聽我說，潘狄塔，這位老紳士似乎也曾經歷過愛情，那我就向他表白我的想法吧。」接著，弗羅利澤就請這位陌生的老人為他見證——見證他向潘狄塔訂定鄭重的婚約。他對波力克希尼斯說：「我懇請您作我們訂婚的證人吧。」

「年輕人，我作你們離婚的證人吧，」國王說著，就恢復了本來面目。然後，波力克希尼斯就開始指責兒子，居然敢跟這個出身低賤的丫頭訂婚。他還用「牧羊崽兒，牧羊拐」和別的侮辱性的名字稱呼潘狄塔。他甚至威脅潘狄塔，如果她再讓他的兒子來看她，他就將她和她的老牧人父親一起處死，決不容情。

龍顏震怒的國王說完這些話就走了，他命令卡密羅帶著弗羅利澤王子跟他一起回去宮廷。國王波力克希尼斯離開以後，他責備潘狄塔的這些話，倒激發了潘狄塔的高貴天性。她說：「儘管我們一切都結束了，但我絲毫不懼怕。有一兩次我差點脫口而出，我想坦率地告訴他：太陽對任何人都一視同仁，同一個太陽照耀著他的宮殿，卻沒有撇開我們的茅屋。」然後她悲傷地說：「但現在我已經從這場夢中清醒，我以後不再是什麼王后了。離開我吧，先生，我要一邊擠奶一邊哭泣。」

好心的卡密羅十分欣賞潘狄塔的精神和行為舉止。他還發覺年輕的王子深深愛著他的情人，決不會因為父王的命令而捨棄她。卡密羅像對待朋友似的，幫助這對情人想出一個辦法，同時又可以把藏在他心裡的一條錦囊妙計付諸實施。

卡密羅早就知道西西里國王里昂提斯已經真心誠意地悔過。雖然卡密羅現在成為波力克希尼斯國王的朋友，但是他禁不住想再次拜訪舊主、探望故鄉。於是，他向弗羅利澤和潘狄塔提出自己的計畫，讓他們跟著他一起回去西西里的王宮，到了那兒，里昂提斯會加以保護他們。最後，由他斡旋，他們會得到波力克希尼斯的諒解，並且准許他們結婚。

兩人聽了非常高興，立刻表示同意。卡密羅把逃跑的一切計畫準備就緒了，他還答應讓老牧人跟著他們一起離開。

牧羊人把潘狄塔剩下的珠寶、襁褓中的嬰兒衣服，以及他發現潘狄塔時，別在她斗篷上的那張字條，全都帶在身上。

經過一程一帆風順的航行，弗羅利澤和潘狄塔、卡密羅和老牧人安全抵達里昂提斯的王宮。里昂提斯一直沉浸在失去赫米溫妮和孩子的悲痛中，他特別熱情地款待卡密羅，對弗羅利澤王子也致以熱忱的歡迎。但是里昂提斯好像全然被潘狄塔吸引住了，弗羅利澤介紹她時，說她是他的公主。里昂提斯發現她長得像極了死去的赫米溫妮王后，這又勾起了他的傷心往事。他說，要不是他極其殘忍地把自己的親生女兒毀掉，她也應該長成如此一個可愛的姑娘。「還有，」他又對弗羅利澤說，「我跟你賢德的父親也斷絕了來往，失去了他的友誼。如今，我盼望能在有生之年再見他一面。」

聽到國王如此在意潘狄塔，又知道他曾丟失過一個女兒，而且是在小時候遺棄她，老牧人便先在心裡把撿到小潘狄塔的時間和她被遺棄時的情形，還有寶石及其他能夠證明孩子身分高貴的證據比對了一番。所有這一切情形，使他不能不得出這樣一個結論：潘狄塔就是國王失去的那個女兒。

想到這兒，老牧人就向國王說了一遍撿到那個孩子的情形，同時告訴他是怎麼眼睜睜地看著安提哥納斯被熊撕碎了身軀。他講這番話的時候，弗羅利澤和潘狄塔、卡密羅和忠實的寶麗娜都在場。他拿出那件華麗的斗篷，寶麗娜一看到就記起：赫米溫妮正是用它裹著孩子；他還拿出一顆寶石，寶麗娜記得是赫米溫妮把它掛在潘狄塔的脖子上；接著他又拿出那張字條，寶麗娜認得那是她丈夫的筆跡。毫無疑問，潘狄塔就是里昂提斯的親生女兒。然而，寶麗娜那顆高貴的心，是多麼矛盾啊！她一面為丈夫的死而悲傷，一面又對神諭的應驗感到興奮，國王的繼承人、那丟失許久的女兒，又找到了。當里昂提斯聽說潘狄塔是他的女兒，馬上想到赫米溫妮不能活著看到自己的孩子，再次陷入巨大的悲痛，過了許久，也說不出話，只是說著：「啊，妳的母親，妳的母親！」

寶麗娜打斷了這悲喜交加的情景，她對里昂提斯說，她有一座雕像，酷似王后，出自傑出的義大利大師裘裡奧・羅曼諾[13]之手，剛剛完成不久。如果國王陛下肯屈尊到她的府邸去看看，他一定會把它當成赫米溫妮再世。於是大家都去了。國王焦急地想看到他的赫米溫妮雕像，潘狄塔也恨不得立刻看到她從未謀面的母親長什麼模樣。

寶麗娜把遮著這座著名雕像的帷幕拉開，雕像簡直栩栩如生，像是赫米溫妮本人。此情此景，再次讓國王悲從中來，過了好久，他都無力開口，甚至連動動身子的力氣都沒有。

「陛下，我喜歡您的沉默，」寶麗娜說，「這更能顯示出您的驚奇。這座雕像是不是很像您的王后啊？」

國王終於開口了，他說：「啊，當初我向她求婚時，她就是這樣站著，就像這般端莊優雅。不過，寶麗娜，赫米溫妮可沒有這座雕像顯得那麼老。」

寶麗娜回答說：「這樣更顯見出雕刻大師的高明，他特意刻劃成今日的赫米溫妮的模樣；如果她還活著的話。陛下，還是讓我把帷幕拉上吧，免得您會誤以為它在動呢。」

這時，國王說：「我寧可一死，也別把帷幕拉上！瞧，卡密羅，你不覺得它在呼吸嗎？她的眼睛似乎在轉動。」

「我必須拉上帷幕了，陛下，」寶麗娜說，「您太激動了，您讓自己相信雕像具有生命力。」

「啊，可愛的寶麗娜，」里昂提斯說，「讓我再這麼想二十年吧！可我仍然覺得空氣裡有她的呼吸，是什麼匠心獨運的雕刀能鑿出呼吸來呢？誰也別嘲笑我，我要過去親吻她。」

「啊呀，陛下，您必須忍耐！」寶麗娜說，「她嘴唇上的紅顏色還濕著呢，那油彩會弄髒您的嘴唇。我可以把帷幕拉上嗎？」

「不，二十年間都不要拉上。」里昂提斯說。

潘狄塔一直跪在雕像前，默默仰望著她那舉世無雙的母親的雕像。這時，她說：「只要能看見我親愛的母親，我也能在這兒待上二十年。」

「還是不要太激動吧，」寶麗娜對里昂提斯說，「讓我把帷幕拉上，不然，您會看到更令人驚異的事。我可以讓這座雕像動起來，叫它從基座上走下來，握住您的手。但您會馬上聯想到妖術神助，我可不能承認這個指責。」

「無論妳能叫它做什麼，」驚訝不已的國王說，「我都拭目以待。不論妳能讓她說什麼，我都洗耳恭聽。妳既然能讓她動作，也就能輕易讓她開口說話。」

於是，寶麗娜吩咐開始奏起舒緩莊嚴的音樂，這是她特地為此準備的計畫。伴隨著音樂，雕像真的從基座上走了下來，用胳膊摟住里昂提斯的脖子，這使所有在場的人驚訝萬分。接著，雕像也真的開口說話，祈求上帝祝福她的丈夫和她的孩子——剛剛找到的潘狄塔。

雕像會摟著里昂提斯的脖子，祝福她的丈夫和孩子，並沒有什麼稀奇，因為雕像就是真實的、活生生的赫米溫妮王后本人。

原來是寶麗娜向國王謊報說赫米溫妮死了，因為她認為只有這樣才能保護王后的生命。從那時候起，赫米溫妮就一直與善良的寶麗娜住在一起。如果不是聽說找到了潘狄塔，赫米溫妮還不想讓里昂提斯知道自己仍然活著。雖然她早就原諒了里昂提斯傷害自己的行為，卻始終不肯饒恕他對待襁褓中女兒的殘暴行為。

死去的王后因而又復活了，失去的女兒也找到了，這使憂傷多年的里昂提斯喜不自勝、樂不可支。

所到之處，聽到的話都是祝賀和熱情的問候。現在，沉浸在喜悅裡的父王母后向弗羅利澤王子道謝，感謝他愛上了他們這個看似出身卑微的女兒。他們又祝福善良的老牧羊人，感謝他保全了孩子的性命。卡密羅和寶麗娜親眼目睹到他們盡忠的效勞帶來如此美好的結果，都感到異常快樂。

彷彿這場奇怪得出乎意料的歡樂，應該要有個完美無缺的收場才合適，正在此時，波力克希尼斯來到了王宮。

原來波力克希尼斯知道卡密羅一直想返回西西里的心思，當他發覺兒子和卡密羅失蹤了，馬上猜想到：在這兒一定能找到那兩個逃亡者。他全速追趕，碰巧趕上了里昂提斯一生中最快樂的巔峰時刻。

波力克希尼斯跟大家一起沉浸在歡樂之中，他原諒了朋友里昂提斯過去對他的無端嫉妒，兩人再次像兒時一般相親相愛。同時，波力克希尼斯也不必再反對兒子和潘狄塔的婚事；因為潘狄塔現在已經不是「牧羊拐」，而是西西里的王位繼承人了。

在赫米溫妮承受多年的苦難之後，她的堅韌品性終於得到了報償。這位傑出的女性與她的里昂提斯、潘狄塔一起生活了很多年，她是最幸福的母親和王后。

註：

1. 冬天的故事——*The Winter's Tale*，傳奇劇。
2. 西西里——Sicily，義大利的一個島。
3. 里昂提斯——Leontes。
4. 赫米溫妮——Hermione。
5. 波力克希尼斯——Polixenes。
6. 卡密羅——Camillo。
7. 邁密勒斯——Mamillius。
8. 克里奧米尼斯——Cleomenes。
9. 狄溫——Dion。
10. 寶麗娜——Paulina。
11. 安提哥納斯——Antigonus。
12. 愛米利婭——Emilia。
13. 裘里奧・羅曼諾（約一四九二——一五四六年），義大利藝術家。

希羅：瞧，貝特麗絲已經貓著腰，像隻田鳧似的跑來偷聽我們談話了。——第66頁

無事生非[1]

梅辛那[2]的王宮裡住著兩位姑娘，一個叫做希羅[3]，另一個叫做貝特麗絲[4]。梅辛那的總督為里奧那托[5]，希羅是他女兒，貝特麗絲是他的侄女。

貝特麗絲性格開朗，總是喜歡用輕鬆的俏皮話，逗堂妹希羅開心。而希羅的性情比較嚴肅。無論發生什麼事，到了無憂無慮的貝特麗絲那兒，都可以拿來開玩笑。

現在可以敘述關於這兩位姑娘的故事了。有幾位在軍中官銜很高的年輕人，回家途中路經梅辛那。他們在一場剛剛結束的戰爭中，憑藉著超人的勇猛，立下了戰功，他們一起前來拜訪里奧那托。他們之中有阿拉貢[6]親王唐．彼德羅[7]和他的朋友——佛羅倫斯的貴族克勞[8]；還有性情豪放而又不失機智的帕度亞貴族——培尼狄克[9]。

這些異鄉人以前都曾經造訪過梅辛那，現在，熱情好客的總督把他們當成老朋友和知己一樣，介紹給他的女兒和侄女。

培尼狄克剛剛踏進屋子，就和里奧那托、親王生氣勃勃的談話。不管誰說什麼，貝特麗絲都唯恐自己會被冷落。培尼狄克正與人說話，她打斷說：「培尼狄克先生，我覺得奇怪，你怎麼還在這兒滔滔不絕？沒人在聽你說話。」培尼狄克跟貝特麗絲一樣，也是個說起話來喋喋不休的人，但是像這種太過隨便的招呼，令他有些不悅。他覺得一個有良好教養的姑娘，說話不該如此輕率。他記得上次造訪梅辛那，貝特麗絲就經常拿他開玩笑。而愛開玩笑的人最不喜歡的事，是別人拿他們自己開玩笑，培尼狄克和貝特麗絲也是這樣。這兩個說話尖刻風趣的人只要一碰面，就會唇槍舌劍，彼此挖苦一番，分手時又總是氣得鼓鼓的。

因此，當培尼狄克正說著話，貝特麗絲跑來打斷他，告訴他沒人聽他說話時，培尼狄克就假裝剛才沒有注意到她，說：「哎，我親愛的傲慢小姐，妳還活著嗎？」這下子，他們之間的舌戰重新開始了，接著就是一場漫長而激烈的爭論。爭論中，貝特麗絲說她雖然知道培尼狄克在剛結束的這場戰爭中勇敢作戰，她卻要把他在戰場上打死的人全部吃光。她觀察到親王很喜歡聆聽培尼狄克談話，就稱他為「親王的弄臣」。這句譏諷可比貝特麗絲以前所說過的任何話都更令培尼狄克難堪。他並不在乎她為了暗諷他是個膽小鬼，說要把他殺死的敵人全部吃光，因為他知道自己很勇敢。但大智大慧的人最怕別人把他詆毀成小丑，因為這種指責有時候很接近事實，所以當培尼狄克聽到貝特麗絲叫他「親王的弄臣」，簡直恨死她了。

希羅是個莊重的姑娘，在這些貴客面前靜默不語。克勞狄奧特別留意到她比以前更漂亮了，他凝視著她優雅自然的身姿（因為她是個令人讚美的年輕姑娘）。親王對培尼狄克和貝特麗絲之間的唇槍舌劍感到十分有趣。他悄聲對里奧那托說：「這真是個活潑愉快的年輕姑娘，如果許配給培尼狄克為妻，真是天作之合。」

聽到這個提議，里奧那托回答說：「啊，殿下，殿下，若是他們結了婚，不到一個星期，談話都會談瘋了。」儘管里奧那托認為他們做夫妻不會和諧圓滿，但是親王並沒有放棄撮合這兩個口才敏銳的人、讓他們結成龍鳳配的想法。

親王和克勞狄奧從王宮回來，發現原來除了他在撮合培尼狄克和貝特麗絲以外，這夥好朋友中還有旁人也在籌畫婚姻大事呢。克勞狄奧極力讚美希羅，讓親王猜出了他的心思。親王很高興，問克勞狄奧：「你迷戀希羅嗎？」

克勞狄奧回答說：「啊，殿下，上次拜訪梅辛那，我是用軍人的眼光來看待她，雖然心裡喜歡她，但是哪有閒工夫談情說愛。現在是和平快樂的日子，我不想戰爭了，才剛剛空出腦袋，就擠滿了纏綿的柔情蜜意，這種思緒告訴我：年輕的希羅是多麼美麗，它提醒我，其實在出征以前，我就喜歡上她了。」

聽到克勞狄奧表白愛上希羅的話，親王很感動，馬不停蹄，立刻去懇求里奧那托同意克勞狄奧成為他的女婿。里奧那托接受了這個請求，同時，親王不費吹灰之力就說服了溫柔的希羅，她願意去聽高貴的克勞狄奧的求婚辭。克勞狄奧是個極具涵養、滿腹學問的貴族，如今又得助於好心腸的親王幫忙撮合，結果很快就說服里奧那托早早指定他和希羅舉行婚禮的日子。

只要再等幾天，克勞狄奧就可以和他的美麗姑娘完婚，可是他仍然抱怨這中間的日子太過冗長乏味；確實，大多數青年在專心等待一件事的時候，心裡總是不耐煩、急切的等待眼前盼望的事情。因此，親王為了讓他覺得時間過得快一些，提議玩一個有趣的遊戲來消遣：他們想出一條錦囊妙計，讓培尼狄克和貝特麗絲兩個人戀愛。克勞狄奧饒有興致地參加了親王這個一時興起的樂趣，里奧那托也答應幫忙，甚至連希羅也表示，她要盡自己的微薄之力幫助堂姊找到好丈夫。

親王想出的計策是要男人們讓培尼狄克相信貝特麗絲愛上了他，同時，希羅也要讓貝特麗絲相信培尼狄克愛上了她。

親王、里奧那托和克勞狄奧首先開始行動：正當培尼狄克靜靜地坐在涼亭裡看書的時候，他們覺得時機到了，親王和他的助手們站到涼亭後面的樹叢裡，並且距離培尼狄克很近，近得叫他無法不把他們的談話一句不落地全聽進耳裡。隨便談了一些話以後，親王說：「里奧那托，你過來。那天你告訴我說——你侄女貝特麗絲愛上了培尼狄克先生？我想這位小姐再也不會愛上別的男人了。」

「是的，陛下，我也沒想到。」里奧那托回答說，「最出人意料的是她會對培尼狄克這麼多情，因為從表面上看來，她好像很討厭他似的。」克勞狄奧證實了這番話，說他聽到希羅告訴他：貝特麗絲很愛培尼狄克，要是培尼狄克不肯愛她，她一定會傷心而死。里奧那托和克勞狄奧似乎一致認為培尼狄克決不會愛上她，因為他一向喜歡挖苦所有漂亮的女人，尤其是貝特麗絲。

親王聽了，裝作一副同情貝特麗絲的樣子，說道：「要是可以告訴培尼狄克這件事情，那該有多好。」

「告訴他之後，能有什麼好處呢？」克勞狄奧說，「他也只能把它當作一樁笑話，更增添那個可憐姑娘的痛苦罷了。」

「他如果真的這麼做，」親王說，「那麼把他吊死倒是件好事，因為貝特麗絲是個非常可愛的姑娘，做什麼事都聰明絕倫，除了愛上培尼狄克這件事不夠聰明。」然後，親王示意同伴們離開此地，讓培尼狄克仔細去回味一下偷聽到的話。

培尼狄非常熱切地傾聽了這場談話，當他聽說貝特麗絲愛上了他，就自言自語地說：「這怎麼可能呢？風會吹到那個角落裡去嗎？」他們走了以後，他一個人開始尋思：「這不可能是個騙局！他們說得很認真，話又是從希羅嘴裡聽來的。他們好像還很同情那個姑娘。她愛上了我！我一定要好好報答她啊！雖然我從沒想過結婚的事情，雖然當初我說要單身一輩子，但那是因為沒想到能活到結婚的這一天。他們說那個姑娘品行好、長得漂亮，她也確實如此。還說她除了愛上我這件事，在別的事情上都很聰明，可是為什麼愛上我就是愚蠢呢。哦，貝特麗絲來了！我對天發誓，她真是個美麗姑娘！我真的從她臉上看出幾分愛意了。」

貝特麗絲走近培尼狄克的身邊，以慣用的尖酸口吻說：「他們強迫我來請你進去吃飯，不過，這可是違背我自己的心意。」

培尼狄克以前從沒想過自己會像現在這樣溫文爾雅地對她說話，他回答說：「美麗的貝特麗絲，辛苦了，謝謝妳。」貝特麗絲又說了兩三句粗魯的話就走開了。培尼狄克卻從她那些不客氣的話裡，感覺到隱隱透出的柔情，於是他大聲說：「我若是不心疼她，我就是個惡棍；我若是不愛她，我就是個猶太人。我一定要拿到一幅她的肖像。」

這位紳士就這樣鑽進了他們為他鋪設好的圈套。現在為了貝特麗絲的愛情，該輪到希羅盡她的一份責任。為了這件事，她特地派人把她的兩個侍女歐蘇拉和瑪格莱特叫來。她對瑪格莱特說：「好心的瑪格莱特，妳到客廳去，我的堂姊貝特麗絲正在那兒與親王、克勞狄奧談話。妳悄悄地告訴她，說我和歐蘇拉正在果園裡散步，我們談的全是關於她的事情。叫她偷偷溜到那座愜意的涼亭；那兒的金銀花都被太陽曬熟了，卻像忘恩負義的寵臣似的，反而擋住了陽光呢。」

希羅讓瑪格莱特慫恿貝特麗絲去的涼亭，就是剛才培尼狄克在裡面聚精會神偷聽消息的那座可愛涼亭。

「我一定讓她馬上過來。」瑪格莱特說。

然後，希羅就把歐蘇拉帶到果園裡去了，對她說：「歐蘇拉，貝特麗絲來的時候，我們就沿著這條小路來回走，必須只談與培尼狄克有關的事。我一提到他的名字，妳就把他誇得彷佛天底下再也找不到第二個像他這麼好的男人；而我跟你說的話，就是培尼狄克如何愛上了貝特麗絲。馬上開始吧，瞧，貝特麗絲已經貓著腰，像隻田鳧鳥似的跑來偷聽我們談話了。」

她們十分盡興地聊天。希羅就像在回答歐蘇拉的問話似的說道：「不，真的，歐蘇拉，她太瞧不起人了，她的性情簡直就像岩石上的野鳥一樣高傲。」

「可是妳有把握嗎？」歐蘇拉說，「培尼狄克真的是全心全意地愛著貝特麗絲嗎？」

希羅回答說：「親王和克勞狄奧先生都這麼說，他們還一直要求我把這件事告訴她。可是，我勸他們說：如果他們愛護培尼狄克，就永遠不要讓貝特麗絲知道這件事。」

「是啊，」歐蘇拉回答說，「千萬別讓她知道他愛她，免得她又去嘲弄他。」

「唉，說實話，」希羅說，「不管是多麼聰明、高貴、年輕或者世間少有的美男子，她都會把他說得一文不值。」

「對，對，這樣吹毛求疵的毛病真是不太好。」歐蘇拉說。

「是啊，」希羅回答說，「可是誰敢去對她說出這番話呢？倘若我這麼說話，她會譏笑我，直到我無地自容為止。」

「哦，妳錯怪妳的堂姊了，」歐蘇拉說，「她不會這麼沒眼光，居然拒絕像培尼狄克這樣一位世間少有的紳士。」

「他極有名聲，」希羅說，「說實在的，除了我親愛的克勞狄奧以外，義大利最出眾的男人就屬他一人了。」

這時候，希羅暗示她的侍女該轉換話題了，於是歐蘇拉又說：「小姐，妳何時結婚呢？」希羅說她明天就和克勞狄奧結婚，她要歐蘇拉跟著她一起去挑選幾件新衣裳，一起商量一下明天該穿什麼合適的衣裳。

貝特麗絲一直屏息急切地偷聽這番談話。她們離開以後，她大聲地問自己：「我的耳朵怎麼會這麼熱啊？難道這是真的？永別了，輕蔑和嘲笑！少女的驕傲，再見吧！培尼狄克，愛下去吧！我不會辜負你的，讓我這顆狂野的心馴服在你充滿摯愛的雙手中吧。」

不論誰看到這一幅景象——這對老冤家變成親密的新朋友，看到天性快樂的親王巧妙利用令人發笑的計策，哄得他們倆愛上彼此以後的第一次會面時的情景，都一定會感到愉快。

可是現在也該說說希羅遭遇的可悲處境了。第二天本來是希羅結婚的日子，她和她善良父親里奧那托的心裡卻帶進了沉重的憂愁。

親王有個同父異母的弟弟唐・約翰，他跟親王一起從戰場來到了梅辛那。這個弟弟是個陰鬱又心存不滿的人，全部心思似乎都用在盤算陰謀詭計。他痛恨親王哥哥，也恨克勞狄奧；因為克勞狄奧是親王的好友。因此，他決定阻止克勞狄奧和希羅結婚，目的只是為了讓克勞狄奧、親王痛苦，而他自己也從中取得傷害別人的快樂。因為他知道親王一心一意想成全這門親事，而且對這件婚事熱衷得不亞於克勞狄奧本人。為了達到這個邪惡的目的，他雇用一個像他一樣狠毒的人——波拉契奧。為了能夠指使這個人，唐・約翰許諾將付給他一大筆錢財。說來十分湊巧，這個波拉契奧正在和希羅的侍女瑪格萊特談戀愛。

唐・約翰知道了這個消息，就命令他去慫恿瑪格萊特，請她答應當天晚上等到希羅睡著以後，隔著女主人的臥室窗戶與他談心，並且還要穿上希羅的衣裳，因為這樣更容易欺騙克勞狄奧，讓他相信那就是希羅。唐・約翰想透過這樣一齣邪惡的毒計，達到他的目的。

接著，唐・約翰前往親王和克勞狄奧那兒，告訴他們希羅是個不檢點的姑娘，深更半夜時，隔著臥室的窗戶和男人談心。這天正是結婚的前一天晚上，他表示願意當天夜裡陪他們去希羅那兒，讓他們親耳聽到希羅隔著臥室窗戶和一個男人談心。他們也同意跟著他一塊兒去，克勞狄奧還說：「假如今天晚上我看到有礙於我和她結婚的事，那麼明天我就要在結婚的教堂裡，當眾羞辱她。」

親王也說：「既然是我幫你追求她，我也會跟著你一起羞辱她。」

就在當天夜晚，唐・約翰把他們帶到希羅的臥室附近，結果他們看見波拉契奧站在窗戶下面，還看見瑪格萊特正從希羅的窗口往外看，並且聽見了她正在和波拉契奧談心。但是由於當時瑪格萊特穿著希羅的衣裳，而不巧的是，親王和克勞狄奧曾經看見希羅穿著這件衣裳，於是他們都確信那就是希羅本人了。

沒有什麼比這一個發現（自以為是的揭發）更讓克勞狄奧感到氣憤。他對無辜的希羅的一股愛情，立刻轉變成深仇大恨。他決定按照他之前所說的話，第二天在教堂裡揭露這件事。親王也表示同意，他認為無論在這個不規矩的姑娘身上採取任何責罰，都不算苛刻，因為就在準備和高貴的克勞狄奧結婚的前一天晚上，她居然還隔著窗戶與另外一個男人談心。

第二天，大家聚在一起準備舉行婚禮時，克勞狄奧和希羅站在神父（他也被人叫作托缽修士）面前，神父正要宣布婚禮開始，克勞狄奧卻用最激烈的言詞宣布了希羅的罪狀。希羅聽到他說出如此荒唐的話來，內心感到非常驚訝。她溫和地說：「我的夫君，你生病了嗎？竟然會說出這種話來？」

里奧那托極為震驚，他對親王說：「殿下，您怎麼不說話呢？」

「我有什麼話好說呢？」親王說，「我竭力慫恿我的好朋友跟一個沒有自尊的女人結合，我已經跟著一起蒙羞。里奧那托，我以名譽向你起誓，我自己、我弟弟和這位懊惱的克勞狄奧，昨天晚上確實看見並且聽到她隔著臥室的窗口，與一個男人談心。」

聽完這些話，培尼狄克驚訝地說：「這不像是在舉行婚禮啊！」

「哦，這是真的嗎？上帝！」傷心欲絕的希羅回答說。接著這位不幸的姑娘突然間陷入昏厥中，看起來完全像是死去的樣子。

親王和克勞狄奧離開了教堂，沒有留下來察看希羅是否會甦醒，也毫不理會這種指責會令里奧那托極度痛苦。憤怒使他們的心腸變得如此冷酷。

貝特麗絲正努力想辦法讓昏厥中的希羅甦醒過來，培尼狄克也留下來幫忙。他問：「她怎麼樣啦？」

「我想她昏死了。」貝特麗絲極其痛苦地回答。她深愛自己的堂妹，知道她平時品行端正，所以根本就不相信剛才聽到的那些攻擊希羅的壞話。

可憐的老父親卻並非如此，他相信了這個令人蒙羞的故事。這時候，希羅像個死人似地躺在父親面前。父親痛惜不已地朝著女兒哀歎，恨不得希羅再也別睜開雙眼；聽了真是令人憐憫極了。

可是老修士是個聰明人，非常善於察言觀色。這位姑娘聽到別人指責她的時候，他特別注意了姑娘的神色，當時她臉上瞬間湧上羞辱的紅暈，緊接著，天神般的白色又把羞紅的臉色趕跑了，她的眼睛裡興起了一團怒火，由此可以明顯看出：親王指責這個少女不貞潔的話毫無事實根據。於是，他對傷心的父親說：「如果這位可愛的姑娘不是平白無故地承受了冤枉，無辜地躺在這裡，你就罵我是傻子，別再相信我的學問、我的見識，也別再相信我的年齡、我的身分，或者是我的天職了。」

希羅從昏迷中甦醒以後，老修士對她說：「姑娘，他們指責你和什麼樣的男人談心呢？」

希羅回答：「那些指責我的人心裡清楚是什麼人，但是我不知道。」然後她回過頭對里奧那托說：「啊，父親，您若是能夠證明我曾在不適當的時候與男人談心，或是昨天晚上我和什麼人說過一句話，那麼您就不要再承認我這個女兒，儘管恨我、折磨我吧。」

老修士說：「親王和克勞狄奧一定是產生了莫名其妙的誤會。」然後他勸里奧那托宣布希羅已死；他說，他們離開希羅的時候，她彷彿正處於昏死的狀態中，他們會輕易相信這些話。他還勸他穿上喪服，為她立一座墓碑，凡是屬於葬禮的儀式都要一切照辦。

「為什麼要這麼做呢？」里奧那托說，「這麼做有什麼好處呢？」

神父回答說：「宣布希羅死亡會把毀謗變成憐憫，自然會有些好處，可是我所盼望的好處還不僅僅是這一點。克勞狄奧一旦得知她是聽到他的指責而死去，她生前美麗的身影就會悄然地浮現在他的腦海裡。如果愛情曾經打動過他的心，他一定會表示哀悼。儘管他仍然自以為揭發的事情屬實，他也會後悔當初不該嚴厲譴責她。」

這時，培尼狄克說：「里奧那托，你就聽從神父的話吧。雖然你知道我多麼的敬愛親王和克勞狄奧，然而我還是以我的人格擔保，不會對他們洩露這個祕密。」

經過這樣的勸說，里奧那托答應了。他悲痛地說：「我現在傷心得連一根最細的線都能牽著我走。」

然後，仁慈的修士把里奧那托和希羅帶走，並且繼續安慰他們，結果只剩下貝特麗絲和培尼狄克兩個人留下來。他們那幾位朋友巧施妙計，原本一心想安排他們兩人單獨見面，並且盼望從中尋得娛樂。如今，那些朋友都苦惱得垂頭喪氣，似乎再也沒心思來尋歡作樂了。

培尼狄克先開口了，他說：「貝特麗絲小姐，妳一直在哭泣嗎？」

「是啊，我還要繼續哭泣呢。」貝特麗絲說。

「是的，」培尼狄克說，「我相信妳可愛的堂妹受到了冤枉。」

「唉！」貝特麗絲說，「若是有誰能替她恢復名譽，我該如何去酬謝他啊！」

於是培尼狄克說：「有什麼辦法能表示這種友誼呢？世界上沒有比我更愛妳的人了，妳是否會覺得奇怪呢？」

「我也可以說，」貝特麗絲說，「在這個世界上，你是我最愛的人。但是不要相信我，雖然我沒有說謊，我卻什麼也不會承認、什麼也不會否認。我只是為我的堂妹感到難過。」

「以我的劍起誓，」培尼狄克說，「妳愛我，我也承認我愛妳。來，隨便妳吩咐我做些什麼事吧。」

「殺死克勞狄奧！」貝特麗絲說。

「啊，絕對不行！」培尼狄克說。因為他愛他的朋友克勞狄奧，並且相信克勞狄奧一定是受人擺佈、利用了。

「克勞狄奧信口侮辱、誹謗、詆毀我的堂妹，難道他不是個壞蛋嗎？」貝特麗絲說，「哎，真希望我此時此刻是個男人！」

「聽我說，貝特麗絲！」培尼狄克說。

可是，任何替克勞狄奧辯解的話，貝特麗絲一句也聽不進去。她繼續逼迫培尼狄克為她蒙冤的堂妹報仇。她說：「隔著窗戶和一個男人談心，說得多麼像是一回事！可憐的希羅！她被冤枉、被誹謗了，這輩子就這麼毀了，都是因為克勞狄奧的緣故！哦，但願我自己是個男人！或者我能有個朋友，願意為我做一個男子漢！可是所有的勇氣都已經融化成禮貌和恭維。既然我不能如願地變成男人，就只好繼續做一個女人，在憂憤中而死。」

「等等，好貝特麗絲，」培尼狄克說，「我舉手發誓，我愛妳。」

「你若是愛我，就用你的手去做些別的事吧，無須拿它來發誓。」貝特麗絲說。

「平心而論，妳認為克勞狄奧冤枉了希羅嗎？」培尼狄克問。

「是啊，」貝特麗絲回答說，「就像我知道我有思想、有靈魂那樣千真萬確。」

「那好吧，」培尼狄克說，「我答應妳去向他挑戰決鬥。讓我親吻妳的手再走。我舉手發誓，克勞狄奧將在這隻手下屈服！請妳等待我的消息、想念著我，去安慰妳的堂妹吧。」

正當貝特麗絲竭力慫恿培尼狄克，並用憤慨的話激發他的俠肝義膽，讓他為了希羅，不惜向親密的朋友克勞狄奧挑戰決鬥的時候，里奧那托也向親王和克勞狄奧發出了挑戰，讓他們用劍來回答他們對希羅所造成的傷害，並且鄭重聲明，她已經因悲傷而死。可是由於尊重他年事已高，而且同情他的悲傷，他們都說：「不，善良的老人家，不要跟我們決鬥吧。」

此時，培尼狄克來了，他也向克勞狄奧挑戰，令他用劍來答覆他加諸於希羅的傷害。克勞狄奧和親王互相說道：「一定是貝特麗絲叫他這麼做的。」若非天理公道在此時彰顯正義，證明希羅的無辜，帶來了——比命運未知的決鬥——更好的證明，克勞狄奧一定會接受培尼狄克的挑戰。

親王和克勞狄奧還在談論培尼狄克的挑戰時，一個獄卒把波拉契奧當作犯人押解到親王面前。原來，波拉契奧對他的同伴談起唐．約翰雇他去做挑撥離間的勾當時，被人聽見了。

波拉契奧當著克勞狄奧的面前，對親王招供了事情的全部經過。他說，隔著窗戶與他談心的是穿著小姐衣裳的瑪格萊特，他們把她誤認為希羅姑娘本人。毫無疑問，克勞狄奧和親王心裡不再懷疑希羅的清白了。即使他們還有什麼猜疑，唐．約翰的逃亡也解除了他們的猜疑。唐．約翰發現自己的惡劣行徑已經敗露，他哥哥必定會怒不可遏，便逃離了梅辛那。

克勞狄奧知道自己冤枉了希羅，心裡悲痛至極。他真的以為希羅一聽到那些殘酷無情的話，就立刻死去了。他所愛的希羅的影子又在他的腦海中復活了，依然像他最初愛上她的時候那樣美麗。親王問他剛才聽到的話是不是像烙鐵一樣熨透了他的心。他回答說，聽到波拉契奧說的話時，他覺得自己彷彿吃了毒藥。

於是，醒悟過來、感到懊悔不已的克勞狄奧，請求里奧那托寬恕自己對他孩子所造成的傷害。他發誓說，由於他曾經輕信別人而詆毀了未婚妻；為了親愛的希羅，對於這個過錯，隨便里奧那托給予他什麼樣的懲罰，他都願意承受。

里奧那托對他的懲罰是：第二天早晨，他必須與希羅的一個堂妹結婚。他說這個姑娘長得十分像希羅，而且現在已經是他的繼承人了。克勞狄奧為了履行對里奧那托所發出的莊重誓言，只好答應與這個素不相識的姑娘結婚，即使她是個黑人也無所謂。可是他的內心極度憂傷；當天晚上，他在里奧那托為希羅豎立的墓碑前以淚洗面，懺悔了一夜。

到了清晨，親王陪著克勞狄奧來到了教堂。那位仁慈的神父、里奧那托和他的「侄女」都已經聚在那兒了，準備舉行第二次婚禮。里奧那托把許配給克勞狄奧的新娘介紹給他。新娘戴著一副面罩，克勞狄奧看不到她的臉。克勞狄奧對著這位戴著面罩的姑娘說：「在這位神聖的神父面前，請把妳的手遞給我，如果妳願意嫁給我，我就是妳的丈夫。」

「我活著的時候，曾經成為你的另一個妻子。」這個素不相識的姑娘一邊說，一邊揭開面罩。原來，她並不是什麼侄女（像她所裝扮的樣子），而是里奧那托的親生女兒——希羅姑娘本人。克勞狄奧原本以為希羅已死，現在對他而言，這當然是出乎意料之外的驚喜，他快樂得幾乎不敢相信自己的雙眼。親王看到這一切，也同樣驚訝，他大聲喊道：「這不是希羅嗎？不是那個已逝的希羅嗎？」

里奧那托回答說：「殿下，面對活著的誹謗，她的確已經死了。」

神父答應他們，舉行完儀式之後，就把這個貌似奇蹟的事情解釋一遍。他正要為他們舉行婚禮，培尼狄克攔住神父說，他與貝特麗絲的婚禮要同時一起進行。貝特麗絲對這個婚姻稍微表示了反對意見，於是培尼狄克就提起貝特麗絲對他表示過的愛情（這是他從希羅那兒聽來的），向她發出質問。這時候自然引發一場愉快的解釋，兩人這才發現他們中了圈套，相信了一場根本就不存在的愛情。一個捉弄人的把戲卻使他們成為真正的情人。可是用一個有趣的妙計哄騙他們彼此產生的感情，現在已經十分強烈了，任憑一本正經的解釋也無法動搖這份愛情。

培尼狄克既然已經提議和她結婚，隨便人們用什麼辦法來反對，他也不理睬了。他繼續歡快地跟貝特麗絲說著玩笑，對她發誓：因為聽說她害相思病，憔悴得快要死了，自己純粹是出於可憐她才娶她的；貝特麗絲也反唇相譏說：她是經過好久的勸說才做出讓步，一半也是為了救他一命，因為聽說他一天天的憔悴下去。

於是這兩個狂熱的口才家和解了，並且在克勞狄奧和希羅完婚後，也跟著結為夫妻。

在故事的結尾，特別補充說明一下：策劃那個陰謀罪行的唐・約翰，在逃跑的路上被逮捕，押解回梅辛那了。這個陰鬱且心存不安的人親眼目睹自己的詭計失敗、梅辛那王宮沉浸在喜悅和歡宴之中——這種歡樂本身就是對他最嚴厲的懲罰。

註：

1. 無事生非——*Much Ado About Nothing*，喜劇。
2. 梅辛那——Messina，西西里島東北角上的城市。
3. 希羅——Hero。
4. 貝特麗絲——Beatrice。
5. 里奧那托——Leonato。
6. 阿拉貢——Arragon，古西班牙東北部的城市。
7. 唐・彼德羅——Don Pedro。
8. 克勞狄奧——Claudio。
9. 培尼狄克——Benedick。

蓋尼米德：我假裝自己是羅瑟琳，你就把我當成真正的羅瑟琳，向我求愛。
——第 91 頁

皆大歡喜[1]

從前，在法蘭西各省分林立（或者按照當時的說法，被分成若干公國）的時候，有一個省發生了政變，篡位者廢除了他哥哥合法的公爵地位，並把他流放出去，從而奪取了統治權。

那位公爵被放逐出領地之後，帶著幾個忠實的隨從，在亞登森林裡過著隱居的生活。這位好公爵和他所愛的朋友們住在這兒，他們為了公爵，心甘情願地過著顛沛流離的生活，而他們的土地和收入則被那個奸詐的篡位者肆意揮霍。等漸漸習慣了這種無拘無束的生活之後，他們倒覺得這種自由自在的生活比宮廷裡那種奢靡虛飾的場面舒服多了。在這兒，他們的生活就像古英格蘭的羅賓漢，而且，每天都可以看到許多貴族青年離開宮廷，跑到這個樹林子裡來，大家彷彿生活在黃金時代的人們一樣，逍遙自在地任憑時光流逝。夏天，他們並排躺在大樹下，享受著怡人的綠蔭，看著野鹿奔逐嬉戲。野鹿好像是樹林裡天生的住戶，他們特別喜愛這些帶著斑點的小東西。因此，為了充饑而不得不宰殺牠們的時候，心裡總是感到特別難受。

冬日凜冽的寒風讓公爵聯想到自己多舛的悲慘命運，但他總是耐心地忍受著寒風的侵襲，並且告訴自己：「刮在我身上的陣陣寒風都是忠臣，它們不會對我諂媚，而是把最真實的處境展示出來。寒風雖然像刀割般刺骨，卻不像忘恩負義的牙齒那般鋒利。我終於明白，無論人們怎樣抱怨身處逆境，都可以從中得到一些好處，就像那些可以製成珍貴藥材的寶石，卻是從有毒的、遭人蔑視的蟾蜍腦袋裡所提煉出來的。」

這位有堅強毅力的公爵，就這樣從周圍所看到的每一件東西上汲取著教訓。所以，雖然生活在這個遠離人煙的地方，他還是憑藉這種性格，從一切事物中受益；譬如他能從樹上找到語言，從潺潺的溪流中找到知識，從岩石上找到訓誡。

這位被放逐的公爵有一個獨生女，叫作羅瑟琳[2]。篡位的弗萊德里克公爵[3]雖然流放了她的父親，卻仍然把她留在宮中，和自己的女兒西莉婭[4]做伴。兩位姑娘親密無間，她們的友誼沒有因為兩位父親的反目成仇而受到任何影響，反而使西莉婭竭力討羅瑟琳歡心，藉以彌補自己父親廢黜羅瑟琳父親的罪過。所以，每逢羅瑟琳想起放逐的父親，或者一想到寄人籬下而感到悲傷的時候，西莉婭總是全心全意地安慰她。

有一天，西莉婭就像平時一樣，溫和地對羅瑟琳說：「羅瑟琳，我甜美的堂姊，請妳快樂點吧。」這時候，公爵派來了一個人，告訴她們：有一場摔角比賽就要開始了，如果她們想去觀賞，就要立刻趕到宮殿前面的廣場上來。西莉婭覺得這場比賽可能會讓羅瑟琳開心點，就同意前去觀賞。

雖然如今只有馬戲團的小丑才玩摔角，可是那時候宮廷裡十分盛行這種遊戲，而且還當著美麗的夫人和公主們的面前較量呢。於是，西莉婭和羅瑟琳就前去觀賞這場角鬥了。到了那兒，她們發覺這場摔角一定會很悽慘，因為雙方的差距太明顯了：一個選手身材高大、渾身蠻力，又是摔角老手，曾在比賽中打死過許多人；而另外一個選手非常年輕，對摔角競技毫無經驗，就連觀眾都認為他一定會被打死。

公爵看見了西莉婭和羅瑟琳，就說：「我的女兒和侄女，妳們悄悄跑這兒來看摔跤了嗎？這場比賽實在沒什麼意思，雙方力量懸殊，差距太明顯了。我同情這個年輕人，想勸他別去參加比賽。姑娘們，妳們去跟他談談吧，看看是否能勸得動他。」

對於這種人道之舉，姑娘們樂意前往。西莉婭率先開口，懇求這位陌生的年輕人放棄比賽，接著羅瑟琳又非常懇切地與他談話，說她非常擔心他即將要冒險；但是這些溫柔的話語不但無法說服他放棄比賽，反而讓他更想憑藉自己的勇氣，在這個可愛的姑娘面前一顯身手。他用十分文雅的言辭謝絕了西莉婭和羅瑟琳的請求，如此一來，倒使她們更加關心他了。最後，他這樣拒絕說道：

「拒絕像妳們這般美麗出眾的姑娘所提出的請求，我感到十分抱歉，但是請妳們用美麗的眼睛和溫柔的期待，伴隨我參加這場角逐。我若是輸了，那也不過是一個從未被人愛過的人丟臉；若是我死了，那也不過是死了一個心甘情願赴死的人。我不會對不起朋友，因為我根本沒有朋友來哀悼我；也不會對世間造成任何損失，因為我在凡塵百無一用；如果把我自己在世間上所佔據的位置空出來，也許可以讓更好的人來遞補這個空缺。」

現在，摔角比賽開始了。西莉妮希望這個年輕的陌生人能安然無恙，可是最為擔心他的人是羅瑟琳。他剛才所說的——沒有朋友的處境和他情願去死——的那番話，使羅瑟琳想起了自己的遭遇，覺得他們是同病相憐的天涯淪落人，她非常憐憫他。在摔角的時候，羅瑟琳深切地關注他所處的境地，幾乎可以這麼說：她當時就已經愛上了他。

兩位美麗、高貴的姑娘對這個不知名的青年所表現出的關心，竟然給予他勇氣和力量，讓他創造了奇蹟，最終徹底征服了對手。那位身材高大的對手傷勢嚴重，有很長一段時間不能說話，也無法動彈。

看到這位年輕陌生人所表現出來的勇氣和武技，弗萊德里克公爵感到興奮。他想瞭解一下他的姓名和家世，加以提拔重用。

年輕人說自己名叫奧蘭多[5]，是羅蘭・德・鮑埃爵士的小兒子。

奧蘭多的父親羅蘭・德・鮑埃爵士在好幾年前就逝世了，他在世的時候是被放逐的公爵的賢臣兼密友。因此，當弗萊德里克一聽到奧蘭多的父親竟然是那個被流放的哥哥的朋友，他對這個勇敢的年輕人的好感就頓時消失無蹤，全部變成惱怒，於是悻悻然地離開了。現在，只要是他哥哥的朋友，隨便聽到哪個朋友的名字，他都由衷感到討厭，可是仍然佩服這名勇猛的青年，因此他離開的時候說：「真希望奧蘭多是別人的兒子。」

羅瑟琳聽到她剛剛喜歡上的意中人是她父親老朋友的兒子，十分驚喜。於是她對西莉婭說：「我父親十分敬愛羅蘭・德・鮑埃爵士，如果早知道這個年輕人是他的兒子，我就會流著眼淚乞求他不要冒險了。」

接著，兩位姑娘走到他面前，此時奧蘭多正因公爵突然發怒而感到羞愧，沒想到兩位姑娘竟對他表示親切和鼓勵。臨走前，羅瑟琳又回過頭來，對著父親老友的勇敢年輕的兒子，說了些更為體貼的話，她還從脖子上摘下一條項鍊，說：「先生，請戴上它吧。如果我的運氣比現在好，會送你一件更貴重的禮物。」

只剩下兩位姑娘單獨在一起的時候，羅瑟琳還是口口聲聲說著奧蘭多；於是，西莉婭輕易察覺到一個事實：堂姊已經愛上這個英俊瀟灑的年輕摔角手了。她對羅瑟琳說：「妳對他一見鍾情了嗎？」

羅瑟琳說：「我的公爵父親曾經很欣賞他的父親。」

「可是，」西莉婭說，「難道妳就應該因此而熱烈地去愛他的兒子嗎？如此說來，那我豈不是應該恨他了？因為我的父親恨他的父親啊，不過我並不恨奧蘭多。」

弗萊德里克見到羅蘭・德・鮑埃爵士的兒子以後，憤恨不已；他因此聯想起被放逐的公爵還有許多貴族朋友，同時，大家稱讚他侄女的德行和同情的話語，也讓弗萊德里克心生不悅，他突然產生了邪念。正當西莉婭還在和羅瑟琳談論奧蘭多的時候，弗萊德里克走進了屋子，怒容滿面地命令羅瑟琳立刻離開王宮，去找她父親一起過著流亡的生活。西莉婭苦苦哀求也毫無用處。弗萊德里克竟然告訴西莉婭：當初只是因為西莉婭的緣故，才讓羅瑟琳留在宮裡。

「可是那時候，」西莉婭說，「並不是我請求您留下她，因為那時候我年紀太小，不懂得她的好處，但是現在我知道她的價值了。我們一起睡覺，一起念書、遊戲、吃飯，要是沒有她的陪伴，我就活不下去了。」

弗萊德里克回答說：「她太令人難以捉摸了。她的圓滑、沉默和忍耐，都是為了向民眾求情，請求他們可憐她。妳還要替她求情，真是個傻子！她離開，妳才會顯得更聰明、更有德行！好了，不要替她求情啦，我的判決已經無法挽回了。」

西莉婭發現無法勸說父親撤消放逐羅瑟琳的判決，便毅然決定跟著羅瑟琳一起出走。當天晚上，她就離開了父親的宮殿，陪著她的堂姊羅瑟琳前往亞登森林，去尋找她的父親——也就是那被放逐的公爵。

出發以前，西莉婭提議裝扮成兩個鄉下姑娘的模樣，因為穿著華貴的衣裳趕路，恐怕不安全，同時這麼做也可以隱瞞她們的身分。羅瑟琳說，倘若她們之中的一個人女扮男裝，那就更萬無一失了。於是，兩人決定：羅瑟琳個子高眺，穿上年輕莊稼漢的衣裳，西莉婭則扮成鄉下姑娘。還有，她們必須對人宣稱彼此是兄妹，羅瑟琳化名叫蓋尼米德[6]，西莉婭則取了愛蓮娜這個化名[7]。

兩位美麗的郡主化裝後，隨身攜帶錢和珠寶作為盤纏，展開了長途跋涉。亞登森林距離出發地很遠，在公爵領地的邊界以外。

羅瑟琳姑娘（以後應該稱呼她為蓋尼米德了）穿上男人的衣裳，似乎也有了男人的英武豪氣。西莉婭、羅瑟琳兩人互相陪伴，踏上這令人疲乏的旅程。其間西莉婭所表現出的忠實友誼，令這位新哥哥也盡力用歡快的精神來回報這種誠摯的愛，彷彿他真的是蓋尼米德——溫柔的鄉下姑娘愛蓮娜這位樸實、勇敢的哥哥。

一路上還算順利，但是抵達亞登森林以後，她們找旅館的時候遇到了困難。一路上，本來都是蓋尼米德用輕鬆有趣的談話鼓勵他的妹妹，但是由於缺乏飲食和休息，這會兒他也對愛蓮娜承認，他已經累得不想顧及男子打扮，而想像個女人一樣大哭一場了。可是一聽到愛蓮娜也說走不動了，蓋尼米德再次拚命喚起男人應有的責任感：安慰、勸解女人，因為女人比較柔弱，所以，為了在新妹妹面前表示勇敢，他說道：

「喏，愛蓮娜妹妹，堅強一點，我們的旅程馬上就要結束了，這裡就是亞登森林。」

可是佯裝出來的男子氣概和勇氣再也無法支撐她們了，因為她們雖然已經到了亞登森林，卻不知道該到哪兒去找公爵。這兩位姑娘累得筋疲力盡，她們想，這趟旅行也許只能得到一個悲慘的結局：可能因為迷路而餓死在半路上。然而，幸運的是當她們疲憊地坐在草地上，以為沒有獲救的希望之時，一個鄉下人恰好路過此處。這個時候，蓋尼米德又裝出男人的大膽神情，說道：

「牧羊人，這位年輕的姑娘是我的妹妹，她走得太累了，再加上由於欠缺糧食，她餓昏了。所以，不論是由於人情或是金錢，請你在這片荒涼之地，給我們一點食物和水，然後再懇請你帶我們去一個能夠休息的地方吧。」

那人回答說：他只不過是個牧羊人的僕人，因此，他只能提供他們一點點可憐的食物。但是他的主人想要賣掉房子，如果她們願意跟著他走，就可以分享那兒的東西了。於是她們就跟著這個人一起走了，獲救的希望帶給她們新的力量。結果，她們買下了牧羊人的房子和羊群，並且雇請那個僕人來服侍她們。如此，她們幸運地得到一間整潔的茅屋和充足的糧食。她們決定住下來，一直到打聽出公爵住在森林裡的消息為止。

等她們慢慢從旅途的疲勞中恢復精神，她們就喜歡上這種新的生活方式了，而且幾乎以為自己就是現在所假扮的牧羊郎和牧羊女。不過，蓋尼米德偶爾還記得他曾經是羅瑟琳姑娘，癡情地愛上了勇敢的奧蘭多，只因為奧蘭多是她父親的朋友——老羅蘭爵士——的兒子。雖然蓋尼米德以為奧蘭多遠在許多英里之外的地方，和她們的距離就像她們走過的旅程一樣遙遠。可是她卻意外發現，原來奧蘭多也住在這座亞登森林裡；這樁離奇事件發生的經過如下：

奧蘭多是羅蘭・德・鮑埃爵士的小兒子。爵士死的時候，奧蘭多年紀還小，曾經將他交託給他的大哥奧列佛撫養。爵士在祝福奧列佛的同時，也叮囑他務必讓弟弟接受良好的教育，成為相稱於他們古老門第身分的貴族。可是奧列佛是個不稱職的哥哥，他毫不顧念父親臨終前的囑託，一直沒有把弟弟送進學校，只是讓他待在家裡，乏人照顧和教導。所幸奧蘭多的天性和高貴品德非常像他那卓越的父親，所以儘管沒有受過教育，他卻像個受過悉心教養的青年，相貌堂堂、舉止又莊重高貴。如此一來，奧列佛非常嫉妒這個沒有受過教育的弟弟，竟想親手殺死他。為了達到這個目的，他唆使人去勸說奧蘭多挑戰那位知名的摔角手——前面已經說過，這個摔角手打死過許多人。而奧蘭多也正是因為殘忍的哥哥對他冷漠無情，才說出自己沒有朋友、情願死去的那番話。

可是事實卻與奧列佛邪惡的願望相反，他的弟弟居然在角逐中獲勝了，這個結果更令他難以遏止自己的嫉妒心，發誓要放火燒掉奧蘭多居住的寢室。可是，伺候過老爵士的一位忠實老僕人聽見了奧列佛的誓言；因為奧蘭多和羅蘭爵士簡直長得一模一樣，老僕人由衷地愛護他，他不希望小主人遭遇不測，所以當奧蘭多從公爵的宮殿回來的時候，這個老人出門迎接他。老人看見奧蘭多，就想到親愛的少爺所處的危險，不禁扯開嗓門嚷嚷著說：

「啊，我善良的主人，我親愛的主人，啊，您讓人想起老羅蘭爵爺！您的品德為何如此高尚呢？您為什麼如此善良、健壯、英勇無畏呢？您怎麼這麼傻，竟打敗了那個著名的摔跤手？您的名聲傳播得太快，已經比您本人先到家了。」

奧蘭多聽了這些話，感到有些莫名其妙，不知所云，就問他到底是怎麼一回事。老人告訴他說，他那邪惡的哥哥本來就嫉妒大家對他的愛戴，如今又聽說他在公爵的宮殿裡打敗了摔角手，贏得了榮譽，就打算當天晚上在他的房間偷偷放火，企圖害死他。所以，老人勸奧蘭多立即逃走，躲開危險。亞當（就是這位善良的老人）知道奧蘭多手裡沒有錢，就隨身帶來了自己僅有的一點積蓄，然後他說：

「我有五百克郎[8]，我替您父親做事的時候，從工錢裡省吃儉用存下來這些錢，本來預備著養老的時候花用。您拿去吧，我雖然有些歲數，但是上帝餓不死渡鴉，祂會照看我的！您把這筆錢全部拿去，把我當成您的僕人吧。我看起來雖然有點老邁，可是不論您有什麼吩咐，我都會努力去完成。」

「啊，善良的老人！」奧蘭多說，「古人的那種忠心耿耿，在你身上表現得多麼鮮明啊！你已經不適合留在此地了。我們一起走吧，我想不必等到花光你年輕時所賺的錢，我就可以想辦法賺錢，維持我倆的生計。」

於是，這個忠實的僕人就跟著他所愛戴的主人一起出發了。奧蘭多和亞當只顧著朝前方走去，並不知道該走哪條路，最後他們來到了亞登森林。他們在這兒找不到吃的食物，同樣遇到了蓋尼米德和愛蓮娜曾經遭受的困境。但是他們只能漫無目的地四處亂走、尋找有人居住的地方，最後疲憊得饑寒交迫，渾身無力。

終於，亞當說：「啊，我親愛的主人，我快餓死了，再也走不動啦！」然後，他躺了下來，把身體下方的土地當作自己的墳墓，向他親愛的主人告別。

奧蘭多看到老僕人已經如此衰弱，就把他抱到一片舒適的樹蔭下，對他說：「振作點兒，打起精神，老亞當，在這裡休息一下，千萬別說死亡的話！」

奧蘭多四處尋找食物，恰巧來到公爵居住的地方。此時，尊貴的公爵正坐在草地上，頭頂只有幾棵遮蔭的大樹；原來，公爵和他的朋友們正準備用餐。

這時候，奧蘭多已經被饑餓逼迫得走投無路，於是他拔出劍，打算藉由武力去搶奪吃的東西。他說：「住手，不准再吃了，把你們正在吃的東西交給我！」

公爵問他為何如此粗魯蠻橫，是因為窘迫，還是因為天生是個不懂規矩的野蠻人呢？聽了這句話，奧蘭多才說自己快餓死了。於是公爵對他說，歡迎坐下來和他們一塊兒用餐。奧蘭多聽他說話如此溫和，連忙收起佩劍，但是想到自己剛才那麼魯莽地向他們索討食物，頓時慚愧得羞紅滿面。

「請原諒我，」他說，「我還以為這兒是個野蠻之地呢，所以才擺出一副粗暴的樣子。你們住在這處荒野裡，躺在陰涼的樹蔭下，與世隔絕，可能忽略了時光的流逝。可是無論你們曾經是什麼人，只要你們經歷過美好日子，只要你們參加過教堂的禮拜，只要你們參加過上流社會的宴會，只要你們從眼皮上擦過淚水，只要你們懂得憐憫和被憐憫；那麼請讓我用這些文雅溫和的話來感動你們，請你們也用人間的善意來對待我吧！」

公爵回答說：「如你所說，我們的確曾經歷過美好日子，儘管我們現在居住於一片荒涼的樹林，可是我們也曾在大大小小的城市裡居住，曾經被神聖的鐘聲召集到教堂裡，曾經參加過上流社會的宴會，也曾經從眼皮上拭去因為神聖的憐憫心而流下的淚水。所以請你坐下來，放心吃吧。」

「還有一位可憐的老人，」奧蘭多說，「只是因為愛護我，跟隨著我一瘸一拐地走了許多疲乏的路，饑餓再加上年老體衰，已經疲憊不堪了。除非他先吃飽，否則我決不會碰一點食物。」

「快去帶他來吧，把他帶到這兒來，」公爵說，「我們等你回來時再用餐。」

於是奧蘭多趕緊出發，他就像一隻母鹿去找尋找牠的小鹿。不久，他就抱著亞當回來了。

公爵說：「快放下那位可敬的老人家，我們歡迎你們兩位。」

隨後，為了讓老人恢復精神，他們開始餵他吃點兒東西。終於，老人漸漸緩過氣來，恢復了健康和體力。

公爵問起奧蘭多的情況，才知道奧蘭多是他老朋友羅蘭・德・鮑埃的兒子，就收留奧蘭多在自己的身邊，加以保護。從此，奧蘭多和他的老僕人就與公爵一起住在森林裡。

奧蘭多來到森林裡幾天之後，蓋尼米德和愛蓮娜也到了這裡，並且（如前所述）買下了牧羊人的茅屋。

蓋尼米德和愛蓮娜十分驚訝地發現在許多樹上都刻著「羅瑟琳」這個名字，而且樹上還繫著寫給羅瑟琳的十四行情詩。她們倆正在納悶究竟是怎麼一回事的時候，正巧遇到了奧蘭多，並且看見他脖子上掛著羅瑟琳送給他的項鍊。

奧蘭多無論如何也不會想到蓋尼米德就是那位美麗的羅瑟琳郡主。當初，他也沒料到像她那麼高貴的身分，竟會對他表示好感，頓時使他產生愛慕之心，一天到晚都在樹上刻畫她的名字，寫下那些十四行情詩，讚美她的容貌。不過，當他看到眼前這個俊秀的年輕牧羊人，神態是那般的優雅，心裡也感到十分歡喜，就和他攀談起來。不知為何，他覺得蓋尼米德長得有點兒像他心愛的羅瑟琳，只是沒有那位高貴小姐的莊嚴氣質，因為蓋尼米德總是故意裝出成年小夥子的鹵莽勁兒。他還以非常頑皮而又詼諧的口吻，向奧蘭多談起一個情人的故事。他說：「這個人經常在我們的樹林裡出沒，在樹皮上刻滿了『羅瑟琳』這個名字，蹧蹋剛生長好的樹木，他還在山楂樹上掛起詩篇，在荊棘上吊著哀歌，全是讚美那個羅瑟琳。我要是能夠找到這個癡情人，一定為他出個好主意，治好他的相思病。」

聽到這番話，奧蘭多承認自己就是蓋尼米德所說的那個癡情人，他要求蓋尼米德把剛才提到的好主意告訴他。沒想到蓋尼米德的治療方法竟是要奧蘭多每天到他和妹妹愛蓮娜所居住的茅屋裡。

「然後，」蓋尼米德說，「我假裝自己是羅瑟琳，你就把我當成真正的羅瑟琳，向我求愛。而我呢，就模仿那些異想天開的姑娘，用她們對付情人的花招對待你，直到你為自己的癡情感到害臊為止。你覺得這個方法如何呢？」

對於這個治療方法，奧蘭多沒有什麼信心，不過他還是很樂意地每天造訪蓋尼米德的茅屋，假裝進行一齣求婚戲。從此以後，奧蘭多每天都來拜訪蓋尼米德和愛蓮娜，並且把牧羊人蓋尼米德當作他的羅瑟琳，每天都對他說些只有情人才會說的甜言蜜語。然而，這對於治療奧蘭多的相思病，似乎沒有發揮特別的療效。

儘管奧蘭多認為這不過是一場鬧劇，因為他做夢也沒有想到蓋尼米德就是他的羅瑟琳，可是他卻因此而把所有的知心話都說出來。當蓋尼米德知道這些纏綿的癡情話都是說給自己聽的，她也偷偷享受著一絲竊喜；如此一來，兩人都得到了快樂。

就這樣，三個年輕人度過了許多快樂的日子。性格溫和的愛蓮娜看到蓋尼米德對於這齣求婚戲興致勃勃，自己也覺得有趣，就沒有提醒蓋尼米德：羅瑟琳姑娘到現在還沒有和她的公爵父親相認。原來，她們已經從奧蘭多嘴裡得知了公爵的住處。而且某一天，蓋尼米德還遇見了公爵，跟他隨便閒聊了幾句，公爵還問起他的家世，但是蓋尼米德只是回答說，他的家世像公爵一樣高貴。這句話讓公爵臉上露出了微笑，因為他沒有想到這個俊美的牧童竟然會有王族血統。蓋尼米德看到公爵氣色很好，心情愉快，於是就決定過幾天再向公爵詳細解釋吧。

某天早晨，奧蘭多正要像平時一樣去拜訪蓋尼米德，卻看見一個人躺在地上睡覺，還有一條巨大的綠蛇纏繞在他脖子上。那條蛇看見奧蘭多走近了，就蛇行溜進灌木叢裡去。奧蘭多又走近一些，發現有隻母獅子蹲伏在地上，頭抵著地面，像隻貓一樣注視著，等待那個熟睡的人醒來（據說獅子不肯獵食死亡或是睡著的動物）。彷彿是上帝刻意派遣奧蘭多來拯救這個人，可是當奧蘭多瞧了一眼這個睡覺的人，卻發現這個身陷險境的人是他的哥哥奧列佛。一想到奧列佛曾經殘忍地虐待他，還威脅說要放火燒死他，他幾乎想一走了之，任憑那隻饑餓的母獅子把他哥哥當成獵物。可是手足之情和他善良的本性立刻壓倒了心中的怨恨；他拔出劍來，朝那隻獅子發出攻擊，雖然母獅的利爪抓破了他的一隻胳膊，他最後還是殺死了母獅；如此一來，奧蘭多從毒蛇和兇猛的母獅的威脅下，拯救了哥哥的性命。

奧蘭多正在和母獅搏鬥的時候，奧列佛醒了。看到弟弟奧蘭多正冒著生命危險，與狂怒的猛獸搏鬥，再想到自己曾經殘忍地對待奧蘭多，心中立刻充滿慚愧和悔恨。他懺悔著自己從前的卑劣行為，痛哭流涕地請求奧蘭多饒恕他曾經犯下的過錯。奧蘭多看到他如此後悔，非常高興，欣然原諒了他；兄弟倆相互擁抱。從那一刻以後，奧列佛就用兄長之愛對待奧蘭多，雖然他原先來到森林的主要目的是為了殺死弟弟。

鮮血從奧蘭多胳膊上的傷口流了出來，他覺得自己很虛弱，已經沒有力氣去拜訪蓋尼米德了，只好要求哥哥代替他前往蓋尼米德兄妹的茅屋，並且告訴蓋尼米德這樁意外。奧蘭多還說：「我開玩笑地稱呼那個蓋尼米德為我的羅瑟琳。」

於是，奧列佛到了那兒，一五一十地告訴蓋尼米德和愛蓮娜這個消息——奧蘭多英勇拯救他的性命、他自己因而僥倖逃過一劫的經過。然後，他向他們承認：自己就是那個曾經殘忍虐待過奧蘭多的哥哥，接著又說，現在他們兄弟倆已經和好了。

奧列佛說話時所表現出來的真摯與悲傷，在善良的愛蓮娜心中留下了深刻的印象，她立刻愛上了他，奧列佛也明顯感受到了，愛蓮娜聽到他懺悔自己的過錯時，表現出那樣深切的同情，他也立刻愛上她了。當愛神丘比特偷偷眷顧愛蓮娜和奧列佛的時候，奧列佛卻只能手忙腳亂地照顧蓋尼米德，因為一聽到奧蘭多被獅子抓傷，蓋尼米德立刻就暈厥了。等他甦醒時，他藉口說自己之所以會暈倒，不過是為了模仿想像中的羅瑟琳的樣子而已。蓋尼米德還對奧列佛說：

「別忘了告訴你弟弟奧蘭多，我剛才假裝暈倒時，多麼像是真的暈倒啊。」

可是他那慘白的臉色很難使人相信他是假裝暈倒的。奧列佛覺得奇怪，為何這個年輕人竟會如此脆弱，就說道：「好吧，你若是假裝暈倒，就打起精神，做個堅強的男子漢吧。」

「我的確是在這麼做，」蓋尼米德老實地回答，「可是憑良心講，我真的應該是個女人。」

奧列佛待在此處很久，才回到他弟弟那兒。當他回去之後，除了對奧蘭多說蓋尼米德暈倒的事情，奧列佛還告訴他，自己是如何愛上了那個美麗的牧羊女愛蓮娜；雖然他們之前從未謀面，但兩人卻互有好感。他告訴奧蘭多自己計畫與愛蓮娜結婚，彷彿這是一件已經決定好的事情。他還說自己非常愛她，想長住在這裡做個牧羊人，所以要把家鄉的莊園和房子全部轉贈給奧蘭多。

「我支持你，」奧蘭多說。「你們就在明天舉行婚禮吧，我可以去邀請公爵和他的朋友們。哦，你看，愛蓮娜的哥哥來啦，現在只剩下她一個人在家了，趁著這個機會，你快去說服你的牧羊女吧。」

於是奧列佛趕緊去找愛蓮娜了。奧蘭多看見蓋尼米德走近了，他是來探望這個受傷的朋友。

當奧蘭多和蓋尼米德開始談論奧列佛和愛蓮娜之間飛速產生的愛情，奧蘭多說，他哥哥已經去勸說那個美麗的牧羊女，第二天就與他結婚，還說這是他的主意。接著又補充了一句：他多麼希望能在同一天與他的羅瑟琳結婚啊。

沒想到蓋尼米德表示贊同，他說如果奧蘭多確實如自己所說，深愛著羅瑟琳，他的願望應該可以實現，因為第二天他會安排好一切，讓羅瑟琳親自出面；並且說，羅瑟琳一定會願意嫁給奧蘭多。

蓋尼米德解釋說，他叔叔是個著名的魔法師，他從叔叔那兒學過一種魔法，能讓美夢成真。不過既然蓋尼米德就是羅瑟琳姑娘，這件看似離奇的事，自然輕易可以履行。

然而，這位癡情的奧蘭多，對於蓋尼米德所說的事情還是半信半疑，他問蓋尼米德是否在欺騙他。

「以我的生命起誓，我說的句句都是真話。」蓋尼米德說，「快去穿上你最好的衣裳，邀請公爵和你的朋友們來參加婚禮吧。只要你願意明天與羅瑟琳結婚，她就一定會出現。」

此時，奧列佛已經說服愛蓮娜，第二天早晨，他們倆就來到公爵面前，當然，奧蘭多也一起來了。

大家聚在一起，慶祝這件成雙的喜事，可是看到只有一個新娘到場，大家又是驚訝又是猜測，大多數人都認為蓋尼米德只是在惡作劇，嘲弄奧蘭多。

公爵聽說自己的女兒將以一種離奇的方式出現，就問奧蘭多是否相信牧羊少年所允諾的事。奧蘭多正要回答說自己也不知道，此時，蓋尼米德走進來了，他問公爵，如果他使他的女兒來到此處，他會不會同意她與奧蘭多結婚。公爵說：

「即使要拿好幾座王國給她當作嫁妝，我也願意。」

接著，蓋尼米德又問對奧蘭多：「你說過如果我可以使她來到這兒，你就願意與她結婚，是嗎？」

「沒錯，」奧蘭多說：「即使我是統治許多王國的君王，我也願意這麼做。」

聽見他們的回答，蓋尼米德和愛蓮娜一起走了出去。蓋尼米德脫下身上的男裝，重新換上女人的衣裳，不需要任何魔法的力量就倏忽變成了羅瑟琳；愛蓮娜也脫下鄉下姑娘的裝束，換上自己的華麗服裝，毫不費力地變成了西莉婭姑娘。

他們剛剛離開，公爵就對奧蘭多說，他覺得牧羊少年蓋尼米德長得很像他的女兒羅瑟琳；奧蘭多說，他也有同感。

但是他們還來不及繼續推測下去，羅瑟琳和西莉婭已經穿著女裝進來了；當然，羅瑟琳不是憑藉魔法而出現。羅瑟琳走進來後，跪在父親面前，請求他的祝福。她出現得如此突然，在場的人都感到十分驚奇，覺得魔法的力量實在太神奇了；可是羅瑟琳不願意再隱瞞她的父親，就把自己被放逐的經過告訴他，還提到她假扮成牧羊少年、堂妹西莉婭扮作她的妹妹，她們一起居住在這座樹林裡。

公爵信守剛才的諾言，同意他們結婚，於是這兩對戀人便同時結婚了。由於在這個荒涼的樹林裡舉行婚禮，當然不可能有宮廷那種華麗的場面和壯觀儀式，儘管如此，這種快樂無比的大喜日子卻是前所未有。正當所有人在清爽怡人的樹蔭底下吃著鹿肉，完全沉浸在好公爵和兩對新人的美滿幸福裡；也許是上天想讓這些好心人的幸福更加完美，送信人忽然捎來一個喜訊：公爵的領地又物歸原主了。

原來，那個篡位的公爵——西莉婭的父親對於女兒逃走的事情極為憤怒；再加上聽說每天都有賢德之士投奔亞登森林，加入他哥哥的行列——那個被放逐、合法的公爵，他因而產生了強烈的嫉妒心，他嫉妒哥哥在逆境中仍然如此受人尊敬。於是他率領大隊士兵向森林趕來，打算一舉消滅他哥哥和所有忠誠的隨從。可是天意使然，這個壞心腸的弟弟改變了他的邪惡意謀。事情始末如下：

當他走到這個荒涼的森林邊緣，就碰到一個年邁的修道士，其實那是一位隱士。隱士與他的一番談話讓他終於意識到自己的錯誤，從此，他決定痛改前非，放棄不屬於自己的領土，退居到修道院裡安度餘生。於是，他洗心革面以後，派人去見他的哥哥，表示要把自己篡奪許久的王國歸還給他，同時也會把土地和收入歸還給他哥哥的朋友們——那些與他共患難的忠實隨從。

聽到這個出人意料的喜訊，大家都十分高興，兩位郡主婚禮的喜慶和快樂氣氛也就更加強烈了。此時的西莉婭雖然不再是公國的繼承人，但是公爵的復位卻讓羅瑟琳重新擁有了這個身分，所以西莉婭非常誠懇地向她的堂姊表示祝賀。由此可見，她們姊妹倆之間的感情十分融洽，沒有一點兒嫉妒或是羡慕的成分。

現在，公爵終於有機會報答那些可敬的隨從了，他們是最忠實的朋友，曾經在那些流放的日子裡，始終與他共患難。如今他們回到了公爵的王宮裡，從此過著平安幸福、豐衣足食的生活。

註：

1. 皆大歡喜——*As You Like It*，喜劇。
2. 羅瑟琳——Rosalin。
3. 弗萊德里公爵——Duke Frederick。
4. 西莉婭——Celia。
5. 奧蘭多——Orlando。
6. 蓋尼米德——Ganimed。
7. 愛蓮娜——Alien。
8. 克朗——Crowns。

某天，蓋尼米德遇見了公爵。——第92頁

維洛那二紳士[1]

維洛那城裡住著兩個年輕的紳士，一個叫作凡倫丁[2]，另一個叫作普洛修斯[3]，長久以來，他們始終維持著堅定不變的友誼。他們一起讀書、談天，兩人總是在一起度過閒暇時間；除了普洛修斯去拜訪他所鍾愛的一位小姐。

原來，普洛修斯愛上了美麗的朱利婭[4]，這是兩位朋友唯一意見分歧的地方。因為凡倫丁自己沒嘗試過愛情的滋味，所以聽到朋友總是談起他的朱利婭，難免有時感到厭煩。於是，他嘲笑普洛修斯，語帶雙關地嘲弄他的這種癡情，還宣稱：自己決不讓這種無謂的幻想鑽進腦海。他還說自己寧願過著無拘無束、逍遙自在的快活日子，也不願意像普洛修斯一樣，在焦灼盼望、擔驚受怕中度日。

一天早晨，凡倫丁跑來告訴普洛修斯，兩人必須暫時分開一下，因為他決定前往米蘭。普洛修斯不願與朋友離別，費勁唇舌勸說凡倫丁不要離開。可是凡倫丁說：「親愛的普洛修斯，別再勸我了。我不願意像個懶漢似的整天待在家裡，遊手好閒地耗盡青春歲月。年輕人總是待在家裡，只會變成井底之蛙，不會有遠見卓識。若不是你的感情已經被朱利婭溫情的眼神拴住了，我也會找你陪著我一起去見識一下新奇的世面。可是既然你在談戀愛，那就不要停歇吧，祝你的愛情有一個美滿的結果！」

臨別時，兩人相互表示他們之間的友誼一定會堅定不移。「再會吧，親愛的凡倫丁，」普洛修斯說，「你要是在路上看見什麼值得欣賞的珍奇寶物，希望你能想起我，並且但願我也能分享到你的快樂。」

於是，凡倫丁當天就動身前往米蘭。等朋友離開以後，普洛修斯坐下來，寫信給朱利婭，他把這封信交給朱利婭的女僕露西塔，請她轉交給女主人。

其實，朱利婭對普洛修斯早已一往情深，可是這位心性高傲的小姐覺得倘若讓普洛修斯輕易地贏得她的芳心，就會失去少女的尊嚴，所以，她假裝視而不見他的愛慕之情，讓他極度感到心神不安。

因此，當露西塔把信件遞給朱利婭的時候，她不肯收下，還責怪那個女僕不該從普洛修斯手裡收下那封信，然後吩咐她離開房間。可是朱利婭又很想知道信裡寫些什麼，所以立刻又把女僕露西塔叫了回來，她問露西塔：「幾點鐘啦？」

露西塔知道女主人其實更迫切地想看到這封信的內容，就沒有回答她的問題，而是把那封她拒絕收下的信又遞了過去。朱利婭看見女僕居然能看透她的心思，很生氣地撕碎了信，扔在地上，又吩咐女僕再一次離開房間。露西塔一邊往外走著，一邊停下來撿拾那封信的碎片。可是朱利婭並不願意讓她把碎紙片拿走，假裝發脾氣地說：「走，給我出去，儘管讓這些紙片躺在地上。妳這樣收拾這些紙片，只會惹我更生氣！」

然後，朱利婭就開始努力地拼湊這些紙片，她最先認出了「為愛受了創傷的普洛修斯」這幾個字。儘管這些字和其他類似的癡情字眼一樣都被撕碎了，她還是認出它們了。朱利婭是從「為愛受了創傷的普洛修斯」這句話，想起了「受傷」這個字眼兒。她為這些碎紙片哀嘆，並且對著這些纏綿的詞句說話，告訴它們，她要把它們貼身放在懷裡，讓它們就像睡在床上一般，直到傷口癒合為止；她還說自己會親吻每一片碎紙，向它們賠罪。

一個可愛的大家閨秀就這樣稚氣地自言自語，直到發現無論如何也不能拼湊信紙，她便開始惱恨自己不該那麼狠心，竟然撕毀了這封柔情蜜意的情書。於是，她寫了一封信給普洛修斯，這封回信的措辭比以往的任何一封都要溫情許多。

從這一封信中，普洛修斯感受到朱利婭心中的真正情意，他欣喜若狂，於是一邊讀信一邊大聲喊道：「甜蜜的愛情！甜蜜的詩句！甜蜜的人生！」

他正欣喜若狂的時候，卻被他父親打斷了。「喂！」老先生問，「你在那兒讀什麼信呢？」

「父親，」普洛修斯回答說，「是我的朋友凡倫丁從米蘭寄來了一封信。」

「把信交給我，」他父親說，「讓我看看信裡都說些什麼消息。」

「沒什麼，父親，」普洛修斯驚慌失措地說，「他只是來信說米蘭公爵十分器重他，對待他禮遇有加，還說希望可以和我一起分享他的幸福。」

「那麼，你意下如何呢？」他父親問道。

「我聽從您老人家的意見，而不是朋友的願望。」普洛修斯說。

湊巧，普洛修斯的父親也與他的朋友談論到這類事情。那位朋友說，現在大多數人都把兒子送往海外去闖蕩，為什麼他老人家卻讓兒子待在家裡消磨時間？他覺得很奇怪，還說：「有些人去打仗，在戰場上碰碰運氣；有些人去遙遠的地方發掘海島；有些人到國外的大學進修；他的朋友凡倫丁不是也去了米蘭公爵的宮廷嗎？這些事情，你兒子都能做，如果不趁年輕時出去遊歷，成年以後會因此而吃虧。」

普洛修斯的父親覺得朋友的忠告很有道理，所以一聽到普洛修斯告訴他：凡倫丁「希望我可以和他在一起，分享他的幸福」，就立刻決定叫兒子前往米蘭。這個固執己見的父親，一向只吩咐他兒子該怎麼做，卻從來不與兒子商量。這次也是一樣，他沒有告訴普洛修斯為什麼突然做出了這個決定，只說：「我的意見和凡倫丁的願望一樣。」看到他兒子驚訝的表情，他補充說道：「你不必奇怪我為什麼突然決定讓你到米蘭公爵的宮廷，你只要依照我所說的去做就行了，沒有商量的餘地。明天你就準備動身，不得耽誤，我說話算話。」

普洛修斯知道反對父親的決定也沒用，因為他從來不敢違背父親的意願。事已至此，他也只能責怪自己沒有對父親如實相告，坦白說那封信是朱利婭寫給他的回信，才造成必須與她離別的悲傷後果。

朱利婭知道即將與普洛修斯分別一段時間，也就不再假裝無動於衷了。他們傷心地告別，山盟海誓，許諾彼此相愛到永遠。然後普洛修斯和朱利婭交換了戒指，互相許諾要留作永遠的紀念。這樣傷心地分別以後，普洛修斯踏上旅途，前往米蘭——他的朋友凡倫丁的住處。

事實上，正如普洛修斯向父親謊報的情形：凡倫丁的確受到米蘭公爵的器重。另外，還發生了一件令普洛修斯意想不到的事情：凡倫丁已經告別了他平日所說的無拘無束的生活，與普洛修斯一樣，陷入了愛情漩渦。

使凡倫丁產生這種奇妙變化的人是米蘭公爵的女兒——席維婭小姐[5]，她也愛上了凡倫丁。只是他們對公爵隱瞞了兩人之間的愛情，因為儘管公爵極為熱情友好地對待凡倫丁，每天都邀請他到宮廷中，但是公爵卻計畫把女兒嫁給一位年輕的朝臣——名叫修里奧[6]。而席維婭輕視修里奧，因為他絲毫沒有凡倫丁那種高尚的品格和卓越的才能。

有一天，修里奧和凡倫丁這兩個情敵同時去拜訪席維婭。談話的時候，凡倫丁嘲笑修里奧所說的每一句話，把它們當作笑柄，逗得席維婭十分開心，此時，公爵走進屋子，告訴凡倫丁一個令人愉悅的消息：他的朋友普洛修斯抵達米蘭了。

凡倫丁說：「如果現在讓我許個願，我希望能在這兒見到他。」然後，他還向公爵盛讚起普洛修斯：「殿下，雖然我當初荒廢了時光，我這位朋友卻不曾虛度美好年華。他才貌雙全，具有一位上流紳士所應有的優雅、高貴。」

既然是如此優秀的人，我們當然必須熱烈歡迎了，」公爵說，「席維婭，我這句話是對妳說的；修里奧先生，也是對你說的；至於凡倫丁，就用不著我囑咐了。」

正說到這兒，普洛修斯進來了，凡倫丁把他介紹給席維婭，說：「可愛的小姐，他和我一樣是妳的隨從，請妳接受他，像對待我一樣對待他。」

拜訪完席維婭，當房間裡只剩下凡倫丁和普洛修斯的時候，凡倫丁說：「現在對我說說家裡的情況吧。你那位小姐還好嗎？你們的戀愛還順利嗎？」

普洛修斯回答說：「從前你一聽到我說戀愛的事兒，你就覺得厭煩，我記得你不喜歡談論有關戀愛的事啊！」

「啊，普洛修斯，」凡倫丁接著說，「可是我現在的生活完全和以前不一樣了。由於曾經譴責過愛情，我正在贖罪；愛情為了報復我對它的輕蔑，總是讓我睜著眼睛發呆，把睡眠全趕跑了。啊，普洛修斯，愛情真是一個權力無邊的君王，我在它面前已經甘拜下風了。我承認，世上再也沒有比愛情的懲罰更令人憂傷，也沒有比服侍它更快樂的事了。現在除了戀愛，我什麼話都不想說。如今，只要提起愛情這兩個字，我就茶飯不思、寢席難安。」

凡倫丁承認愛情使他發生了巨大的改變，對他的朋友普洛修斯來說，這應該是個很大的勝利。可是此時，普洛修斯已經不再是那個原來的「朋友」，因為他們一起談論著那個萬能的愛情主宰（甚至，正當他們談論愛情如何改變凡倫丁的時候），普洛修斯的心裡已經有了很大的變化。在這之前，普洛修斯一直是忠實的情人和真摯的朋友，然而見了席維婭短短一面之後，他竟變成了一個不講信義的朋友和不忠實的情人。因為一見到席維婭，他對朱利婭所有的感情就像夢境一樣消失了，而且，就算是他與凡倫丁多年的友誼，也無法阻止他想竭力奪取席維婭的念頭。正像許多天性善良的人在走向不義之路時有所顧慮，普洛修斯在決定拋棄朱利婭、同時成為凡倫丁的情敵之前，心裡也是猶豫重重；但是他的道義感最終還是被壓倒了，他幾乎毫不猶豫地就讓自己陷入這個不幸的情網。

凡倫丁把他們的戀愛經過悄悄地告訴普洛修斯，包括他們是如何謹慎地瞞住她的公爵父親，並且說，因為依照目前的情勢，公爵可能永遠不會贊同他們的婚事，所以他已經說服席維婭當天晚上逃離父親的宮殿，他們一起逃往曼圖亞。然後，他又給普洛修斯看了一個繩子所製成的梯子，他想等到天黑以後，就利用這個繩梯幫助席維婭從窗戶逃出來。

雖然令人難以置信，但事實確實如此：普洛修斯聽完這個寶貴的祕密，就決定去找公爵，一字不漏地洩露一切的事情。

進入正題之前，無情無義的普洛修斯鼓起如簧的唇舌說出一套義正嚴詞的話，譬如說：站在朋友的立場，他本該隱瞞一切祕密，可是公爵如此盛情款待，令他感激不盡，若非如此，世間的利益誘惑都不能驅使他洩露實情。然後，他就一字不漏地說出凡倫丁的祕密計畫，當然沒有忽略那個繩梯，以及凡倫丁想把它藏在長袍下面的辦法。

看到普洛修斯寧可洩露朋友的祕密，也不願替他隱瞞不正當的行為，公爵覺得他簡直出奇得誠實，極為讚賞了他一番，並且允諾一定不會讓凡倫丁知道這個祕密從何處洩露出去，公爵打算略施巧計讓凡倫丁自己洩密。為了達到這個目的，公爵晚上就去等著凡倫丁的到來。不久，果然看到凡倫丁急匆匆地走向宮裡，他的長袍下面好像藏著什麼；他斷定那一定是繩梯。

公爵攔住他，說：「凡倫丁，你走得這麼匆忙，到哪兒去呀？」

「殿下，」凡倫丁說，「我寫了幾封信給朋友們，有個信差正在外面等著取信，我正要找他，讓他把信捎走。」

凡倫丁說的謊言，也像普洛修斯對父親撒的謊言一樣失敗了。

「是很重要的信嗎？」公爵問。

「不太重要，殿下，」凡倫丁說，「只不過是告訴家父，我在大人這兒很平安、快樂。」

「那就不需要如此，」公爵說，「別理會那些信了，你還是先陪我待一會兒，我有些重要的事，想聽聽你的意見。」

然後，為了套出凡倫丁的祕密，他開始編出一套故事，做為誘餌。他說，凡倫丁也曉得他想把女兒嫁給修里奧，但是她卻十分固執，無論如何也不肯同意；他說：「她是我的女兒，卻一點兒也不敬畏我這個父親。實不相瞞，她如此目無尊長，已經奪走了我對她的父愛。我原本想讓她盡一份女兒的孝心，以慰藉我的晚年，不過，現在我決定續弦了；至於這個女兒，我決定把她趕出去。她既然瞧不起我，當然也不會把我的財產放在眼裡，所以就讓她的美貌當作嫁妝吧；誰願意要娶她，就去娶她吧，我再也不會在意了。」

凡倫丁感到納悶，不清楚公爵究竟是何用意，只好問道：「關於這件事，請問殿下有何吩咐呢？」

「哦，是這樣的，我想娶的這位姑娘很純潔、十分靦腆，」公爵說，「我這個老頭子一把歲數了，我的話打動不了她的心。而且，現在的戀愛方式不同於我年輕的時代。所以，我想向你請教，應該如何求婚呢？」

凡倫丁告訴公爵，年輕人為了贏得漂亮姑娘的芳心，會採取哪些計策，譬如贈送禮物、時常去拜訪等等。

公爵說他送過禮物，可是那位姑娘不肯接受。而且她父親極為嚴格地管教她，任何男人都不能在白天裡接近她。

「那麼，殿下只好晚上去看她了。」凡倫丁說。

「可是到了晚上，」狡猾的公爵總算把話鋒轉到重點，就說：「她的房門牢牢地上鎖了。」

不幸的是，凡倫丁不僅提議公爵在夜晚時藉助繩梯爬進姑娘的閨房，並且答應替他找一個合適的繩梯。最後，他還建議公爵把繩梯藏在他現在穿的這種長袍下。

「那麼，把你的長袍借給我用一下吧，」公爵說。他故意編出這麼長的一段故事，就是為了等待這樣一個時機。因此，一說完這些話，他就伸手抓住凡倫丁的長袍，往後一掀，結果不但露出那個繩梯，還有席維婭的一封情書，他立刻拆信閱讀，信裡詳細寫著他們私奔的全部計畫。看過之後，公爵申斥凡倫丁不該這般忘恩負義，他如此盛情款待他，凡倫丁卻想盡辦法誘拐他的女兒。然後公爵把凡倫丁驅逐出境，下令永遠不許他回來米蘭。凡倫丁連一眼也沒能見到席維婭，當天晚上就被驅逐了。

正當普洛修斯在米蘭陷害凡倫丁的時候，身在維洛那的朱利婭卻思念著不在身邊的普洛修斯，而感到苦惱。最終，這種思念壓倒了她對於規矩禮教的顧忌，她決定離開維洛那，前往米蘭尋找她的情人。為了確保路途上的安全，她和女僕露西塔女扮男裝，她們到達米蘭城的時候，凡倫丁剛剛被普洛修斯出賣、並且被趕出米蘭不久。

中午時分，朱利婭進了米蘭城，住在一間旅店裡。由於她一心掛念著親愛的普洛修斯，為了能打聽到普洛修斯的一點消息，她向旅店老闆（或者稱呼為店主人，他們都是這麼叫他的）攀談了一會兒。

店主人看到這位英俊瀟灑的年輕紳士（他認為她是這樣的人），這麼隨意地和他聊天，內心裡感到非常高興。因為他從外表判斷，這位年輕紳士的身分必定非常顯貴。他是個古道心腸的人，見到客人如此愁眉不展，於心不忍，為了使年輕客人開心，他說願意陪年輕人去聽點優美的音樂。他說，當天晚上會有一位先生用溫柔悅耳的樂曲向他的情人求愛。

朱利婭之所以如此憂愁，是因為她不確定自己這種冒失的舉動，普洛修斯究竟會如何聯想。因為她知道普洛修斯愛的正是她那高貴的、少女的傲氣和她的端莊尊嚴，她擔心他會蔑視她，所以才露出一副愁眉不展、心事重重的樣子。

她非常高興地接受了店主人的邀請，決定跟著他一起去聽音樂，因為她心裡希望能在路上巧遇普洛修斯呢。

可是當店主人把朱利婭領到宮裡以後，結果卻和他的善意初衷相反。因為她在那兒痛心地看到她的情人（那個用情不專的普洛修斯）正在用音樂向席維婭小姐求愛，訴說著心中對她的傾慕和讚美。朱利婭還偷聽到席維婭從窗臺對普洛修斯說的話：指責他不該遺棄自己忠實的情人，也不該背叛他的朋友凡倫丁。然後，席維婭離開了窗臺，對他的音樂和那些甜言蜜語不屑一顧；因為席維婭十分忠於她的凡倫丁——儘管他已經被驅逐了。她憎惡普洛修斯這種背信棄義的卑鄙行為。

雖然朱利婭看到的情景使她感到絕望，然而她依然在心裡愛著負心人普洛修斯。所以聽到普洛修斯的一個僕人剛剛辭職，朱利婭就藉由旅店主人的安排，想盡辦法成為他的一名隨從。普洛修斯當然不知道她就是朱利婭，還指派她專門負責送信和禮物給席維婭小姐；其中甚至還包括在維洛那分別時，朱利婭送給他的定情戒指。

朱利婭帶著戒指去見席維婭，當然，席維婭完全拒絕了普洛修斯的求婚，朱利婭為此感到非常高興。朱利婭（現在人們都稱呼她為侍從西巴斯辛）還向席維婭談起了普洛修斯從前的情人——那個被遺棄的朱利婭小姐。既然她們正在談論自己，她順勢為自己誇言了幾句，然後說自己認識朱利婭小姐。她告訴席維婭：那個朱利婭對她的情人普洛修斯是多麼地一往情深，如果她知道普洛修斯對她那麼狠心、冷淡無情，一定會非常傷心。然後她又說了一句巧妙的雙關語：「朱利婭個頭兒幾乎像我一樣高，她的膚色、眼睛和頭髮的顏色也和我本人差不多。」一身男孩子裝束的朱利婭，也的確是個美少年。

對於這個不幸被心愛男人遺棄的可愛姑娘，席維婭由衷地表示憐憫之情。所以，當朱利婭遞上去那枚戒指的時候——普洛修斯命令她送來的——席維婭斷然拒絕了，她說：「他送我這枚戒指，十分地無恥。我不會收下的，因為我時常聽他說，這枚戒指是他的朱利婭送給他的定情物。善良的小夥子，因為你同情那位不幸的小姐，我很喜歡你。這兒有個錢袋，基於朱利婭的緣故，我把它送給你。」

聽到好心的席維婭小姐說出這番寬慰的話語，喬裝成少年的朱利婭，她的沮喪的情緒又受到了鼓舞。

再將話題轉回到凡倫丁身上。凡倫丁被放逐之後，他根本不知道該往何處去，一個遭受驅逐恥辱的人不願意再回家見他的父親。於是，他前往距離米蘭不遠的一片荒涼森林，他就是在那兒離開了最心愛的席維婭小姐。凡倫丁正在森林裡四處徘徊的時候，幾個強盜圍攻上來，向他索取錢財。

凡倫丁告訴他們，他才剛剛遭遇了厄運，如今是被人趕出來的倒楣鬼，一貧如洗，身上這套衣服就是全部的財產。

強盜們聽到他如此落魄不幸，但是風度那麼高雅、舉止不凡，內心十分感動，於是對他說：如果他當他們的頭目，大家都會聽從他的命令；如果他不肯接受這個建議，就要結束他的性命。

凡倫丁已經不在乎自己會淪落到怎樣的境遇，就回答說：只要他們不欺負良家婦女和過路的窮人，他願意成為他們的領袖。

於是，高貴的凡倫丁就像歌謠裡唱到的羅賓漢一樣，變成一夥強盜的領袖。席維婭就是在這種情況下找到了他，事情的經過是這樣的：

席維婭的父親逼迫她立刻與修里奧結婚。為了逃避這樁婚姻，席維婭終於下定決心到曼圖亞尋找凡倫丁，因為她聽說她的情人逃到那裡去了。但是顯然這個消息並不可靠，因為凡倫丁仍然住在森林裡，並且變成強盜的領袖。但是凡倫丁從來不參與搶劫，只是行使領袖的名義，強迫強盜們對過路人手下留情，拯救那些過路的旅客。

席維婭想辦法找到一位可敬的老先生，名叫愛格勒莫，陪她一起從父親的宮裡逃出來。

她把這個老人帶在身邊，目的是為了在路途中保護自己。當她必須經過凡倫丁和那夥強盜所居住的森林時，其中一名強盜抓住了席維婭，愛格勒莫也差點兒被捉去，但是他幸運地逃走了。

那個強盜看到席維婭驚慌失措，就安慰她不用害怕，因為他只是要帶她去見他們的頭目，而他們的頭目為人正直、高尚，並且非常同情婦女。然而，席維婭心裡依舊感到害怕，因為在她的心目中，強盜的頭目總是無法無天、為非作歹。

「啊，凡倫丁，」她喊道：「都是因為你的緣故，我才忍受這些罪。」

正當那個強盜要把她帶到頭目的山洞裡時，普洛修斯及時趕到並且救了她。原來，普洛修斯一聽說席維婭逃跑了，就緊追不捨地尋蹤到森林裡；當然，朱利婭仍然扮作侍從跟在後面。普洛修斯從強盜手裡解救席維婭，席維婭正要道謝時，普洛修斯又向她說起那套求婚的話。站在旁邊的朱利婭心裡焦急萬分，她擔心席維婭會因為普洛修斯剛才搭救她的恩惠，而對他產生好感；正在此時，凡倫丁突然出現了，他們都十分驚訝。原來，凡倫丁一聽到手下捉到一位小姐，特意跑來解救那位小姐。

普洛修斯向席維婭求愛的那一幕，凡倫丁看到了，這使普洛修斯感到既慚愧又悔恨；想起他曾經對凡倫丁所造成的傷害，由衷地表示真誠的愧疚。凡倫丁性情高貴，胸襟豪爽，甚至浪漫到不可思議的程度，他不但馬上寬恕了普洛修斯，恢復他們舊日的友誼，而且還表現出一種英雄氣概，他說：「我不僅毫無保留地原諒你所做過的一切，而且還要把席維婭心中的愛情讓位給你。」

喬裝成侍從的朱利婭聽到這個莫名其妙的贈予，十分擔心這個慷慨的提議會動搖普洛修斯的心，情急之下，竟然暈倒了。也幸虧朱利婭暈倒了，使席維婭沒有時間和凡倫丁剛才過分的慷慷計較，否則兩人之間必然避免不了一場爭吵，儘管凡倫丁那種過分慷慨的友情確實沒有道理。朱利婭醒過來之後，說：「我忘了把這枚戒指交給席維婭，我的主人交代我把這枚戒指交給她。」

朱利婭曾經和普洛修斯互贈一枚戒指。普洛修斯轉送給席維婭的戒指是朱利婭贈送給他的那枚，可是如今侍從手裡拿著他送給朱利婭的那枚戒指。

「這是怎麼回事？」他問道，「這是朱利婭的戒指，它怎麼會在你的手中？」

朱利婭回答說：「是朱利婭親自交給了我，又是朱利婭親自把它帶到這兒來的。」

這個時候，普洛修斯仔細地凝視著她，才認出眼前這個侍從西巴斯辛正是朱利婭小姐本人。朱利婭用行動證明了自己忠貞不渝的愛情，深深感動了普洛修斯，也使他回心轉意，重拾往日對朱利婭的愛情。他重新接受屬於他自己的心愛姑娘，歡快地放棄了追求席維婭小姐的荒誕舉止，把她還給了她所愛的凡倫丁。

如今，普洛修斯和凡倫丁已經恢復他們昔日的友誼，兩位忠實的姑娘又深愛著他們，他們正沉浸在無比的幸福時，卻驚訝地看到米蘭公爵和修里奧追來了。

修里奧搶先走過來，一把抓住席維婭，他嘴裡還喊著：「席維婭是屬於我的。」

聽到這句話，凡倫丁激動地對他說：「修里奧，你滾開！如果你再說一聲席維婭是你的，你就沒命了。她就站在這兒，你敢碰她一下試試！哪怕是朝我的情人吹一口氣！試試你的膽量！」

修里奧本來就是個懦夫，聽到這樣的恐嚇就縮了回去，說他才不在乎她呢，只有傻瓜才會為了一個不愛自己的姑娘去決鬥。

公爵倒是個十分勇敢的人，聽了修里奧的話，非常氣憤地說：「你這個人真是卑鄙無恥！以前你對她苦苦哀求，如今竟為了眼前這麼一點小事就放棄她了。」然後，他轉過身對凡倫丁說，「我很佩服你的勇氣，凡倫丁！我想你理應得到一位女王的愛。你將得到席維婭，因為你值得她去愛。」

凡倫丁非常謙恭地親吻公爵的手，十分感激地接受公爵把女兒嫁給他的高貴贈予。接著，凡倫丁又趁著這個歡樂時刻，懇求公爵赦免森林裡的強盜，並向他保證，一旦讓他們重新回到社會，他們一定會改過自新，甚至會有所作為；因為他們之中大多數的人都像凡倫丁一樣，由於觸犯政府法律而被放逐，並非犯下什麼重大刑法。對於這一點請求，公爵立刻爽快地答應了。現在，一切事情都已結束，只剩下普洛修斯曾經因為愛情的驅使，而做了許多錯事；如今為了贖罪，他在公爵面前，講述他欺騙愛情的全部經過和手段。在講述的過程中，他因為喚醒了良知，深深感到羞愧，大家都認為這種懲罰已經足夠了。最後，兩對情人一起回到米蘭，在狂歡的氣氛中擺設宴席，在公爵面前隆重地舉行盛大婚禮。

註：

1. 維洛那二紳士——*The Two Gentlemen of Verona*，喜劇。
2. 凡倫丁——Valentine。
3. 普洛修斯——Protheus。
4. 朱利婭——Julia。化名為西巴斯辛（Sebastian）。
5. 席維婭——Silvia。
6. 修里奧——Thurio。

（當她必須經過凡倫丁和那夥強盜所居住的森林時），
其中一名強盜抓住了席維婭。——第114頁

威尼斯商人[1]

猶太人夏洛克[2]住在威尼斯，藉由經營高利貸而白手起家，他總是向那些信仰基督教的商人發放高利貸，進而積攢起一筆巨大的財產。不過，這個夏洛克心如鐵石，尤其是討債時特別嚴厲苛刻，所以凡是有點良知的人都討厭他，尤其是威尼斯的年輕商人安東尼奧[3]，他對吝嗇的夏洛克簡直厭惡透頂。夏洛克也同樣怨恨安東尼奧，因為他時常借錢給落難的人，而且從來不收取利息。因此，貪婪的猶太人和慷慨大方的安東尼奧之間，產生了極深的怨恨。後來，每當安東尼奧在市場（或交易所）遇見夏洛克，總是責怪夏洛克不該汲汲於高利貸的利潤，不該對人那麼刻薄。這個猶太人總是假裝一副耐心聆聽的樣子，心裡卻在盤算著該如何進行報復。

安東尼奧是世界上最慈善的人，他雖然家境優裕，卻樂於助人，可以這麼說：所有生長在義大利的人，沒有誰比安東尼奧更能發揚古羅馬的優良傳統了。所以，全城的市民都深深愛戴他，而他最親密的莫逆之交是威尼斯的一個貴族巴薩尼奧[4]。巴薩尼奧的產業本來就不豐厚，卻揮霍無度，結果他那點家產幾乎所剩無幾；像大部分身分高貴而錢財少的少爺一樣，巴薩尼奧也沾染了不自量力的揮霍習氣。安東尼奧總是不斷地接濟他，幾乎可以這麼說：他們之間已經不分彼此地共用一個錢袋。

有一天，巴薩尼奧前來拜訪安東尼奧，說自己需要三千塊金幣，去向一位深愛的小姐求婚，以重整自己的家境。原來，這位小姐的父親在世的時候，巴薩尼奧就常常到她家拜訪，而且他覺得這位小姐總是含情脈脈脈地看著他，似乎在暗示他去向她求婚。但是現在這位小姐的父親剛剛去世，她繼承了父親所遺留的一筆巨額產業，巴薩尼奧覺得自己置辦一身像樣行頭的錢都沒有，沒有資格去與這位如此闊綽的女繼承人談戀愛，所以才懇求安東尼奧再次伸出援手，借給他三千塊金幣。

不巧，當時安東尼奧身邊沒有錢借給他的朋友，但是不久後，他就會有些滿載貨物的船隻抵達港口。所以，他可以用那些船做抵押，去找那個放高利貸的夏洛克，向他借筆錢。

於是，安東尼奧和巴薩尼奧一起去找夏洛克借錢。安東尼奧對這個猶太人說：只要他同意借錢，就按照他的利息演算法，將來安東尼奧會連本帶利地用海上那些船隻所載的貨物來償還。

而此時，夏洛克心裡卻在打著如意算盤：「這回我要是能夠抓到他的把柄，一定狠狠地報復往日仇怨。他自己白白借錢給別人也就算了，他還恨我們猶太人，嚴厲辱罵我費勁賺來的錢，他還稱呼那個錢為利息！我要是饒恕他，我們整個猶太民族都會受到詛咒！」

安東尼奧發覺夏洛克心裡正在盤算些什麼，而沒有回應自己的要求，內心感到非常著急，他問：「夏洛克，你聽到了嗎？你究竟借不借錢啊？」

夏洛克回答說：「安東尼奧先生，你曾經在交易所三番兩次地辱罵我，說我借錢給人是剝削，我都聳聳肩忍受了，因為忍耐是我們這個猶太民族的特色，可是你還罵我是異教徒、一條咬斷人咽喉的狗，往我的猶太長袍上吐唾沫，用腳踢我，簡直就像對待野狗一樣。怎麼，現在你也需要找我幫忙了？你跑到這兒來對我說：『夏洛克，借錢給我！』難道一條狗會有錢財嗎？一條野狗能拿得出三千塊金幣嗎？我是不是還要彎著腰說：『令人尊敬的先生，你上個星期三啐過我，還把我叫做狗兒。為了報答您的好意，我很樂意借錢給你。』」

安東尼奧回答說：「我很可能還會那樣叫你，那樣啐你，再那樣踢你。如果你借錢給我，請不用當作是借錢給一個朋友，而是當作借錢給一個仇人。我若是不能按期歸還三千金幣，你儘管可以按照約定來懲罰我。」

「哎呀，」夏洛克說，「瞧你這麼大的火氣！不過我願意忘記你侮辱我的仇怨，和你交朋友。至於錢嘛，你想要借多少數目，我就借多少，不必付任何利息，如何？」

這個看似慷慨的提議令安東尼奧非常驚訝。夏洛克依然假仁假義地說，他這麼做都是為了贏得安東尼奧的友誼。接著，他再次強調願意借給他三千塊金幣，並且不收取任何利息，但是他們必須同意一個附加條款：安東尼奧必須和他去見一位律師，然後簽一張借據，倘若不能如期償還，就必須從安東尼奧身上割下一磅肉。當然，隨便割下哪個部分都可以。」

「好吧，」安東尼奧說，「我願意簽下這份契約，而且我還會到處宣傳，說猶太人的心腸有多麼善良。」

巴薩尼奧當然不同意安東尼奧為他簽下這種契約，可是安東尼奧執意簽這份契約，他說他的船隻在還錢期限截止以前就會回來，而且船隻上的貨物價值遠遠超過債款好幾倍呢。

夏洛克聽到他們之間的爭論，大聲喊道：「先祖亞伯拉罕[5]啊！這些基督教徒實在太多疑了！他們自己待人刻薄，所以總是懷疑別人也有這種想法。巴薩尼奧，懇請你告訴我，如果他不能按期還錢，即使我逼迫他去兌現這項處罰，割下他一磅肉，我能得到什麼好處啊？從人身上割下來的一磅肉，還不如一磅羊肉或牛肉值錢呢，我有什麼賺頭啊？我這麼做是為了和他攀交情。如果他接受了，我很高興；如果他不接受，那麼我只能說再見了！」

儘管這個猶太人把自己的用意說得宅心仁厚，可是想到那麼駭人聽聞的處罰，巴薩尼奧還是不願意他的朋友為了自己而去冒險。但是安東尼奧根本不聽從巴薩尼奧的勸告，最終還是在契約上簽字；他心想，這也不過就是如那個猶太人所說，一場玩笑罷了。

巴薩尼奧想娶的那位富有的女繼承人名叫波西婭[6]，住在距離威尼斯不遠的貝爾蒙脫。波西婭才貌雙全，無論相貌還是智慧，都決不亞於書上那個赫赫有名的波西婭（凱圖[7]的女兒，勃魯托斯[8]的妻子）。

巴薩尼奧得到安東尼奧冒著生命危險而給他的慷慨資助以後，就帶領著一隊衣著華麗的侍從，並且由一位名叫葛萊西安諾先生的陪同，向貝爾蒙脫出發。

巴薩尼奧的求婚進行很順利，很快地，波西婭就答應嫁給他了。

巴薩尼奧向波西婭坦白，他並沒有什麼財產，他唯一值得誇耀的東西只不過是他的貴族身分。波西婭本來就只是愛他的高尚品德，再加上她自己已經很有錢了，所以並不在乎丈夫是否富裕。於是，她謙遜地說：但願自己能有一千倍的美麗、一萬倍的富有，才能配得上他。然後，善解人意的波西婭又溫順地貶低自己，說她是個沒受過教育，沒念過多少書，也沒有什麼歷練的女孩子，幸虧自己年輕，還有機會可以學習，所以今後她要把自己的終身託付給他，聽從他的指導、支配。她說：「巴薩尼奧，昨天我還擁有這座華麗的宅邸，還是自由自在的女王，這些僕人還是聽從我的指揮；可是從今天起，我的夫君，我把一切和我自己都獻給你。以這枚戒指為誓，我將這一切都獻給你。」說完這些話，波西婭送給巴薩尼奧一枚戒指。

富有而高貴的波西婭竟然以這樣謙恭的態度接受了巴薩尼奧，這份寬厚與尊重讓他又驚又喜，內心充滿了感激。面對如此敬重他的可愛小姐，他不知道該用什麼話來表達自己的快樂，也不知道該如何表達崇敬。他只是斷斷續續地說一些愛慕和感激的話，然後接過戒指，發誓說：他會永不離手地戴著它。

波西婭如此優雅得體地答應嫁給巴薩尼奧，成為他的恭順妻子之時，葛萊西安諾和波西婭的侍女尼莉莎也在場，各自伺候著他們的少爺和小姐。求婚成功以後，葛萊西安諾向巴薩尼奧和那位慷慨的小姐祝賀，然後提出一個請求：也准許他同時結婚。

「我全心全意地贊成，葛萊西安諾，」巴薩尼奧說，「只要你能找到一個妻子。」

原來，葛萊西安諾愛上了波西婭那位漂亮的侍女尼莉莎，他說，尼莉莎已經答應：只要她的女主人嫁給巴薩尼奧，就會同意與他成親。波西婭問尼莉莎：真的是如此嗎？尼莉莎回答說：「千真萬確，只要小姐贊成。」

波西婭欣然表示同意，巴薩尼奧也愉快地說：「葛萊西安諾，你們的婚禮無異於讓我們的婚宴錦上添花，更加熱鬧了啊。」

正當這兩對新人沉浸在幸福歡樂的氣氛中，一個送信人打斷了這一份快樂。是安東尼奧讓他捎來的一封信，裡面必定寫著可怕的消息，因為巴薩尼奧看信的時候，臉色變得十分慘白。波西婭擔心是哪位好朋友去世了，就問是什麼消息讓他如此痛苦悲傷。他說：「哦，親愛的波西婭，這封信恐怕是世界上最悲慘的消息了。溫柔的夫人，當初我向妳示愛的時候，就曾經向妳坦白，我唯一的財產就是我的貴族血統。可是，我沒有提到，我不僅一無所有，而且還負債累累啊。」

然後，巴薩尼奧把之前所發生的事情，一五一十地告訴了波西婭，先敘述他向安東尼奧借錢，然後安東尼奧又去向猶太人夏洛克借錢，接著就說安東尼奧簽了那張借據，還有哪天是債務的最後期限、如果逾期不還，就要從身上割去一磅肉作為賠償。隨後，巴薩尼奧開始讀那封信：

親愛的巴薩尼奧，我的船隻全都沉在海底了，與猶太人簽的那張契約已經到期，看來我必須接受這項懲罰。履行完承諾以後，我將性命難保，希望臨死前能見你一面。當然，這必須看你是否願意趕來；如果你覺得我們之間的友誼尚不足以邀請你趕來，請千萬不必專程為這封信而來。

「啊，親愛的，」波西婭說，「趕快帶著超過這筆債務二十倍的錢財，去處理一下事情吧。絕不能因為你的過失，讓這位好心的朋友受到絲毫損傷。既然你為我付出了如此昂貴的代價，我一定會更加地珍愛你。」

然後波西婭說，巴薩尼奧必須在動身前與她結婚，因為只有這樣，他才能合法地使用她的錢財。於是，他們當天立刻結婚了，葛萊西安諾也同時娶了尼莉莎。婚禮一結束，巴薩尼奧和葛萊西安諾就馬不停蹄地趕往威尼斯。此時，在威尼斯，安東尼奧已被關在監牢裡了。

債務已經過期，殘忍的猶太人不肯收下巴薩尼奧的錢，堅持一定要割下安東尼奧身上的一磅肉。這件令人駭人聽聞的案子，即將由威尼斯公爵審判，也已經確定了審判的日期，巴薩尼奧心急如焚地等待審判的結果。

波西婭與丈夫分別的時候，雖然輕鬆愉快地對他說：請他回來的時候，一定也要帶回來他的好朋友。然而，她心裡卻非常擔心安東尼奧的命運將會遭殃。所以，只剩下她獨自一人的時候，她開始反覆琢磨，要以什麼方式幫助親愛的巴薩尼奧去營救朋友的性命。儘管波西婭為了尊重巴薩尼奧，曾經像一個賢慧的妻子對他說，他比她更富於智慧，所以一切都會聽憑他的安排。可是如今，看到丈夫敬重的朋友身處險境，她必須採取行動了。她絲毫不懷疑自己的本事，僅僅憑著她那真實、完美的判斷力，立刻決定親自前往威尼斯為安東尼奧辯護。

波西婭有個當律師的親戚，名叫培拉里奧。她寫了一封信給這位先生，並且告訴他案情、徵詢他的意見，希望對方回信的時候，隨信附帶一套律師穿著的衣裳。等到派去的送信人回來，帶回了培拉里奧提示的辯護意見和波西婭所需要的服裝。

波西婭和她的侍女尼莉莎都穿上了男人的服裝，波西婭還披上律師的長袍，尼莉莎也跟隨著她，擔任她的書記員。她們立即動身，在開庭的當天趕到了威尼斯。當案子即將要開始審判的時候，波西婭走進了這個高等法庭。她遞上培拉里奧律師親筆寫給公爵的一封信，說他本來想親自替安東尼奧辯護，卻因病不能出庭，所以他請求公爵允許這位學識淵博的年輕博士包爾薩澤（他這樣稱呼波西婭）代表他出庭辯護。公爵批准了這個要求。不過，他覺得眼前這位年輕陌生人的相貌有些奇怪；因為此時的波西婭身披律師的長袍，戴著一具假髮，喬裝得十分俊俏。

此刻，一場重大的審判開始了。波西婭環顧四周，看到那個冷酷無情的猶太人夏洛克，也看到了巴薩尼奧，他正站在安東尼奧旁邊，表情看起來極為痛苦。而巴薩尼奧沒有認出包爾薩澤的真實身分。

溫柔的波西婭一想到自己承擔的艱巨工作有多麼重要，就浮現出勇氣了。她大膽地執行了所有應當承擔的職務。首先，她對夏洛克說話，根據威尼斯的法律，他有權利索取借據裡寫明的任何東西。然後，她又用悅耳的聲調說起仁慈是多麼高貴的品性，除了冷漠無情的夏洛克，無論是誰聽了都會軟下心腸。她說：仁慈就像是天降甘霖的雨露；仁慈是雙重的幸福，施行者和收受者都會感到幸福；仁慈對於君王而言，比王冠更為至尊；一旦與世間公道互相和諧，仁慈的成分越多，就越接近上帝的權威。她要夏洛克記住：既然我們都祈禱上帝，懇求祂對我們仁慈，那麼我們也應該對他人仁慈。

可是夏洛克只是回答：他只不過是索回借據上面規定償還給他的東西。

「難道他沒有錢還給你嗎？」波西婭問。

巴薩尼奧趕緊回答，隨便夏洛克加多少倍的三千金幣都可以。可是夏洛克一口回絕了這個建議，還一口咬定自己只要安東尼奧身上的一磅肉。巴薩尼奧懇求這位博學的年輕律師盡力變通法律，以營救安東尼奧的性命。可是波西婭嚴肅地回答：法律一經制定，就絕對不能變動。夏洛克聽到這句話，覺得律師好像在為他辯護，就說道：「是但尼爾[9]下凡來判案啦！哦，博學的律師，我多麼崇敬你啊！你的學識要比年齡高出太多了！」

此時，波西婭要求看一看那張借據。看完之後，她說：「根據契約的條款，這位猶太人可以合法地從安東尼奧身上最靠近心臟的部位，割下一塊肉來。」然後她又對夏洛克說：「請你慈悲為懷，接過錢，同時也讓我撕掉這張借據吧。」

可是，狠毒的夏洛克毫無菩薩心腸。他說：「以我的靈魂發誓，任何人都不能使我改變主意。」

「那麼，安東尼奧。」波西婭說，「你只能準備讓刀子扎進你的胸膛了。」此時的夏洛克非常賣力地磨著一把長刀，好像在準備隨時割去那磅肉。波西婭又問安東尼奧：「你還有什麼話說嗎？」

安東尼奧鎮定、從容地回答，他無話可說，因為他早已做好赴死的準備。然後，他又對巴薩尼奧說：「巴薩尼奧，伸出你的手，我們握手永別吧！千萬不要因為我遭受的不幸而感到難過。替我問候你的夫人，告訴她我是多麼愛你！」

巴薩尼奧痛不欲生，他回答：「安東尼奧，我娶了一個妻子，對我而言，她比我自己的生命還要寶貴；可是即使是如此，在我心底，你的生命價值遠遠超過我和我妻子的性命、整個世界的生命。只要能夠救你，我願意失去所有的一切，把它們犧牲給眼前這個魔鬼。」

善良的波西婭聽到丈夫用如此激烈的言辭來表達他對安東尼奧的真摯友情，儘管善良的波西婭並不氣惱，還是禁不住說一句：「如果尊夫人在這兒，恐怕不樂意聽到你的這番話吧。」

緊接著，平時喜歡模仿主人一舉一動的葛萊西安諾，覺得此時自己也應該像巴薩尼奧一樣，表述一些充滿感情的話語，於是他說道：「我也有一個妻子，我發誓非常愛她，可是現在，只要神明能改變這個猶太人的殘忍性情，我寧可希望她升往天堂。」

不過，他作夢也沒有想到，扮作律師書記的尼莉莎正在波西婭身邊寫著什麼，這些話被她聽得一清二楚。

「幸虧你沒有當著她的面說這些話，不然，你們家一定會不得安寧。」尼莉莎說。

此時，夏洛克等得不耐煩了，大聲嚷道：「你們別再浪費時間，快宣判吧！」

法庭裡所有人都提心吊膽地等待著，每顆心都在等待著宣判的結果，同時又深深同情安東尼奧可能遭遇的不測。

波西婭先問秤肉的天秤是否準備好了，隨後又轉向那個猶太人，說：「夏洛克，你必須請一位外科大夫在旁邊照顧安東尼奧，以免他因流血過多而喪命。」

夏洛克原本就打算讓安東尼奧失血過多而送命，於是說道：「借據裡沒有寫明這一條規定。」

波西婭回答說：「契約裡確實沒有寫明這條規定，那又有什麼關係呢？積德行善總是對你有好處的。」

面對這一請求，夏洛克只回答了一句話：「借據裡面根本就找不到這一條規定。」

「那麼現在，」波西婭說，「安東尼奧身上的一磅肉就歸你所有了。法律許可你從他胸脯上割下這塊肉，法律允許你、審判你可以這麼做。」

夏洛克再次大聲嚷道：「啊，聰明正直的法官！但尼爾來判案了！」隨後他又重新磨起那把長刀，望著安東尼奧急切地說：「來，準備好吧！」

「等一等，猶太人，」波西婭說，「我還有一點沒有說明，這張借據沒有承諾給你一滴血，條文明確規定是『一磅肉』。所以，你在割下這一磅肉的時候，即使只有讓這個基督教徒流出一滴血，你的田地和財產就要依法充公，歸屬威尼斯政府所有。」

很明顯，割掉一磅肉時，根本不可能同時不讓安東尼奧滴血，夏洛克絕對辦不到。是啊，借據上只寫了肉而沒寫血啊！波西婭就是憑藉這個聰明的發現，救了安東尼奧的性命。大家都很欽佩年輕律師的驚人機智，竟能想出這樣一條妙計，法庭裡的每個角落頓時響起了歡呼聲。葛萊西安諾套用夏洛克的話嚷道：「啊，聰明正直的法官！猶太人，你看吧，但尼爾下凡來判案了！」

夏洛克發現自己殘忍的毒計一敗塗地，就懊惱地說，他願意接受金幣。巴薩尼奧因為安東尼奧意外得救，喜出望外，大聲嚷道：「錢在這兒呢！」

可是波西婭卻攔住了他，說道：「等一下，別忙！這個猶太人不能接受金幣，他說過只能接受借據上寫明的東西。所以，夏洛克，你還是準備好割下那塊肉吧，不過你千萬注意不能讓他流血。還有，你割下的肉既不能超過一磅，也不能比一磅少；否則，即使有一絲一毫分量上的差距，威尼斯的法律也會判你死罪，全部財產皆要充公。」

「把我應得的錢給我，讓我走吧！」夏洛克說。

「我都準備好了，」巴薩尼奧說，「錢在這兒。」

夏洛克正準備接下金幣，波西婭又再一次攔住了他，說道：「稍等片刻，猶太人，我還有一個消息要通知你。根據威尼斯的法律，因為你陰謀策畫害死一個市民的生命，你的財產已經充公了。至於你的性命，就全看公爵是否開恩了。所以，現在跪下求他饒恕吧。」

公爵給夏洛克的答覆是：「為了讓你看到我們基督教徒的精神，你無須開口求饒，我就會赦免你的性命。但是，你一半的財產歸屬於安東尼奧所有，另一半歸國庫保管。」

慷慨的安東尼奧卻說，倘若夏洛克願意立個字據，答應死後把財產留給他自己的女兒和女婿，他願意放棄自己應得的那一半財產。原來，安東尼奧知道夏洛克有個獨生女，最近違背了父親的命令，與一個年輕的基督徒羅蘭佐結婚；他是安東尼奧的朋友。這樁婚姻使夏洛克極為憤怒，因而宣布取消女兒的財產繼承權。

猶太人答應了這個條件。現在他的報復計畫失敗了，財產也被剝奪了，於是說道：「請先讓我回家吧，我感到不太舒服。至於字據，你們隨後送到我家去，我會簽字同意把一半的財產分給我的女兒。」

「那麼，你可以走了，」公爵說，「不過，你必須在那張字據上簽字。還有，如果你能夠為你的殘酷懺悔，成為一個基督徒，我可以把已經充公的那一半財產歸還給你，赦免你。」公爵當庭釋放安東尼奧，宣布審判結束。然後，他極力稱讚這位年輕律師的聰明才智，並且邀請他到家裡吃飯。

波西婭一心想著要趕在丈夫之前回到貝爾蒙脫，便回答說：「您的盛情，我心領了，不過，我必須立刻趕回家。」

公爵說，既然如此，他也不便勉強，不過他覺得非常遺憾。然後，他轉過身去，對安東尼奧補充了一句話：「你應該好好酬謝這位先生，我認為你欠了他一份極大的人情。」

公爵和他的元老們離開了法庭。巴薩尼奧對波西婭說：「可敬的先生，幸虧您的機智，才使我這位朋友倖免於難，這是本來應該償還給那個猶太人的三千金幣，請您收下吧！」

「對於您的恩情，我們感激不盡，」安東尼奧說，「我們將永遠懷著虔誠的心，為您效勞，祝福您！」

無論怎麼說，波西婭都不肯收下這筆錢。但是看到巴薩尼奧再三懇求她收下報酬時，她說：「那就把你的手套送給我吧，我可以留下它作為紀念。」

巴薩尼奧脫下手套時，波西婭一眼就看到自己送給他的那枚戒指。原來，這位狡黠的夫人真正目的是想得到那枚戒指，等再次見到巴薩尼奧的時候捉弄他。於是，她指著那枚戒指說道：「既然你這麼想表達謝意，就把這枚戒指送給我吧。」

巴薩尼奧感到非常為難，因為律師想要的東西是他唯一不能離手的東西。他慌張地說，這枚戒指是妻子送的信物，而且，他發誓要永遠戴著它，所以不便奉送。不過，他願意尋找威尼斯最貴重的戒指，送給他作為酬謝。

聽了這句話，波西婭故意裝出一副受到冒犯的樣子。她一邊往法庭外走，一邊說：「你是在答覆一個乞丐吧。」

「親愛的巴薩尼奧，」安東尼奧說，「把戒指送給他吧。他為我們付出的恩情如此貴重，看在我們友情的份上，你就得罪一次你的妻子吧。」

巴薩尼覺得自己顯得有些忘恩負義，就讓步了。於是他派葛萊西安諾拿著戒指去追波西婭，將戒指奉送給那位年輕律師。隨後，那位裝扮成書記的尼莉莎也向葛萊西安諾求贈戒指。葛萊西安諾隨手給了她（他可不甘心在慷慨上輸給主人）。兩位夫人開始盤算，等丈夫回家後，她們可以因為戒指的事情責備他們一頓，而且還要賭咒說他們肯定是把戒指當成禮物，送給了其他女人。說到這兒，她們不由得大笑起來。

一般而言，人意識到自己做了件善事，心情都會變得愉快。波西婭回家的時候也是如此：她心裡感到無比舒暢，月光也似乎比從前皎潔；看著頭頂那輪皎月微微躲在一抹雲彩後面，眼前從蒙特脫家裡透射出來的一縷光線，也激發她的無盡想像。她對尼莉莎說：「妳看，這道從我們家大廳裡射出來的光線。小小的一支蠟燭，它的光輝可以照得多麼遠啊！在這個萬惡的世界上，任何一件小小的好事，肯定也能照射出同樣的光輝。」聽到家裡響起的音樂聲，她說：「我覺得這樂聲比白天悅耳動聽多了。」

波西婭和尼莉莎進了房間，各自換上自己的衣服，等候她們的丈夫歸來。果然，不久，他們就帶著安東尼奧一起回來了。巴薩尼奧把親密的朋友介紹給他的妻子波西婭，波西婭當然表示祝賀和歡迎，可是這時卻看見尼莉莎夫妻在屋子的一個角落裡吵架。

「怎麼吵起來了？」波西婭問，「為了什麼事呀？」

葛萊西安諾回答說：「夫人，都是為了一枚鍍金戒指，那是尼莉莎送給我的，不值幾枚錢幣，不過上面刻著詩句：『愛我，不離不棄』，就像刀匠刻在刀子上的一樣。」

「你管它刻什麼詩句、值不值錢！」尼莉莎說，「我送給你的時候，你曾經發誓，說會永遠戴在手指上，可是如今，你卻送給律師的書記員。我看你一定是把它送給了一個女人。」

「我發誓，」葛萊西安諾回答說，「我送給了一個年輕人，一個可愛的男孩子，個子不比妳高。他是那位年輕律師的書記員，而那位律師就是拯救安東尼奧性命的救命恩人。所以，那個囉嗦的男孩子向我要求戒指作為謝禮，我無論如何都必須給他啊。」

波西婭說：「葛萊西安諾，你做錯了這件事，無論如何，你都不該把妻子送給你的第一件禮物轉送給別人。我也送給我丈夫一枚戒指，我敢肯定，無論發生什麼事，他決不會將戒指贈送給別人。」

為了替自己掩飾過失，葛萊西安諾趕緊說道：「不，我的主人也把他的戒指送給律師了，然後那個負責抄寫的書記才向我求取戒指。」

波西婭聽了這句話，假裝很生氣的樣子，責備巴薩尼奧不該把她的戒指送給別人。她還說，她寧願相信尼莉莎的話：戒指一定是送給了其他女人。

巴薩尼奧看到他親愛的夫人如此生氣，心裡很難過。於是，他極其懇切地說：「不，我以人格擔保，戒指絕對不是送給女人，而是送給了一位法學博士。他不肯接受那三千塊金幣，卻一定要那枚戒指。我不答應，他就生氣地走掉了。親愛的波西婭，妳說我該怎麼辦呢？我不能成為忘恩負義的人，所以只好讓人追上去，並且把戒指遞給了他。原諒我吧，親愛的夫人。如果妳當時在場，一定也會央求我把戒指贈送給那位值得尊敬的博士。」

「啊！對不起，」安東尼奧說，「都是因為我的緣故，才引起這場爭吵。」

波西婭請安東尼奧千萬不必為此感到難過，因為無論如何，他都是受歡迎的朋友。然後，安東尼奧說：「我曾經為了巴薩尼奧，抵押自己的身體，幸虧那位接受妳丈夫戒指的律師，我才保住了性命。如今，我願意再立一張字據，以我的靈魂擔保，妳的丈夫再也不會做出背信於妳的事情。」

「那麼，你就是他的擔保人了，」波西婭說，「請你把這枚戒指遞給他，但是這次他必須保存得比上一枚更長久一些。」

巴薩尼奧一看，發現這枚戒指和他送掉的那枚一模一樣，非常驚訝。不過，波西婭立刻告訴他們真相：她本人就是那個年輕的律師，尼莉莎是她的書記員。巴薩尼奧恍然大悟，原來拯救安東尼奧的人，正是妻子的卓越膽識和智慧，心裡驚喜交加，溢於言表。

波西婭再次對安東尼奧表示歡迎，她把幾封剛巧送達到她手裡的信件交給他，信件裡的內容是：安東尼奧原本以為全部損失的船隻，現在正安全抵達港口。於是，這個突如其來的好消息讓眾人忘記這位富商所遭遇過的悲慘命運。現在，他們有足夠的閒暇時間，去嘲笑那兩枚戒指的奇遇，以及兩個認不出自己妻子的丈夫。葛萊西安諾歡快地用一句押韻的話發誓道：

——有生之年，天不怕，地不怕，
最煩心的是保護好尼莉莎的戒指。10

註：

1. 威尼斯商人——*The Merchant of Venice*，喜劇。
2. 夏洛克——Shylock。
3. 安東尼奧——Antonio。
4. 巴薩尼奧——Bassanio。
5. 先祖亞伯拉罕——Abraham，按照《舊約》，亞伯拉罕是以色列（猶太人）的先祖。
6. 波西婭——Portia。
7. 凱圖——Cato，公元前九五至四六年，羅馬愛國志士。
8. 勃魯托斯——Prutus，公元前七八至四二年，羅馬軍事家。
9. 但尼爾——Daniel，以色列（猶太）人古代的著名法官，見《舊約》。
10. 原文引詩如下——

... while he lived, he'd fear no other thing
So sore, as keeping safe Nerissa's ring.

波西婭：請你慈悲為懷……同時也讓我撕掉這張借據吧。——第128頁

辛白林[1]

在羅馬皇帝奧古斯特斯・凱撒[2]的時代，英國（那時叫作不列顛）的國王是辛白林。

辛白林有三個孩子，兩男一女，在他們還很小的時候，辛白林的結髮妻子就過世了。年紀最大的長女伊摩琴[3]，是在父親的王宮裡長大成人，但是辛白林的兩個兒子卻被人莫名其妙地偷走了；當時大兒子才三歲，小兒子還是個嬰兒。辛白林始終無法查清楚究竟是誰偷走了孩子，也不知道孩子們後來的生活如何。

後來，辛白林再婚，續弦的妻子是個邪惡、兇狠、陰險的寡婦。這位後母的存在對伊摩琴而言，是位殘忍的繼母。

王后心裡清楚，如果國王無法找回來兩個兒子，公主伊摩琴必定是王位的繼承者。所以，她雖然憎恨伊摩琴，但是基於繼承王位的原因，她還是盤算著伊摩琴嫁給克洛頓——她跟前夫（她也是再婚）所生的兒子。如此一來，辛白林遜位後，不列顛的王冠就可以戴在她自己的兒子克洛頓的頭上。可惜，這個如意算盤落空了，因為伊摩琴未徵求父親和王后的同意，甚至於在隱瞞他們的情況之下，就祕密結婚了。

波塞摩斯[4]（這就是伊摩琴丈夫的名字）是那個時代最有造詣的學者，也是一個品德高尚、富有教養的青年。他的父親是名軍人，為了國王辛白林打仗而戰死於沙場。波塞摩斯出生後不久，他的母親也因為悲傷過度而去世。

辛白林覺得無依無靠的孤兒波塞摩斯很可憐，就收留了他（因為波塞摩斯是在父親去世以後生下來的，辛白林為他取了這個名字，意思是遺腹子），並讓他在王宮裡接受教育。

伊摩琴和波塞摩斯從小一起讀書、玩耍，是兩小無猜的玩伴。在孩提時候，就已經柔情繾綣地相愛了。隨著時光流逝，他們的愛情也與日俱增，於是就私下悄悄地結婚。

由於王后經常派人監視繼女的一舉一動，所以很快就獲悉了這個祕密，計謀破滅之餘，她馬上把這件消息告訴了國王。

辛白林聽到女兒如此不顧自己高貴的身分，竟然嫁給一個平民百姓，而且還未徵得自己同意，怒不可遏。他下令讓波塞摩斯離開不列顛國，將他流放，命令他永遠不許返回祖國。

王后工於心計，假意同情伊摩琴，並且表示願意在波塞摩斯動身去羅馬（他選擇羅馬作為流放期間的居住地）之前，想盡辦法促成他們私下的會面。其實，她表面上偽裝出來的這番好意，只是想贏得伊摩琴的信任，等到伊摩琴的丈夫離開以後，再勸說她放棄這份國王不同意的婚約，然後進一步地為她的兒子盤算。

臨別時，是最深情動人的一幕；伊摩琴送給丈夫一枚鑽石戒指——那是母親遺留給她的，波塞摩斯答應會讓這枚戒指永不離手。同時，他也把一只手鐲套在妻子的手上，作為愛情的象徵。然後兩人又許下諾言，發誓一定會永遠相愛、忠貞不渝，才揮淚告別。

從此以後，伊摩琴在王宮裡淪落為一個孤獨寂寞、鬱鬱寡歡的公主，波塞摩斯則長途跋涉，到達遙遠的羅馬異地。

在羅馬，波塞摩斯結交了一群來自世界各地的放蕩子弟。在一次社交聚會上，他們毫無顧忌地談論著女人；當然，每個人都會誇耀本國的女人和自己的情人。波塞摩斯心裡惦記著心愛的妻子，堅持地宣稱他的妻子、美麗的伊摩琴是世界上最聖潔、最聰慧、最忠實的女人。

聚會中，有位名叫阿埃基摩[5]的紳士，聽到有人極力讚美不列顛的女人是那麼的忠誠，甚至比羅馬的女人還要美好，心裡感到不高興。於是，他故意激怒波塞摩斯，說自己不相信他盛讚的妻子會對他始終忠貞不渝，還說自己會去證實這一點。經過一番激烈的爭辯，最後波塞摩斯接受了阿埃基摩的挑戰：由阿埃基摩親自前往不列顛，試驗已婚的伊摩琴對愛情是否忠貞。他們打賭，如果阿埃基摩不能得到伊摩琴的愛情，他就必須輸給波塞摩斯一大筆錢；但若是他能贏得伊摩琴的好感，並且從她手裡拿到波塞摩斯送給妻子作為紀念的那只手鐲，那麼，波塞摩斯就輸掉了這場挑戰，他必須把伊摩琴送給自己的那枚戒指交給阿埃基摩。波塞摩斯對妻子的忠貞深信不疑，所以在這場考驗中，他根本不擔心自己會輸。

阿埃基摩抵達不列顛，自稱是波塞摩斯的朋友，輕易見到了伊摩琴，並且受到殷勤款待。但是，當他開口表達愛慕之意的時候，伊摩琴鄙夷地拒絕了，在這種情況下，他明白自己卑鄙的計策不可能會成功。

一心想贏得這場賭注的阿埃基摩，於是又開始施展詭計；他買通了伊摩琴身邊的一些侍女，讓她們把他偷偷藏進一個大箱子裡，再搬進伊摩琴的閨房。等到伊摩琴回房休息、睡熟之後，他才小心翼翼地鑽出箱子，全神貫注地環顧四周，仔細記住那間臥室裡的一切擺設，還特別留意到伊摩琴脖子上的一顆痣，然後，他躡手躡腳地從伊摩琴的胳膊上摘下那只手鐲，又鑽回進箱子裡。第二天，阿埃基摩迅速動身返回羅馬，聲稱自己已經贏得這場賭注。阿埃基摩編出了這樣的謊言：「她的臥房裡掛著絲和銀線織成的地毯，上面繡著『驕傲的克莉奧佩特拉與安東尼』[6]會面的故事，做工極為精美。」

「確實如此，」波塞摩斯他當然不相信阿埃基摩的話，他說，「但是你可能是從別人那裡聽來的，並沒有親眼看到。」

「還有，壁爐嵌在臥室的南面，」阿埃基摩說，「爐臺上雕刻著『月神戴安娜沐浴』，我從未見過如此栩栩如生的雕像。」

「這也可能是你從別人那裡聽來的，」波塞摩斯說，「因為經常有人稱讚那幅雕像。」

阿埃基摩又精確地描述了臥室的天花板，並說：「我差點忘了告訴你，壁爐裡的柴架是一對白銀鑄成的小愛神丘比特，他們各自蹺著一隻腳，彼此間眉目傳情。」然後，他又拿出那只手鐲，說道：「先生，你不會不認得這件寶貝吧？她從手腕上摘下來，送給了我。我到現在都還能想起她當時的模樣，她優雅的姿態比這份禮物本身更有價值，同時也使這件禮物更加貴重。記得她將鐲子遞給我時，還說：她曾經珍愛過它。」最後，他又極盡所能地描述伊摩琴脖子上的那顆痣。

波塞摩斯極度痛苦地聽完這段巧妙的謊言，然後，他開始用最激動的言辭破口大罵妻子的背叛，並且遵守當初打賭的約定，他把伊摩琴送給他的那枚鑽石戒指遞給了阿埃基摩。

波塞摩斯妒火中燒，下定決心要報復伊摩琴。他寫了一封信給不列顛的一位紳士——畢薩尼奧——這人是伊摩琴的一名侍從[7]，也是波塞摩斯相交多年的摯友。在這封信中，他指出妻子伊摩琴對他不忠的證據，然後要畢薩尼奧把伊摩琴帶到威爾士沿海的密爾福特港，並且殺掉她。同時，他又寫了一封信給妻子，欺騙她說：自己見不到她實在無法活下去，所以懇求她隨同畢薩尼奧到密爾福特港去等他，儘管國王不許他踏入不列顛的國土，他也顧不了這麼多了。伊摩琴對丈夫的愛勝過世間所有的一切，她讀完丈夫的信之後，還來不及細想，當天晚上就隨著畢薩尼奧匆忙動身了。

雖然畢薩尼奧一直是忠實的朋友，卻不會隨便效命於壞事。所以，再三考慮後，在即將抵達目的地時，他把殘忍的事實透露給伊摩琴。

伊摩琴原本預計去見日夜思想的丈夫，如今卻發現丈夫想要奪取自己的性命，心裡感到痛苦萬分。

畢薩尼奧勸她不要著急，並且說波塞摩斯一定是受到某人的挑撥，總有一天會悔悟自己冤枉了她，她應該耐心等待那一天的到來。同時，伊摩琴也很想知道真相究竟為何，因為她仍然愛著丈夫，於是決定不返回父親的王宮了。為了路途上的安全，畢薩尼奧建議她穿上男裝，伊摩琴同意了，決定喬裝到羅馬去見她的丈夫。

畢薩尼奧擔心離宮的時間太長，他必須返回王宮，所以設法幫伊摩琴預備好新裝之後，就返回王宮。臨走前，他送給伊摩琴一小瓶藥水，說這是王后送給他的靈丹妙藥，能治百病。

但是事實並非如此。由於畢薩尼奧是伊摩琴和波塞摩斯的摯友，王后對他恨之入骨，陰謀要殺害他；所以王后吩咐御醫替她準備一劑毒藥，她想在動物身上做實驗（她是這麼說的），但是御醫知道王后為人陰險歹毒，所以佯裝遵命，實際上卻給她一種無害的藥劑。凡是吃了這種藥劑的人，只會酣睡幾個小時，外表看起來就像死了一般，醒來後依然無恙。出於一番好意，畢薩尼奧把這瓶藥劑贈送給伊摩琴，讓她在生病的時候吃。畢薩尼奧衷心祝福她一路平安，早日從這場困境中解脫，然後，兩人告別了。

天緣巧合之下，伊摩琴竟然走到了那兩個在襁褓中被偷走的弟弟的住處。原來，當初偷走他們的是辛白林宮裡的一個貴族培拉律斯[8]。早年時，他是一名戰功卓著的軍官，但是後來被仇人誣陷叛國，結果，國王把他逐出王宮。為了報復，他偷走辛白林的兩個兒子，原本意圖殺死國王的兩個幼兒，但是隱居之後，就不忍心殺害無辜的生命。在森林裡的一座山洞裡，培拉律斯將他們撫養成人，像對待自己的孩子一般，疼愛著他們。如今，國王的兒子已成長為英俊的少年，高貴的血統使他們英勇果敢，同時，常年狩獵維生，他們行動敏捷、堅毅耐勞，總是懇求培拉律斯讓他們到戰場上去碰碰運氣。

伊摩琴是如何來到這座山洞呢？她原本想穿過森林，走到前往密爾福特港的那條大路（她想從那兒乘船去羅馬），可是伊摩琴不幸迷了路，饑餓和疲憊使她沒有力氣繼續旅程。因為一個嬌生慣養的年輕小姐即使穿上男人的衣裳，也不可能像一個真正的男人那樣承受得起折騰，更何況是在荒涼的森林裡跋涉。就在徬徨之際，她看見了這座山洞，連忙走進去，希望能遇到一個人，討點東西吃。但是她發現山洞是空蕩蕩的，四處尋覓，才找到一些冷肉。她實在是餓極了，等不到主人邀請，就開始坐下來吃東西。

「唉，如今我總算知道男人的生活是多麼無聊，」她自言自語地說，「我快累死了！這兩夜以來，我都在硬梆梆的地面上睡覺，要不是有一股靠意志力支撐著我，我早就病倒了。可是，畢薩尼奧從山頂上指著密爾福特港的時候，它顯得多麼近啊！」隨後，她又想起丈夫和他那道殘忍的命令，就說：「親愛的波塞摩斯，你是個背信棄義的人！」

這時候，她那兩個跟著培拉律斯出去打獵的弟弟，也隨著培拉律斯回來了。兩位王子本來的名字是：吉德律斯、阿維拉古斯[9]。但是他們對自己的身世一無所知，以為培拉律斯就是他們的親生父親，而培拉律斯一直稱他們為波里多和凱德華爾。

培拉律斯最先進入山洞，他看到伊摩琴，就攔住兩個孩子，說道：「先別進去，有人在裡面吃東西，否則，我會誤以為是仙女下凡。」

「怎麼了，父親？」兩位王子問。

「天神吶，」培拉律斯又說，「山洞裡來了個天使，如果不是天使，就是人間絕世的美少年。」因為穿上男裝的伊摩琴，的確顯得太漂亮了。

聽到說話聲，伊摩琴從山洞裡走出來，對他們說：「好心的朋友，請不要誤會。我什麼也沒有偷，即使地上撒滿了金子，我也不會拿。我只是太餓了，等不及你們回來，就吃了一些冷肉，可是我真的準備付錢，即使你們沒有回來，我也打算把肉錢放在桌子上，為你們祈禱之後再離開；這是本來就要給你們的肉錢。」他們極其誠懇地謝絕了她的錢幣。

「我知道你們生氣了，」膽怯的伊摩琴說，「但是，先生，如果我不這麼做，就會餓死，所以請不要因為我的過失而殺死我。」

「你叫什麼名字？要去哪裡啊？」培拉律斯問。

「我是斐苔爾，」伊摩琴回答說。「我有個親戚要從密爾福特港乘船去義大利。我正要去找他，但是在路途上餓得筋疲力盡，所以才吃了你們的食物。」

「好孩子，」老培拉律斯說，「請不要把我們當成鄉巴佬，也不要因為我們住在這個簡陋的地方就懷疑我們的善良。你看，天就快黑了，你今天也不能繼續趕路了，還是留下來吃頓飯，讓我們略盡地主之誼吧。孩子們，快點表示歡迎啊！」

於是，那兩個溫文爾雅的少年（她的弟弟）就說了很多熱情的話，盛情邀請伊摩琴進入山洞，還說他們一定把她（或者，照他們所說，是把他）當作親兄弟看待。進了山洞（剛才打獵的時候，他們打死了一隻鹿），伊摩琴熟練地施展出操持家務的本領，準備起晚餐來。雖然現在出身名門的年輕仕女都不講究烹飪藝術，但是那時卻不一樣，而且，伊摩琴稱得上廚技精湛。她的弟弟們深受菜肴吸引，就說斐苔爾把菜根切得大小適中，羹湯的味道也香醇無比，就像朱諾[10]生病時，曾經伺侯過她的飲食味道差不多。

「而且，」波里多還對弟弟說，「他唱起歌來真像是個天使啊！」

不過，他們也注意到了，即使斐苔爾的笑容十分甜蜜，卻有一股憂傷的愁雲籠罩著他那張可愛的臉龐，好像背負著太多的憂愁和痛苦。

伊摩琴身上流露出高貴的氣質（或許這是因為血緣相近，雖然他們並不知道這個實情），使得兩個弟弟對伊摩琴（或者像兩個男孩子稱呼她的：斐苔爾）充滿了好感，伊摩琴也同樣喜愛他們。伊摩琴心裡甚至想，如果不是惦念著親愛的波塞摩斯，她可以索性在這座森林裡度過一輩子。然而最後，她還是高興地答應住一段時間，一直到她從旅途的疲憊中恢復精神，可以重新啟程為止。

當洞裡的食物吃完了，男人們又出去狩獵，但是斐苔爾感覺身體不適，就留在山洞裡。

顯然，她是因為想起丈夫的殘酷而深感抑鬱，再加上在森林裡奔波，才會如此身心疲憊。

於是，他們向她道別，出門打獵了。一路上，培拉律斯和兩位少年都在誇獎斐苔爾，稱讚他舉止大方、氣質高貴。

他們離開後，伊摩琴忽然想起畢薩尼奧送給她的那瓶藥劑，她希望這瓶藥能在她身上貫注力量，於是一口飲盡藥劑。接著，她立刻睡著了，看起來與死人無異。

狩獵的人回來了，波里多第一個進入山洞，看見伊摩絲躺在那兒，以為她睡著了。為了怕驚醒她，他脫掉笨重的鞋子，躡手躡腳地往裡面走。可是不久，他發現無論什麼聲音都吵不醒她，就認定她已經死了。波里多悲痛地哀悼著，就像是為孩提時期一起長大的親兄弟哀傷一樣。

培拉律斯提議把她抬到森林裡去，按照當時的習俗，用輓歌和莊重悲哀的安魂曲來舉行葬禮。

於是，伊摩琴的兩個弟弟就把她抬到樹蔭下，輕輕地讓她躺在草地上，在她的身上灑滿了樹葉和鮮花，為她逝去的靈魂唱起了輓歌：

斐苔爾，只要夏天還沒有過去，只要我還住在這兒，我每天都會用鮮花和樹葉裝飾你的墳墓。我要去摘採潔白的櫻草花，因為它最像你的臉；我還要去採藍鈴草，因為它像你潔淨的血管；我還要去採野薔薇，儘管它的香氣遠不如你的呼吸那樣芬芳。

我要把這些花草灑在妳的身上。到了冬天，無花可採時，我會把毛茸茸的青苔覆蓋在你的身軀上。

葬禮結束之後，他們懷著極大的悲傷離開了墓地。

沒有多久，安眠藥的效力開始消失，伊摩琴慢慢甦醒過來，毫不費力地就把那層覆蓋在身上的薄薄樹葉和鮮花拂落了。她昏昏沉沉地環顧四周，還以為自己在做夢。她說：

「我記得自己好像在山洞裡面，幫一些善良的人炊飯。可是現在，我怎麼會在這兒，身上還蓋滿了鮮花呢？」

她不認識回去山洞的路，也找不到那些新朋友，於是確信她記憶中的一切都是一場夢。所以，伊摩琴再次出發了，踏上令人疲憊不堪的漫長旅程，希望最後能走到密爾福特港，從港口乘船到義大利。因為她目前唯一的心願就是找到她的丈夫波塞摩斯。

就在伊摩琴遭遇不幸的時候，不列顛也發生了一件大事：羅馬皇帝奧古斯特斯・凱撒、不列顛國王辛白林之間，忽然爆發了戰爭。一支羅馬軍隊大舉入侵不列顛，並且佔據了伊摩琴所在的這座森林。而波塞摩斯也在這支軍隊之中。

儘管波塞摩斯隨著羅馬軍隊來到不列顛，卻不想為羅馬效力。他想加入不列顛軍隊，捍衛那個曾經放逐他的國王；因為國王是伊摩琴的父親。

其實，波塞摩斯仍然相信伊摩琴背叛他，可是自己曾經深愛的人已死，而且是他殺死了她（畢薩尼奧寫了一封信給他，說命令交辦的事情已經辦妥，伊摩琴死了），這個結果讓他心裡既悔恨又痛苦。於是，他回到不列顛，想著索性隨時戰死沙場，或者由於未經允許就擅自回國，因而被處死；總之，他已將生死置之度外。

再說伊摩琴的情況，她還沒有走到密爾福特港，就被羅馬軍隊俘虜。不過因為羅馬人十分賞識她的儀表、舉止，派遣她擔任路歇斯將軍的隨從。

與此同時，辛白林的軍隊前來與敵人交鋒。戰爭迫在眉睫，波里多和凱德華爾也加入了國王的軍隊。雖然這兩位年輕人並不知道自己是在為父王作戰。除了兩位王子急於在戰場上大顯身手之外，老培拉律斯也披甲作戰。他早已後悔偷走辛白林的兩個兒子，再加上他年輕時也曾是名戰士，所以他很樂意為曾經被自己傷害過的國王作戰。

雙方軍隊展開了一場惡戰，羅馬軍隊氣勢逼人，如果不是波塞摩斯、培拉律斯和辛白林的兩個兒子驍勇善戰，不列顛人就戰敗了，國王辛白林也會戰死。他們徹底扭轉了戰局，使不列顛人贏得了勝利；同時，他們也挽救了國王的性命。

戰事結束了，本來一心想尋死的波塞摩斯沒有如願死在戰場上，就向辛白林身邊的一名軍官自首，表示願意接受死刑，因為他在流放的過程中，私自返回不列顛。

伊摩琴和她所服侍的主人變成了俘虜，與他們一起被俘虜的人還有惡毒的阿埃基摩——他是羅馬軍隊裡的一名軍官。他們被押解到國王面前的時候，波塞摩斯正要準備接受死刑的宣判。在這個奇妙的危機時刻，培拉律斯、波里多和凱德華爾也都被帶到辛白林面前；當然，他們是因為拚死作戰、立下大功，前來領取獎賞。國王侍從畢薩尼奧也在場。

因此，大家同時站在國王面前（而此時此刻，每個人心裡所懷抱的希望和恐懼各不相同，身分也不相同）：被俘的波塞摩斯、伊摩琴以及她的新主人羅馬將軍、忠實的僕人畢薩尼奧、背信棄義的朋友阿埃基摩，還有辛白林兩個失蹤的兒子，以及當初偷走王子的培拉律斯。

羅馬將軍第一個開口說話，其他人都一聲不吭地站在國王面前；雖然，他們之中許多人的心臟怦怦地狂跳，卻都一言不發。

此時的伊摩琴以一個戰俘的身分站在父親面前，她一眼就認出波塞摩斯，儘管他喬裝成農民的模樣；但是波塞摩斯卻沒有認出穿著男裝的伊摩琴。伊摩琴還看到了阿埃基摩，而且發現他手上戴著一枚屬於自己的鑽石戒指。然而，她沒有想到眼前這個人就是自己遭受一切災難的始作俑者。

畢薩尼奧認出了伊摩琴公主，因為是他幫她喬裝成男孩的模樣。他想：「這是我的公主啊，她還活著！我先別揭穿她的身分，先看命運怎麼安排吧。」

培拉律斯也認出了伊摩琴，悄聲地對凱德華爾說：「這不是那個死去的男孩子嗎？他又活過來了。」

「就算是兩粒沙子也不會長得完全一樣。」凱德華爾說，「那個面色紅潤的可愛少年，長得跟死去的斐苔爾一模一樣。」

「也就是說，他死而復活啦！」波里多說。

「小聲點，小聲點，」培拉律斯說，「如果確實是他本人，他一定會跟我們說話。」

「可是他明明已經死了啊，我們親眼看見的。」波里多又嘀咕了一句。

「別說話。」培拉律斯說。

波塞摩斯靜靜地等候著，他只盼望趕快被宣判死刑。所以他打定主意不讓大家知道自己曾在戰場上救過國王性命；唯恐那樣一來，辛白林受到感動，會赦免了他。

如前所述，羅馬將軍是第一個開口說話的人，他英勇過人，又莊重高貴；他對國王說道：「我聽說凡是被你俘虜的人，都要被判處死刑，無論多少金錢都不能贖回一條性命。我是羅馬人，願意以一顆羅馬人的心來承受死亡。可是我要懇求你一件事。」然後，他把伊摩琴領到國王面前，接著說：「這個男孩是我的隨從，他善良、勤勞、忠實、盡責，我從未遇過像他這樣盡忠職守的隨從。而且他是不列顛人，雖然服侍過羅馬人，卻從來沒有做過一件背叛不列顛人的事。所以，請你饒恕他一命吧。」

辛白林真誠地望著他的女兒伊摩琴，卻沒有認出喬裝的女兒，可是似乎有一股強烈的天性喚醒了他的心靈，他說了以下的一番話：「他的相貌有一種熟悉和親切的感覺，我總覺得在哪裡見過他。不知道為什麼，但是我還是要這麼說：孩子，你放心地活著吧，我不僅饒恕你的性命，而且不論你提出什麼要求，我都會答應。即使你請求我饒恕哪個俘虜的性命，我也絕無二話。」

「謝謝陛下的恩典。」伊摩琴說。

很明顯，國王這一番話意味著：不論受恩典的人要求什麼，國王都會賞賜給他。

大家都在留心聽這個侍僮會要求什麼賞賜。她的主人路歇斯對她說：「好孩子，我知道你想要求饒恕我的性命，不過我不希望你這麼做。」

「哎呀，對不起，」伊摩琴說，「我的好主人，我不能要求救您的性命，因為我還有重要的事情要做。」

這個孩子說出這種忘恩負義的話，讓羅馬將軍大吃一驚。

伊摩琴兩眼專注地盯著阿埃基摩，只提出這麼一個要求：請求國王讓阿埃基摩招供出手上的鑽戒從何處得來。

辛白林答應了這個請求，並且威脅阿埃基摩：如果不從實招來，就要嚴刑銬問他。

於是，阿埃基摩招供他的全部罪行，把他與波塞摩斯打賭的經過、自己如何使用陰謀欺騙波塞摩斯，一一敘述出來。

波塞摩斯這時才知道事情的真相，他竟然殺死了清白無辜的妻子，此刻他心裡感到悽慘萬分，無以言喻。他立刻奔向前去，悲傷地向辛白林坦白，他曾經命令畢薩尼奧處死公主。最後，他狂叫著：「啊，伊摩琴，我的王后！我的生命！我的妻子！啊，伊摩琴，伊摩琴，伊摩琴！」

看到心愛的丈夫如此痛苦，伊摩琴實在不忍心繼續隱瞞自己的身分，就露出她本來的模樣。如此一來，波塞摩斯喜出望外，壓在他身上沉重的內疚和痛苦變成了寬慰和歡欣；他原以為已被自己殺死的妻子，又重新回到自己的身邊。

辛白林如此奇妙地找到失蹤了的女兒，他幾乎和波塞摩斯一樣高興。因此，他不但饒恕了波塞摩斯，還同意了這樁婚姻——承認波塞摩斯這個乘龍快婿。

就在這個歡樂時刻，培拉律斯也自首了。他指著波里多和凱德華爾，對國王辛白林說：這就是那兩個失蹤的王子——吉德律斯和阿維拉古斯。

國王這才知道在戰場上搭救自己的人竟是失蹤多年的兒子，自己還親眼看到他們是那麼地驍勇善戰，這真是意想不到的快樂。辛白林和女兒、兒子重新團聚；在這樣歡樂的時刻，有誰還會想到懲罰呢！因此他赦免了老培拉律斯，並歡迎他回到王宮。

此時，伊摩琴可以從容地為羅馬將軍路歇斯效勞了。在女兒的請求下，辛白林立刻赦免了路歇斯將軍。並且由於路歇斯從中斡旋，羅馬、不列顛締結和平協議，從此以後，兩國之間維持了多年的安寧局事。

現在，該說一說辛白林的邪惡王后了。她看到自己的奸計沒有得逞，同時也倍受良心的譴責而病死了；在她死前不久，她那愚蠢的兒子克洛頓也在一場由自己引起的爭吵中，被人殺害而亡。這些事太悲慘了，不能讓它們打斷這個故事的美好結尾。總之一句話，凡是應該得到幸福的人，都得到了幸福，甚至是那個背信棄義的阿埃基摩；鑒於他的奸計沒有得逞，最後也被釋放了，沒有受到任何懲罰。

註：

1. 辛白林——*Cymbelin*，喜劇，故事敘述古代不列顛國王Cunobelinus的傳說，現代批評家將此劇歸列於傳奇劇。
2. 奧古斯特斯・凱撒——Augustus Cæsar（公元前六三至一四年），羅馬皇帝。

3.伊摩琴——Imogen。

4.波塞摩斯——Posthumus Leonatus。

5.阿埃基摩——Iachimo。

6.驕傲的克莉奧佩特拉與安東尼約會——*The Proud Cleopatra When She Met Her Antony*。
克莉奧佩特拉（公元前六九至三十年），埃及王后，以美貌、奢侈著稱。安東尼（公元前八三至三十年），凱撒手下的一員大將。
莎士比亞曾根據他們兩人結局悲慘的愛情故事，寫過一個劇本。

7.畢薩尼奧——Pisanio。

8.培拉律斯——Belarius，化名為摩根（Morgan）。

9.吉德律斯——Guiderius，化名為波里多（Polydore）。
阿維拉古斯——Arviragus，化名為凱德華爾（Cadwal）。

10.朱諾羅馬神話裡，天神宙斯的妻子。

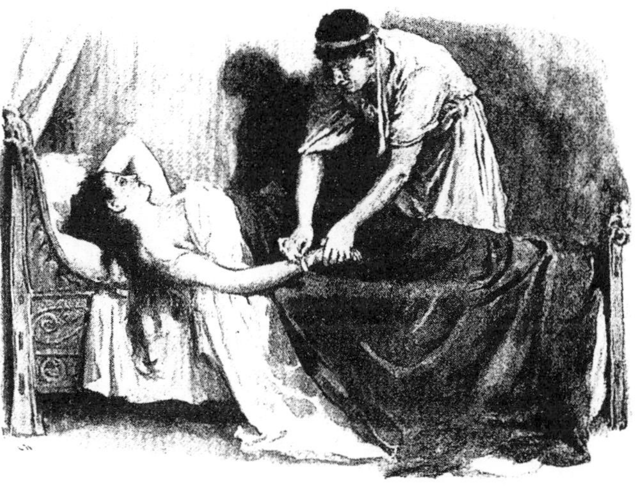

他（阿埃基摩）躡手躡腳地從伊摩琴的胳膊上摘下那只手鐲。
——第142頁

聽到說話聲，伊摩琴從山洞裡走出來，對他們說：好心的朋友，請不要誤會。——第146頁

李爾王[1]

不列顛國王李爾有三個女兒：高納里爾、雷根和考狄利婭[2]。高納里爾和雷根兩位公主分別嫁給奧本尼公爵、康華爾公爵。年輕的考狄利婭雖然未婚，然而此時法蘭西國王和勃艮第公爵為了向她求婚，兩人都住在李爾的王宮裡。

老國王已經年逾八旬，常年為國事操勞，身體已日漸衰弱。他權衡再三，決定遜位，把國事交給年輕力強的人去管理，自己就在安寧中度過餘生，準備後事，因為他感覺死神的腳步已經臨近。有了這個想法，他把三個女兒叫到跟前來，想知道她們對自己的愛戴程度，然後再據此分配每人應得的國土。

大女兒高納里爾聲稱，她對父親的愛無法用言語表達，這份愛勝過眼睛所看到的光、勝過自己的生命和自由。其實，在這種場合，只需要誠懇地表達自己的感情就已足夠，但是，高納里爾的心裡根本不愛他的父親，於是她信口胡謅了一大堆花言巧語去諂媚父王。老國王對於這樣的回答，感到非常滿意，於是就在一時父愛的衝動之下，把國土的三分之一賜予大女兒和她的丈夫。

接著，輪到二女兒了。雷根的虛偽本質絲毫不比姊姊遜色，甚至比姊姊更勝一籌。她說：

姊姊的話不足以表達自己對父王的愛，在這個世界上，她唯一的幸福就是孝順親愛的父王，除此之外，她對任何事都不感興趣。

雷根的表白如此出色，李爾當然也要給予同樣的賞賜，於是他又把三分之一的國土賜給了二女兒和她的丈夫。孩子們的愛讓他感到十分幸福，他也因而祝福了自己。

最後，李爾轉身問他的小女兒考狄利婭要說些什麼。他想，考狄利婭一定會像姊姊們一樣，說出令他高興的一番話，或許會比她們的言辭更熱烈；因為在三個女兒之中，他一向最寵愛她。可是，考狄利婭十分厭惡姊姊們言不由衷的奉承，她知道她們口是心非，剛才的話都是謊言，她們這麼做的目的只不過是想騙取父王的國土，盡早掌握政權。因此，考狄利婭只是這樣回答：她的愛不多也不少，她會盡女兒的本分去愛父王。

國王十分震驚，因為他最寵愛的孩子竟然說出如此忘恩負義的話。於是他讓她重新考慮一下，修正她的措辭，否則，她的前途會十分危險。

考狄利婭告訴父親：「您是我的親生父親，從小就疼愛我，把我撫養成人。我也會盡到做女兒的責任，愛您、尊敬您、孝順您。可是我不能像姊姊們那樣，說出一大堆言過其實的話，也不能保證愛您勝過其他任何人。因為，我結婚之後，一定會把一半的愛分給我的丈夫，用一半的心思去照顧他，盡到一個作妻子的責任。如果像姊姊們說的那樣，就永遠也不需要婚姻了。」

事實上，考狄利婭真誠地愛著父親，就像她的姊姊們假裝的那樣真摯。她也知道，自己剛才的話確實令人感到不悅，可是看到姊姊們言過其實的假意奉承，又因此得到了豐厚的賞賜，她就尋思：只有用行動去愛父親，才能不至於使這份愛沾染上唯利是圖的色彩，才能表明自己對父親的愛，並不是為了獲取利益。所以，她才會說出那番不動聽的話。其實，如果不是在那麼一個場合，她會明白地告訴父親，會以實際行動證明自己對父親的愛，言辭也會更誠摯，而不至於像現在這般僵硬。

李爾王年輕的時候就是個性情急躁、容易發脾氣的人；如今上了年紀，難免年老昏聵、頭腦糊塗，更是難以分辨肺腑之言與巧言奉承。如此一來，老國王李爾認為考狄利婭這番樸實直率的話傲氣十足，狂怒之下，他收回原本留給考狄利婭的三分之一國土，卻將剩下來的國土平均分給她的兩位姊姊和姊夫。然後，李爾把他的兩個女兒和女婿召集在一起，當著所有大臣的面前，把王冠賜給他們，同時還把全部權力、稅收和國政都交由他們共同管理。至於他自己，放棄了所有王權，只保留著國王的名義和尊嚴，隨身帶著一百名騎士作為侍從，每個月輪流住在兩個女兒的王宮裡。

國王在一時感情衝動之下，毫無理智地分散掉整個王國，這讓所有大臣感到既震驚又難過：震驚的是，這麼做實在太荒唐了，難過的是國王冤枉、懲罰了最真誠的女兒。可是，也只有肯特伯爵[3]有膽量去冒犯怒氣沖天的國王。他一向對李爾忠心耿耿，甚至把國王當作父親、主人來尊敬和愛戴。他認為自己的生命微不足道，自己活著的目的和意義只是為了效忠國王；只要能保護國王，他可以把生死置之度外。肯特伯爵在這些年來，一直是國王最忠實的諫臣，而在很多國家大事上，國王也會聽從他的意見、接納他的勸告。如今，看到國王做出對自己不利的決定，這個最忠實的諫臣開始以一貫的精神，捍衛主人的利益，毅然站出來反對國王的決定。可是肯特伯爵才替考狄利婭說了幾句善意的話，李爾王就暴跳如雷了，甚至還說要取他的性命。然而國王的威脅沒有讓他屈服，反而讓他說出最坦率的話；當權力者一旦屈服於諂媚，就會有正直的大臣坦率進諫[4]，不論李爾王如何威脅，也無法撼動這位隨時將生命奉獻給主人的大臣。肯特伯爵說，自己願意用性命擔保，考狄利婭的孝心決不比她的姊姊們少，她說話的聲音低、沒有甜言蜜語，是因為她內心裡充滿了真誠的感情，不需要用諂媚去填補虛假的感情。所以，他請國王立即收回成命。

然而，不幸地，肯特伯爵的諫言更加激怒了暴跳如雷的國王，伯爵被放逐了，並且必須在五天之內離開不列顛，如果在第六天，這個被國王所痛恨的人還在不列顛的國土上，就會被立刻處死。李爾王真像一個發瘋的病人要殺死替他治病的醫生，而對那些讓他斃命的症狀戀戀不捨。肯特伯爵無奈地向國王告辭，說事已至此，徒留無益，自己流浪在外，或是留在國王身邊，兩者已經沒有什麼區別。他會立刻離開不列顛，到一個新的地方找尋曾經走過的路。離開之前，他祈禱上天保佑考狄利婭——這個思想正直、出言謹慎的姑娘，祈禱她的兩個姊姊能以實際行動去兌現曾經誇下的海口。

如今，考狄利婭失去父親的寵愛，也失去了繼承權，已經一無所有。李爾王想知道法蘭西國王和勃艮第公爵是否還堅持向她求婚，就召見了他們兩人。結果，勃艮第公爵謝絕了這樁親事，表示在毫無財產的條件下，他不能娶她為妻。但是，法蘭西國王沒有錯過這個如此真誠的姑娘，他瞭解考狄利婭之所以失去父親的寵愛，是因為人們天性上的過失；考狄利婭只會實話實說，不會像姊姊們那樣刻意恭維、捏造謊言。法蘭西國王握著考狄利婭的手說，她的品德與價值比一個王國的嫁妝，還要貴重。然後，他讓考狄利婭向兩位姊姊道別，也向她的父親告別，去當他的王后，成為美麗的法蘭西王后；他還說，錦繡的法蘭西會比她姊姊們的王國更燦爛美好。而且，他又以輕蔑的口吻稱呼勃艮第公爵為「如水的公爵」，因為他的愛情就像流水一般，轉眼間就流逝了。

考狄利婭揮淚向姊姊們告別，她懇求她們要好好照顧父親，就像她們曾經承諾過的話一樣。可是她們卻冷淡地說，她們會盡自己的責任與義務，無須她來指點。然後，她們用嘲笑的語氣說：既然法蘭西國王把她當成上天的恩賜，她還是努力去照顧丈夫的幸福吧。於是，考狄利婭心情沉重地離開了。她知道姊姊們為人狡詐，所以很擔心父親的安危；她希望能把父親託付給更善良的人。

不久，考狄利婭的擔憂就變成了現實，因為她的姊姊們開始露出邪惡的真面目。按照規定，李爾王第一個月住在大女兒高納里爾的王宮裡，可是不到一個月，老國王就發現高納里爾當初的承諾是多麼虛假！這個卑鄙的女人已經得到父親所能賞賜的一切——甚至是從他頭上摘下的那頂王冠；現在，她根本對李爾不屑一顧、不理不睬，總是滿臉怒容，每當父親想跟她談話時，她就會佯裝生病或者找藉口躲開，很顯然，她把年邁的父親當作是一個累贅。甚至後來，高納里爾對於老國王為自己保留的最後那點尊嚴，都不能容忍了，她冷嘲熱諷，因為她覺得那一百名騎士的排場是一種浪費。更有甚者，她不但對待國王越來越怠慢，而且由於她明目張膽的暗示和唆使（恐怕如此），她的僕人也開始故意對老國王十分冷漠，甚至假裝沒有聽到他的命令。李爾不可能沒有察覺女兒的一舉一動，可是他還是視而不見，盡量睜一隻眼、閉一隻眼，因為一般而言，人們總是不願意相信自己所犯下的錯誤，更何況當初他是那麼地固執與堅持，才造成如今這個令人心碎的結果。

如果一個人的愛和忠誠是真實的，即使無論你多麼殘忍地對待他，也不能讓他疏遠你；正如一個心地虛偽矯飾的人，無論你對他多麼誠懇，也無法感化他。這一點說明在善良的肯特伯爵身上，表現得尤為明顯。他已經被李爾放逐，而且假如在不列顛被人發現他的行蹤，無疑會喪命；然而，只要他還有為主人（老國王）效勞的機會，他就會不顧一切地留下來。情勢所逼，他放棄了所有舊時的尊嚴和排場，喬裝成一名僕人，請求國王雇用他。也許，他如今的身分很卑微，卻絕不能說明他是個低賤或者卑微的人，因為這樣的裝扮只是為了更便於盡責。國王當然不知道眼前的僕人就是肯特，於是就問了他一些問題。肯特故意答覆得十分直爽，甚至是有點兒粗魯，不過國王卻很高興（因為這跟那油腔滑調的奉承大不相同，而李爾王已經嘗到了苦果，十分厭惡那樣的奉承）。於是，李爾收下肯特作為他的僕人，國王絕對料想不到，這個自稱卡厄斯的僕人，竟是他曾經最寵信的大臣——位高權重的肯特伯爵。

很快地，卡厄斯就表現出忠誠和敬愛，這也使得國王與他越來越親近了；有一天，高納里爾的管家出言不遜，侮辱了李爾；毫無疑問，這都是受到女主人刻意的唆使。卡厄斯看到他竟然膽敢侮辱國王，立即一腳將他絆倒，把這個沒禮貌的奴才拖進了陰溝裡。

真正效忠李爾的朋友還不止肯特一人。在如此悲慘的境遇下，還有一個微不足道的小人物——李爾的弄臣，對他表現出敬愛。按照當時的時尚，國王和大人物身邊都會養個小丑（他們是這樣稱呼的），在繁忙的公事之餘，替他們解悶、取樂。李爾還在位的時候，這個身分低微的人物總是竭盡所能地逗他開心。李爾退位之後，這個弄臣仍然隨侍在老國王左右，用他那機智幽默的口才為國王排解憂愁。儘管他有時也忍不住善意嘲弄國王魯莽的舉動，竟把自己的王國賞賜給如此不孝的女兒。他編寫了一首曲子，諷刺李爾的兩個女兒：

你們喜出望外，
卻聽到父親淚流滿面地唱起悲歌；

堂堂一國之君，
卻淪落到和弄臣捉迷藏。

他滿腹這種粗俗的、荒誕不稽的歌詞。而且就算是當著高納里爾的面前，這個天性快樂、正直的弄臣也敢把心裡話盡情地發洩出來，故意讓她聽到這些諷刺和詼諧笑罵。譬如，他把國王比作一隻籬雀，養大了幼小的杜鵑，牠辛勤的結果卻是被杜鵑鳥咬掉了腦袋；他還說：「驢子也許知道車子什麼時候拉著馬走」（意思是：李爾的女兒本來應該在後邊，現在反倒站在父親的前面）。又說，如今的李爾已經不再是李爾王，只不過是一個影子而已。當然，這些肆無忌憚的話，讓這位弄臣也挨過一兩次鞭子的警告。

李爾雖然覺察到女兒對他越來越冷漠，也越來越不尊敬他，但是糊塗又溺愛女兒的李爾忍耐這一切。可是李爾卻沒想到，高納里爾又提出了更過分的要求。大女兒明確地告訴他，那一百名騎士的編制實在是一種浪費，而且整天在她的王宮裡大吃大喝、狂歡喧鬧，不成體統。所以，她要求減少人數，只留下一些與老國王年齡相稱的老人；如果李爾不同意，就必須離開她的王宮。

李爾最初不敢相信自己的眼睛和耳朵，也不相信自己的女兒竟會說出如此刻薄的話，他不相信從他手裡得到王冠的高納里爾，居然會吝嗇地裁撤他的侍從，剝奪他在晚年時應享的這點尊榮。老人真的被激怒了，破口大罵高納里爾，說她是一隻「面目可憎的鳶」，只會一派胡言。的確，因為那精挑細選的一百名騎士，素來品行端正、莊重自律，而且拘於小節，從來不像她所說的那樣大吃大喝、狂歡喧鬧。於是他一邊吩咐備馬，要帶著那一百名隨從去二女兒家，一邊詛咒大女兒。他詛咒說：只有鐵石心腸的魔鬼才會忘恩負義，一個孩子若是忘恩負義，簡直比海裡的妖怪還要可怕；既然高納里爾是這樣的人，但願她永遠不能生兒育女，萬一懷有孩子，等將來孩子長大，也會得到蔑視與侮辱的回報，讓她也感受這種比毒蛇的牙齒還要鋒利的滋味。此時，高納里爾的丈夫奧本尼公爵想替自己辯解，希望李爾不要連他一起詛咒。可是李爾沒有等他把話說完，盛怒之下，就帶著侍從離開了。李爾心想，與高納里爾的行為相比，考狄利婭的過錯（如果那是過錯的話）顯得多麼微小啊！想到這兒，他哭了。流下眼淚又讓他自感慚愧，自己英勇一生，如今卻被高納里爾壓倒了他的男子氣概，實在羞愧啊！

出發前，國王派忠心耿耿的卡厄斯攜一封信去雷根那兒，他想，在自己抵達前，女兒就可以做好接駕的準備。可是，卡厄斯到達的時候，卻看見高納里爾的管家——那個曾經被卡厄斯踹過一腳的奴才。原來，惡毒的高納里爾也派人送信給妹妹，指責父親固執任性、脾氣古怪，挑唆妹妹不要收容父親和他的侍從。卡厄斯瞧著這傢伙一向愛製造禍端，猜出他的來意，破口大罵，執意要跟他決鬥，並且在一怒之下，狠狠地揍他一頓，讓他受到應有的懲罰。消息傳到雷根和丈夫的耳朵裡，儘管卡厄斯是父王派來的信使，理應受到最高禮遇，可是雷根和她的丈夫卻命令侍從為他戴上枷鎖。如此一來，國王進入城堡之後，最先映入眼簾的一幕，就是忠實的僕人卡厄斯屈辱地戴著腳枷坐在那兒。

然而，這也只不過是一個不祥之兆，更糟糕的事情接踵而來。國王抵達後，竟然得到如此答覆：他的女兒和女婿旅行了一夜，現在很疲累，無法覲見老國王。老人當然不願意接受這樣的待遇，發著脾氣要求非見到他們不可。他們才出來會見他。可是，老國王萬萬沒想到，陪著二女兒夫妻一起出來見他的人，竟然還有那個可恨的高納里爾；她除了派來信差，還親自前來惡人先告狀！

此情此景，太令老人激憤，於是他憤怒地質問納里爾，看著他這一大把白鬍子，難道不會讓她覺得慚愧嗎？之後，老國王又說雷根的眼神溫和善良，不像高納里爾那般兇狠，雷根肯定沒有忘記父王曾經賜給她半個王國，所以他決定從今以後攜帶那一百名騎士住在這裡。可是，雷根竟然勸年邁的父親回到高納里爾的家裡，請求姊姊原諒，並且裁去一半侍從，安安靜靜地過日子；還說「上了歲數的人，缺乏分辨的能力，應該讓別人的智慧來支配自己的生活，不要信任自己的智慧。」國王怎麼能容忍這樣的侮辱呢？李爾認為，低聲下氣地向親生女兒乞討，簡直荒唐至極，所以他堅決表示永遠不再回到高納里爾的王宮；他說，如果自己這麼做了，還不如前去法國，向那個不要任何嫁妝、娶了他小女兒的國王，乞討一筆微薄的養老金呢。

李爾投奔二女兒雷根，期待得到較好待遇的想法已經如夢幻泡影。因為雷根好像故意要超越姊姊的忤逆行為，竟然說她覺得五十名騎士太多了，二十五名就已足夠。這時，李爾幾乎要心碎了。於是他轉過身，略帶諷刺地對高納里爾說：願意回到她的王宮，因為五十名騎士是二十五名的兩倍，證明她對父親的愛比雷根多出一倍呢。可是毫無人性的高納里爾開始推托，她說，二十五名騎士也太多了，她覺得連十名、五名都不需要呢，因為她和妹妹有這麼多僕人，足夠讓父親使喚了。

這兩個喪盡天良的姊妹，似乎拚命較勁比賽如何更殘忍地虐待自己的老父親。她們想一點一滴地把老人曾是一位國王的所有尊嚴和侍從（對於曾經統治過一個王國的人來說，他已經所剩無幾了！）全部裁撤。雖然一個人不一定非得要有輝煌的儀仗才算幸福，可是從國王淪落為乞丐、從統治數百萬人到身邊沒有一名侍從，這樣難堪的變化確實令人無法接受。消失的尊嚴、廉價的親情，雙雙刺痛李爾的心。他為自己如此愚蠢地拋棄王國而感到焦躁不安，神智開始有些不正常了；他說著自己都不明白的話，發誓要向這兩個天理不容的巫婆報復，詛咒她們遭到天打雷劈的報應。

正當他徒勞地狂喊這些自己軟弱的胳膊永遠也做不到的事情，夜幕降臨了，電閃雷鳴、暴雨交加。即使如此，李爾的女兒們仍然堅持不讓他的侍從進去，老人無奈，就吩咐侍人牽來馬匹，他寧願去承受暴風雨的洗禮，也不願意與這兩個忘恩負義的女兒同住在一個屋簷下。她們竟然說：固執任性之人一定會嘗到愚蠢的苦果，倘若遭遇到苦難，也一定是他自作自受。

然後，她們下令關上城門，任憑可憐的李爾蹣跚走進狂風暴雨之中。

風越刮越猛，暴雨也越落越大，老人在暴風雨中與自然搏鬥，在李爾的心中，再大的風雨也沒有狠毒的女兒那樣令人痛心疾首。走了幾英里路，眼前是一片空曠無際的荒原，周圍沒有任何一片可以遮風擋雨的灌木叢。國王就在這暴風雨的黑夜裡，在狂風雷鳴中呼喊著：他恨不得狂風將大地刮進大海裡，或者讓疾風掀起海浪，淹沒大地，懲罰那些忘恩負義的禽獸。此時，老國王身邊只剩下那個可憐的弄臣，他依然跟隨著國王，想盡辦法說些詼諧的話來排遣眼前不幸的遭遇。他說，在天氣惡劣的夜晚裡游泳，真沒意思，國王還是進去城堡，向女兒們乞討祝福吧：

都怪自己智慧低，
嗨呵，風吹雨打惹上身！
即使是天天被雨滴澆淋，
也無須怨天尤人。

弄臣還發誓說，這是一個能叫傲慢的女人冷靜下來的愜意夜晚。

曾經叱吒風雲的一國之君，如今只剩下一個孤零零的侍從陪伴，這是何等的悲哀！正在這個悲慘的境況下，喬裝成卡厄斯的肯特伯爵找到了李爾王，原來他一直侍奉國王左右。肯特說：「哎呀！陛下，不要待在這兒了。習慣於黑夜的生靈都不會喜歡這樣的夜晚，實在太恐怖了。看啊！狂風暴雨把野獸趕跑，令牠們藏身洞中。脆弱的人類無法忍受這番折磨。」

李爾反駁說，一個人身患重病，就不會感受到細微的痛苦；只有在怡情悅性的時候，肉體才會變得敏感。現在，除了一顆跳動的心，心靈的暴風雨已經奪去他一切的感覺，唯一能夠感覺到的也只有沸騰的熱血。然後，談到背叛親情的女兒，他傷心地說道，父母就像是兒女的手，如果兒女忘恩負義，就像是一張嘴咬掉餵養他們的手。

經過卡厄斯一再勸說，國王終於答應到荒野上的一間小茅棚避雨。不過，弄臣剛剛進去，又突然驚恐地跑了出來，大喊看見了幽靈。仔細一看，這個「幽靈」原來是一個可憐的瘋乞丐，他爬進這間荒廢的茅棚裡避雨。當時，像這樣可憐的瘋子，可能是真瘋，也可能是裝瘋，他們在鄉下流浪、漂泊，自稱為「可憐的托姆」或「可憐的屠列古德」[5]，為了生存，他們常常會有一些出人意表的舉動，譬如他們會嚷嚷「哪位行行好，賞點兒什麼給可憐的托姆吧」，然後把針、釘子或迷迭香的刺扎到胳膊上，故意讓血流出來，他們一面祈禱，一面瘋瘋癲癲地詛咒，靠著這些瘋狂的行為，讓那些好心的鄉下人感動或害怕，施捨點兒東西給他們。剛剛弄臣看到的幽靈就是這種人，他除了在腰間裹著一條毯子，簡直是一絲不掛、衣不蔽體。國王看到他如此潦倒，就斷定這個人一定也是把自己的所有財產都分給女兒們，因為在國王半瘋癲的頭腦中，認為只有撫養了狠毒無情的女兒，才會淪落如此悲慘的境遇。

好心的卡厄斯聽到國王說出這樣的瘋話，感到非常傷心，但是他依然保持絕對的忠心。天亮的時候，他找了一些仍然忠於國王的侍從，協助他把國王送往多佛城堡，因為肯特伯爵在那裡仍有許多朋友，握有足夠勢力。而他自己則乘船前去法國，星夜兼程地趕到考狄利婭的王宮，詳細地描述了她兩個姊姊慘無人道的殘忍行為，以及她父王的淒慘境遇。這個善良、孝順的女兒傷心地淚如泉湧，她立刻要求她的丈夫法蘭西國王：准許她攜帶足夠的人馬，去討伐兩個殘忍的姊姊和姊夫，讓父王重新登上王位。她的丈夫同意了，於是，她帶領一支王家軍隊出發了，在多佛登陸。

李爾精神錯亂了，好心的肯特伯爵派了些人照顧他，以免他到處亂跑。可是他還是乘機逃跑了；幸而，李爾正在附近的田野徘徊時，被考狄利婭的侍從發現了。當時李爾的情況真是悲慘極了，他看起來完全瘋了，一個人大聲唱著歌，頭上還戴著用稻草、蕁麻和其他野草編織成的王冠。

考狄利婭雖然迫切地想念父親，可是她還是聽從醫生的建議：等睡眠和藥物發生作用而使國王慢慢鎮定下來的時候，父女倆再見面。考狄利婭許諾：只要能治好老國王的病，她願意拿自己所有的金銀珠寶去酬謝醫生。終於，考利狄婭可以和她的父親見面了。

父女團圓的情景十分感人。剛開始，李爾王沒有認出他的女兒，因為他的神智尚未完全恢復，他不知道自己在哪兒，只是感覺到某個好心人輕柔地吻他，對他說些溫暖的話。不過慢慢地，他清醒過來了，但是他不敢相信眼前的好心人竟是考狄利婭，於是說：如果他把眼前這位夫人錯認為自己的女兒，請旁邊的人不要嘲笑他。然後，他跪了下來，老淚縱橫地祈求女兒原諒他的過錯；善良的考狄利婭也一直跪在那裡，並且對父親說：他不該下跪，這是身為女兒應盡的孝道，因為她是父王的孩子——她一邊吻他，一邊說著，希望這一吻可以抹去姊姊們對父親所造成的傷害。考狄利婭還對父親說道，她們把年邁的父親趕到寒冷的暴風雨中，應該感到羞愧，她巧妙地比喻說，即使是仇人的狗咬傷了自己，在天氣那樣惡劣的夜晚，她也會讓牠躺臥在她的火爐旁邊，暖暖身子。考狄利婭告訴父親，這次特地從法國前來此地，就是為了幫助父親。聽到這一番話，老國王既高興又慚愧；高興的是——又見到了自己鍾愛的考狄利婭；慚愧的是——當初為了那麼一點點微不足道的過錯，就遺棄這麼孝順的孩子。於是，李爾又一次誠懇地說：由於年老昏聵，才鑄下大錯，請她原諒過去的事，一切都是李爾自己的過錯；考狄利婭有充分的理由不孝順自己，但是她的兩個姊姊卻沒有。考狄利婭回答：她跟姊姊們都沒有理由不孝順父親。

漸漸地，考狄利婭和醫生終於治癒老國王精神錯亂的病。現在，我們暫時把這位老國王託付給這位孝順他、深愛他的孩子，讓我們回過頭來看看李爾王那兩個殘忍的女兒。

這兩個惡毒的女人對待自己的父親尚且那麼殘忍，對待丈夫，她們又能如何忠實呢？果然，不久以後，她們對表面上的夫妻本分和感情厭倦了，甚至公開表示另有所愛。不巧的是，姊妹兩人愛上同一個情人，彼此變成了仇敵。這個情人是已故的葛羅斯特伯爵的庶子愛德蒙，他曾經背信棄義，使用詭計，剝奪了理應由他哥哥埃德蒙繼承的爵位；憑藉這一點手段，證明他和高納理爾姊妹倆是同樣邪惡的人，若是相愛，倒是十分相配。正好這個時候，雷根的丈夫康華爾公爵去世了，雷根馬上宣布要和愛德蒙伯爵結婚。這使高納里爾妒火中燒，她想盡辦法將雷根毒死了，但是不久之後，她也受到了懲罰；因為這個邪惡的伯爵曾經同時向高納里爾、雷根姊妹倆示愛，這件事情被高納里爾的丈夫奧本尼公爵發現了，而且，他也發現她與伯爵關係曖昧的不貞罪行，就把她囚禁在監獄裡。高納里爾因為愛情受挫，感到鬱悶又絕望，不久後就自殺了。天理公道就在這兩個邪惡的女兒身上降臨了。

所有人都在談論這件事，都認為這兩個壞女人的死亡，顯示了正義公道。但是忽然間，他們又看到他們所讚美的公道的力量，竟然以奇妙的方式在考狄利婭的命運中降臨了。如果考狄婭能夠率領軍隊、幫助她的父親奪回王位，故事的結局似乎就很完美了，然而在現實生活中，往往並非善有善報、惡有惡報，品德高尚的考狄利婭並沒有得到幸福的結局。因為，那個卑鄙的愛德蒙率領軍隊，打敗了法蘭西。這個陰險的伯爵想篡奪王位，不願看到任何阻礙，就派人把合法繼承王位的考狄利婭殺死了。可憐啊，這個純潔無辜的女人，年紀輕輕就蒙天主寵召，不過，考狄利婭在有生之年，留給世人一個盡孝道的典範。這個善良的孩子死後，李爾也因悲傷過度而逝世了。

再談談那個忠實的卡厄斯吧，自始至終，好心的肯特伯爵一直追隨在老主人身邊。李爾去世以前，肯特曾經想讓國王明白，忠僕卡厄斯就是他。但是，李爾已經發瘋、神經瘋癲，已經無法理解肯特和卡厄斯怎麼會是同一個人呢？後來，肯特覺得無須再解釋了。李爾死後，這個忠實的僕人感到極為悲痛，再加上年事已高，不久也跟著進了墳墓。

最後，上蒼終究還是懲罰了邪惡的愛德蒙伯爵。他的陰謀敗露後，在一場決鬥中，被他哥哥——合法的葛羅斯特伯爵刺殺身亡。至於不列顛的王位，由高納里爾的丈夫奧本尼公爵繼承；他沒有加害考狄利婭，也從沒有煽動妻子那樣殘忍地虐待老國王，所以，李爾死後，他就順理成章地成為不列顛國王。這個故事講述李爾王和三位公主的經歷，而如今他們都死去了，其他的事則無須再提。

註：

1.李爾王 ——*King Lear*，悲劇。

2.高納里爾 ——Goneril，奧本尼公爵（The Duke of Albany）的妻子。

雷根 ——Regan，康華爾公爵（The Duke of Cornwall）之妻。

考利狄婭 ——Cordelia。

3.肯特伯爵 ——The Earl of Kent，化名為「卡厄斯」（Caius）。

4.原文是 ——When power bowed to flattery, honour was bound to painness。

5.可憐的托姆或可憐的屠列古德 ——Poor Tom and Poor Turlygood。類似於說「可憐的張三」、「可憐的李四」。

(李爾王)詛咒他的大女兒高納里爾。——第167頁

（第一個幽靈出現了）它叫喚著馬克白的名字，吩咐他要提防費夫一氏的貴族。——第187頁

馬克白[1]

在「溫和的鄧肯」掌管蘇格蘭王國的時期，有一位因戰功顯赫而受封的爵士[2]，也就是貴族，他叫作馬克白。馬克白是國王的親族，由於他足智多謀，驍勇善戰，所以贏得國人的極度尊敬。最近，他率兵打敗了一支人數眾多、由挪威軍隊援助的叛軍。

在這場慘烈的仗激戰之後，馬克白和班柯[3]這兩位蘇格蘭將軍，凱旋而歸。途經一片荒蕪的原野，卻被迎面走來的三個長相怪異的女人攔住了去路。這三個人看起來像是女人，可是都長著鬍鬚，她們皮膚乾枯，穿著蠻族的粗布濫衫，根本不像是凡塵中人。馬克白首先向她們打招呼，她們顯出生氣的樣子，好像被冒犯了，一個個都把皸裂多皺的手指放在乾枯的嘴唇上，示意沉默。她們之中的第一個人向馬克白致意，稱呼他為「葛萊密斯爵士」，馬克白對此感到有些吃驚，她們怎麼會知道自己的身分？接下來，第二個人稱呼他「考特爵士」，這更令馬克白驚訝萬分，他自己尚未享有這個爵位的資格。然後，第三個人竟然對他說：「萬歲，你將成為未來的國王！」這個預言令馬克白震驚，因為他知道只要國王的兒子還在世一天，繼承王位對他而言簡直是天方夜譚。

然後，她們又轉過身，用一種預言般的語言向班柯宣布：「你的地位雖然低於馬克白，卻會比馬克白更加偉大！你雖然沒有馬克白幸運，卻將獲得更多幸福！你雖然不能成為國王，但是你的子孫將成為蘇格蘭國王。」話音剛落，她們就消失在空氣中，無影無蹤了。兩位將軍才知道她們就是傳說中的命運三女神[4]，或是稱她們為女巫。

正當他們站在那兒，為這件奇遇感到百思不得其解的時候，國王的信使到了，奉國王之命，授予馬克白「考特爵士」這個尊貴的封號。實在是太離奇了，這個突如其來的好消息應驗了剛才女巫們怪異的預言，馬克白大感驚訝，他站在原地發楞，一時之間不知所措，竟不能回覆國王的信使。此時此刻，他心中的期待卻像河水一般奔騰水洶湧，期望女巫第三預言也能夠靈驗，變成現實，那麼，他將成為蘇格蘭國王。

他轉身對班柯說：「女巫們的預言已經如此神奇地地應驗了，難道你不希望你的孩子成為君王嗎？」

「這種希望，」班柯回答說，「會激起你篡奪王位的貪婪欲望。黑暗中的惡魔時常在小事情上透露一些實情，藉以獲取我們的信任，然後引誘我們誤入可能導致嚴重後果的歧途。」

但是女巫們的邪惡暗示，卻已經在馬克白的心中深深烙印了，他根本不理會班柯的忠告，從那時候起，便把全部心思用來策畫如何奪取蘇格蘭王位。

馬克白寫信將命運三女神的離奇預言和部分已經應驗的實情告訴妻子。馬克白的妻子是一個野心勃勃的壞女人，只要能使她的丈夫和自己成為大人物，她將不擇手段地達成目標。馬克白一想到要去屠殺親人，就感到良心不安，而他的妻子卻在一旁極力煽動馬克白謀殺國王，對他說：這將是他們實現那個令人狂喜的預言，絕對必經之路。

那時，國王經常離開皇宮，到貴族家裡拜訪，致以親切的問候。正好這時候，為了表彰馬克白在戰役中所獲得的耀煌戰果，國王屈尊來到馬克白家；隨行者除了兩位年輕的王子——馬爾康和道納本，還有一群貴族和隨從。

馬克白的城堡地勢極佳，賞心悅目，空氣清新宜人，城堡所有的飛簷和扶壁下，都有聖馬丁鳥和燕子築巢。凡是燕子喜歡繁殖、盤桓的地方，那兒的氛圍總能令人心曠神怡。國王走進來，內心感到十分欣喜，對這位可敬的女主人——馬克白夫人的殷勤款待——也表示滿意。但是卻沒有注意到馬克白夫人的微笑裡掩藏著一副蛇蠍心腸，她看起來像鮮花一樣純潔，但是實際上，她卻是盤旋在花下的一條蛇。

由於旅途上一路勞頓，國王很早就上床歇息了。在他的寢室裡（按照當時的慣例）必須有兩名侍從官陪著他，他對於這一切款待，感到不同尋常的滿意。就寢前，他賜給大臣們一些禮物，還特地送給馬克白夫人一顆貴重的鑽石，並稱讚她是最殷勤的女主人。

夜深了，萬籟俱寂，半個世界好像死亡一般沉寂，邪惡的噩夢侵襲著人們沉睡時的靈魂，只有狼群和謀殺的刺客在戶外遊蕩。這時，馬克白夫人卻清醒著，開始密謀殺害國王。她是一個性格堅毅的人，不願半途而廢，但是她擔心丈夫的本性；馬克白生性善良，不可能犯下謀殺罪。她知道馬克白雖然深具野心，然而本性卻仍保持著一絲絲善心，而且他做事謹慎，像殺人這樣的邪心的犯罪，若非野心發展到無可節制的地步，是做不出來的。雖然他答應了這樁謀殺案，但是她懷疑他的決心，她擔心丈夫溫順的性情會戰勝他們的目標（他比她有更多一點的人性），會影響她達到目的。所以，她手持一把匕首，一步步走近國王床前，睡在寢室的兩名侍從官，早已被她用酒灌得酩酊大醉，怠忽了保衛國王的職守。在一路上鞍馬勞頓的旅途之後，鄧肯也沉沉地睡去。她仔細注視鄧肯國王熟睡的臉龐，發覺有某種東西很像她自己的父親，這使她失去了執行計畫的勇氣。

她回去與丈夫商量。馬克白的決心早就動搖了。他考慮再三，想到有一萬條理由反駁這個計畫。首先，他不僅是臣子，還是國王的親族，而且他現在還是款待國王的東道主。根據待客之道，他的職責就是保護客人的安全，不讓身帶凶器的刺客殺害客人。然後，他又想到，身為一國之君的鄧肯是多麼的公正與仁慈，從不傷害百姓，對貴族們，特別是對自己，又是那樣的寵愛。這樣的國王是上天特殊的恩賜，如果殺害了他，臣民們必定會誓死替他報仇。除此之外，由於深受國王恩寵，各色各樣的人都十分尊敬對待馬克白，怎麼能讓卑鄙的謀殺玷污這樣的榮譽！

當這些想法縈繞在馬克白的腦海之時，馬克白夫人發覺丈夫處在這種內心矛盾中，更傾向善良的一面，決心不去採取謀殺國王的行動。而身為一個女人，未達到邪惡目的，她絕不肯輕易動搖自己的邪惡決心，她開始不厭其煩地在丈夫耳朵邊說著，滔滔不絕地灌輸自己的想法，並一項項地分析利弊，鼓勵他不要退縮；這件事其實是多麼容易，而且很快就能完成，短短一夜的行動，可以讓他們在今後所有的日日夜夜，君臨天下、獨享君權！

然後馬克白夫人對丈夫的猶豫不決，表示輕蔑，指責他變幻不定、膽怯懦弱。她還說，自己曾經哺育過孩子，懂得一個熱愛孩子的母親如何溫柔地去愛正在吸吮奶汁的嬰兒，但是她會在孩子正對她微笑的時候，把他從懷裡拽出來，並且把孩子的腦袋砸得粉碎；如果她曾經發誓要這樣做，就像馬克白發誓要去刺殺國王一樣。

接著馬克白夫人又補充道：事情很簡單，把謀殺的罪名推諉到那兩個爛醉如泥的侍從官身上。由於她用如簧之舌指責馬克白瞻前顧後、猶豫不決，以至於他再一次鼓起勇氣去執行這件血腥的謀殺。

於是，他手持匕首，在黑暗中悄悄地走進鄧肯睡覺的房間；在他行進的過程中，他彷彿看到空氣中有另外一把高懸的匕首，刀柄朝向他，刀刃和刀尖上滴著血。他想伸手去抓它，但是除了空氣，什麼也沒有，只不過是由於他那急躁而又壓抑的心境，以及手中握有的祕密謀殺所引起的幻覺。

馬克白擺脫了這種恐懼心理，潛進國王的臥房，一刀結束了國王的生命，就在他行兇之際，睡在寢室裡的一名侍從官突然在睡夢中笑出聲來，另一位侍從官嚷著：「有刺客！」這一聲讓兩個人都驚醒了，但是他們只短短地禱告；一個說：「上帝保佑！」另一個回答：「阿們。」[5]然後，兩個人又睡著了。馬克白站在那兒，靜靜聽著，當第一個侍從官說「上帝保佑」時，他想說「阿們」，雖然他想到得祝福，但是這個字詞如鯁在喉，並沒有說出來。

然後，馬克白感覺彷彿聽到一個聲音在呼喚：「不要再睡啦！馬克白謀殺了睡眠——清白無辜的睡眠、滋養生命的睡眠。」那個聲音依然呼喚著：「不要再睡啦！」在整座屋子中迴響——「葛萊密斯謀殺了睡眠，考特爵士將再也無法安眠，馬克白再也不能安眠了。」

伴隨著這種恐怖的幻覺，馬克白回到那正在等待消息的妻子面前，馬克白夫人還以為他失手，導致整個計畫挫敗。馬克白進來時顯得心慌意亂，妻子責備他不夠果斷，然後接過匕首，命令他洗掉沾染在手上的血污，並且拿著匕首，在侍從官的兩頰上留下血跡，證明他們謀殺了國王。

晨曦初露，這件無法掩蓋的謀殺被人發現了。儘管馬克白和他的妻子顯得悲痛欲絕，而證明兩個侍從官行刺的證據也很充份（從他們的身上搜出了匕首，他們的面頰上又沾滿血污），然而，眾人的質疑全部集中在馬克白身上，因為比起這兩個可憐無辜的侍從官，馬克白做這件事的動機昭然若揭。國王命案發生後，鄧肯的兩個兒子逃走了，大兒子馬爾康逃往英格蘭，請求王室庇護；小兒子道納本逃到了愛爾蘭。

王位本該由國王的兒子繼承，現在卻無人繼承。馬克白以繼承者的身分，加冕為國王。

如此一來，命運三女神的預言精準地應驗了。

儘管已經權傾朝野，馬克白和他的王后始終無法忘記命運三女神的預言：雖然馬克白是國王，將來繼承下一個王位的卻是班柯的子孫，而不是他自己的孩子。一想到這兒，一想到自己的雙手沾滿了鮮血，犯下如此的滔天大罪，最終卻僅僅是將班柯的子孫推上王位，他們便耿耿於懷，心中充滿了仇恨；他們下決心除掉班柯和他的兒子們，將他們置於死地，使關於班柯那部分的預言無法應驗。儘管命運三女神的預言已經神奇地應驗在馬克白身上。

為了實現這個目的，馬克白舉辦了一次盛大晚宴，邀請所有重要的貴族參加；其中，班柯和他的兒子弗里恩斯得到格外隆重的禮遇。那天晚上，在班柯前往宮廷的路上，馬克白事先佈下天羅地網，準備行刺他；但是在混戰中，弗里恩斯逃跑了——這個弗里恩斯具有王室血統，而且他的家族也是蘇格蘭的王室之一，一直延續到蘇格蘭的詹姆士六世兼英格蘭的詹姆士一世[6]，將兩國的王權合併在一起。

在晚宴中，舉止高貴的王后顯得極為和藹可親，殷勤款待所有到場的賓客，贏得在場每個人的注意與尊敬。馬克白和他的男爵、貴族們無拘無束地交談著，他說如果他最好的朋友班柯也在座，那必定使他蓬壁生輝，對他而言，將是最大的榮耀，但是他寧願斥責班柯是因一時疏忽而沒有出席盛宴，而不願為了班柯遭受任何不幸而悲傷。當他說這些話時，被謀殺而死的班柯鬼魂也來到這間屋子內，坐在馬克白的椅子上。儘管馬克白是勇敢之人，即使面對魔鬼，也不會戰慄，但是看到這種可怕的景象，他的臉色因為恐懼而變得慘白，怯懦地站著，眼睛直盯著鬼魂，連一點兒男子氣概也沒有了。

貴族們什麼也看不見，只看見馬克白對著空蕩蕩的椅子（他們這樣想）發呆，以為他一時精神錯亂了。王后責備他，悄聲對他說：這個情景和那天去刺殺鄧肯時所看到的空中匕首一樣，是腦海中的幻覺。但是馬克白一直看著那個鬼魂，並未留意聽別人在說什麼，只是漫不經心地應答，語無倫次地說話。王后擔心他會把那個可怕的祕密洩露出去，就找藉口說馬克白身體虛弱、犯了神經紊亂的毛病，匆匆忙忙地打發了客人。

馬克白遭受著這種可怕幻覺的折磨。噩夢每天夜裡困擾著他和王后，班柯的鮮血和逃跑的弗里恩斯，也使他們感到苦惱。因為班柯被預測是國王的父親，現在，馬克白把弗里恩斯視作未來的國王，而弗里恩斯的存在會讓他自己的子孫永世遠離國王的寶座。因為這些卑鄙無恥的思緒，讓他們心神不寧，馬克白決定去找女巫，想詢問最壞的後果。

馬克白在荒野的一個山洞裡找到了女巫。她們已經預見他的到來，正忙於準備一些能把地獄裡的幽靈招來的魔咒，預測未來。魔咒的成分是是由一些令人毛骨悚然的材料所組成：癩蛤蟆、蝙蝠、蟒蛇；蠑螈的眼睛、狗的舌頭、蜥蜴的腿、貓頭鷹的翅膀、龍的鱗片、狼的牙齒、鯊魚的胃、女巫的木乃伊、毒參根（必須在夜晚挖出來才有效力）、山羊膽汁、猶太人的肝臟、爬滿墳墓的紫杉樹枝，和死嬰的手指。所有的材料被放入滾燙沸騰的大鍋裡熬煮，等到溫度達到沸點的時候，立刻澆上狒狒的血液，讓水鍋降溫。然後，女巫再澆上吃過豬崽兒的老母豬的鮮血，並在燃燒的火焰中拋入殺人犯在絞刑架上凝結的油脂。透過這些符咒，地獄裡的幽靈就會順從地解答她們心中的疑惑。

她們問馬克白：選擇由她們，還是由她們的主人（那些幽靈）來解開他心中的疑惑。馬克白絲毫沒有因為剛才那幕恐怖的儀式而被嚇退了，大膽地回答：「幽靈在哪兒？我想見它們。」她們召喚了幽靈，一共有三個。

第一個幽靈出現了，看起來像一個戴著鋼盔的頭顱。它叫喚著馬克白的名字，吩咐他要提防費夫一氏的貴族，注意麥克德夫。馬克白聽到這個告誡，向它道謝，因為他已經注意到麥克德夫，因為他是費夫一氏的貴族。

第二個幽靈出現了，看起來像是個血淋淋的孩子。它叫喚著馬克白的名字，吩咐他不必畏懼，而是要鄙視凡人的力量，因為沒有一個婦人胎生的孩子能夠具有傷害他的能力；它勸馬克白要殘忍、勇敢、果斷！

「那麼，你就活著吧，麥克德夫！」馬克白大聲喊道，「我何必畏懼你呢？你不應該活著，但是我又有何害怕的呢？只是我仍然要再三確定，以便能夠將怯懦的恐懼拋到一旁，在雷聲隆隆的夜晚，也能安然入眠。」

第二個幽靈逍逝了，第三個出現在馬克白眼前，它的外形是個頭戴王冠的孩子，手裡握著一棵樹。它叫著馬克白的名字，安慰他不要害怕陰謀，他永遠不會被擊潰，除非有一天勃南的森林移到鄧西嫩的山前來向他進攻。

「吉兆，真是好極了！」馬克白大聲喊著：「有誰能拔起森林，移動它深埋在土地中的根呢？我知道自己會像常人一樣頤養天年了，不會被謀殺。但是我還想知道一件事，既然你們預測未來的力量如此強大，那麼，請再告訴我，班柯的子孫是否會統治這片國土。」

這時，大鍋沉入地下，嘈雜的音樂漸漸清晰，八個像國王的影子掠過馬克白面前，走在最後一個的是班柯，他手裡拿著一面鏡子，映射出更多的人物。所有的人都血腥斑斑，班柯渾身是血，對馬克白微笑著，並指向那些人形；馬克白知道，那些是班柯的子孫，他們將在自己之後，統治蘇格蘭。命運三女神奏唱著悠揚的音樂，跳了一陣舞，向馬克表示自己已經盡了責任，並歡迎他，然後就消失了。

從此，馬克白的腦海中充滿了血腥、恐怖的念頭。當他走出女巫的山洞時，他聽到的第一件消息就是：費夫的貴族已經逃到英格蘭，並且參加由已故國王的長子馬爾康領導的軍隊，準備征伐自己，他們想讓真正的王位繼承人馬爾康登上王位，取代馬克白。馬克白大怒，他派兵攻入麥克德夫的城堡，殺死他的妻子和兒女，並且將所有與麥克德夫有關的任何人一律殺掉。

這些諸如此類的事情，使其他貴族漸漸地疏遠他。此時，馬爾康和麥克德夫已經在英格蘭組織一支強大的軍隊，現在正步步逼近英格蘭；凡是能逃走的人，都參加了這支軍隊，留下來的人雖然懼怕馬克白而不敢採取行動，但是也都在私底下希望馬爾康的軍隊能取得勝利。馬克白招募新兵的工作進展得很緩慢，因為人人都痛恨這位暴君，沒有人喜愛他或尊敬他，所有人都懷疑他。他開始嫉妒被他殺害、長眠在墳墓裡的鄧肯；鄧肯雖然遭到殘忍的謀殺，卻能安眠於地下，劍或毒藥，國民的敵意或外敵的入侵，再也不能傷害他了。

就在戰事即將興起的時候，王后死了。她是馬克白陰謀中的唯一同謀，夜晚遭受噩夢侵襲時，也只有躺在她的懷裡，馬克白才能尋找到片刻安寧。也許是因為無法承受罪惡的煎熬和眾人的仇恨，王后結束了自己的生命；如今只剩下馬克白孤獨一人了，沒有一個人愛他、關懷他，也沒有任何朋友可以聽他傾訴自己的邪惡陰謀。

馬克白過著行屍走肉的生活，只求一死；但是馬爾康軍隊步步逼近，又點燃他早年的勇氣，他決心「身披盔甲」（他是這麼表示的）一戰而死。除此之外，女巫們那些空洞的承諾也使他有一種盲目的自信。他記得幽靈說過：凡是婦人胎生的孩子，沒有人能傷害他，他永遠不會被擊潰，除非勃南的森林會跑到鄧西嫩山上，他覺得這種事永遠不會發生。所以，他把自己關在城堡裡，以為城堡固若金湯，即使圍攻，也堅不可摧。他整日陰沉著臉等候馬爾康的來臨，直到有一天，一個傳令官前來向他報告，他因為恐懼而臉色蒼白，渾身戰慄，幾乎無法通報他所看到的景象；他聲稱，這是千真萬確的，當他站在山上眺望勃南山時，他發覺森林開始移動。

「你這個說謊的奴才！」馬克白吼道：「如果你說的是假話，我就把你吊在旁邊的這棵樹上，直到你餓死；如果你說的是真話，我不介意你用同樣的手段吊死我。」因為此時，馬克白已經開始失去了勇氣，並且懷疑幽靈們含意曖昧、模稜兩可的話。幽靈告訴他不必擔憂，除非勃南的森林跑到鄧西嫩來，可是現在森林已經移到面前了！「如果這一切注定是真實的，」馬克白說，「那麼，就讓我們披堅執銳應戰吧，直到死去。既然已經無路可逃，也不能坐以待斃。我開始厭倦陽光了，希望我的生命就這樣結束吧。」說完了這些絕望的話之後，他朝向已經逼近城堡的圍攻軍隊，衝了過去。

讓傳令官覺得森林在移動的奇異景象，其實很容易解答。原來，當圍攻馬克白的軍隊經過勃南的森林時，精於戰術的馬爾康將軍，命令每個士兵砍下一根樹枝，綁在身前，用這種方法掩飾軍隊的真實人數。從遠處看，士兵舉著著樹枝前進的景象，確實嚇到了馬克白的傳令官。因此，幽靈的話再一次應驗，只是不同於馬克白當初所理解的意思。所以現在，馬克白失去了可以支撐他的自信心。

接下來是一場慘烈的戰鬥，儘管馬克白感覺到擁護自己的朋友已經所剩無幾——大部分的人都憎恨暴君，並且傾向於同情馬爾康和麥克德夫——他仍然用最後一絲尊嚴和勇敢來戰鬥，面對那些敵人，直衝往麥克德夫戰鬥的地方；他一看見麥克德夫，立刻記起幽靈們的告誡：在所有人中，第一個要避開的人就是麥克德夫。馬克白轉身離開，卻被一直在戰鬥中尋找他的麥克德夫攔住了去路。於是，一場激烈的對決開始了。麥克德夫用大量骯髒的字眼譴責馬克白殺了自己的妻兒。馬克白因為感到自己的手上血債累累，良心不安，於是不願意再戰鬥了，但是麥克德夫一再罵呼他是暴君、兇手、地獄裡的惡犬和惡棍，逼迫他決鬥。

此時，馬克白又想起了幽靈們說過的話：凡是婦人胎生的孩子，沒有人能夠傷害他，於是，他充滿自信地對麥克德夫微笑著說：「你肯定白費力氣，麥克德夫，你的劍想傷害我，就像用劍在空中劃出一道痕跡，那樣的困難。我的生命受到魔咒保護，將會安然無恙：凡是婦人胎生的孩子，沒有人能夠傷害到我。」

「不要將希望寄託在你的魔咒上，」麥克德夫說，「讓那些保護你的幽靈告訴你真相吧，麥克德夫根本不像常人一般，是由婦人胎生，他出生的太早，是從母親的肚中剖腹而生。」

「希望告訴我這些話的舌頭永遠受到咒詛，」馬克白渾身戰慄著說，他感覺到最後殘存的信心不翼而飛了——「但願將來的人們永遠不再相信女巫們和幽靈們的曖昧謊言，他們用雙關語欺騙我們，他們的話從字面上能讓你信心倍增，結果卻完全與你希望的事實相反。悔之晚矣，我不想與你戰鬥了。」

「那就饒恕你一命！」麥克德夫輕蔑地說，「但是我們會像人們對待妖怪那樣，將你遊街示眾，並且在一塊畫上圖像的木板上寫道：『看！這人就是那個暴君！』」

「決不，」馬克白說，絕望之中，他又重新恢復了勇氣。「我不願意苟活著去親吻馬爾康小子腳底下的泥土，並遭受平民百姓的詛咒折磨。既然勃南的森林能夠跑到鄧西嫩山上，加上你我狹路相逢，而且即使你不是由婦人胎生，我還是要誓死一戰。」

說完這番瘋狂的話，馬克白朝麥克德夫衝刺過去。經過一場激戰後，麥克德夫終於戰勝了馬克白，並且砍下他的腦袋，把它當作禮物呈獻給年輕、合法的國王——馬爾康——他在貴族和平民的歡呼聲中建立自己的王朝，重新登上「溫和的鄧肯」所留下來的王位，而這個王位曾經掌握在篡位者的手中，太長一段時間了。

註：

1. 馬克白——*Macbeth*，莎士比亞四大悲劇之一。
2. 爵士——因立下戰功而受封國王田地的人。

3. 馬克白——Macbeth。蘇格蘭國王「溫和的鄧肯」（Duncan the Meek）時期的將軍、葛萊密斯爵士（Thane of Glamis）、考特爵士（Thane of Cawdor）。

班柯——Banquo。

4. 命運三女神——Weird sisters，北歐神話中的三姊妹兀爾德（Urd）、貝露丹迪（Verdandi）、詩蔻迪（Skuld）。她們分別掌管過去、現在與未來。兀爾德紡織生命線，貝露丹迪拉扯生命線，詩蔻迪扯斷生命線。

5. 阿們——Amen，基督徒禱告時的結束語，意為：但願如此。

6. 蘇格蘭的詹姆士六世兼英國的詹姆士一世——詹姆士六世（1566—1625）是蘇格蘭國王，他在一六〇三年加冕為英國的詹姆士一世。

（馬克白擺脫了這種恐懼心理，潛進國王的臥房）
一刀結束了國王的生命。——第183頁

終成眷屬[1]

勃特拉姆的父親剛去世不久，他就繼承了「羅西昂」伯爵的稱號和名位[2]。法國國王喜歡勃特拉姆的父親，兩人友情深厚，因此他一聽說老伯爵過世的消息，就馬上派人將年輕的勃特拉姆伯爵傳喚到巴黎王宮，給予年輕的羅西昂伯爵特別的寵信和關照，以表達國王與老伯爵的舊日友誼。

法國宮廷派來一位老貴族拉佛[3]，承國王的旨意，領勃特拉姆去覲見國王；這時，勃特拉姆正與自己的母親——伯爵的遺孀——住在一起。其實，此時的法國國王是一位絕對專制的君主，這次的邀請是從宮廷下達的王室諭旨，或絕對命令，無人能夠違抗——即使是身分尊貴、地位顯赫的臣民。因此，儘管老伯爵夫人在與兒子離別時，傷心得如同再次埋葬老伯爵——那位令她剛剛從哀慟中恢復精神的丈夫，但是她一刻鐘也不敢耽擱，而且還不得不立即吩咐兒子上路。

奉旨前來接勃特拉姆去覲見國王的拉佛，盡力安慰這位剛剛失去丈夫、又即將與兒子分離的老伯爵夫人。拉佛以一種宮廷慣用的阿諛奉承的語調安慰她說：國王是位仁慈君主，甚至能在國王陛下的身上找到她丈夫的影子，國王也會像對待親生兒子一般，照顧勃特拉姆；意即是：國王會成就勃特拉姆一生的命運。拉佛還透露國王身體欠安，患了絕症，御醫已經宣布無藥可醫。

伯爵夫人聽到國王生病的情形，表現出極大的悲痛，並說，如果海麗娜[4]（服侍老伯爵夫人的一位年輕小姐）的父親仍然在世，她毫不懷疑，他一定能治癒國王的病。老伯爵夫人順便向拉佛講述一段海麗娜的身世：她的父親傑拉德・德・拿滂是位名醫，臨死前把獨生女託付給她，所以，自從傑拉德去世以後，她就成為海麗娜的保護人；緊接著，伯爵夫人又稱讚海麗娜品德高尚、能力出眾，她繼承了德高望重的父親的美德。伯爵夫人正這樣說著，海麗娜暗自抹去悲傷的眼淚，這使伯爵夫人親切地嗔怪她，莫對父親的去世過於悲痛。

勃特拉姆現在要向母親辭行了，伯爵夫人一面雙眼含淚，一面與心愛的兒子告別，一再祝福他，並將兒子託付給使者拉佛：「可敬的大人，我的孩子初出茅廬，未曾見過世面，凡事還請您多多指教。」

勃特拉姆臨別前最後的話是對海麗娜說的，但是那僅僅是幾句祝福她快樂的客氣話。他短短的臨別贈言只是這樣結束：「小姐，請務必安慰我的母親大人，勞妳費心伺候她。」

海麗娜愛慕勃特拉姆已有很長一段時間了。其實剛才她並不是為了父親傑拉德而流下悲傷的淚水。海麗娜愛她的父親，但是現在她即將失去心中深深愛慕的勃特拉姆，所以，父親的身影已經消失無蹤了，她腦海裡想像的全是勃特拉姆的身影。

海麗娜愛慕勃特拉姆已久，但是她一直提醒自己：他是羅西昂伯爵、是名門望族、是法國最古老家族的後裔，而她自己卻出身卑微。海麗娜的雙親沒有任何頭銜，而勃特拉姆的祖先卻享有世世代代的貴族封爵。因此，她總是把出身高貴的勃特拉姆看作是高高在上的主人和統治者，自己一生一世僅僅是他的僕人，不敢存有其他任何非分之想。地位顯赫的勃特拉姆和她卑微的身分之間，存在一條巨大的鴻溝，以至於她有時候會說：

「勃特拉姆與我之間的距離，太遙不可及；我就像愛上了一顆明亮的星星，並且想與它結婚。」

勃特拉姆離去的事實使得海麗娜終日雙眼含淚，心中充滿了憂傷；儘管從前她毫無希望地愛著他，不敢抱有任何幻想，但是她能夠時時刻刻見到勃特拉姆——這對海麗娜而言，是一種心靈上的慰藉。海麗娜喜歡坐下來凝望著他那深色的眼睛、彎彎的眉毛、好看的鬈髮，直到她似乎能在心底刻描畫他的肖像——她所愛的那張臉上的每一個輪廓，都牢牢記在她的心窩。

傑拉德・德・拿滂臨死前，除了幾份稀世罕見的珍貴祕方，什麼遺產也沒留給海麗娜。他收集的藥方是經過深入研究和長期臨床實驗，證明都是藥到病除並且絕對有效。其中有一個祕方醫治的就是拉佛所言「致使國王如今變得衰弱無力的那種疾病」；當她聽說國王正忍受著病痛的煎熬，海麗娜——儘管她至今仍然身分卑微，而且前途渺茫——腦海裡突然萌生一個雄心勃勃的計畫：她要前往巴黎去親自醫治國王的病。可是，儘管海麗娜是這個稀世祕方的擁有者，憑她一個年紀輕輕的姑娘，要讓國王和御醫們相信自己能醫治國王的病，似乎是不可能的事情；而且國王和御醫們都認為這病種已經無藥可救。然而，海麗娜堅定地相信，如果他們能允許她試一試，她保證能成功治癒國王的病——似乎她的醫術比父親的本領所能達到的範圍還要大——儘管她父親是當時的一代名醫。海麗娜有一種強烈的感覺，她堅信這劑良藥受到天堂中的所有幸運之星的眷顧，是一筆賜給她能改變命運的遺產，甚至能使她享有羅西昂伯爵之妻那樣高貴的名分。

勃特拉姆離開不久，伯爵夫人的管家告訴她：海麗娜自言自語的時候，字裡行間隱約透露出她迷戀著勃特拉姆，並且想要追隨他去前往巴黎。伯爵夫人向管家道謝之後，就將他屏退了，並且請他轉告海麗娜，伯爵夫人想和她談話。剛剛管家透露給她的海麗娜的心事，勾起伯爵夫人心中塵封多年的回憶——她回想起自己年輕時候的事情，那是她開始愛上勃特拉姆父親的日子。想到這些事，她不禁自言自語地說道：

「我年輕的時候也是如此。『愛情』是一根刺，屬於『青春』的薔薇；因為年輕的時候，只要我們是上天的孩子，都會犯錯——儘管當時我們並不認為那是種錯誤。」

正當伯爵夫人思索著自己年輕時在愛情上所犯的錯誤時，海麗娜走進來了。於是她開口對海麗娜說道：「海麗娜，妳知道，對妳而言，我就像母親一樣。」

海麗娜回答道：「您是我尊貴的女主人。」

「而妳是我的孩子啊，」伯爵夫人又開口說道，「我說我是妳的母親，聽了這句話，妳為什麼感到驚訝和不安呢？」

海麗娜面色惶恐，思緒也更加混亂，她擔心伯爵夫人已經發覺自己愛戀勃特拉姆的事實，於是她答道：「夫人，請您原諒，您不是我的母親，羅西昂伯爵不是我的兄長，我也不能成為您的女兒。」

「可是，海麗娜，」伯爵夫人又說道，「妳將來可能會成為我的兒媳婦；妳不是正有此意嗎？所以一聽到『母親』和『孩子』這兩個字眼，就如此驚慌不安。海麗娜，妳愛我的兒子嗎？」

「親愛的夫人，請您原諒。」此時海麗娜心裡已經有些害怕了。

可是伯爵夫人重複問了一遍那個問題：「妳愛我的兒子嗎？」

「夫人，您不愛他嗎？」海麗娜說。

伯爵夫人回答道：「海麗娜，不要回避我的問題。過來，來吧，告訴我妳的心事，因為妳對他的愛情，我們已經全部看出來了。」

此時，海麗娜跪了下來，面帶嬌羞地承認自己愛上勃特拉姆，同時她懷著忐忑不安的心情，懇求尊貴的女主人饒恕；她表示，她知道雙方地位懸殊，並且聲明勃特拉姆並不知道自己愛著她。她把自己卑微又無望的愛情，比喻成一個可憐的印第安人崇拜太陽的情景：太陽照耀著它的崇拜者，卻並不知道他的存在。伯爵夫人問起海麗娜最近是否計畫前往巴黎；海麗娜坦承，當她聽到拉佛講起國王病情沉重時，心中的確有這樣的想法。

「這就是妳想動身去巴黎的動機嗎？」伯爵夫人說道，「孩子，不要害怕，請告訴我實話。」海麗娜誠實地回答：「我的夫人，是您的兒子讓我產生這樣的想法；否則，巴黎、藥方、國王……根本不會出現在的我腦海裡。」

伯爵夫人聽了這番坦誠的表白後，不置一語；既未表示贊同，也沒有責備的言語。但是她仔細嚴肅地詢問海麗娜：藥方是否可以治癒國王的病情？伯爵夫人發現，傑拉德．德．拿滂臨終前傳授給女兒的這個藥方，是他所擁有的最珍貴的東西；她又回想起在那個莊嚴的時刻，自己曾經鄭重承諾要照顧這個年輕的姑娘。現在，海麗娜的命運和國王的生命，似乎都維繫在海麗娜這項計畫能否順利實行（雖然也許只是出自癡情姑娘所設想出來的計畫，但是，伯爵夫人心想：也許上天保佑她能夠治癒國王的病，並且為傑拉德女兒的未來幸福奠定基礎）。於是，伯爵夫人未加阻攔，同意海麗娜離開這裡，去尋找自己的未來。她慷慨解囊，替海麗娜準備足夠的盤纏，還選派了適合的僕人；海麗娜帶著伯爵夫人的一番祝福和但願她成功的美好祈禱，動身前往巴黎。

海麗娜抵達巴黎後，在她的朋友——老臣拉佛的幫助之下，覲見了國王。但是仍有許多困難在眼前，因為勸說國王嘗試這個由年輕貌美的女醫生所提供的藥方，並不是件容易的事情。但是她告訴國王：自己是傑拉德．德．拿滂（國王對他的名聲早有耳聞）的女兒。她將寶貴的藥物呈獻給國王，並且說這是稀世良藥，裡面包含她父親行醫多年所累積的經驗和技術，她要把這個醫術的精髓當作一種珍愛的財富獻給國王。她大膽地允諾：如果兩天之內，國王不能完全康復，她情願以自己的性命相抵償。最後，國王答應嘗試，他們達成下列協定：如果兩天之內，國王的病情沒有痊癒，海麗娜就必須失去性命；可是如果她成功了，國王承諾讓她在全法國的男人中（王子除外），選擇一個看中意的人，做自己的丈夫；也就是說，她所獲得的報酬是「可以自己挑選一個丈夫」。

海麗娜的希望沒有落空，父親的藥方果然確實有效。不到兩天，國王完全康復了。於是，他召集宮廷裡所有的年輕貴族，按照約定的報酬，兌現自己對美麗醫生的諾言，讓她自己挑選一位丈夫：他請海麗娜仔細觀察這群年輕的單身貴族，然後挑選一個丈夫。海麗娜很快地就做出決定，因為在這些年輕的貴族中間，她一眼就看到了羅西昂伯爵。然後，她轉過身，對勃特拉姆說道：

「您被選中了，伯爵，我不敢說是我挑選了您，但是我把自己獻給您，服侍您，聽從您的召喚。」

「那麼，」國王說道，「年輕的勃特拉姆，接受她吧；她是你的妻子了。」

但是勃特拉姆毫不猶豫地聲明，他不喜歡這個國王賜給他的、毛遂自薦的海麗娜，他說她只是一個窮醫生的女兒，由他的父親撫養長大，現在又完全依靠他母親的慷慨相助而生活。

海麗娜聽到這些拒絕和輕蔑的話之後，對國王說：「陛下，您已經完全恢復了健康，我非常高興，忘掉其他的事吧，當做一切事情都沒有發生過。」

然而，國王不能容忍別人輕視自己的高貴旨意，因為在法國，國王擁有許多特權，其中一項就是決定貴族的婚姻大事。當天，勃特拉姆與海麗娜結為夫妻。但是對於勃特拉姆而言，這是一個被迫的、令他不稱心的婚姻，而對於這個可憐的姑娘而言，也沒有幸福的前景可言。儘管這個貴族丈夫是她冒著生命危險而得到的，但是她不過是得到了一個美麗的虛空，因為法國國王不能用權力把她丈夫的愛情，作為禮物賞賜給她。

海麗娜結婚不久，勃特拉姆就令她請求國王，准許他離開宮廷；當她把國王准許他離宮的聖旨告訴他時，勃特拉姆告訴海麗娜，他對於這門不期而至的婚姻，毫無心理準備，使得他心神不寧，所以，希望海麗娜不要對他將要採取的行動感到驚訝。

當海麗娜發現勃特拉姆試圖離開她，即使並不覺得驚訝，心裡也難免感覺到悲傷。勃特拉姆吩咐她回到他母親家裡。當海麗娜聽到這個無情的命令時，她回答道：「先生，對所有一切，我無話可說，我永遠是您最順從的僕人。我卑微的身分，讓我沒有福氣享受眼前的一切，我將會永遠忠誠地侍奉您，以彌補我自身所欠缺的條件。」

但是海麗娜這番謙卑的表白，絲毫沒有打動傲慢的勃特拉姆，他對柔順的妻子毫無憐憫之心；分手時，他甚至連最普通的禮貌、和睦的告別語都沒有。

不久之後，海麗娜回到伯爵夫人的身邊。她發現這次巴黎之行，從表面上看，已經實現自己的目的——她拯救了國王的性命，並且和心愛的羅西昂伯爵結婚了；但是實際上，情況似乎更加糟糕，當她回到高貴的婆婆身邊時，變成一個鬱鬱寡歡的女人。才剛踏進家門，她就收到勃特拉姆捎來的一封信，信的內容使她傷心欲絕。

善良的伯爵夫人熱情地迎接歸來的海麗娜，就好像海麗娜是她兒子親自挑選的妻子，並且是一位身分高貴的女人。由於勃特拉姆在新婚之日就冷酷地對待妻子，讓她一人獨自回家，對於這種無情的忽視，伯爵夫人用溫柔的言語安慰海麗娜。但是這般親切的款待，也沒有讓海麗娜舒展心中的憂傷，她對伯爵夫人說道：

「夫人，我的丈夫已經走了，永遠離開了我。」然後，她念出勃特拉姆信裡的一些話：「只有當妳能從我的手指上，取得這枚永不可能摘掉的戒指時，妳才能稱呼我為丈夫。但是『那個時刻』永遠也不會來臨。」

海麗娜說道：「真是一個可怕的宣判！」

伯爵夫人請她耐心等待，並說，現在勃特拉姆已經走了，她就是伯爵夫人的孩子。她理應得到貴族般的待遇，她配得上二十個像勃特拉姆那樣莽撞的小夥子伺候她，隨時稱呼她為妻子。但是無論這位仁慈的婆婆如何敬重她、說了許多安慰的話，都難以化解海麗娜心中的悲傷。

海麗娜的眼睛仍然盯著手中的信件，用極端痛苦的語調喊道：「只要我的妻子待在法國一日，我對法國就毫無留戀。」

伯爵夫人問這句話是否她在信裡找到的話語。

「是的，夫人。」可憐的海麗娜只能如實回答。

第二天清晨，海麗娜失蹤了。她留下一封信，囑咐僕人等她離開以後，再把信交給伯爵夫人，以便讓伯爵夫人明白她突然失蹤的原因。在信中，海麗娜告訴伯爵夫人，由於自己的緣故，讓勃特拉姆離開自己的祖國和家園，她感到十分難過。為了彌補她的過錯，她決定到聖約克・勒・格朗的神殿去朝聖，在信的結尾，她請求伯爵夫人通知她的兒子：他如此憎恨的妻子已經永遠離開了他的家。

勃特拉姆離開巴黎以後，來到了佛羅倫斯，成為佛羅倫斯公爵軍隊裡的一名軍官。他多次出生入死、英勇無畏，戰功卓著。在一次成功的戰役結束之後，他接到母親的來信，信中提到符合他心意的好消息；那就是海麗娜再也不會使他煩惱了；正當勃特拉姆準備收拾行囊，返回法國時，海麗娜穿著朝聖者的服裝，也來到了佛羅倫斯城。

前往聖約克・勒・格朗神殿朝聖的人，都要經過佛羅倫斯這座城市；當海麗娜來到這裡時，聽說城裡住著一位熱情好客的寡婦，經常款待那些準備前往聖約克・勒・格朗的女朝聖者，為她們提供膳宿。因此，海麗娜前去投奔這位善心的寡婦。這位寡婦殷勤地接待了她，並且邀請海麗娜參觀這座著名的城市，還告訴她：如果想去參觀公爵的軍隊，她也可以陪她到一個地方，在那裡，能看到全部的軍隊。

「妳將看到一位妳的同胞，」這位寡婦說道，「他的名字是羅西昂伯爵，他剛剛在公爵的戰爭中立下赫赫戰功。」

當海麗娜聽說勃特拉姆加入了軍隊的行列，就立刻接受這位寡婦的邀請。她陪在寡婦身邊，一路走著，當她想到可以重新見到親愛丈夫的面容時，心中感到一種憂傷的喜悅，頓時百感交集。

「他是個英俊的男人吧？」寡婦說。

「我很喜歡他。」海麗娜坦誠地回答。

她們一路上走著，這位喜歡說話的寡婦談話的內容都是相關於勃特拉姆。她告訴海麗娜關於勃特拉姆婚姻的所有故事：為了躲避和她共同生活，他是如何拋棄了那可憐的妻子，如何參加公爵的軍隊。海麗娜耐心地聽著這位寡婦談論自己在巴黎的不幸遭遇。關於勃特拉姆的話題還未說完，這位寡婦又開始講起另外一個故事；這個故事的每一字、每一句都深深扎進了海麗娜的心，因為寡婦現在講述著「特拉姆愛上了她的女兒」。

儘管勃特拉姆不喜歡國王勉強加諸他身上的婚姻，但是這並非表示他不嚮往愛情，事實上，自從他追隨軍隊駐紮在佛羅倫斯，他就深深地愛上那位寡婦的女兒戴安娜——一位美麗又年輕的淑女。每天晚上，勃特拉姆都來到戴安娜的窗臺下，演奏各種音樂，唱著讚美戴安娜美貌的歌曲，向她示愛。而且，他還請求戴安娜在家人都安歇之後，允許他和她偷偷幽會。但是無論勃特拉姆如何請求，戴安娜始終沒有答應這種不合理的請求，並且對他的請求絲毫無動於衷，因為她知道勃特拉姆已經結婚了；戴安娜是在一位謹慎的母親的教養下長大成人，儘管現在家道中落，她卻擁有尊貴的身分——她是貴族凱普萊特家族的後裔。

這位善良的夫人告訴海麗娜所有的事情，一面說，一面極力稱讚這個女兒品行端正、處事謹慎，並說這都歸功於她給予女兒的良好教育和諄諄教誨；接著她又說道，勃特拉姆特別迫切地懇求戴安娜允許再次讓他今晚夜裡來拜訪，因為第二天早晨，他就要離開佛羅倫斯了。

儘管勃特拉姆愛上寡婦的女兒，令海麗娜傷心不已，然而透過這件事，海麗娜心中卻熱切地想出另一個計策（上次計策的失敗結果，並沒有使她灰心喪氣），希望能借機重新挽回她那個逃走的丈夫。她向寡婦坦承自己的身分——她就是那個被勃特拉姆拋棄的妻子海麗娜，她懇求這位仁慈的女主人和戴安娜，請她們同意勃特拉姆的請求，讓他在夜間來訪，然後由她代替戴安娜，與勃特拉姆見面。海麗娜告訴她們，這次與她丈夫祕密相會的主要目的，是為了從他手裡取得那枚戒指；因為他曾經說過，無論何時何地，只要她能擁有那枚戒指，他就會承認她是自己的妻子。

寡婦和她的女兒答應幫助海麗娜，一部分原因是因為這個鬱鬱寡歡、遭遇不幸的女人，觸動了她們的同情心，另一部分的原因是由於海麗娜答應用一筆酬金答謝她們的幫助，引起了她們的興趣；為了證明日後的誠心，她事先付給她們一袋訂金。當天，海麗娜想辦法派人送信給勃特拉姆，傳遞自己已經死亡的消息，希望藉此使勃特拉姆認為有權利另謀新歡，就會大膽地向已經喬裝成戴安娜的海麗娜求婚。如果，她能夠藉此得到戒指和承諾，她的未來無疑會因此而有光明的轉機。

當天晚上，夜幕降臨之後，勃特拉姆得到允許，進入戴安娜的臥房，而事實上，海麗娜已經在那兒等待著，做好迎接他的準備。當海麗娜聽到勃特拉姆向她訴說充滿讚美和纏綿的話語時，她感覺到彌足珍貴；雖然她心裡明瞭那些話都是說給戴安娜聽的。而且，勃特拉姆表明自己對她感到相當滿意，鄭重承諾會娶她為妻，並且會愛她生生世世；海麗娜期待：如果有一天，勃特拉姆知道與他交談的人就是自己拋棄的妻子——也就是他所鄙視的海麗娜，他今日的承諾也能成為他們之間感情的預言。

勃特拉姆從來不知道海麗娜是一個深具智謀的女子，否則，他也不會對她那樣視若無睹；因為每天都能見到她，所以他完全忽略了她的美貌。如果每天面對一張看得到的臉龐，時間一久，我們很難對它產生特別的反應；而第一眼的印象是最敏感的時刻，會讓我們馬上分辨出美與醜；所以對於海麗娜的聰慧，勃特拉姆更是無從判斷，因為她對勃特拉姆的感情充滿了敬畏與愛，以至於她在勃特拉姆身邊時，總是表現脈脈無語的樣子，沒有機會展現任何女性的嬌媚。

但是現在，她未來的命運以及她這次為愛情擬定的一切計策，是否會有一個幸福的結局，似乎全部取決於——她是否能在今晚與勃特拉姆幽會時，留下一個美好印象。於是，海麗娜絞盡腦汁、運用全部智慧來取悅他，她用簡潔、優雅而活潑的談吐，以及她那甜蜜又矜持的舉止，深深打動了勃特拉姆的心，讓他如此著迷，他發誓她是他今生的妻子。海麗娜請求勃特拉姆贈與她一件愛情信物——戴在他手指上的那枚戒指，他毫不猶豫地把戒指遞給了她；能夠擁有這枚戒指，對她而言，真是太珍貴了。她把國王曾賜予給她的一枚戒指，贈送給他作為回禮。晨曦初露，她送走了勃特拉姆；勃特拉姆立刻啟程回到母親伯爵夫人家裡。

海麗娜說服寡婦和戴安娜陪她一起返回巴黎，這個計策能否圓滿實現，還需要得到她們進一步的協助。當她們抵達巴黎之後，才得知國王啟程去拜訪羅西昂伯爵夫人了。於是海麗娜立刻馬不停蹄、盡全力地趕上國王。

國王的身體十分健康，他對於海麗娜治癒他的病情，仍然記憶猶新，並且充滿了感激之意，所以當他一見到羅西昂伯爵夫人，就自然而然地談起海麗娜，說：她是伯爵夫人愚蠢的兒子丟失的一顆寶石；但是國王發覺海麗娜逝世的消息，令羅西昂伯爵夫人感到十分悲痛，而這個話題又觸動了伯爵夫人的悲傷，國王就說道：

「善良的夫人，我已經原諒並且忘記了過去的一切。」

然而，當時也在場的溫厚的老拉佛，卻不願意看到他所喜愛的海麗娜，就這麼輕易地從人們的記憶中抹去，於是說道：「我必須說，這位年輕的伯爵大大地冒犯了陛下，也辜負了他的母親和妻子；但是，實際上，他鑄成了大錯，因為他失去了一位美麗無比的妻子；她婉轉悅耳的語調令所有人為之著迷，她完美的舉止使所有的心靈都願意去服侍她。」

國王說：「對於已經失去的事物，越是讚美就越會懷念，令人們想起它的珍貴。算了吧——叫勃特拉姆過來！」勃特拉姆來到國王面前。勃特拉姆表示對於自己加諸在海麗娜身上的傷害，感到深深地愧疚，國王聽到這一番話，為了勃特拉姆死去的父親、令人敬愛的伯爵夫人的緣故，原諒了他，並且再一次恢復對他的寵愛。但是國王臉上和顏悅色的笑容忽然消失了，因為他認出勃特拉姆手上戴的那枚戒指，正是他送給海麗娜的那一枚。他清楚地記得，海麗娜曾經召喚天上所有的神明發誓，永遠不會讓那枚戒指離開她的手指，除非災禍降臨；但是，無論如何，她也一定會把戒指奉還給國王本人。

國王追問勃特拉姆這枚戒指的來歷，他卻編了一個令人難以置信的荒唐故事，他說這枚戒指是一位女士從窗戶遞給他的，並且表示，自從他們新婚那天之後，就再也沒見過海麗娜。國王明瞭勃特拉姆不中意自己的妻子，擔心勃特拉姆會因此謀害海麗娜，所以吩咐侍衛逮捕勃特拉姆，並且說：「我有一種不祥的預感，也許海麗娜是遭遇謀殺而死。」

正在此時，戴安娜和她的母親走進來，向國王呈上一份訴狀，她們說勃特拉姆曾經鄭重承諾與戴安娜訂立婚約，請求國王運用崇高的王權，准許他們結為夫妻。因為害怕國王震怒，勃特拉姆否認曾經答應這件婚約；但是，當戴安娜拿出勃特拉姆的那枚戒指（海麗娜親自交給她的），證實她說的話句句屬實。戴安娜還說，因為當時勃特拉姆發誓將會娶她為妻，並把自己的戒指贈送給她作為信物，她才回贈給勃特拉姆一枚戒指——就是他手上戴的那枚戒指。國王聽完這些話，立刻吩咐衛兵將戴安娜也逮捕了，因為她講述關於這枚戒指的來歷，與勃特拉姆所解釋的不同，這讓國王更堅定了自己的猜測。他說，如果他們不坦白到底如何得到海麗娜的戒指，兩個人都會被判處死刑。戴安娜請求：讓她的母親去把賣給她戒指的那個珠寶商接來，國王准許了，於是寡婦退下，一會兒，就把海麗娜本人帶到國王面前。

善良的伯爵夫人看到兒子面臨危險，只能默默地傷心，她甚至也擔心兒子是否真的謀害了海麗娜。現在，當她看到曾被自己視作親生女兒的海麗娜仍然活著，不禁欣喜萬分、無法自拔；而國王也十分高興，幾乎難以相信自己的眼睛，他說道：「我所看到的人，真的是勃特拉姆的妻子嗎？」

海麗娜覺得自己還不是勃特拉姆承認的妻子，於是回答道：「不，陛下，您所看到的只是他的妻子的一個影子；有名無實罷了。」

勃特拉姆喊道：「妳是我既有名也有實的妻子！哦，請原諒我吧！」

「噢，我的主人，」海麗娜對勃特拉姆說道，「當我冒充這位美麗的姑娘，和您幽會的時候，我發現您是那麼的溫柔多情。可是，再看看您寫的這封信！」海麗娜用愉快的語調，讀著信中那段令她傷心欲絕的話：「只有等到妳從我的手中得到這枚戒指的那個時刻——我做到了；您已經把戒指交給了我。我已經兩次贏得您的愛，您還願意承認我是您的妻子嗎？」

勃特拉姆回答說：「如果妳能證明那天晚上與我交談的女子就是你，我願意永生永世地深深愛你。」

這並非難事，因為陪伴海麗娜返回巴黎的寡婦和戴安娜，都可以證明這個事實。由於海麗娜治癒了國王的疾病，國王對她格外欣賞，又因為戴安娜曾經友好地幫助海麗娜，所以也很喜歡戴安娜，他鄭重地承諾會賜給她一位高貴的丈夫。海麗娜的經歷使國王得到一個啟示：凡是美麗的姑娘做出特殊貢獻時，國王賜給她們的最佳的酬謝就是「一個丈夫」。

最終，海麗娜發現父親留給她的遺產，確實是她的幸運之星，因為現在，她受到了上天眷顧，已經成為丈夫勃特拉姆親愛的妻子，是那位高貴的女主人的兒媳婦——成為了尊貴的羅西昂伯爵夫人。

註：

1. 終成眷屬——*All's Well That Ends Well*，喜劇。
2. 勃特拉姆——Bertram，封號羅西昂伯爵（Count of Roussillon）。

3. 拉佛——Lafeu。

4. 海麗娜——Helena。父親傑拉德・德・拿滂（Gerard de Narbon）是位名醫。

她（海麗娜）轉過身，對勃特拉姆說道：您被選中了，伯爵，我不敢說是我挑選了您。——第201頁

凱瑟琳娜立刻改口說……希望您能原諒我犯了一個愚蠢的錯誤。
——第226頁

馴悍記[1]

「悍婦」凱瑟琳娜是帕多瓦富紳巴普提斯塔的大女兒[2]。凱瑟琳娜擁有一種極度難以馴服的性格，她的性情暴躁，猶如烈火，大聲斥罵起來時，嗓門特高，在帕多瓦沒有人比「悍婦凱瑟琳娜」更加聞名全城了，人人稱之為「悍婦凱瑟琳娜」。這位姑娘似乎很難找到丈夫，甚至可以說根本找不到一個男人膽敢冒險娶她為妻。因此，當許多條件出眾的紳士前來向溫柔美麗的小女兒——碧恩卡——求婚的時候，巴普提斯塔躊躇再三地表示拒絕，為此，他遭受到不少埋怨。巴普提斯塔聲稱：只有把大女兒嫁出去以後，才可以談論紳士們向碧恩卡求婚的親事。

正巧有一位名叫彼特魯喬的紳士[3]，特意來到帕多瓦，尋找一位妻子。這位彼特魯喬先生聽說凱瑟琳娜富裕而貌美，所以計畫上門提親，對於凱瑟琳娜脾氣乖張暴躁的傳聞，絲毫無所畏懼。他還打算把這位以善罵聞名的凱瑟琳娜馴服成位溫柔順從、善解人意的妻子。教訓凱瑟琳娜的艱巨任務，除了彼特魯喬，也確實找不到更加合適的人選，因為他的性情與凱瑟琳娜一樣倔強驕傲，但是彼特魯喬是個富於智慧、幽默感的人；他本是個聰明絕頂，性格隨和、無憂無慮、隨遇而安的人，他特別懂得如何在他心情極為平靜的時候，假裝出一副暴怒的神情，而且偽裝得如此維妙維肖，連他自己都要暗地裡竊笑。彼特魯喬憑藉其出眾的觀察力，替自己設計了一套計策：等他成為凱瑟琳娜的丈夫以後，為了打擊凱瑟琳娜，必須要時常表現出一副粗暴神情，或者更準確地說，必須以其人之道還治其人之身——這是唯一馴服凱瑟琳娜悍婦脾性的方法。

彼特魯喬向悍婦凱瑟琳娜求婚當天，首先會見她的父親巴普提斯塔，他請求巴普提斯塔允許他向「溫柔的凱瑟琳娜」（彼特魯喬這樣稱呼她）求婚，彼特魯喬狡黠地說，早已耳聞這位小姐性情靦腆、溫柔文雅，所以特地從維洛那趕路，來到這裡向她求婚。儘管凱瑟琳娜的父親急於把大女兒嫁出去，面對這樣誇而不實的稱讚，卻也不得不承認凱瑟琳娜的性情與這番稱讚的話相距太遠。這一點立刻得到凱瑟琳娜本人的印證，因為這時，她的音樂老師奪門而入，抱怨他的學生——也就是那個「溫順的凱瑟琳娜」——只因為他指點出學生演奏中的錯誤，「溫柔的凱瑟琳娜」竟然用琉特琴砸破他的腦袋。

聽到這兒，彼特魯喬說：「好一個勇敢的少女！我比以前更愛她了。可以讓我單獨和她談話嗎？」他的請求立刻得到老紳士的同意，彼特魯喬催促老紳士給他一個明確的答覆，說道：「巴普提斯塔先生，我的工作繁忙，不能每天拜訪府上，向令瑷求婚。我的父親已經去世了，而他留給我不少土地和財產。請您告訴我，如果我能得到令嬡的心，您願意給予她多少嫁妝？」

儘管巴普提斯塔覺得這個求婚者的言辭有些唐突生硬，但是他巴不得趕緊把凱瑟琳娜嫁出去，便回答說，他願意拿出兩萬克郎作為嫁妝，他死去的時候，再分給她一半的土地。這是一筆好買賣，這樁奇怪、令人匪夷所思的婚姻很快地談妥了。巴普提斯塔跑去告訴他那個脾氣暴躁的女兒：有一位紳士前來向她求婚了，並且講了許多愛慕她的話，叫她立刻到彼特魯喬面前，聆聽對方的求婚。

與此同時，彼特魯喬心裡正在盤算應該以什麼樣的方式求婚，他一邊想像一邊自言自語地說道：「等她來了，我要充滿熱情地向她求婚。如果她罵我，無論怎麼樣斥責，我都要誇讚她的歌聲像夜鶯一樣甜美；如果她對我蹙眉，我就稱讚她的容貌清麗，宛如點綴了露水的玫瑰；如果她一言不發，我就稱讚她那富於雄辯的口才；如果她逼迫我離開，我就向她致謝，感謝她自願挽留我和她共度的美好時光。」

終於，盛氣凌人的凱瑟琳娜登場了。彼特魯喬連忙向她打招呼：「早晨好，凱特（凱瑟琳娜的暱稱），我聽說這就是妳的名字。」

凱瑟琳娜不喜歡如此直率的稱呼，鄙夷地說：「大家都叫我凱瑟琳娜。」

「妳一定在說謊！」求愛的彼特魯喬回答：「人人都叫妳凱特、美麗的凱特，當然人們有時候也叫你『悍婦凱特』。可是，凱特，妳是基督教世界中最漂亮的凱特。我在每一座城市，都聽到人們讚頌妳性情溫柔。我是特地來到此處向妳求婚，成為我的妻子吧，凱特。」

這真是一場不尋常的求婚。凱瑟琳娜大聲嚷嚷，顯示出粗暴的憤怒，證明「悍婦凱瑟琳娜」的美譽不是虛有其表；而彼特魯喬卻仍然盡力讚美凱瑟琳娜甜蜜溫柔、謙恭有禮。最後，彼特魯喬聽到凱瑟琳娜的父親走進來了（大概是想盡快結束這場荒謬的求婚），他說道：

「親愛的凱瑟琳娜，讓我們把這些閒扯的話題擺在一邊，妳父親已經同意妳嫁給我了，嫁妝也談妥了，不論妳是否願意，我娶定妳了。」

正在說著，巴普提斯塔走進來了。彼特魯喬告訴他：他的女兒已經親切地答應了自己的求婚，並且同意在下週日舉行婚禮。凱瑟琳娜當然矢口否認，她說自己寧願看到彼特魯喬被絞死，並且埋怨父親不該答應這樣一個瘋狂惡棍的求婚。彼特魯喬請巴普提斯塔不必在意凱瑟琳娜這些粗暴的氣話，因為實際上，他們兩人已經事先商量好了，她只是在父親面前表現得不願意出嫁的樣子；他們兩人單獨相處的時候，他覺得她很溫柔、對他充滿了深情。接著，他對凱瑟琳娜說：

「凱特，把妳的手遞給我，讓我吻一下。我要去威尼斯為妳買結婚禮服。岳父，請您準備筵席，並且邀請參加婚禮的賓客吧！我一定會買到戒指、精美的飾品和華貴的衣裳，把我的凱瑟琳娜打扮得楚楚動人。凱特，吻我，我們星期天就要舉行婚禮了。」

到了星期天，所有參加婚禮的賓客都到齊了，但是遲遲不見彼特魯喬出現，凱瑟琳娜惱羞成怒，一邊哭一邊抱怨彼特魯喬，她以為彼特魯喬只不過是在捉弄她。最後，他總算出現了。

可是他答應帶給凱瑟琳娜的新娘禮服、飾物，卻一件也沒有帶來。他自己穿戴得也不像個新郎，衣服凌亂、稀奇古怪的模樣，他的僕人和他騎的那匹馬，也都打扮得滑稽可笑，不倫不類。彼特魯喬好像是故意取笑這場莊重的婚禮。

無論誰去勸說，彼特魯喬都拒絕換衣服。他說，凱瑟琳娜嫁的是他本人而不是他身上的衣服。爭辯半天也是徒勞，於是彼特魯喬就這樣進了教堂。在教堂裡，彼特魯喬仍然是一副瘋瘋癲癲的樣子，當牧師問他是否願意娶凱瑟琳娜為妻的時候，他竟然大聲地發誓說「她應該嫁給我」，嚇得牧師把聖書掉到地上。牧師正要彎腰撿書時，這個頭腦發瘋的新郎又上前打了他一拳，把牧師連人帶書打翻在地。

在整個婚禮儀式進行的過程中，彼特魯喬一直捶胸頓足，詛咒發誓，把性情暴烈的凱瑟琳娜嚇得渾身哆嗦。婚禮結束以後，眾人尚未離開教堂，彼特魯喬又吩咐僕人端出酒來，扯開喉嚨向賓客們敬酒，還把一塊浸在酒裡的麵包片扔到教堂司事的臉上；對於這個怪異的舉動，他的唯一解釋是因為那個司事的鬍子稀疏，好像一個餓漢在向他乞討食物。像這樣瘋狂的婚禮，真是亙古未見。只有彼特魯喬知道這些瘋狂的舉動都是偽裝——他這樣做，只是為了實現馴服悍妻的計策。

巴普提斯塔準備了一席豐盛的婚宴，但是當眾人從教堂回來，彼特魯喬就一把抓住凱瑟琳娜，宣布立刻要帶妻子回家。無論岳父如何抗議，無論凱瑟琳娜如何氣極敗壞，彼特魯喬執意他的想法，還說自己現在是凱瑟琳娜的丈夫，有權力隨意處置自己的妻子，要怎麼樣就怎麼樣。他催促凱瑟琳娜趕緊上路，顯得如此膽大妄為，而且意志堅決，以至於沒有人敢試著阻攔他。

彼特魯喬故意將自己的妻子扶上一匹瘦骨嶙峋的老馬，那匹馬是他精挑細選的老馬，走起路來搖搖晃晃，慘不忍睹。彼特魯喬和僕人隨即也騎上了馬，他們開始了一段崎嶇不平的路程；在佈滿泥濘的道路上，馱著凱瑟琳娜的那匹馬幾乎是費力地挪動著四蹄，牠每絆倒一次，彼特魯喬就對這匹不堪負荷的畜生臭罵一頓，好像他是天底下最有脾氣的人。

一路上，彼特魯喬都在咒罵僕人和馬匹，粗野地叫嚷，凱瑟琳娜只有聽著的份兒，加上旅途勞累，早已不堪忍受。他們終於到家了。彼特魯喬親切地迎接新娘進門，但是他決定今天晚上既不讓她休息，也不給她吃任何東西。桌子布置好了，晚餐也很快也擺上桌。可是，彼特魯喬卻故意挑剔每一道菜肴的毛病；他把肉塊扔得滿地都是，然後吩咐僕人把晚飯撤走。他說，所有的挑剔都是為了心愛的凱瑟琳娜，因為他不能讓美麗的凱瑟琳娜吃那麼低俗的飯菜。凱瑟琳娜沒有吃到晚飯，累得筋疲力盡，當她想回房休息時，彼特魯喬又開始挑剔床鋪的毛病，把枕頭和床單扔得滿屋子都是。結果，凱瑟琳娜只能坐在一張椅子上，她一打瞌睡，立刻又被丈夫的叫嚷聲吵醒，因為整個晚上，彼特魯喬都在怒斥僕人沒有為他心愛的新娘子準備好新床。

第二天，彼特魯喬一點兒沒變，對凱瑟琳娜說話依舊很親切，但是每當凱瑟琳娜想吃點東西時，食物端到她面前，他總能挑出毛病，像第一天晚餐時一樣，把飯菜扔得滿地都是。可憐的凱瑟琳娜餓得快暈倒了，目中無人的凱瑟琳娜只好央求僕人偷偷給她一點兒吃的東西；但是僕人們早已接到彼特魯喬的命令：決不能給她吃任何食物。

「啊！」凱瑟琳娜心想，「難道他娶我回來，是為了要餓死我嗎？連我父親家門口的乞丐，都能乞討到一些食物。而我，從來不知乞求為何物的凱瑟琳娜，現在竟然快餓死了。我睏得頭暈，也只能聽著他咒罵，耳朵早被他的喊叫和咒罵聲灌飽了。最可恨的是，他的一切所做所為都是在愛情的名義下進行著，不讓我吃、不讓我睡，好像食物和睡眠會取走我的性命。」

凱瑟琳娜獨自氣憤著，自言自語，彼特魯喬進來了。他端來一點肉，畢竟他不是真的想餓死凱瑟琳娜，對她說道：

「親愛的凱特，妳今天好嗎？親愛的，看我多麼體貼，親自為妳烹煮了一盤肉。我相信這份盛情應該得到感謝……怎麼，一句話也不說嗎？這麼說，妳不喜歡吃肉，我的辛苦算是白費了。」接著，彼特魯喬吩咐僕人把盤子端走。

極度的饑餓磨損著凱瑟琳娜的傲慢，她雖然氣憤，卻哀求道：「求求你，別把那盤肉端走。」

但是彼特魯喬還沒有達到他的目的，他回答說：「最微不足道的服務都應該立即得到感謝。在享用這頓餐點之前，妳難道不應該感謝我嗎？」

凱瑟琳娜不情願地勉強說道：「是的，謝謝你，我的丈夫。」

他讓凱瑟琳娜稍微吃了一小塊肉之後，宣布說：「凱特，吃點東西對妳的溫柔心腸大有益處。快點吃！我的甜心，我們現在要回到妳父親家省親，痛痛快快地玩一場。妳要盡可能打扮得華麗，穿絲綢的外衣、戴綢緞的帽子和金戒指。再繫上披巾、頭飾，拿著扇子，總之，我們必須打扮得極為體面。」為了使凱瑟琳娜相信，這次他確實買給她這些奢侈品，彼特魯喬特地請來一位裁縫和一位衣帽商，他們都帶來了彼特魯喬為凱瑟琳娜訂製的新衣裳。凱瑟琳娜剛剛才吃個半飽，彼特魯喬急著吩咐僕人把她的盤子端走了。他說：「怎麼，妳還沒吃飽？裁縫們都在等著妳呢。」

那位衣帽商拿出一頂帽子，說：「老爺，這是您親自訂製的那頂帽子。」看到這頂帽子，彼特魯喬又故技重施，說這帽子做得太小，比一只粥碗還小，簡直像個貝殼，喔不，還沒有胡桃殼大呢。然後讓衣帽商拿回去，重新改製這頂帽子。

凱瑟琳娜說：「我想要這頂帽子，所有的淑女都戴這種帽子。」

「等妳變成了淑女以後再說吧！」彼特魯喬回答說，「現在還不行！」

凱瑟琳娜剛剛吃的那塊肉，讓她恢復了一些體力，也恢復了她的傲氣，她說：「啊！先生，我相信我也有說話的權利，我一定要把想說的話說出來。我不是小孩子，更不是嬰兒。你必須耐心地聽完我的想法，你若是不願意聽，可以把耳朵堵住。」

彼特魯喬把她這些氣話全部當成了耳邊風，他已經幸運地找到一個好辦法，可以控制自己的妻子，不必與她正面交鋒、爭辯。他說：「當然，這頂帽子糟糕透頂，妳不喜歡它，讓我更愛妳了。」

「愛也好，不愛也罷，」凱瑟琳娜說，「我就是喜歡這頂帽子，不想要別頂帽子。」

「妳是說妳喜歡長裙？」彼特魯喬仍然假裝誤會了她的意思。

於是，裁縫走上前來，拿出一件為凱瑟琳娜訂製的禮服。彼特魯喬根本不想給她任何帽子或者衣服，所以又開始百般挑剔起這件禮服。

「上帝啊！」他說，「這件是什麼東西啊！這也叫做袖子？簡直像兩個砲筒，像蘋果餅一樣，皺巴巴的。」

裁縫說：「您說讓我們依照最流行的樣式訂製。」凱瑟琳娜也說，她覺得這是世界上最漂亮的禮服。

彼特魯喬覺得已經表演得足夠了，於是私下向裁縫和衣帽商表示：一定付清做衣服、飾品的錢，並且為自己看似怪異的態度向他們道歉，但是表面上還是粗言惡語，態度蠻橫地大肆批評他們帶來的衣服，甚至將這兩個人趕出家門。最後，他轉身對凱瑟琳娜說：「好吧，我親愛的凱特，我們就穿著這身簡單衣服，去妳父親家吧。」

接著，他吩咐備馬，肯定地說道：時間才剛過七點鐘，要在晚餐前抵達巴普提斯塔的家。但是時間已不早了，快接近中午。凱瑟琳娜幾乎被彼特魯喬的火暴脾氣征服了，她小心翼翼地提醒：「請允許我提醒您，我的丈夫，現在已經兩點了，我們還沒出發，就已經快到晚餐時間了。」

但是彼特魯喬決意要在抵達巴普斯塔家以前，把凱瑟琳娜徹底訓練得百分之百順從，無論他說什麼，凱瑟琳娜都要表示贊同。所以他說話的語氣彷彿自己就是上帝，甚至是太陽，而且可以控制時間。他說：「無論我說什麼、做什麼，只要妳表示反對的意見，我今天就不去了，等到我說什麼時候去，就什麼時候去。」

儘管凱瑟琳娜剛剛學會了順從，還沒有從內心深處接受順從的生活方式，但是彼特魯喬堅持要完全馴服她目中無人的傲慢性情，只要凱瑟琳娜稍微表現出「反駁」她丈夫的字眼，彼特魯喬就不讓她回娘家。甚至在路途中，他們差點打道回府，只因為在正午時分，彼特魯喬堅稱天上的月光明亮地閃耀，而凱瑟琳娜卻暗示那是太陽。

「以我母親的兒子的名義，」他說，「當然，也就是我自己的名義發誓，在抵達妳父親家之前，我說它是月亮，它就是月亮；我說它是星星，它就是星星；或者我命名它是什麼，它就是什麼。」接著，彼特魯喬假裝要轉身往回走。凱瑟琳娜已經不再是「悍婦凱瑟琳娜」，完全變成了一位賢淑的妻子，她說：「我們還是往前走吧，求求你，我們都走了這麼遠的一段路。

至於它是太陽也好、月亮也好，隨便你說什麼，就是什麼。就算你說它是燈心草的蠟燭，我發誓，對我而言，它就是燈心草的蠟燭。」

他決心證明這一番話，所以，他又肯定地說：「我說，它是月亮！」

「我知道，它是月亮。」凱瑟琳娜回答。

「妳說謊，它明明是神聖的太陽。」彼特魯喬說。

「沒錯，它就是神聖的太陽，」凱瑟琳娜回答說，「你說它不是太陽的時候，它就不是太陽。你說它是什麼，它就是什麼，永遠是，對凱瑟琳娜而言，永遠是。」

在接下來的旅途中，彼特魯喬繼續考驗他的妻子，看她是否能保持這種順從的態度。當他們在路上遇到一位老紳士，他上前去打招呼：「高貴的小姐，妳好啊。」並且問凱瑟琳娜是否見過比她更漂亮的淑女，他還稱讚這位老先生的皮膚白裡透紅，雙眼像兩顆明亮的星星；向這位「女士」再次問候之後，他對自己的妻子說：「親愛的凱特，妳難道不打算擁抱一下這位美麗的姑娘嗎？」

現在的凱瑟琳娜已經完全被馴服了，她立刻按照丈夫的意思，對那位老紳士說了同樣的話：「年輕、含苞待放的姑娘，妳長得真美麗。妳要去哪兒呀？住在什麼地方？妳父母擁有像妳這樣漂亮的孩子，真是太幸福了。」

「喂，凱特，妳怎麼了？」彼特魯喬說，「妳是不是發瘋了。他明明是位老先生，而且是滿臉皺紋、瘦骨嶙峋的男人，妳怎麼說他是年輕少女啊！」

聽了這句話，凱瑟琳娜立刻改口說：「老先生，請您原諒我。陽光太刺眼了，使我眼裡的一切都顯得那麼青春亮麗。現在，我才看清楚，您是一位令人尊敬的老人家，希望您能原諒我犯了一個愚蠢的錯誤。」

「善良的老伯，請您原諒她，」彼特魯喬說，「請告訴我們，您要去哪兒啊？如果順路的話，我們很樂意與您結伴同行。」

老紳士回答說：「這位知書達理的先生，還有你可愛的夫人，這番奇遇實在讓我感到驚奇。我叫文森修，要去帕多瓦，見我的兒子。」

彼特魯喬想起來了，這位老紳士是盧森修的父親。盧森修是位年輕的紳士，即將與巴普提斯塔的二女兒碧恩卡結婚。彼特魯喬告訴文森修：他兒子娶了一個有錢人家的女兒，會給他帶來可觀的財富。老紳士聽了非常高興。他們一邊走著，一邊愉快地交談，很快地就抵達巴普提斯塔的家。許多嘉賓齊聚一堂，慶賀碧恩卡和盧森修的婚禮——原來凱瑟琳娜出嫁以後，巴普提斯塔就欣然同意了小女兒碧恩卡的婚事。

巴普提斯塔站在門口歡迎女兒女婿回來參加婚宴。如此一來，宴會上就有兩對新人。

宴會上，碧恩卡的丈夫盧森修[4]和霍坦西奧（另外一位剛結婚的紳士），為自己找到溫順妻子而洋洋得意，都等著看彼特魯喬娶了悍婦凱瑟琳娜以後，會有多麼不幸。彼特魯喬對他們開的玩笑並未在意，直到吃過晚飯，妻子們也都各自回房，巴普提斯塔也跟著他們一起嘲笑彼特魯喬娶了一個十足的悍婦。彼特魯喬分辯說：自己的妻子比他們兩人的妻子更順從，另外三個人笑得前俯後仰，凱瑟琳娜的父親說道：「我的女婿彼特魯喬，我可以說實話嗎，恐怕你娶的是最貨真價實的悍婦。」

「是嗎？」彼特魯喬說，「為了證明我沒有說假話，我們可以打賭。我們各自派人去叫自己的妻子到這裡來，誰的妻子最順從、來得最快，誰就贏了。」

另外兩位紳士當然同意打賭，因為他們相信自己的妻子絕對比任性的凱瑟琳娜更順從，他們提議賭注為二十克郎。但是彼特魯喬卻興致高昂地說道，二十克郎只配用他的獵鷹或獵犬打賭，要拿他的妻子打賭，至少要再加上二十倍。於是，盧森修和霍坦西奧同意把賭注加到一百克郎。然後，盧森修首先派僕人去叫碧恩卡，過了一會，僕人回來說：「先生，夫人說她很忙，不能過來。」

「怎麼了？」彼特魯喬說，「她竟然說自己很忙，不能過來，這像一個妻子應該說的話嗎？」

但是盧森修和霍坦西奧嘲笑他，都說恐怕凱瑟琳娜給他的答覆會更糟糕呢。接下來輪到霍坦西奧去叫他的妻子，他對僕人說：「你去請夫人到這兒來。」

「哦，不會吧？」彼特魯喬說，「叫自己的妻子還需要用『請』？那應該一定來了吧！」

「先生，」霍坦西奧說，「我倒擔心尊夫人『請』都『請』不來呢！」

不久，僕人自己回來了，這位先生臉色有點失望，連忙問僕人：「怎麼回事？夫人呢？」

「先生，」僕人說，「夫人說，您一定是在開玩笑，所以她不過來。她叫您去找她。」

「糟糕，糟糕！」接下來，彼特魯喬對僕人說，「喂，告訴夫人，我命令她立刻到這兒來。」

大家根本不相信那個悍婦會服從這種法院似的傳喚，正待發表議論時，巴普提斯塔驚呼：「天啊，聖母，凱瑟琳娜真的來了！」

凱瑟琳娜真的走進來了，她溫順地問：「親愛的，你叫我來，有什麼吩咐嗎？」

「妳妹妹和霍坦西奧的妻子在做什麼呢？」彼特魯喬問。

「她們坐在客廳的壁爐邊聊天呢。」凱瑟琳娜回答說。

「去把她們帶到這裡來！」彼特魯喬說。

凱瑟琳娜一句話也沒說，就前去執行丈夫的吩咐了。

「這真是個奇蹟，」盧森修說，「只能說這是個奇蹟。」

「是啊！的確是個奇蹟，」霍坦西奧說，「令人不敢相信，它意味著什麼呢？」

「意味著琴瑟和諧，」彼特魯喬說，「意味著愛情和寧靜的生活、丈夫的尊嚴，以及……總之一句話，意味著家庭生活的甜蜜和幸福。」

凱瑟琳娜的父親看到女兒的轉變，喜出望外，他說：「太好了，我的女婿彼特魯喬，恭喜你！你不僅贏了這個賭注，我還要額外再加上兩萬克郎的嫁妝，就當作是給我另外一個女兒的嫁妝，因為她簡直變成另外一個人啦。」

「不！」彼特魯喬說，「還不止如此，接下來，我還要繼續向各位展示她新學到的賢慧和順從。」

這時，凱瑟琳娜帶著另位兩位夫人進來了。彼特魯喬接著說道：「看，她來了，像押囚犯似的，把你們的妻子帶來了。凱瑟琳娜，這頂帽子不適合你戴，把那騙錢的玩意兒摘下來，快扔了。」

凱瑟琳娜立刻摘下頭上的帽子，扔在地上。

「哎呀，上帝啊，」霍坦西奧的妻子說，「我可不會像她這麼傻！」

碧恩卡也跟著說：「呸，我才不會遵守這種愚蠢的婦德。」

聽到碧恩卡這麼講，她的丈夫說：「我倒希望你也遵守一些這種愚蠢的婦德。親愛的碧恩卡，妳聰明的婦德害我在一頓飯的時間裡，就輸掉了一百克郎。」

「那是因為你更愚蠢，」碧恩卡說，「誰叫你拿我打賭呢！」

「凱瑟琳娜，」彼特魯喬說，「現在我命令妳去告訴這兩位固執的女人，作為妻子的她們應該如何對待自己的丈夫。」

接下來發生的一切，令所有在場的人再次瞠目結舌。凱瑟琳娜，這位改過自新的悍婦，竟然滔滔不絕地對在場的女士們講授婦道；就像她所做的那樣，她已經無條件地服從於彼特魯喬的命令。於是，凱瑟琳娜再次聞名於帕多瓦，當然，這回不再是悍婦凱瑟琳娜，而是帕多瓦城中，最賢慧順從、最守婦道的妻子。

註：

1. 馴悍記 ——*The Taming of the Shrew*，喜劇。
2. 悍婦凱瑟琳娜 ——Catharine the Shrew，帕多瓦（Padua）富紳巴普提斯塔（Baptista）的長女。
3. 彼特魯喬 ——Petruchio。
4. 盧森修 ——盧森修（Lucentio），凱瑟琳娜妹妹碧恩卡（Bianca）的丈夫。

不知所措的小安提福勒斯試圖辯解：「美麗的夫人，請聽我說！」——第238頁

錯誤的喜劇[1]

很久以前，以弗所[2]與敘拉古[3]兩個城邦彼此不和，以弗所因此而制定了一條殘酷的法律，規定一旦敘拉古的商人擅自在以弗所的城裡遊蕩，都要被判處死刑，除非交出一千馬克[4]的贖金。

來自敘拉古的老商人伊勤[5]，在以弗所的街道上被人發現，最後被帶到以弗所公爵面前，公爵問他是否付出一筆沉重的贖金，否則，他將要接受死刑。

伊勤沒有錢支付贖金。以弗所公爵在宣判死刑之前，由於好奇心，希望伊勤講述自己的身世經歷，以便清楚明白為何他寧願冒著巨大風險進入以弗所；眾所皆知，任何敘拉古商人進入以弗所城，就只有死路一條。

伊勤說他懼怕死神降臨，因為憂傷已經使他厭倦了自己的生命。他之所以來到以弗所，是因為相較於他自己不幸的命運，有比生命本身更加重要的使命，驅使他去完成。於是，他開始講述自己的故事：

「我出生在敘拉古，從小開始經商。娶了妻子以後，一起過著快樂的日子。後來，因為事業上的需要，我必須前往厄匹達姆紐姆[6]一趟，為了生意上的事情停留了半年。後來，我發現必須再停留更長的時間，於是寫信給我的妻子，她立刻趕了過來；過了不久，就生下一對雙胞胎，這兩個兒子幾乎長得一模一樣，想分辨出誰是誰還真不容易。同時，我妻子正生產時居住的旅館裡，有一個窮苦的女人也生下了一對雙胞胎，這兩個兒子長得也十分相像。因為這對雙胞胎的父母太窮了，所以我買下了這兩個男孩，把他們撫養長大以後，讓他們伺候我們的孩子。

「我的兩個兒子長得活潑可愛，我妻子非常寵愛這兩個孩子，她天天盼望著回到家鄉。儘管我的事務繁忙，不太情願，最後還是答應她了。一定是我們上船的時辰不吉利，船隻剛剛駛出厄匹達姆紐姆大約一海里，一場可怕的暴風雨就無情地襲來，肆虐了很長一段時間。船上的水手們眼看船隻已無獲救希望，紛紛擁擠到小船上逃命去了，讓我們一家人獨自留在船上；隨時可能會摧毀於狂暴的風雨中。

「看到這種情況，我的妻子只是不停地哭泣，可憐的孩子們雖然還不知道恐懼為何物，但是看到自己的母親在哭泣，也跟著啼哭起來。儘管我不畏懼死亡，我的心思全部都繫在孩子和妻子身上，擔心他們的安危、盡力去保護他們。我把小兒子綁在一根小桅杆上（航海的人為了防備風暴所使用），把雙胞胎奴僕中較小的男孩綁在另一端桅杆。同時，我也教我的妻子依照相同的方法，把兩對孿生兄弟中的大兒子綁在另一個桅杆的兩端。她照顧兩個年紀大點的孩子，我照顧較小的兩個孩子。接著，我們也各自把自己與桅杆兩端的孩子綁在一起，用捆綁的方法確保我們不會在暴風雨中失散。但是，正是這種逃難的方法，導致了悲劇；我們的船隻猛烈地撞擊在一塊巨大的礁石上，船隻因而粉碎了。我們緊緊抓住細長的桅杆，漂浮在海面上。因為要照顧兩個孩子，我無法顧及我的妻子，眼睜睜地看著她和另外兩個孩子從我身邊被海水沖走。幸好，在他們還沒完全離開視野的時候，我看到他們被科林多[7]的（我這麼猜想）一艘漁船救走了。為了保護我親愛的兒子和另一個孩子的性命，我盡力拚命地在狂暴的海浪中搏鬥；最後，我們也被另一艘船拯救了。水手們得知我的遭遇以後，熱情地招待我們、幫助我們，並且把我們安全送達敘拉古的岸上，使我可以在那裡安頓下來。可是，自從那個令人悲傷的分離時刻以後，我就再也沒有獲得我妻子和大兒子的消息了。

「從此以後，我只有和我的小兒子相依為命。當他長到十八歲的時候，向我問起他母親和哥哥的消息，多次要求我答應讓他帶著隨從，去尋找自己的母親和兄長，那個小奴隸，也想去尋找自己的哥哥，他們希望一起出去尋找自己的兄弟，雖然原本我不願意讓他們離開，但是我也非常希望能夠知道妻子和大兒子的消息，最後還是勉強答應。他們一起出發了。本來我的用意是讓小兒子去尋找妻子和大兒子，誰知道，現在的我卻面臨與小兒子失散的情況。我的小兒子已經離開我身邊七年了，一點消息都沒有。我開始到處去尋找他們，五年間，我的足跡遍布全世界；我走過希臘最遠的邊境、穿越亞洲的邊界線，又沿著海岸遠航，最後在以弗所上了岸。雖然知道希望渺茫，但是仍然不肯放棄一絲希望，所以凡是有人煙的地方，我都不願意放棄。但是，我一生的經歷要在這裡畫上句點。如果我必須要死，我希望能確切知道妻子和兩孩子都安然無恙，這樣，我即使受刑赴死，也會死得瞑目。」

當不幸的伊勤講述完自己的悲慘遭遇，公爵十分同情這位不幸的父親，他是因為思念自己的兒子，才會冒著生命危險來到以弗所。公爵說，如果他不是曾經發誓絕對不會違背法律，而且，他的地位也不允許他違反法律，他一定會毫不猶豫地釋放他、豁免他的罪。但是，法律已經判決伊勤必須接受死刑；公爵在法律許可範圍內，寬限他一天的時間，在這一天之內，讓他能夠去借到或者討到一筆足夠的贖金，來換回他的生命。

這一天的寬限時間，似乎對伊勤來說，沒有多大幫助，因為他在以弗所舉目無親，難以想像會有哪個陌生人願意借給他一千馬克的贖金。機會實在太渺茫了。湊足罰金是件令人感到絕望的事，公爵無奈之餘，只好讓獄卒先將伊勤看管著。

伊勤原本以為自己在以弗所舉目無親，也不認識任何人。但是，就在伊勤身處險境、生命繫於千鈞一髮之際，一直四處尋找自己兄弟的小兒子和伊勤的大兒子，兩人當時都身處在以弗所這座城市裡。

伊勤的兩個兒子，不但容貌完全一樣，就連名字也差不多，他們都叫做安提福勒斯[8]，而那兩個孿生奴僕兄弟也都叫做德洛米奧[9]。當伊勤到達以弗所城時，伊勤的小兒子——那位敘拉古的安提福勒斯，恰巧在同一天來到了以弗所城，他和他的奴僕小德洛米奧，尋找自己的母親和兄長。既然他也是敘拉古的商人，所以面臨與父親相同的危險。然而，他的運氣比較好，一個朋友告訴他，有位來自敘拉古的老商人已經落入法網，勸他偽裝成厄匹達姆紐姆的商人。小安提福勒斯聽從了這個建議。不過，雖然他十分同情這位同鄉人墮入這種危難之中，卻絲毫沒有想到那位老商人就是自己的父親。

大安提福勒斯（為了區別他和弟弟——敘拉古的安提福勒斯，只好如此稱呼居住在以弗所的安提福勒斯）在以弗所居住了二十年。他已經是一位富翁，完全有足夠能力支付那一筆贖金，以挽救親生父親的性命。但是大安提福勒斯對於父親的情況一無所知，由於漁夫們把他和母親從海裡救起來的時候，他還年幼，完全不記得自己父親或者母親的模樣。那些漁夫救起大安提福勒斯、伊勤的妻子和大德洛米奧以後，就把兩個孩子從她懷裡抱走（那個不幸的女人傷心欲絕）了，他們準備賣掉兩個孩子。

後來，大安提福勒斯和大德洛米奧被賣給了米納福公爵，這位公爵是一位聲名顯赫的軍人。米納福公爵是以弗所公爵的叔叔，過去有一次，他曾經到以弗所拜訪自己的侄子，當時身邊恰巧帶著這兩個男孩。

以弗所公爵十分喜愛年輕的大安提福勒斯，大安提福勒斯長大以後，就安排他在自己的軍隊中擔任軍官，追隨以弗所公爵參加多次戰鬥。大安提福勒斯作戰勇猛，並且在戰場上出生入死，救過以弗所公爵的性命，立下戰功。為了獎勵他的卓越戰功，以弗所公爵把以弗所一位美麗、富裕的姑娘安德里安娜許配給他。當他父親來到以弗所的時候，他們夫妻就住在以弗所，大德洛米奧則服侍著這對夫妻。

敘拉古的小安提福勒斯，聽從朋友的建議，聲稱自己來自厄匹達姆紐姆，他與那位朋友分別以後，交給自己的奴僕小德洛米奧一筆錢，囑咐他帶著錢袋前去預定居住的旅館，自己則準備在街道上閒逛一圈，看看風景，觀察當地的風土民情。

小德洛米奧是一個開朗樂觀的小夥子，每當小安提福勒斯感到憂鬱不安的時候，他總是說一些古怪、幽默的玩笑，插科打諢一番；所以他們之間的關係比其他主僕還要隨和、融洽。

當小安提福勒斯打發走德洛米奧以後，他想起了自己孤身一人，為了尋找母親和兄長的蹤跡，四處漂泊，花費了許多精力，卻一點頭緒也沒有；想到這裡，他不禁傷心地自言自語：「我就像汪洋裡的一滴水，出來尋找另一個水滴，結果卻在茫茫大海中迷失了自己。我是如此不幸，出來尋找母親和哥哥，卻迷失了自己。」

正當他一邊思索著漫長的旅途，一邊自怨自艾這趟旅程毫無結果，他看到小德洛米奧（他認為是他的德洛米奧）回來了，小安提福勒斯疑惑他怎麼腳程如此之快，便問他是否把錢袋收好了。小安提福勒斯不知道這個德洛米奧實際上是大德洛米奧，也就是孿生兄弟中跟隨大安提福勒斯、居住在以弗所的大德洛米奧。這一對德洛米奧和安提福勒斯，確實如伊勤所言，長得一模一樣，無法分辨。所以，安提福勒斯以為是自己的奴僕小德洛米奧回來了，也就不足為奇。

於是當小安提福勒斯問他為什麼走得這麼快，這個德洛米奧回答說：「女主人叫我請您快點回家吃飯。您要是再不回去，雞肉都快烤糊了，豬肉也快要從烤叉上掉下來啦，飯菜也涼嘍！」「這個玩笑太過份了，而且時機不對，一點也不好笑。」小安提福勒斯說，「你把我交給你的錢袋放在哪裡了？」

德洛米奧仍然回答說：是女主人派他來接安提福勒斯回去吃飯。

「什麼女主人？」小安提福勒斯一頭霧水的問道。

「您怎麼這樣問，主人，難道您忘記您那令人尊敬的妻子嗎？」大德洛米奧回答說。未婚的小安提福勒斯對於德洛米奧的回答，感到非常生氣，他說：「因為平時和你說話太隨便，你才敢這麼放肆地開玩笑？告訴你，我現在沒有心情開玩笑，老實說吧，你把錢放在哪裡？我們在這裡人生地不熟的，你怎麼敢隨便亂放這麼大一筆錢？」

小德洛米奧聽到安提福勒斯說他們在以弗所舉目無親，以為主人在開玩笑，於是他笑著說：「上天保佑您，主人，等您坐下來吃飯的時候，再開玩笑。我的責任是把您帶回家，請您和女主人，以及她的妹妹一起用餐。」

小安提福勒斯聽到這句話，完全失去了所有耐性，把德洛米奧打了一頓。大德洛米奧跑回家，告訴女主人安德里安娜，他的男主人拒絕回家吃飯，還說自己沒有妻子。

當大安提福勒斯的妻子安德里安娜聽到丈夫拒絕承認自己的時候，心裡感到十分生氣；她本來就愛猜忌，天生是個醋罈子，她認為丈夫可能喜歡上另一個女人，妒火中燒之下，她變得煩躁不安，說了許多責備丈夫、嫉妒的話。她的妹妹露西安娜勸她不要捕風捉影，並且說這種猜疑毫無根據，但是對於嫉妒的女人，怎樣勸說都毫無意義。

小安提福勒斯急匆匆地回到旅館，發現德洛米奧正在那兒等他，那筆錢也收藏得安然無恙。他看見自己的小德洛米奧，就斥責他剛才不該隨便開玩笑。正在這此時，安德里安娜來到他的面前；她絲毫不懷疑眼前看到的這個人就是自己的丈夫，責備他不該像陌生人似地看著她（實際上他確實從未見過這個滿面怒容的女人，只能把她當作陌生人）。然後，她又向他訴說，他們尚未結婚時，他有多麼愛她，而現在他卻另尋新歡，愛上了別的女人。

「怎麼會變成現在這樣呢？」她說，「我親愛的丈夫，哦，我怎麼會失去了你的愛呢？」

「美麗的夫人，請聽我說！」不知所措的小安提福勒斯試圖辯解，他告訴她：自己不是她的丈夫，而且他剛到達以弗所，只待了兩個小時；但是不論如何解釋，都是枉然，她執意要讓小安提福勒斯跟隨她回家。最後，在這種糾葛的情況下，小安提福勒斯無法脫身，只好跟隨她回到兄長的家，並且與安德里安娜、露西安娜一起吃飯。用餐時，這兩個女人中，一個叫自己「丈夫」，一個叫自己「姊夫」，太讓小安提福勒斯感到驚訝了，他認為自己一定在做夢，在夢中娶了這位女子，或者，此時他還一直在夢中。

至於跟隨他們一同前來的小德洛米奧，他的驚訝絲毫不亞於主人，因為嫁給他兄長的廚娘也一直稱呼他為「丈夫」。

正當小安提福勒斯與自己的嫂子一起用餐的時候，他的哥哥——也就是安德里安娜真正的丈夫，與自己的奴僕大德洛米奧回家吃飯了；但是當他們走進家門口的時候，僕人們卻不肯開門，他們說女主人吩咐不能讓任何人進去，這一對主僕非常氣憤，他們不斷地敲著門，說他們是安提福勒斯和德洛米奧，倒惹得門內的女僕們大笑一陣，她們說主人安提福勒斯正在屋內和女主人吃飯呢，而德洛米奧也在廚房幫忙，哪裡又跑出一對安提福勒斯和德洛米奧呢？他們在屋外差點把門敲破了，還是不能進去。最後，大安提福勒斯感到無比驚訝和怪異，這種情況真是極為怪誕，隱約之間，他聽到屋內有一位男子正在與妻子吃飯，大安提福勒斯悻悻然離開。

小安提福勒斯頭昏腦脹地吃完飯，發現這位夫人仍然稱呼自己為丈夫，同時小德洛米奧也跑來說：廚娘也纏著叫他「丈夫」，他只想馬上離開這間屋子。儘管小安提福勒斯對露西安娜一見鐘情，卻對愛吃醋的安德里安娜毫無好感、迷惑不解；小德洛米奧也不滿意這個平白無故得到的廚娘嬌妻。於是這對主僕一有機會就高高興興地跑了出來，逃離他們的新妻子。

小安提福勒斯剛剛從安德里安娜的屋子跑出來，迎面遇到一名金匠，像安德里安娜一樣，這位金匠也把他當成了大安提福勒斯，他叫住小安提福勒，遞給他一條金項鍊。小安提福勒斯感到十分奇怪，堅決拒收這條金項鍊，並說這件東西不屬於他；可是金匠卻強調：這條項鍊是他本人親自訂製的；說完這句話之後，他把金項鍊塞進安提福勒斯的手中，就離開了。此時，小安提福勒斯徹底感到迷惘了，他覺得自己也許中了魔法，或者受到妖術的蠱惑。他感到忐忑不安，這個地方充滿了稀奇古怪的事情，千萬不能再停留了，於是他吩咐小德洛米奧把行囊搬到船上，他不想再待在以弗所這個地方了。

金匠把金項鍊錯交給了小安提福勒斯，恰巧此時，金匠所積欠的一筆債務馬上就要到期，官差已經前來逮捕他了。這筆款項的金額剛好與他製作的那條金項鍊價值相當，如果他不立刻還清債務，就必須進監牢了；此時，已婚的安提福勒斯正好經過那兒，金匠以為他把金項鍊交給了這個安提福勒斯，就催促他支付那筆金項鍊的款數，以便還清欠款。

沒想到，大安提福勒斯不承認自己收到了金項鍊，當然也拒絕付款。金匠堅持說：在幾分鐘之前，才將金項鍊交給他本人。兩人為此爭執了許久，雙方都認為自己堅持的事情是正確的。大安提福勒斯確切地知道金匠沒有把金項鍊交給自己，金匠也堅持自己確實親手把金項鍊遞交到安提福勒斯手中，卻不知道接受金項鍊的人是大安提福勒斯的孿生兄弟。最後，金匠因為積欠債務，被官差拘捕，同時，金匠也控告大安提福勒斯，因為安提福勒斯欠帳不還。結果，他們兩個人一起被官差押往監獄。

就在大安提福勒斯被押往監獄的路途中，遇見了他弟弟的奴僕——小德洛米奧。他誤以為小德洛米奧是自己的奴僕，吩咐他去找他的妻子安德里安娜，告訴她被拘禁的事，請她拿錢來保釋他。小德洛米奧則納悶為什麼自己的主人剛剛才從那間奇怪的房子匆匆忙忙逃出來，現在卻又派他回到那裡呢？他不敢去報信，但是看主人的神情不像在開玩笑，就告訴大安提福勒斯：船隻快要啟航啦；但是對方不理睬他，於是他走開了，一邊走一邊嘟囔：「雖然那間屋子裡有一個厲害的女人陶賽蓓爾聲稱我是她的丈夫，但是，我必須得去，因為僕人必須聽從主人的吩咐。」

安德里安娜把錢交給了小德洛米奧，在返回的路途中，他卻碰見了敘拉古的小安提福勒斯。小安提福勒斯對於這一天的奇遇仍然感到訝異；因為他的兄長大安提福勒斯是以弗所的名人，凡在大街上看到他的人，幾乎都能夠叫出他的名字，似乎像他的老朋友：有些人還錢給他，說這些錢是積欠的債務，有些人熱情地邀請他到家裡作客，也有些人對他做的善事表示誠摯的感謝。大家都誤會他是大安提福勒斯，錯把弟弟當成了哥哥。一個裁縫拿著綢緞給他看，說這是他買的布料，並且堅持為他測量身材尺寸，要替他製作幾件衣服。

小安提福勒斯開始覺得自己身處於一個充滿巫師、巫婆的國度，當他碰見小德洛米奧時，小德洛米奧問他：剛才官差不是正要把他押往監獄嗎？他是如何逃脫出來的？然後，掏出安德里安娜給的一袋金子，並且說這筆錢是用來保釋主人的。小安提福勒斯對於眼前這一切事情、一切經歷，感到不知所措、百思不得其解。他說：「德洛米奧，你真是個麻煩的傢伙。

我確信我們徘徊在一個幻想的世界裡。」這種混亂的想法讓他感到極度的恐懼，他不由自主地叫喊著：「神靈啊，不管你是誰、來自何方，請祢把我們從這個奇怪的地方救出去吧！」

此時，又有一個陌生女子走到他面前，也稱呼他為安提福勒斯。她說，前幾天，兩人才一起吃過飯，自己當時向他索討一條金項鍊，因為那條項鍊是他許諾送給她的禮物。一聽到這句話，小安提福勒斯實在忍無可忍了，他對那個女人大喊，罵她是妖精，否認自己曾經答應要送給她一條項鍊，而且從未和她一起吃過飯，甚至在此之前，根本未曾見過她。但是這個女人再次重申：他們曾一起吃過飯、他發誓說會送給她一條金項鍊。小安提福勒斯再次否認這件事情。這個女人又說：她曾經給過他一枚珍貴的戒指，如果他不給她金項鍊，那麼，她就必須討回原本屬於自己的戒指。小安提福勒斯聽到這些話，簡直氣瘋了，他再次罵她是妖精、女巫，並且否認她所說的一切，說自己根本沒見過她的那枚戒指。

這個女人聽到小安提福勒斯所說的話，看到他那異常暴怒的神情，感到非常驚訝。因為對她而言，他們真的一起吃過飯，她也確實遞給他一枚戒指，而且他也答應贈送她一條金項鍊。實際上，這位姑娘和其他人一樣，與小安提福勒發生了誤會，都把弟弟錯認為哥哥；她確實認識那位已婚的安提福勒斯，她責備小安提福勒斯的這些事情，也確實發生過。

當已婚的大安提福勒斯回到自己家門口，卻被拒絕在大門外的時候（大門內的僕人以為他已經在房間裡了），十分生氣地離開了；他一心認為是自己的妻子嫉妒心發作。她這次做的太過分了，既然她經常誣告他和別的女人關係曖昧，而她今天還堅決不讓他踏進自家大門，他決心報復她，於是才前去拜訪這位女子。這位女子十分隆重地接待他，他們一起吃飯，當時大安提福勒斯心想：既然這個女人很殷勤地對待他，自己的妻子卻那樣過分，他要一報還一報，於是許諾會送一條金項鍊給這位女子——就是原本打算送給妻子的金項鍊。

這條金項鍊就是那名金匠誤交給小安提福勒斯的那一條。這個女人心想：這一條金項鍊當然比自己的戒指值錢多啦，於是遞給已婚的安提福勒斯一枚戒指，做為交換。但是，當她看到小安提福勒斯矢口否認這件事情，還說根本不認識她，並且用如此瘋狂的話形容她，她開始覺得：安提福勒斯一定是瘋了。於是，她打算去找安德里安娜，告訴她：她的丈夫發瘋了。她正在向安德里安娜訴說這件事情的時候，安提福勒斯在官差的陪同下，回家來了（官差允許他回家取錢、支付欠款）。而實際上，安德里安娜已經交給僕人小德洛米奧一袋錢，而那個僕人把錢袋交給了另外一個安提福勒斯。現在，大安提福勒斯回家之後，立刻責備安德里安娜將自己鎖在家門外；安德里安娜想起那個女人提到安提福勒斯發瘋的話，又想起之前吃飯的時候，安提福勒斯（實際上是小安提福勒斯）說自己不是她的丈夫、剛剛抵達以弗所城邦兩個小時等等的話，於是安德里安娜認定：自己的丈夫確實發瘋了。

於是，安德里安娜向官差付清欠款，保釋自己的丈夫，然後她命令僕人用繩子把她的丈夫捆綁住，搬到一間黑房間裡，再派人請醫生前來治療他的瘋病。大安提福勒斯聲嘶力竭地激烈反抗，反駁這種顛倒是非的指控，堅稱自己沒有發瘋；激烈的程度與小安提福勒斯恐懼、疑惑的程度相類似。他反抗的越劇烈，別人越相信他真的發瘋了；同時，因為大德洛米奧口徑與主人一致，也被捆綁起來，塞進了房間。

安德里安娜監禁自己的丈夫之後，不久，一名僕人跑來告訴她說：安提福勒斯和德洛米奧一定是想辦法逃出來了，因為他們兩個人正在另一條大街上閒逛呢。聽到這個消息，安德里安娜立刻隨同僕人，去找自己的丈夫，要帶他回家，她的妹妹露西安娜也一直跟隨著她。當他們走到附近一座修道院的門口時，找到了小安提福勒斯和小德洛米奧。由於與生俱來的相似相貌所造成的混亂，小安提福勒斯此時還一頭霧水呢；他的脖子上還掛著金匠送給他的金項鍊。安德里安娜一行人誤認為這一對主僕就是大安提福勒斯和大德洛米奧，金匠首先跑上前去，譴責安提福勒斯不該否認沒有收到金項鍊，並且拒絕償還金項鍊的錢；小安提福勒斯則反駁說：今天早晨，金匠主動贈送這條金項鍊給自己，而且，之後，他再也沒有見過金匠。

然後，安德里安娜走到小安提福勒斯面前，說他是她的丈夫、患有精神病、剛從監禁他的房間裡逃出來，她必須要帶他回家。於是隨同她前來的僕人一擁而上，準備捆綁這對主僕，小安提福勒斯和小德洛米奧大吃一驚，他們奮力掙扎，最後逃進了修道院。小安提福勒斯向修道院的女院長乞求庇護。

女修道院長親自出面詢問事件的前因後果。她是一位莊重嚴謹、受人尊敬的女士，而且有足夠的智慧，判斷事情的是非。她沒有草率地答覆小安提福勒斯的請求。因此，她非常仔細地向安德里安娜詢問她丈夫發瘋的經過。然後她問：

「妳丈夫突然發瘋的原因是什麼呢？是因為他的商船在大海上翻覆，損失嚴重嗎？或者是他的好朋友過世了，讓他神經錯亂？」

安德里安娜回答說：這些原因全都不是。

「或許是他愛上了別的女人，」女院長說，「是否因為這種原因，讓他發狂呢？」

安德里安娜說：她心裡覺得他一定是愛上別的女人，因為他經常不在家。

女修道院長明白了，經常迫使安提福勒斯離家不歸，不是因為他愛上其他女人，而是因為：安德里安娜是個嫉妒心極強的女人（對於這一點，女修道院長是從安德里安娜激烈的情緒中猜測出來的），為瞭解實情，又不引起安德里安娜強烈的反抗，於是女修道院長間接地引導她說：「既然他在外面有情人，妳就應該責備他啊！」

「我責備過他了呀！」安德里安娜回答。

「哦，」女修道院長說，「也許妳責備得不夠嚴厲。」

安德里安娜想讓女院長相信，自己為了使安提福勒斯改邪歸正，已經十分盡力了，就回答說：「我們經常談論這件事。躺在床上的時候，如果他不交代這個問題，我就不讓他睡覺；坐在飯桌前，我也讓他老實地回答這些問題，否則就不給他吃飯；當我們兩人獨處的時候，我也暗示他，請他注意這個問題。我總是提醒他：除了我之外，再去勾引其他女人，是一件多麼卑鄙無恥的事情。」

女修道院長變相地讓安德里安娜承認自己嫉妒成性的事實，然後她說：

「事情已經十分明顯，妳的丈夫確實發瘋了。一個愛猜疑的女人，嫉妒心發作起來，是一種危害、一劑毒藥，比一隻瘋狗的毒牙還要厲害啊，這意味著無論他多麼疲倦，都必須要忍受妳滔滔不絕的嘮叨，讓他夜不能眠，難怪他會神志恍惚。而且，他吃飯的時候，隨著飯菜下嚥的調味品，就是妳的譴責；用餐的時候不得安寧，會導致消化不良，讓他身體不適。妳說他在娛樂消遣的時候，也會遭到妳的責罵；一個人如果不能享受社交和休閒的娛樂生活，一定會心情絕望、鬱悶壓抑。吃飯、休息、娛樂時，都會受到打擾。這樣看來，妳丈夫之所以會發作瘋病，都是因為妳太過於嫉妒的緣故。」

露西安娜想為她姊姊辯解，申明她姊姊勸說丈夫時，總是和顏悅色，於是她問她姊姊：「她指責妳逼瘋自己的丈夫，為何妳只靜靜地聽她說話，卻一話也不反駁呢？」

但是事實上，女修道院長已經巧妙地讓安德里安娜清醒地意識到自己的過錯，於是她一句話也不辯駁，只是回答說：「她讓我出賣了自己的缺點，我還能怎麼辯駁呢？」

儘管安德里安娜對自己的行為感到慚愧，可是她仍然執意要修道院長交出她的丈夫。然而，女修道院長不允許人們進入修道院，也不想把這位不幸的男人交給一個吃醋成性的妻子，她準備用溫和的辦法治療這位男子的瘋病。女院長返身進入修道院，吩咐侍衛關緊大門，不讓任何人進來。

那一天正逢多事之秋，如此多的誤會發生在這對雙胞胎身上，眼看著公爵寬限老伊勤的時間就快落幕了，天色已經接近黃昏時分，日落之時，如果老伊勤還是不能夠交付罰金，就只能引頸就戮了。

執行死刑的地方就在修道院附近。女院長剛剛進入修道院，伊勤就被帶到了這裡，公爵親自帶著隨從，也來到此處監督行刑，公爵表示：如果此時有人能夠提供罰金，他會赦免伊勤的罪刑，當場釋放他。

安德里安娜攔住公爵一行人的去路，哭著向公爵投訴，她嚷道：請公爵主持公道，這裡的修道院長拒絕歸還她那精神錯亂的丈夫，她不能醫治丈夫的病。正當她說著這件事情時，她真正的丈夫和僕人大德洛米奧也跑到公爵面前，投訴自己的妻子，指責她誣陷自己精神錯亂，並且把他囚禁起來，還敘述自己是如何掙斷了身上的繩子、從看守者的監視中逃了出來。安德里安娜見到丈夫，非常驚訝，因為她以為安提福勒斯應該在修道院裡面呢。

伊勤一看到兒子，也以為這個兒子就是出去尋找母親和哥哥的那個兒子，他當然認為自己親愛的兒子一定會立刻交付贖金，於是，他以慈父的口吻快樂地對大安提福勒斯說話，並且提到交付罰金的事情。但是，沒有想到，伊勤空歡喜一場，這個兒子拒絕承認老伊勤是他的父親，並且對他一無所知。事實的確如此，因為自從大安提福勒斯在風暴中與父母失散以後，就再也沒有見過親生父親；當時，大安提福勒斯還是個嬰兒，對父親早已經沒有任何印象。可憐的老伊勤徒勞地提醒兒子關於自己的一切事情，並且堅信一定是經歷悲慘遭遇，以及極度焦慮的心情，在兒子的心理上，造成太過沉重的打擊，以至於他不願意承認眼前的父親。老伊勤心想：或者兒子看到他境遇悲慘、貧困交加，所以兒子才會在這種尷尬的場合，羞於與自己相認。

人們正為這種情況感到困惑的時候，修道院的女院長和另外那個安提福勒斯、小德洛米奧走出修道院了。安德里安娜驚訝地發現眼前站著兩個丈夫、兩個德洛米奧。

此時，一切謎團都揭開了，一眼就能分辯事情的真相。當公爵看到兩個安提福勒斯和兩個德洛米奧——他們長得一模一樣，他立刻推測出這件事情的來龍去脈；因為公爵想起了老伊勤早上所講述的故事，他斷定這兩對孿身兄弟一定就是伊勤的兩個兒子以及兩個奴僕。

這件出乎意料、突如其來的喜訊，讓伊勤的經歷獲得圓滿結局。當天早晨時，他還面臨死刑宣判，向公爵悲傷地講述自己的故事，卻在日落前得到了幸福的結局。那位令人尊敬的女修道院院長告訴他們，自己就是老伊勤失散多年的妻子、兩個安提福勒斯的親生母親。

當年，漁夫救起大安提福勒斯和大德洛米奧的時候，從她身邊帶走了這兩個孩子，之後，她就進入修道院。多年以來，她憑藉智慧、堅貞品行，被任命為這間修道院的院長。今日，當她收留一個遭逢不幸的陌生人的時候，卻在不知不覺中保護了自己的兒子。

長期失散的一家人終於團聚了，人們圍繞在他們身邊不停地祝賀、讚美，以至於差點忘記伊勤仍被判處死刑。短暫的沉默過後，他們稍微平靜了一些，大安提福勒斯向公爵表示，願意出錢贖回親生父親的性命。但是公爵慷慨地赦免伊勤，他宣布不需要繳納罰金了。然後，在公爵和眾人的陪伴下，女院長和剛剛相認的丈夫、孩子們，一起步入修道院，眾人歡樂地傾聽這個家庭久別重逢的喜悅、絕處逢生的圓滿結局。當然也不能將另一對出身卑微的孿生兄弟——兩個德洛米奧——的喜悅拋諸腦後，他們彼此祝賀、問候，每一個德洛米奧都稱讚自己的兄弟長得英俊瀟灑，兩人彷彿照鏡子似的，互相從對方的相貌中看見自己。

安德里安娜則經過婆婆一番好心勸告，得到金玉良言，獲益匪淺。她對丈夫再也不胡亂猜忌、無故吃醋了。

小安提福勒斯和他兄嫂的妹妹——美麗的露西安娜——結為夫妻。至於善良的老伊勤，他與妻子、兒子們在以弗所城邦共同生活了許多年。但是這並不表示曾經令人迷惑的誤會一旦分辨清楚了，以後就再也不會發生誤會；每當這種滑稽可笑的錯誤發生的時候，就會勾起他們過去的回憶——一個安提福勒斯和一個德洛米奧，被錯認為另一對安提福勒斯和德洛米奧，從而上演一幕讓人驚喜連連、感歎不斷、輕鬆有趣的「錯誤的喜劇」。

註：

1.錯誤的喜劇——*The Comedy of Errors*，喜劇。

2.以弗所——Ephesus，在小亞細亞。

3.敍拉古——Syracuse，在義大利東岸。

4.伊勤——*Ægeon*。

5.馬克——mark，古代貨幣，價值約八兩金子。

6.厄匹達姆紐姆——Epidamnum，馬其頓位臨亞得里亞海的一座城市。

7.科林多——Corinth，古希臘的一座城市。

8.安提福勒斯——Antipholus。伊勤的雙胞胎兒子。大安提福勒斯後來與安德里女娜（Adriana）結婚。

9.德洛米奧——Dromio。

大德洛米奧回答說：女主人叫我請您快點回家吃飯。
——第238頁

克勞狄奥説：「死亡是一件可怕的事情。」——第265頁

一報還一報[1]

從前，曾經有一位治理維也納城邦的公爵，性情溫和，仁慈寬厚。在這位公爵的統治生涯中，他不喜歡殘酷的刑罰，即使維也納的臣民觸犯了法律，也很少被懲處。也許基於這種原因，維也納有一條奇怪而特別的法律，幾乎名存實亡，公爵在位時也一直沒有實行過。這條法律規定：任何一個男子，如果與妻子以外的女人同居，將會被處以死刑。因為公爵寬宏仁慈地統治維也納，人們根本不重視這條法律，引起的後果就是神聖婚姻制度受到了極大的挑戰。每過幾天，總是有幾個年輕女子的父母前來向公爵告狀，控訴某個單身男子勾引自己的女兒，使得女兒離家出走，和單身男子同居了。

善良的公爵看到這種不良風氣越演越烈，便積極地尋求對策。他心想：如果想制止這種陋習，就必須改變自己一貫自由放任的統治方式，徹底執行這條法律，不過，他又擔心如此突然的轉變，會讓一直以來愛戴他的子民將他視作一個暴君。於是，他決定暫時離開維也納一段時間，另外委託一個人全權代理他的管理權，如此一來，這些傷風敗俗的行為就會受到法律的制裁，而維也納的子民也不會因此而責怪自己。

安哲魯[2]在維也納享有「聖徒」的聲譽，他做事嚴謹，公爵認為他可以適任這個重要的職務。當公爵告訴他的首席大臣——貴族愛斯卡勒斯[3]——徵詢他的意見時，愛斯卡勒斯說：「如果要從維也納所有人當中，選一個具有高度修養和榮譽的人，我認為這個人就是安哲魯大人。」

於是，公爵片面表示自己即將要出發前往波蘭旅行，離開維也納，旅行期間，將由安哲魯全權代理公爵的管理權。但是實際上，公爵只是假意離開，他又悄悄回到了維也納，喬裝成修士的模樣，以便暗中觀察這個號稱聖徒之人是否稱職於代理人的職位。

事情十分湊巧，就在安哲魯掌管執政權力的時候，剛好一位名叫克勞狄奧[4]的紳士誘拐了一名年輕女子。對於這個案件，代理公爵安哲魯毫不猶豫地下令逮捕克勞狄奧，將他囚禁在監獄裡，並且按照那條早已被人忽視的法律，宣判克勞狄奧的罪名，並且判處克勞狄奧死刑。因為克勞狄奧在社會上頗具影響力，所以不少人請求赦免克勞狄奧的死刑，就連年老的愛斯卡勒斯大臣也親自出面替克勞狄奧求情；他說：「哎呀，這個年輕小夥子的父親曾經榮獲極大的名譽，德高望重，請求你看在他的面子上，饒恕這個年輕人吧！」

但是安哲魯回答說：「我們決不能輕易變動法律，否則，法律就會喪失尊嚴，變成破破爛爛的稻草人，只是用來嚇唬捕食莊稼的鳥兒，等禽鳥見慣了，發現它不會造成任何損傷，不但不再害怕，還會在稻草人的頭上棲息呢。對不起，大人，克勞狄奧必須受死。」

克勞狄奧知道情況嚴重，內心十分著急，幸好，此時一位名叫路西奧[5]的人，是克勞狄奧的朋友，來到監獄探望克勞狄奧，克勞狄奧對他說：「路西奧，我懇求你幫我一個忙，去找我的姊姊伊莎貝拉[6]，今天她就要進入聖・克萊阿修道院，開始她的修行了。請你把我的危險處境告訴她，請她親自去見那位嚴厲的代理公爵，試著向他求情。我對伊莎貝拉充滿了信心，因為她口才出眾，尤其擅於雄辯、勸說，也許只有她可以說服代理公爵；同時，她言語中含有青春少女的憂鬱，這種特質足以打動所有男人。」

正如克勞狄奧所說，他的姊姊伊莎貝拉預計當天進入修道院，作一名見習修女，準備有朝一日能成為一名修女，正式戴上修女的面紗。當她正在向一名修女請教修道院的規矩，聽到了路西奧的聲音。路西奧一邊走進修道院，一邊大聲說道：「願天主賜福這裡平安！」

「是誰在說話？」伊莎貝拉問。

「是一個男人的聲音，」那名與伊莎貝拉談話的修女回答，「親愛的伊莎貝拉，妳去看一下，問他為何來到此處。由妳去見他比較合適，我不出面處理這件事。當妳戴上修女面紗、正式成為修女的時候，只有修道院院長也在場，妳才可以和男人說幾句話，除此之外，妳不能與男人交談；而且，妳說話的時候，必須用面紗罩著臉，否則，不能開口說話。」

「作為一名修女，還有別的權利嗎？」伊莎貝拉問道。

「除了這些權利，難道還不夠嗎？」那個修女回答說。

「是的，的確夠了。」伊莎貝拉回答，「我這麼說，並不是為了得到更多的自由，恰恰相反，我是聖・克萊阿的擁護者，我希望這裡的姊妹們能更嚴格遵守這裡的戒律。」

此時，她們又聽到路西奧的聲音，這個修女說：「他又喊叫了呢，請妳接待他，瞭解一下情況。」

於是，伊莎貝拉出去見路西奧，向他致意說：「願主賜福你平安！你在找誰呢？」

路西奧彬彬有禮地向伊莎貝拉，說：「祝福妳，純潔的姑娘。妳嬌艷的雙頰好像盛開的玫瑰花，證明了妳的貞潔。能否請妳帶我去見那見習修女伊莎貝拉小姐？她有個不幸的弟弟，叫作克勞狄奧先生。」

「為什麼說她有個『不幸的弟弟』？」伊莎貝拉說道，「請告訴我吧，因為我就是伊莎貝拉、克勞狄奧的姊姊。」

「美麗溫柔的小姐，」他回答說，「妳的弟弟請我代替他，衷心地問候妳，因為如今，他本人被關進了監獄。」

「哎呀！這個消息真是讓我傷心，為什麼他會被逮捕呢？」伊莎貝拉說。

路西奧告訴伊莎貝拉，因為克勞狄奧誘惑一名年輕女子，而被關進監獄。

「啊，」她說，「我想那名女子恐怕是我的堂妹茱麗葉。」

實際上，茱麗葉和伊莎貝拉沒有血緣關係，但是她們從小一起上學讀書，在學校裡締結深厚友誼，彼此以姊妹相稱。伊莎貝拉知道茱麗葉深愛克勞狄奧，她因此推測克勞狄奧一定是因為茱麗葉，才鑄下大錯。

「確實是因為她的緣故。」路西奧回答。

「那麼，為什麼不讓我弟弟和茱麗葉結婚呢？」伊莎貝拉問道。

路西奧回答，克勞狄奧確實十分願意和茱麗葉結婚，但是代理公爵已經逮捕了克勞狄奧，並且依據法律規定，下令判處死刑。「除非，妳能用溫柔的話語去懇求安哲魯，用妳的天賦軟化態度強硬的安哲魯；正是因為這件事，克勞狄奧才讓我到這裡來找妳。」

「哎呀，」伊莎貝拉說道，「依靠我微薄的力量，能為他完成這件事情嗎？我懷疑自己是否有足夠的能力，去撼動安哲魯的判決。」

「懷疑、猶豫不決，就會失去信心，」路西奧說，「事情來臨的時候，我們常因為害怕而退縮，失去成功的機會。去找安哲魯吧！對男人而言，純潔少女的哀求、下跪和眼淚，含有比上帝更具權威的力量。」

「那麼我就去試一試吧。」伊莎貝拉說道：「我先向院長報告這件事情，然後就去求見安哲魯先生。請你轉告我弟弟，上天保佑他，無論成功與否，我會在今天晚上回覆消息。」

於是伊莎貝拉匆匆趕到宮廷，跪在安哲魯的面前，說：「我是一個不幸的請求者，如果尊貴的大人能傾聽我的訴說，我將感到十分欣慰。」

「哦，妳的請求是什麼呢？」安哲魯說。

於是，她用最動人的言辭勸說安哲魯赦免她弟弟的刑罰。但是安哲魯說：「姑娘，已經無法挽回這件事情了，鑑於法律規定，妳的弟弟被宣判刑罰，他必須接受死刑。」

「哎呀，法律是講求公正的，但是也太殘酷了！」伊莎貝拉說，「我的弟弟必死無疑，願天主保佑他吧！」說完這句話，她正準備離開，陪伴她的路西奧不願意輕易放棄，對她說：「不要如此輕言放棄啊。再次去哀求他，跪在他面前，抓住他的袍子。妳的態度太冷靜、語氣缺乏感情，就算是要乞討一根針，也必須說一堆好話吧。妳必須表現出迫切的樣子，語氣更具感情才行。」

於是，伊莎貝拉再一次跪下來，請求安哲魯慈悲為懷。

「他已經被宣判罪刑，」安哲魯回答，「妳的請求太遲了，覆水難收。」

「太遲了？」伊莎貝拉說，「為什麼？不，一點也不嫌晚！說出去的話照樣可以收回。大人，請您相信，凡是給大人物裝點門面的東西，無論國王的王冠、執政官的寶劍、元帥的權杖，或者是法官的判決，都比不上仁慈所代表的尊貴。」

安哲魯感到有一些厭煩了，他說道：「請妳離開吧。」

但是伊莎貝拉仍然懇求著，她說：「請您設身處地的思考吧，如果我弟弟處在您的位置上，而您處於我弟弟現在的處境中，假設他面臨像您一樣的抉擇，他一定不會如此冷酷無情。如果我擁有像您一樣的權力，而您是我——伊莎貝拉，我會拒絕您的請求嗎？不會。我說這樣的一番話，沒有其他用意，只是希望大人您除了從法官的立場思考，也能替犯人著想。」

「夠了，敬愛的姑娘，到此為止吧。」安哲魯回答，「宣判妳弟弟死罪的是法律，而不是我本人。即使他是我的親戚、我的兄弟，或者是我的兒子，我也會一樣如此判刑。他明天——必須死。」

「明天？」伊莎貝拉問道，「哦，這太突然了！饒恕他吧，饒恕他吧，他還沒有做好死亡的準備呢。即使廚師要殺雞宰鴨，也會挑選季節啊。處罰犯人，是代替上帝行使職權啊，難道說，對待上天所賦予的生命，比對待禽獸的時候，還要輕率嗎？大人，尊貴的大人，請您仁慈些吧，不要處死我的弟弟。自從頒布這條法律之後，有多少人觸犯了它啊，可是沒有任何人因為這樣而送命！我的弟弟卻要第一個被判處死刑。大人，請您摸摸自己的良心，捫心自問，像我弟弟這樣的罪行，是否應該被處以死刑！」

伊莎貝拉最後說的這句話，比之前任何話都還具說服力，撼動了安哲魯的心。另外，伊莎貝拉的美貌已經點燃他心中的邪念，他開始設想這種不名譽的愛情，就像克勞狄奧所犯過的罪行一樣。內心中的劇烈衝突和矛盾，讓他轉身離開了伊莎貝拉，但是伊莎貝拉叫住了他，說：「仁慈的大人，請您轉身，聽我如何賄賂您，轉過身來吧，仁慈的大人！」

「什麼！妳想賄賂我！」安哲魯說。他對她居然想賄賂他感到非常驚訝。

「是的，我想向您行賄。」伊莎貝拉說，「不是用金銀財寶，也不是用價值連城、光彩奪目的寶石，而是用與天國共享的禮物來賄賂您。我會在每日清晨和傍晚的時候，向上帝虔誠祈禱，將我的禱告獻給您——這個祈禱來自純潔無瑕的靈魂，來自與世隔絕、未染凡塵的純潔少女。」

「好吧，那麼妳明天來找我吧。」安哲魯說道。

伊莎貝拉為弟弟爭取到一天的時間，安哲魯寬限他一天的生命，當她確信安哲魯准許她再來見他，滿懷期待地離開了，她有信心最終可以壓倒安哲魯的嚴酷性情。臨走前，伊莎貝拉說：「願天主保佑您平安！願天主賜您幸福！」

安哲魯一邊聽著，一邊對自己說：「阿們！但願我能夠得到天主的拯救，逃脫妳美麗的誘惑。」然後，他被自己邪惡的想法嚇壞了，他說：「我是怎麼了？我是怎麼了？難道我渴望再次聽到她的聲音，再一次看到她的容顏，難道我已經愛上她了？我在做什麼夢啊？人類狡猾的敵人啊，用這樣的釣餌，來誘惑一個聖徒。我從未對輕浮淫蕩的女人動心，但是這個貞潔的女人完全征服了我。在此之前，人們談情說愛的時候，我還嘲笑這些癡情的男人，並且疑惑他們怎麼會那樣沉迷於愛情；如今，我也變成他們其中的一份子啦。」

在充滿罪惡感的矛盾心理中，安哲魯受盡邪念折磨，內心忍受極大的煎熬，心裡的感受比被他嚴厲判刑的犯人還要難過。在這一個夜晚，仁慈的公爵喬裝成修道士，到監獄探望克勞狄奧，為這個年輕人指引了一條通往天堂的路，並且傾聽他的懺悔與祈禱，以平靜克勞狄奧的心情。

然而安哲魯在精神上，陷入極大的痛楚，在內心的矛盾中痛苦掙扎；他一會兒盼望能夠引誘清純、善良的伊莎貝拉，一會兒又因為罪惡感而懊悔、痛苦、猶豫不決。最後，他被邪念征服了，他決定用一種伊莎貝拉無法拒絕的誘惑，勾引這位少女，強迫她賄賂自己；這樣一件珍貴的禮物，就是她弟弟的生命。

第二天清晨，伊莎貝拉來到宮廷，安哲魯要求她單獨進來見他。當只剩下他們兩個人的時候，他對她說，如果她能夠像茱麗葉對待克勞狄奧的方式，獻出少女的貞潔，他就赦免她弟弟的罪行、拯救他的性命。

「這樣做的原因，」他說，「是因為我愛妳，伊莎貝拉。」

「我弟弟也是用這樣的方式去愛茱麗葉，」伊莎貝拉說，「可是，你卻告訴我，他是因為這種愛情而必須接受死刑。」

「克勞狄奧可以不必死，」安哲魯說，「如果妳能夠像茱麗葉一樣，在晚上時，偷偷來和我約會，就像茱麗葉離開父母的家、去找克勞狄奧一樣。」

聽完這些話，伊莎貝拉感到非常震驚；因為他以相同的罪行宣判她弟弟死刑，現在卻要求她觸犯法律，做同樣的事情。

於是，她說：「無論是為了我自己，還是為了我的弟弟，我都不會做這種事情。換言之，如果我被宣判死刑，我會用銳利的皮鞭抽打自己，也會像佩帶紅寶石一樣，看待自己身上的血痕；我會像渴望躺在床上的病人一樣，渴望死亡，也不願意讓自己蒙受這種侮辱。」然後她告訴他，希望他剛才的話，只是想試探她的貞潔。

然而他說：「請相信我吧，我以名譽發誓，我說的是真心話。」

伊莎貝拉聽到他以榮譽為名，來說這些卑鄙無恥的言辭，感到十分氣憤。她說：「嘿，你不能用如此下流污穢的榮譽和邪念，玷污我的貞潔，以達到邪惡的目的。安哲魯，你等著吧！我一定會宣揚這件事！立刻簽一張赦免書給我，否則，我就讓全世界都知道你的所作所為！」

「伊莎貝拉，誰會相信妳呢？」安哲魯回答說，「我有聖潔的名聲，也一直嚴格遵守清規戒律，我保證，我的口才絲毫不遜色，足以壓垮妳的指控。妳還是遵從我的建議，用妳的貞潔贖回克勞狄奧的性命，否則，他明天就必須被處死。至於妳，不論妳怎麼說，我的謊話一定會比妳的實話，更具有說服力；我可以說妳是為了挽救弟弟的生命而說謊。妳仔細想一想吧，明天，我等著妳的答覆！」

「我該向誰訴說冤屈呢？就算說了，又有誰會相信我呢？」伊莎貝拉自言自語。當她走向陰鬱的牢房、去探望弟弟的時候，她看到弟弟正虔誠地與裝扮成修道士的公爵交談。在此之前，公爵已經以這一身裝束探望過茱麗葉了，這對犯罪的戀人對於自己的行為，都充滿自責的感受。不幸的茱麗葉流著眼淚，對公爵懺悔自己的罪過，而且她認為自己所擔負的責任，比克勞狄奧還要大，因為在這件事情上，她是心甘情願，而且表現得比克勞狄奧還要積極主動。

伊莎貝拉走進囚禁克勞狄奧的牢房，她說：「祝福你們平安，願善良的天使與你們同在！」

「是誰呀？」化裝成修道士的公爵問道，「進來吧，這樣的祝福，人人都願意聽。」

「我可以和克勞狄奧單獨說一兩句話嗎？」伊莎貝拉說。

公爵於是讓他們單獨相處。但是他吩咐典獄官，找了一個能夠偷聽他們談話的地方。

「姊姊，告訴我，妳帶來了什麼好消息？」克勞狄奧說。

伊莎貝拉告訴他，明天必須做好死亡的準備。

「沒有辦法挽救了嗎？」克勞狄奧說。

「弟弟，倒是有一個辦法。」伊莎貝拉回答說，「但是如果你贊成這個辦法，就會遠離所有的榮譽，無地自容。」

「告訴我是什麼辦法。」克勞狄奧說。

「哦，克勞狄奧！我為你感到擔心。」他的姊姊回答說，「擔心你會為了活命、為了多活幾年，而不去珍惜尊嚴和榮譽。我感到恐懼。告訴我，你害怕死亡嗎？其實，我們對死亡的理解，不比踩在腳底下的甲蟲深刻，牠們面臨死亡時，所感受到的痛苦並不亞於人類。」

「為什麼要這樣羞辱我？」克勞狄奧說，「如果我必須接受死刑，我希望妳可以用鮮花般的柔情，來安慰我、鼓勵我，這樣的話，我會十分感激妳。當我死時，我也會勇敢地走進永恆的黑暗，把它當成新娘，擁抱在懷裡。」

「這才是我弟弟應該說的話。」伊莎貝拉說道，「這才是可以在父親墳墓前，說出的話！是的，你必須面對死亡。可是，克勞狄奧，你絕對不能想像如此卑鄙無恥的事；這個貌似聖徒的代理公爵向我表示，如果我把少女的貞潔獻給他，他就會饒恕你的性命。天啊，如果他想要的是我的生命，為了救你，我會像扔掉一根針似的，毫不猶豫地去換取你的平安！」

「謝謝妳，親愛的伊莎貝拉！」克勞狄奧說道。

「準備明天接受死刑吧。」伊莎貝拉說。

「死亡是一件可怕的事情。」克勞狄奧說。

「但是羞辱地活著，更是令人難以忍受。」他姊姊回答說。

但是死亡的陰影盤旋在克勞狄奧的心頭上，動搖了他的堅定意志，漸漸地，死刑犯所面臨的恐懼，壓迫著他。他禁不住大聲喊叫：「親愛的姊姊，求求妳讓我活命吧！做了那件事情，就可以拯救我的生命，上天會寬恕妳所犯下的罪惡，甚至會把它當成一種美德。」

「天啊，你這個背信棄義的懦夫！天啊，你這個說謊、卑鄙無恥的小人！」伊莎貝拉說，「你竟然為了挽救自己的生命，而讓你姊姊犧牲自己的貞潔？哦，不，不，不！我的兄弟，我曾經以為你十分注重自己的榮譽；即使有二十顆腦袋，為了避免這種恥辱，你也寧可把那二十顆腦袋，都放到斷頭臺上。」

「伊莎貝拉，聽我說！」克勞狄奧說。

正當克勞狄奧想要辯解為什麼自己會如此懦弱，竟然說服自己的姊姊，用貞潔挽救他的生命，此時，公爵走進來，打斷他們的談話。公爵說：「克勞狄奧，我已經聽到你和你姊姊的談話。安哲魯從來不會為了達到這種目的，而企圖玷污你的姊姊，他之所以那樣說，只是想試探一下她的品德，而她也證明了自己的節操。她堅決地拒絕了安哲魯，他因此會衷心感到高興。如此看來，你沒有獲得赦免的希望了，所以，在剩下來的時間裡，誠心誠意地祈禱，做好死亡的準備。」

聽了這些話以後，克勞狄奧懊悔自己一時之間的懦弱，他說：「姊姊，我懇求妳的原諒！原諒我對生存的迷戀，是如此強烈，以至於忽略自己應盡的責任。」然後，克勞狄奧被押送到另一邊牢房，他為自己所犯下的過錯懺悔，並且感到羞愧和憂傷。

此時，只剩下公爵單獨和伊莎貝拉在一起。他稱讚她堅貞不屈，通過了考驗，他說：「創造萬物的上帝不但賜予妳美貌，更給予妳優秀的品德。」

「哦，」伊莎貝拉說，「安哲魯是如何欺騙那位仁慈的公爵啊！等到公爵回來的時候，我一定會去告訴他整件事情，揭穿安哲魯的真面目。」當時，伊莎貝拉並不知道，她其實已經在揭發安哲魯的真面目。

公爵回答說：「如果可以那樣做，確實不錯。但是，就目前的情勢看來，安哲魯能夠輕易地推翻妳的指控；所以，妳還是聽聽我的建議吧。我相信，如果按照我的建議去做，妳不但可以幫助一位可憐的小姐，同時也能夠從嚴酷的法律下，拯救妳的弟弟，而且，絲毫不會玷污妳那最高貴的貞潔，等到公爵返回維也納的時候，知道了這些事情，也一定會稱讚妳的行為。」

伊莎貝拉表示，既然這些建議沒有不妥當的地方，又可以圓滿解決眼前的難題，她願意洗耳恭聽，聽從修道士的建議。

「凡是品德高尚的人，從來都不知道畏懼。」公爵說，然後問伊莎貝拉是否聽說過瑪麗安娜這名字——淹死在海中的偉大士兵弗萊德里克的姊姊。

「我聽說過這位女士。」伊莎貝拉說道，「人們都對她讚不絕口。」

「那位女士是安哲魯的未婚妻。」公爵說道，「發生了一場海難，她的嫁妝隨著弟弟乘坐的那艘船隻，一起沉沒了，這位可憐的淑女遭受了多麼沉重的打擊啊！她不僅失去了一位高貴、赫赫有名的弟弟，而且，連同所損失的財產，也失去了未婚夫對她的關愛。表面上，偽善的安哲魯假裝發現這位可敬女士身上的不貞潔的行為（實際上，真正原因是她失去了大部分嫁妝），以此為藉口拋棄了她，罔顧她悲哀的淚水，沒有一絲一毫的安慰。照理說，他如此背信棄義的行為，應該會熄滅她的愛情之火，但是這種行為似乎讓她對安哲魯更加依戀，瑪麗安娜現在比初戀時更柔情地愛著這位無情無義的丈夫了。」

然後，公爵坦白地說出自己的計畫：伊莎貝拉假裝答應安哲魯的要求，同意當天深夜與他幽會，藉以得到安哲魯的赦免書。至於約會，則由瑪麗安娜替她去，黑暗會掩飾她不是伊莎貝拉本人，而安哲魯也會誤認她為伊莎貝拉。

「賢德的姑娘，不要害怕，」喬裝成修道士的公爵說，「安哲魯是她的丈夫，這樣撮合他們，並不是罪過。」

伊莎貝拉贊同這個計畫，於是她離開監獄去執行自己必須完成的事情，而公爵則去通知瑪麗安娜如何配合這次行動；不久之前，他剛剛拜訪過這位不幸的女士，用修道士的身分去向她傳教，並且給予善意的開導和安慰，而正是在那時，他聽她訴說了自己的故事，瑪麗安娜把他當作一位聖人看待，也完全同意這個計畫。

伊莎貝拉去覲見安哲魯，並約定幽會的日期，之後，按照公爵的指示，來到瑪麗安娜的家，與公爵見面。公爵問她：「妳來得正好，這麼準時。我們那位善良的代理執政官有什麼新消息呢？」

伊莎貝拉詳細敘述與安哲魯會面的經過。她說：「安哲魯有一座磚牆環繞的花園，花園的西面是一個葡萄園，進入那個園子前，必須經過一道大門。」然後，她把安哲魯交給她的兩把鑰匙，拿給公爵和瑪麗安娜看，並說：「大支的鑰匙用來開葡萄園大門，小支的鑰匙則是用來開啟葡萄園通往花園的一扇小門。我發誓會在夜深人靜的時候，獨自在那裡等待他。按照這樣的方式，他已經答應赦免我弟弟的死刑。我已經準確地在紙上記下約會的地點和行進的路線，他不斷對我悄聲耳語，心懷鬼胎又小心謹慎地陪我走了兩遍路線。」

「那麼，你們之間沒有約定暗號之類的事，需要瑪麗安娜去遵守？」公爵說。

「沒有，完全沒有。」伊莎貝拉回答說，「只是我告訴他，我必須等到天黑之後，才能前往約會地點；因為我有一個僕人貼身跟隨，而我會以弟弟的事情做為藉口，說服這個僕人不要跟隨著我。」

公爵稱讚伊莎貝拉小心謹慎，而她則轉身對瑪麗安娜說：「當妳和安哲魯分手的時候，一定要溫柔而悄聲地提醒他：記得我弟弟的事！」

當天夜裡，伊莎貝拉帶領瑪麗安娜來到了約會的地點。伊莎貝拉十分感激瑪麗安娜願意配合這個計畫；因為她不但拯救了弟弟的性命，也保全了自己的貞潔。但是公爵對於伊莎貝拉弟弟的安全並不放心，所以當天夜裡，他又返回監獄。幸虧公爵擔心克勞狄奧的安危，因為就在公爵返回監獄之後不久，這位殘酷的代理公爵下達一紙公文，公文上面寫著：必須在當天晚上將克勞狄奧斬首，第二天凌晨五點鐘之前，將克勞狄奧的腦袋送去給他查驗。然而，公爵說服典獄官延遲執行死刑，先用當天凌晨被處死的一個囚犯的腦袋代替克勞狄奧。典獄官之所以沒有懷疑喬裝成修道士的公爵，是因為公爵展示出一張由公爵親筆簽字的手令，以及公爵的印鑑。當典獄官看到這些證明文件以後，很聰明地推斷：這位修道士一定是遠在外地的公爵所派遣的親信。於是，他同意不執行克勞狄奧的死刑，用另一個死刑犯的腦袋頂替克勞狄奧的腦袋，送給了安哲魯。

然後，公爵用自己的名義寫信給安哲魯，他在這封信中說道：因為某種意外事件，他終止了旅行，並且將在第二天清晨返回維也納。他要求安哲魯在城門口迎接他，並且交還執政的權力。另外，公爵還吩咐安哲魯向市民宣布：如果任何人在代理執政官管理期間，受到不公正的待遇，就可以在他進城的時候，當街陳訴、控告，公爵會立即辦理。

第二天一大早，伊莎貝拉前往監獄，公爵已經在那裡等著她。為了保密，公爵覺得最好隱瞞克勞狄奧未被斬首的事實。所以，當伊莎貝拉詢問安哲魯是否已經下達赦免克勞狄奧的命令時，公爵回答說：「安哲魯已經把克勞狄奧從人世間釋放了，他的腦袋已經被送往代理執政官的手中。」伊莎貝拉悲痛欲絕，她哭喊道：「哦，不幸的克勞狄奧，悲慘的伊莎貝拉，應該詛咒這個不義的世界、最邪惡的安哲魯！」

喬裝成修道士的公爵盡力安慰伊莎貝拉，當她稍微冷靜一些的時候，他告訴伊莎貝拉，公爵預計在早晨時返回維也納，並且將會經過附近的消息。公爵運用這種方式，讓她將悲痛轉化成仇恨安哲魯的力量，並且對她說，即使此番控告不能壓垮安哲魯，也不必擔心。然後，他離開伊莎貝拉的身邊，接著去找瑪麗安娜，教導她應該如何配合接下來的行動。

然後，公爵脫下修道士的衣袍，穿起他自己的貴族長袍，在忠實群眾、臣子們所聚集的歡呼聲中，公爵進入維也納城。安哲魯早就在一旁迎候，公爵按照儀式，正式收回他的管理權。接著，伊莎貝拉出現了，她說：「最公正仁慈的公爵，請您為我主持公道！我是一個名叫克勞狄奧男子的姊姊，我的弟弟因為誘拐一名年輕女子，而被判處斬刑。我曾經懇求過安哲魯大人，請他赦免我的弟弟。我無須再敘述我是如何哀求、如何下跪，以及他如何拒絕我的請求，我不再一一述說這些經過，但是現在，我強忍著悲痛所要陳述的事情，是安哲魯竟然要求我犧牲自己的貞潔來挽救我弟弟的性命。經過一番內心搏鬥，我對弟弟的同情戰勝了保持貞潔的念頭，我屈服了，最後我答應了他的要求。可是第二天早上，安哲魯違背自己的承諾，砍掉了我弟弟的腦袋！」

公爵故意表示不相信會發生這樣悲慘的事情。而安哲魯也說，她一定是因為弟弟的悲慘遭遇而傷心過度，精神錯亂了。

此時，另一個請願者出現了，那個人就是瑪麗安娜。她說：「尊貴的公爵殿下，猶如光明來自天庭、真理來自呼吸；正像真理蘊涵著感受，道德也蘊涵著真理一樣，我是這個人的妻子。尊貴的公爵大人，伊莎貝拉的話都是謊言，因為她說與安哲魯在一起幽會的那個夜晚，我一直和我的丈夫在一起，我們一起在花房裡度過了那天晚上。我發誓句句屬實，否則，就讓我變成一座大理石紀念碑。」

然後，伊莎貝拉開始尋找洛度維克修道士[7]（這就是公爵喬裝成修道士的化名）的身影，來為自己的說辭做證。事實上，無論是伊莎貝拉，還是瑪麗安娜，她們所說的話都是公爵授意教導的。公爵這樣做的目的就是要在維也納城全部人的面前，證明伊莎貝拉的清白。

安哲魯一點也沒有想到：這兩個女人的敘述，是由公爵從中引導、穿針引線所導致的；相反地，他想利用她們互相矛盾的指控，來證明在伊莎貝拉的指控中，自己是清白的。於是，他假裝成一副遭受委屈的神情，說道：「這件事太離奇了，我只能苦笑。可是，仁慈的殿下，我的忍耐已經到達極限，我覺得這兩個可憐、胡言亂語的瘋女人不過是一個工具，操縱這個工具的人一定是位大人物，她們不過是受人利用。殿下，請准許我將這件陰謀查個水落石出。」

「是的，我完全贊成你的話。」公爵說道，「如你所願，讓我們仔細調查一番吧。親愛的愛斯卡勒斯，你和安哲魯一起來審查這個案件吧，我已經派人去找那個修道士了，一定要查出真正的兇手，之後，安哲魯，你可以按照你的名譽所蒙受的損失，讓他得到應有的懲罰。我要暫時離開一會兒，但是安哲魯，你不能離開，直到找出真正的兇手、懲罰這個誹謗者，讓你消消氣之後，你再走吧。」

於是，公爵走了，留下興高采烈的安哲魯，他很高興能在自己的案子中扮演法官的角色。而公爵此時已經褪去公爵的服裝，又穿上修道士的長袍，再次出現在安哲魯和愛斯卡勒斯的面前。那個年老而仁慈的愛斯卡勒斯，還以為安哲魯確實是遭受誹謗了，於是他毫不客氣地對假扮成修道士的公爵說：「過來吧，先生，請老實說出真相，是不是你唆使這兩位女士去誹謗安哲魯大人？」

修道士說：「公爵在哪裡呢？他應該在這裡審理這個案件。」

愛斯卡勒斯說道：「公爵把審理案件的權力交給我們執行了，我們會仔細聽你的申訴，請公正地說吧。」

「我必須斗膽地說，這樣太不應該了。」修道士反駁說，然後，他開始譴責公爵不該離開此地，而且還把伊莎貝拉的案件交給她所指控的那個人來審理；接著，他又肆無忌憚地說了許多自己親眼目睹到的腐敗不堪的事情，他以一個維也納旁觀者的身分，親自觀察到這些腐敗的事情。愛斯卡勒聽到他這一番言辭之後，就威脅他：如果他惡意攻擊維也納政府、指責公爵，就必須付出代價，在監獄中遭受嚴刑拷打。此時，在眾人的驚愕聲中，尤其是在安哲魯的驚異中，公爵褪去修道士的偽裝，露出了公爵的真面貌。

公爵首先對伊莎貝拉說話，他說：「伊莎貝拉，到我這裡來。妳的修道士現在是妳的公爵殿下了，我的外表雖然變了，但是我的心依然正直、公正。始終盡心為妳效勞。」

「哦，請您原諒我，」伊莎貝拉說，「我是您的子民，請原諒我的無知，至高無上的公爵，我增添了這麼多的麻煩。」

公爵回答說，他更需要得到她的原諒，因為他沒有阻止她弟弟的死亡——他還不想告訴伊莎貝拉關於克勞狄奧仍然活著的事實，藉以進一步考驗她的品德。

現在，安哲魯知道公爵祕密觀察這件事情的經過，已經完全掌握自己的罪行，於是他說道：「哦，令人敬畏的公爵殿下，我對自己的罪惡深深地感到恥辱，對您那深不可測的恩惠感到敬畏，就像是神靈高高在上注視著我。仁慈的殿下，不要再讓我蒙羞了，讓我曾經宣判給別人的刑罰成為我的罪行吧，我請求您的恩惠，請立即宣判我的死刑吧。」

公爵回答說：「安哲魯，你所犯的罪行顯而易見。你將獲得與克勞狄奧一樣的刑罰，並且要立即到斷頭臺上受死。至於你的財產；瑪麗安娜，我把安哲魯的財產賜予妳，妳就用這份財產去找一個更好的丈夫吧。」

「哦，親愛的殿下，」瑪麗安娜說，「我什麼都不想要，也不要另一個更好的男人，我只想要我的丈夫！」然後她跪了下來，就像伊莎貝拉替克勞狄奧求情一樣，這個善良的妻子也為她那薄情寡義的丈夫請求饒恕。她說：「仁慈的公爵，哦，善良的殿下！親愛的伊莎貝拉，求求妳幫助我，我請求妳也跪下來，陪我一起哀求吧！我將用整個生命來服侍妳！」

公爵說：「不要再央求伊莎貝拉了，妳這樣逼迫她，有違情理。伊莎貝拉應該下跪祈求的對象是她弟弟的鬼魂，否則，她弟弟的魂魄就會憤怒地衝破墳墓，做出令人害怕的事情；如果她為妳乞求，克勞狄奧的鬼魂會把她抓到地獄裡。」

然而，瑪麗安娜仍然說：「伊莎貝拉，親愛的伊莎貝拉，求求妳為了我，跪在我身邊吧，妳無須說什麼，一切都由我來說。人們都說：最完美的人從不犯錯。但是實際上，絕大多數的人都有一些缺點，從錯誤中塑造完美的品格；我的丈夫也是如此。哦，伊莎貝拉，妳願意陪我跪下來乞求嗎？」

公爵說：「安哲魯的死刑是為償還已死的克勞狄奧。」可是此時，伊莎貝拉跪在公爵面前，並且為安哲魯求情，她說：「仁慈的殿下，如果您願意，請當作克勞狄奧仍然活著吧，倘若寬恕能夠令人感到快樂，就把安哲魯當作我的弟弟克勞狄奧吧。我初次見到這個代理執行官的時候，他還是忠於職務、秉公執法，既然如此，他也不是毫無可取之處，請饒恕他的性命吧！至於我那可憐的弟弟，他雖然被處死，可是他確實觸犯刑法，而且他的死刑也是依照法律審判而執行。」

當公爵看到伊莎貝拉能夠替自己的仇人求情，感到十分高興，於是把囚禁於監獄中的克勞狄奧釋放出來，將她可憐的弟弟活生生地送回她的身邊。然後，公爵對伊莎貝拉說：「伊莎貝拉，握住我的手，因為妳那高尚的心靈，我赦免了克勞狄奧。而且，我宣布要娶妳為妻，那麼，克勞狄奧將成為我的弟弟了。」

此時，安哲魯意識到自己的性命安全了，公爵也透過他的雙眼，察覺到安哲魯的心態，於是就對他說：「嗯，好吧，安哲魯，愛惜你的妻子，是她的美德使你得到赦免。瑪麗安娜，祝妳幸福！安哲魯，愛她吧！我曾經聽過她告解，瞭解她的美德，她的貞潔不容質疑。」此時，安哲魯回想起自己執政的這一段期間，他的心腸有多麼冷酷無情，現在，他覺得悲憫是如此的珍貴。

公爵命令克勞狄奧與茱麗葉結婚，而伊莎貝拉的美德贏取了公爵的心，公爵再次當眾向她求婚。當時伊莎貝拉只是一名見習修女，尚未成為正式的修女，可以自由結婚。伊莎貝拉回想起公爵喬裝成修道士時，是如何善心地幫助自己，就感到一陣陣的幸福，欣然答應嫁給公爵。當伊莎貝拉成為維也納的公爵夫人以後，她那高貴的品格影響了整個維也納的婦女，成為她們的楷模。從此以後，再也沒有人觸犯茱麗葉曾經犯下的罪過——茱麗葉和克勞狄奧這對夫妻也悔過自新了。而仁慈的公爵與心愛的伊莎貝拉結婚之後，執政了很長一段時間，無論是作為丈夫還是公爵，他都是一個十分快樂幸福的人。

註：

1. 一報還一報——*Measure for Measure*，喜劇。
2. 安哲魯——Angelo。

3.愛斯卡勒斯——Escalus。

4.克勞狄奧——Claudio。

5.路西奧——Lucio。

6.伊莎貝拉——Isabel。

7.洛度維克修道士——Friar Lodowick，維也納公爵的化名。

奧利維婭說：「好吧，我取下面紗，讓你看看這幅圖畫的本來面目。」——第286頁

第十二夜[1]

西巴斯辛先生和薇奧拉是一對孿生兄妹[2]，他們住在梅薩林地區，一出生的時候，就長得十分相像（人們說這真是個奇蹟），如果他們穿著相同的衣服，根本無法分辨誰是哥哥、誰是妹妹。他們在同一個時辰出生，後來又在同一個時間遇難。有一次，當他們一起在海上航行時，他們的船朝向伊里西亞[3]海岸前進的時候，突然刮起一場猛烈的暴風雨，不幸地，他們的船隻在風暴中觸礁，船上的人大部分都失蹤了，只有極少數的人死裡逃生。獲救的船長和幾名水手靠著一艘小船划上了岸，他們也把薇奧拉安全地救上岸。可憐的薇奧拉還未從得救的喜悅中回復過來，就開始為哥哥的失蹤而擔憂。不過，船長安慰她說，他確信在船隻斷裂的時候，親眼看見她哥哥把自己捆綁在結實的桅杆上，還看到他隨著桅杆在海面上漂浮，一直漂到遠處，她的哥哥應該有極大的生還希望。這些話給了薇奧拉希望，她牽掛哥哥的心情才漸漸平靜下來。她開始盤算自己如何在這個陌生的國度裡生存；她對伊里西亞這個遠離家鄉的遙遠國度，一無所知，於是她向船長打聽這個地方的消息。

「小姐，妳問對人了，」船長回答說，「我出生的地方距離這裡不過三個小時的路程。」

「那麼，這個地方歸誰管轄？」薇奧拉問道。船長告訴她，統治伊里西亞的總督，是一位性情優雅、舉止高貴的公爵，名叫奧塞諾[4]。

薇奧拉說，她曾經聽過自己的父親談論這位奧塞諾，聽說這位公爵尚未結婚。

「他確實還未結婚，」船長說，「在最近一個月前，我離開這裡的時候，他還是單身，然而大家都紛紛議論（妳知道的，人們熱衷於談論大人物的一舉一動）奧塞諾愛上了美麗善良的少女奧利維婭[5]。奧利維婭是位品行端正的姑娘，她的父親是伯爵，一年前去世後，整個家族只剩下奧利維婭和她的兄長，然而不久之前，奧利維婭的哥哥也去世了。奧利維婭十分愛她的哥哥，聽說，因為兄長突然撒手人寰，她發誓再也不與男人交往，也不再見任何一個男人。」

薇奧拉沉浸在哥哥失蹤的悲痛中，所以更能理解這位姑娘如此哀悼著兄長的死亡，而表現出來的憂傷，她很希望和這位姑娘住在一起。她問船長是否可以把自己介紹給奧利維婭小姐，她說自己願意去服侍這位小姐。但是船長回答說，這件事恐怕很難達成，因為自從奧利維婭小姐的哥哥過世之後，她不讓任何人接近她的房子，甚至連奧塞諾公爵本人，都無法見到她。瞭解事情如此難以完成，年輕的薇奧拉突然想到一個奇怪而有趣的辦法：她可以穿上男裝，去做奧塞諾公爵的侍僮。一個年輕的小姐居然想穿上男裝、扮成男孩子的模樣，這種想法確實怪異而反常，但是如果想到薇奧拉孤身一人流落異鄉，而她又是如此美麗；那麼，對她而言，在這塊陌生的國度上，無論做出什麼樣的事情，都是可以被原諒的。

薇奧拉發現船長為人公正又正直，表現出來的關心和愛護也是充滿著善意，她覺得船長是值得信賴的人，於是就把這個想法告訴船長，他也很願意幫助她。於是薇奧拉給了船長一些錢，請他去買些合適的衣裳。不知道什麼緣故，薇奧拉請船長訂製的衣裳，完全按照她哥哥西巴斯辛平常衣著的樣式、顏色，結果，等她穿上這些男裝之後，薇奧拉的模樣簡直和她的哥哥一模一樣，活脫脫是另一個西巴斯辛；後來，因為這個緣故，引起一系列奇妙的誤會，不過正是因為如此，西巴斯辛逃脫了一劫。

薇奧拉的好朋友——就是那名船長，把美麗的薇奧拉介紹給一位頗具影響力的紳士，而當這位紳士把薇奧拉介紹給奧塞諾公爵的時候，薇奧拉改名為西薩里奧[6]。公爵十分欣賞這個英俊瀟灑的少年，因為女扮男裝的薇奧拉，言談得體、舉止優美，公爵就讓西薩里奧成為自己的一名侍衛；薇奧拉就這樣實現了她的目的。

薇奧拉十分盡職地從事這個職務，因為辦事體貼入微，又忠心耿耿，不久之後，她就成為公爵最信任、賞識的侍衛。因此，奧塞諾公爵把自己愛慕奧利維婭姑娘的全部經過，悄悄地告訴了薇奧拉。他還對薇奧拉說，他追求奧利維婭已經有很長一段時間，卻遭到一連串的失敗；她拒絕他的追求、輕視他，甚至不願意在社交場合遇見他。因為愛上這位冷漠無情的姑娘，高貴的奧塞諾拒絕所有郊外運動，甚至杜絕以往樂此不疲的休閒活動，整天無精打采、悶悶不樂地消磨時光，也疏遠了那些睿智又博學的貴族，不再與他們來往，只是聽一些柔情的音樂和熱烈的情歌。伯爵整天都和年輕英俊的西薩里奧在一起談天說話，在這種情形之下，那些嚴肅的大臣毫無疑問地認為：這位偉大、睿智的公爵陷入頹靡不振的生活，是因為西薩里奧從中作祟。

一個青春美貌的少女擔任英俊公爵的僕人，是一件危險的事情。對於這一點，在這些日子裡，薇奧拉早已感同身受，她不禁憂傷起來，因為她發現自己愛上了年輕的公爵，所以，當奧塞諾向自己訴說奧利維婭的冷酷無情、他所感受到的痛苦折磨，薇奧拉也同樣嘗到了愛情的煎熬。在她眼裡，奧塞諾公爵是如此舉世無雙、出類拔萃，沒有任何少女可以漠視他那深沉的愛意，可是奧利維婭居然對他如此冷酷無情。她大膽溫和地暗示奧塞諾公爵，他愛上了一位不理解他的高貴品格的姑娘，這是件令人遺憾的事情。她說：

「殿下，假如有一位姑娘深愛著您，就像您深愛著奧利維婭一樣（或許確實有這麼一個人）；如果您不能回應她的愛，而且不可能愛上她的話，您是否會告訴她？您知道，您的回覆也許會讓她感到滿足。」

但是奧塞諾認為這種假設毫無道理，因為他覺得天底下沒有一個女人會像他愛奧利維婭那樣，深刻地愛一個人；他說，女人的心胸狹小，容納不下太多的愛。所以，拿一個女人的愛與他對奧利維婭的愛來做比較，是十分不公平的假設。儘管薇奧拉向來尊重公爵的意見，一直十分恭順，但是她不能認同公爵的這番言辭，因為她覺得自己心中塞滿了對公爵的愛，她對公爵的愛情也同樣的深沉。於是，她對公爵說：

「哦，殿下，不過我還是知道一些道理——」

「你知道什麼呢，西薩里奧？」奧塞諾公爵說。

「我確切地知道一個女人對一個男人的愛情，可以多麼的深刻。」薇奧拉回答說，「它塞滿了女人的整顆心。我父親的一個女兒，她徹底愛上了一個男人；或者譬如說，倘若我是一個女人，也許將會深深地愛上殿下。」

「那麼，她的戀愛是怎麼樣發展的故事呢？」奧塞諾問。

「毫無結果，殿下。」薇奧拉回答說，「因為她從未表白過她的愛，只是把這個祕密深深地埋藏在心底，就像蛀蟲鑽進嫩芽裡面撕咬，侵蝕了她那玫瑰色的雙頰，她整日茶飯不思，面容憔悴，鬱鬱寡歡，然而，她還必須用微笑偽裝這份巨大的『痛苦』，已經痛苦地像一尊雕像。」

公爵詢問這位姑娘是否因為極度相思的單戀而去世了，對於這個問題，薇奧拉回答起來閃爍其詞。因為這個故事是她順手編出來的，她只是為了暗示公爵自己默默地愛慕他，才會編出這個故事，另外，也是為了宣洩這一份無法表白的愛情。

當他們談論的時候，公爵派遣去拜訪奧利維婭的侍從回來了。他說：「稟告殿下，那位小姐拒絕讓我進去見她，但是她派女僕傳出一個口信，是這樣的：七年以內，她將不會公開露面，如果必須外出，她會穿戴得像個修女，蒙著面紗走路，為了哀悼死去的哥哥，她要用終日回憶死去哥哥而流下的淚水，洗刷整間房子。」

公爵聽到這個消息，情不自禁地大聲說道：「哦，天啊，她有一副多麼感人的心腸啊，對於死去的哥哥背負著這樣的深情，如果有一天，她的心被華麗的愛情金箭射中，她的愛會有多麼深刻啊！」

然後，公爵對薇奧拉說：「西薩里奧，你知道我內心的所有祕密，所以，好孩子，你就去一趟奧利維婭的家吧，這一次，你一定要見到她，如果她不讓你進門，你就站在她的家門口，並且告訴她，如果得不到接見，就會一直站到腳底下生根。」

「殿下，如果我見到她，應該說些什麼呢？」薇奧拉說。

「你就轉達我對她的愛。」奧塞諾公爵回答道，「讓她知道我是多麼的愛她。把我對她的忠貞愛情娓娓道來。你是一個聰明人，由你去向她表達我心中所壓抑的愛，最為適當，一定要讓她理解我的悲哀，沒有一個人比你更適合去做這件事。」

於是，薇奧拉奉命前往奧利維婭的家。可是，她並不情願去做公爵的愛情使者，也不想承擔這種責任，因為她自己已經愛上了公爵，並且想要成為他的妻子。她之所以接受公爵的命令，是因為自己已經答應了這件差事，就必須恪盡職守，履行自己的承諾。

不久，奧利維婭聽到僕人通報：有位少年站在門外，堅持一定要進來見她，如果她不接見，就會一直站在門口。

「我已經告訴他，妳生病了，」奧利維婭的僕人報告說，「他說他知道妳身體不舒服，但是正因為如此，才更需要和妳談話。我告訴他，妳已經睡了，他好像早就知道我會這麼說，他回答說，正因為如此，他才更需要見妳。小姐，他似乎知道我們的推辭，他一直堅持見妳，不管小姐願意或者不願意，他都一定要見到小姐，並且和妳說幾句話。」

奧利維婭好奇一位使者竟然會如此固執，她決心要接見這名使者。她用面紗籠罩自己的臉，以便接見使者；因為奧塞諾公爵已經派遣過使者，所以，奧利維婭猜想：這名使者必定是公爵派來的人。

於是，薇奧拉堅持了一番之後，終於邁進奧利維婭的家門，她努力表現出男人的氣質風度。她學著大人物在社交場合慣用的華麗辭藻，對蒙著面紗的奧利維婭說：「最光彩照人、優美典雅、舉世無雙的美麗小姐，請問，妳就是這間房屋的主人嗎？因為我不願意隨便說話給另一個女人聽。我這篇說辭將會優美動人、動人心弦，我費盡了心力才完成背誦。我不想枉費我的一番精力。」

「先生，是否能告訴我，你從哪裡來？」奧利維婭沒有回答這個問題，只是這樣問道。

「除了我要背誦的話，我什麼話都不會說。」薇奧拉回答道，「而妳的問題超出了這個範圍。」

「你是一個喜劇演員嗎？」奧利維婭問道。

「不是，絕對不是，我從來不扮演這種角色。」薇奧拉回答，她的話中其實包含了這樣的意思：因為她本來是個女孩子，現在卻扮演一個男子，這也是一種演戲。然後，她又問奧利維婭是不是這間房屋的主人。

奧利維婭說「是」。聽到這個回答之後，薇奧拉對這位情敵的容貌，更感興趣了，以至於把自己的主要工作——公爵的傳話使者——拋在腦後。她對奧利維婭說：「善良的小姐，能不能讓我看看妳的臉？」對於這個大膽無禮的請求，奧利維婭絲毫沒有表現出反感的樣子。一直以來，這個對奧塞諾公爵一番苦心追求無動於衷的高貴美人，現在卻對地位卑微、女扮男裝的西薩里奧一見鍾情。

當薇奧拉請求一睹她的容貌的時候，奧利維婭說：「難道是你的主人吩咐你來與我的臉談判嗎？」但是她似乎忘記了自己曾經說過的誓言——七年不對人展示真面目，一邊拋開面紗，一邊說道：「好吧，我取下面紗，讓你看看這幅圖畫的本來面目。畫得美好嗎？」

薇奧拉回答說：「真是美麗絕倫，明眸皓齒、唇紅齒白，紅潤與白皙交融得那麼和諧，這就是大自然所能描繪的美麗。如果妳把無比美貌帶進墳墓，而沒有為世間留下任何摹畫，那妳就是這個世界上最狠心的女人。」

「哦，先生，」奧利維婭回答說，「我沒有如此殘酷。大自然賦予我的美可以留下一份清單，上面寫著：第一，紅得恰到好處的兩片朱唇；第二，一雙眼睛，邊緣覆蓋著睫毛；第三，一個脖子、一個下巴，如此而已。我的美麗不過如此，難道你來到這裡，是專程為了讚美我的容顏嗎？」

薇奧拉回答說：「我已經看到妳的模樣，妳太過於驕傲，但是妳確實美得讓人窒息。我尊貴的主人十分愛妳，哦，儘管妳是位絕世美女，也不過勉強能回報我主人這樣的愛，因為愛妳，奧塞諾的流下的淚水、發出的呻吟，就像狂風暴雨、閃電雷鳴那般激昂，而他所發出的嘆息，就像是跳躍的火焰。」

「我很清楚你的主人表白的心意，」奧利維婭說，「但是我不愛他；儘管我毫不懷疑他是一位謙謙君子，也知道他是一位出身顯赫的貴族、品格高貴的年輕人。人人都稱讚他博學多才、謙恭有禮，以及英勇果敢，但是我就是不愛他，他很早以前就知道這件事了。」

「如果我像主人那樣愛妳，」薇奧拉說，「我就會在妳家的大門口，搭建一座柳木小屋，整天在那座小屋裡，大聲喊著妳的名字。我會以奧利維婭為主題，寫一些悲傷的十四行抒情詩，在深夜寂靜無人的時候，緩緩歌唱，妳的名字將會在山間繚繞，我要讓四處迴響這樣的呼喊：『奧利維婭，哦，我的奧利維婭』。無論妳身在山上，或是躲在山間，都會聽到這樣的聲音。這麼做，也許妳會接受我的愛。」

「如果你這樣做，也許我會被你征服。」奧利維婭說，「關於你的出身，可以告訴我嗎？」

薇奧拉回答說：「至少比我現在的身分還高。儘管我現在的地位也不低。我是位貴族。」

現在，奧利維婭十分不情願地打發薇奧拉離開，她說：「回到你主人那兒，告訴他，我不愛他，請他不要再派人來了，除非他派你再來一趟。」

於是薇奧拉向這位素來被稱呼為「冰山美人」的小姐告辭後，便離開了。薇奧拉離開之後，奧利維婭不斷重複著她剛才的回答：「至少比我現在的身分還高。儘管我現在的地位也不低。我是位貴族。」然後，她情不自禁地大聲喊道：「我發誓他確實是一位紳士貴族。他的談吐、他的語調，他的臉龐、胳膊，他得體的舉止和氣度，無不表示他是一位貴族。」

奧利維婭希望西薩里奧是一個公爵，突然，她意識到西薩里奧已經牢牢佔據她的心扉，她強烈地責怪自己不該突然之間墜入情網，但是，人們譴責自己過失的時候，總是敷衍了事，奧利維婭也不例外。很顯然，奧利維婭小姐已經忘記自己與西薩里奧之間地位懸殊的差異，同時，也把少女應該保有的矜持拋到腦後。她下定決心，要向年輕的西薩里奧求愛。於是她派遣一名僕人拿著一枚鑽戒追上西薩里奧，藉口說這是西薩里奧替公爵奧塞諾帶來的禮物，她企圖用這種巧妙的方式，向西薩里奧暗示自己的心思。事實上，薇奧拉確實猜到這種暗示，因為她清楚記得自己來拜訪的時候，奧塞諾並沒有吩咐她送鑽戒給奧利維婭。她再回想起奧利維婭剛才的神情——因為愛慕而激動蕩漾的笑容——顯露愛慕自己的心意。她很快就猜測到她愛上了自己。

「哎呀，」她說，「這位可憐的姑娘要做一場沒有結果的夢了。我現在明白，女扮男裝已經讓我受到應有的懲罰，讓自己忍受愛慕公爵的煎熬，而現在奧利維婭也要面臨一個毫無結果的愛戀了。」

薇奧拉回到奧塞諾公爵的宮殿，向公爵報告這次會面不能完成使命的情形，並且重複了一遍奧利維婭的吩咐，她勸公爵不要再對奧利維婭產生愛情的希望、不要自尋煩惱。可是，公爵仍然沒有絕望。他文雅而執著地希望西薩里奧再跑一趟，試試看是否能取得一些進展，於是他吩咐西薩里奧第二天再去拜訪奧利維婭。為了打發時間，奧塞諾公爵讓人唱一首愛聽的歌曲，他說道：「我好心的西薩里奧，昨天夜裡，我聽了一整晚這首歌曲，我覺得心裡舒暢多了，減輕不少痛苦。注意聽，西薩里奧，這是一首廣泛流傳的古老民謠；當紡織姑娘在太陽底下勞動的時候，唱它，一些年輕的婦女一邊用骨針編織東西，一邊輕輕哼唱這首歌。也許你覺得歌詞十分無趣，但是我喜歡它，因為它詠唱著古老年代的愛情。」

歌

來吧，來吧，死亡，
把我放進陰鬱的柏棺；
飛去吧，飛去吧，呼吸，
我因為一位美麗又殘忍的姑娘而毀滅。
為我預備一件白色的壽衣，插滿紫杉，

從來沒有人像我一樣為愛情而殉葬。
無須一朵，一朵芳香的花，
撒上我漆黑的棺木。
無須任何朋友，無須任何朋友來憑弔，
就這樣吧，放置我可憐的屍身，將屍骨埋葬。
哦，為省去千次萬次的哀歎和憂傷，
只要把我埋葬在癡情人永遠找不到的地方。[7]

薇奧拉聽著這首古老的歌謠，這首描寫絕望愛情、真誠淳樸的歌詞深深地感動了她，她臉上流露出的那種情感、面容，就是最好的證明。奧塞諾很快就注意到她的憂鬱神情，對她說：「以我的生命起誓，西薩里奧，雖然你還是如此年輕，但是你的眼睛、你的臉龐已經告訴我，你戀愛了。是嗎，孩子？」

「如殿下所知，確實是有一點相似。」薇奧拉回答。

「她是什麼樣類型的女人，年紀多大呢？」奧塞諾問。

「殿下，她的年齡與您差不多，連膚色都和您一樣，我尊貴的殿下。」薇奧拉回答。聽到這個美少年喜歡的女人，年齡竟然比他還大，而且皮膚像男人一般黝黑，公爵不禁微笑了。

他不知道這番話是一種暗示，是薇奧拉心底的祕密；實際上，她喜歡的不是女人。

當薇奧拉第二次去拜訪奧利維婭的時候，她發現情形和上次迥異。僕人們很快就發現小姐喜歡上這位英俊瀟灑的年輕使者，薇奧拉抵達之後，僕人們立刻敞開大門，恭恭敬敬地迎接公爵的使者——就像是迎接一位公爵時的禮儀。當薇奧拉告訴奧利維婭，此次前來，是為了替自己的主人表達愛慕之情的時候，奧利維婭立即說：

「我懇求你永遠不要再提起有關他的一切。但是，如果你願意談論別的事情，無論是什麼，我都會洗耳恭聽，彷彿聽到美妙的天籟之音。」

這些話所表達的含意十分明顯，不久之後，奧利維婭更加直接地表達自己對薇奧拉的愛。儘管她看見薇奧拉臉上露出困惑茫然以及不悅的神情，但是她顧不及這些了，她說：「哦，西薩里奧，當藐視和憤怒從你的嘴中吐露出來，你仍然是那樣的英俊迷人！西薩里奧，憑藉著春天盛開的玫瑰、少女的貞潔，憑藉著榮耀、真理，我可以向你發誓，我愛你。儘管你是如此傲慢，但是我還是難以戰勝理智，無法掩飾我對你的愛情。」

但是，奧利維婭小姐的真誠告白顯然白費力氣、毫無結果。薇奧拉只想立刻離開她，甚至還威脅說：自己再也不來替奧塞諾公爵求愛了。面對奧利維婭癡情的告白，薇奧拉宣布：自己永遠也不會愛上任何一個女人。

薇奧拉剛剛告辭，離開奧利維婭之後，就遇到一件麻煩的事情，一位奧利維婭拒絕的求婚者向薇奧拉挑戰，要求決鬥；因為這位失敗的求婚者聽說奧利維婭喜歡上奧塞諾公爵的使者。可憐的薇奧拉不知該如何是好，因為她雖然外表上裝扮成一個男子，實際上，她還是一個女人，擁有女人的心腸和身體，她甚至害怕自己身上的佩劍呢！

當薇奧拉看到那位「情敵」拔出寶劍，憤怒地逼近她身邊，她害怕得幾乎想坦白她是一個女人。在這個千鈞一髮之際，一位陌生的青年挺身而出，立刻解除了她的災難，不但驅散她心中的恐懼，也讓她免於暴露身分的尷尬。這個人像是她的親密朋友一般，走到他們兩人面前，向她的挑戰者說：「如果我這位年輕的朋友冒犯了你，那麼，我願意承擔他的責任；如果是你無禮冒犯了他，那麼，就讓我來接受你的挑戰。」

當薇奧拉還來不及開口道謝這個陌生的好意，或者詢問為什麼他會如此友善相助的時候，她的新朋友就遇到了一個非武力所能解決的麻煩。因為這個時候，一群官兵拿著武器走過來，聲稱他們奉了公爵的命令，要逮捕這個年輕的陌生人，因為幾年前，他曾經犯罪過。這個年輕人對薇奧拉說：「這都是為了找你，才惹出來的麻煩。」然後，他向薇奧拉索取一個錢袋，並且說：「我現在需要拿回我的錢袋了，我感到非常難過。剛剛遇到的事情，對我來說是一樁小事；只是，更令我難過的是，在你有困難的時候，我不能為你盡力了。你的樣子看起來好像十分驚訝，放心吧，這件事沒什麼大不了的。」

他的話確實讓薇奧拉更加驚訝。她誓言說從來沒有見過他，所以也不能還給他錢袋。但是出於好意，她願意雙手奉送自己的一筆錢，作為回報，雖然金額不多，卻幾乎是她身上僅有的錢財。然而，這個陌生人聽了她的話之後，十分憤怒，譴責她忘恩負義、冷酷無情。他說：「你們現在看到的這個年輕人，是我將他從死亡的邊緣拯救出來，也為了他的緣故，來到伊里西亞，現在我陷入危險的境地，可是你們看看他的態度！」

但是官兵們沒有興趣理會一個囚犯的抱怨，他們催促他快點上路，並且說：「對我們說這些話，有什麼用處！」當他被官兵匆匆帶走的時候，他稱呼薇奧拉為「西巴斯辛」。他把她當成西巴斯辛，罵他不認朋友。薇奧拉聽到這個陌生人叫她「西巴斯辛」，譴責西巴斯辛在關鍵時刻拋棄朋友，就這樣一路嚷嚷著，一直到不見蹤影為止。

當薇奧拉聽到「西巴斯辛」的名字，儘管這個陌生人被匆匆帶走，以至於她無法進一步問清楚具體的情況，但是她推測，這件奇怪的誤會很可能是因為她的哥哥而發生。她希望西巴斯辛確實如這個陌生人所言，被他從海難中拯救出來。

實際的情況也確實如此。這個陌生人是一艘商船的船長，名叫安東尼奧[8]。暴風雨中，當西巴斯辛漂浮在那根桅杆上，累得精疲力盡的時候，安東尼奧救了他。他們兩人很快就成為好朋友，安東尼奧十分看重西巴斯辛的友誼，他們幾乎形影不離，不論西巴斯辛走到哪裡，安東尼奧也會跟著去。當西巴斯辛想去參觀奧塞諾公爵的宮殿時，安東尼奧毫不猶於豫地答應一同前往，儘管他知道，一旦宮廷的人發現他的蹤跡，他就會性命難保；因為他曾經在一次海戰中，重傷了奧塞諾公爵的侄子，但是他依舊願意冒險。也就是因為這件事，那些官兵逮捕了他。

就在安東尼奧遇到薇奧拉之前的幾個小時，安東尼奧才與西巴斯辛一起在伊里西亞上岸。他交給西巴斯辛一個錢袋，告訴他想買什麼東西，就隨便買。當西巴斯辛去逛街遊覽的時候，安東尼奧和他約定在旅館見面。但是西巴斯辛沒有按照約定的時間回來，於是安東尼奧就冒險走出旅館，尋找西巴斯辛。此時，薇奧拉的外表又恰巧與她哥哥的相貌一模一樣，於是安東尼奧挺身而出，幫助自己的朋友（他認為是那個被自己搭救的朋友）。可是當官兵逮捕他的時候，薇奧拉（他以為是西巴斯辛）不僅聲稱不認識他，甚至也不肯還給他錢袋，這個情況令安東尼奧十分失望，於是大罵西巴斯辛是一個忘恩負義的傢伙。

安東尼奧被逮捕以後，薇奧拉雖然心中還有很多疑惑，但是為了避開不必要的麻煩，況且，奧利維婭的崇拜者還在一旁虎視眈眈，自己也必須向公爵覆命，於是迅速離開這個是非之地，溜回了家。薇奧拉離開不久之後，她的哥哥西巴斯辛碰巧也走到這個地方，薇奧拉的情敵誤以為薇奧拉又回來了，就向他挑釁說：「哦，先生，我們又見面了，這一次你沒有藉口逃脫了，我決不會輕易放過你！」說話之間，他撲向西巴斯辛，西巴斯辛可不是嬌弱的薇奧拉，他身體強壯，迅速將對方擊倒在地，甚至拔出寶劍，準備給對方一個教訓。

一位小姐阻止了這場決鬥。奧利維婭因為放心不下薇奧拉，於是從家裡走出來，當她看見他們決鬥的時候，也把西巴斯辛錯認為西薩里奧，她為西巴斯辛遇到這樣野蠻的事情而感到抱歉，所以就邀請西巴斯辛到她的家裡談天說話。儘管奧利維婭的崇拜者無故挑釁，已經讓西巴斯辛摸不著頭緒，奧利維婭的熱情款待更令他感到莫名其妙，不過，他很樂意去拜訪這位舉止大方、說話得體、美麗動人的姑娘，於是他欣然同意奧利維婭的建議。奧利維婭高興地發現西薩里奧（她以為西巴斯辛是西薩里奧）對她的態度不像以前那樣冷淡，也沒有輕蔑嘲諷的神情，又如此愉悅地接受自己的邀請，這種情形簡直讓奧利維婭雀躍不已。

儘管西巴斯辛感覺到事情有些蹊蹺，但是他也不想拒絕這位美麗的姑娘，而這位姑娘不但長得十分美麗，做事也聰慧得體，這讓他感到十分歡喜。本來他以為奧利維婭是一個花癡——因為她對一位陌生人如此熱情款待；然而，當西巴斯辛看到她的房子極為奢豪、宏偉華麗，而且完全能夠掌握家中的事務，任何事情都安排得井然有序；除了她突然愛上他這一點，奧利維婭絲毫沒有精神病人的模樣。所以當奧利維婭向他求愛的時候，他爽快地答應了。奧利維婭見到西薩里奧突然轉變了態度，心裡十分高興，為了防止夜長夢多，她決定打鐵趁熱，就詢問西薩里奧的意見，說：家裡恰巧有一位神父，提議立刻結婚。西巴斯辛當然贊同，他快樂地答應了，於是他們立刻舉行了婚禮。婚禮之後，他告訴妻子奧利維婭，自己必須暫時離開，因為他想去找安東尼奧，讓這位好朋友分享自己結婚的好消息。

西巴斯辛剛剛和妻子告別，尚未離開妻子的家，奧塞諾公爵就親自來拜訪奧利維婭。在奧利維婭家門口，公爵、薇奧拉和被官差押解的囚犯安東尼奧，恰巧遇見了。安東尼奧仍然以為薇奧拉就是西巴斯辛，對好友的背叛耿耿於懷，於是，他一看見薇奧拉，就向公爵訴說這件事情，他告訴公爵：自己在狂風暴雨的海上拯救西巴斯辛的性命，又友善地對待他，最後，安東尼奧埋怨地說：「令人難以置信的事，是在最近這三個月以來，我和這個忘恩負義的少年，生活在一起，我對待他，就像照顧親兄弟一樣。」

正當安東尼奧絮絮叨叨訴說這些事情的時候，奧利維婭剛好從家裡走出來了，奧塞諾公爵立刻把安東尼奧拋在腦後，他向奧利維婭大獻殷勤，他說：「天啊，伯爵小姐出來了，像是神話故事中的仙女下凡了！可是旁邊這個傢伙淨說些瘋話，胡言亂語。你說的這個少年，在這三個月裡，一直都在形影不離地伺候我！」然後，公爵絲毫不理會安東尼奧，命令官差將他押到一邊去。

然而，奧塞諾很快地發現，奧利維婭小姐不停地對薇奧拉噓寒問暖，神態溫柔至極，顯然地，奧利維婭對待自己的僕人，感情不同於一般人。奧塞諾公爵不禁油然升起嫉妒心、惱羞成怒，他開始覺得安東尼奧的說詞很有道理——薇奧拉是個忘恩負義之徒。他甚至因而威脅薇奧拉：「跟我來，小夥子，回去以後，看我怎麼收拾你！」

公爵以為薇奧拉橫刀奪愛，恨不能立刻殺死她，對她恨之入骨，但是愛情的力量讓薇奧拉不再膽怯，她說：「如果我的死亡能夠讓你感到寬慰，那麼，我寧願死去。」這句話讓奧利維婭心裡十分著急，她不願意就這樣失去丈夫，她對薇奧拉喊叫道：「我親愛的西薩里奧，你到底要去哪兒呀？」

薇奧拉回答說：「我要跟著他走——我愛他的程度，超越我自己的生命。」

奧利維婭害怕薇奧拉跟隨公爵回去之後，會遭遇不測，她無論如何都不願意讓薇奧拉離開，於是大聲宣布西薩里奧是自己的合法丈夫，而且還有神父能夠證明。神父也出來作證，他宣稱，不到兩個小時以前，才剛剛為奧利維婭小姐和西薩里奧主持婚禮。薇奧拉極力否認自己做過這樣的事情，但是沒有人相信。奧利維婭和神父的證詞，使奧塞諾相信這個貼身待從奪走自己的心上人——這個他珍愛的、比自己生命還要寶貴的女人。然而，事已至此，除了讓已經發生的事變成記憶，誰也無法挽回這件事。於是，公爵用命令的口吻指責薇奧拉，在他心裡，薇奧拉已經變成一個背叛者、年輕的偽君子，以及奧利維婭的丈夫，他警告薇奧拉永遠也不要出現在他的面前。

此時，奇蹟又出現了，眾人面前又出現另外一個西薩里奧，這個人稱呼奧利維婭為妻子。這個新的西薩里奧當然就是西巴斯辛、奧利維婭真正的丈夫。眾人看到這兩個西薩里奧不論是相貌、聲音，或者是服裝，都完全一模一樣，感到十分困惑的時候，這對兄妹倆彼此開始問候了。薇奧拉幾乎不敢相信她的哥哥竟然還活著，西巴斯辛也想像不到，本來以為喪生在海難中的妹妹，竟然會站在自己的面前，而且還裝扮成男人的樣貌。然後，薇奧拉很快地承認自己女扮男裝的事實，並且說出自己的真正名字——薇奧拉。

於是，這對孿生兄妹因為容貌相似而引起的誤會，很快就水落石出了。眾人對奧利維婭情不自禁愛上一個女人而感到好笑，而且本來想嫁給妹妹，卻又陰差陽錯地嫁給哥哥；不過，對於這種錯認身分的情況，奧利維婭心裡並不覺得厭惡。

奧塞諾公爵想娶奧利維婭的美夢永遠破滅了。他一直以來的夢想，以及原本就註定毫無結果的愛情，也隨之一一煙消雲散。此時，他所有的心思都集中在薇奧拉身上——曾經是他最寵愛的侍從——西薩里奧，現在卻變成一位美麗的少女。他聚精會神地凝視著薇奧拉，想起自己曾經說過：如果俊秀的西薩里奧穿上女裝，將會更加美麗；他又想起，薇奧拉經常說到愛他的話，當初他以為這是侍從對主人忠誠和愛戴的一種表現，現在推測起來，話裡的含義真是意味深長。過去，她含情脈脈地說出許多甜言蜜語，當時聽到這些話時，他覺得像是令人費解的啞謎，現在總算完全明白薇奧拉的心意。想到這一切，他立刻決定娶薇奧拉為妻。他對薇奧拉說（他仍然習慣稱呼她為西薩里奧，或者小夥子）：

「小夥子，妳曾經對我說過一千遍——妳永遠不會像愛我一樣愛上一個女人。而且，因為妳用嬌柔的身段、嫻雅的教養，忠心地服侍我，也因為妳在這麼一段時間裡，稱呼我為『主人』，現在，妳完全有資格成為妳主人的妻子，也就是我奧塞諾的公爵夫人。」

奧利維婭察覺到奧塞諾將全部心思放在薇奧拉身上，就邀請他們到她的家裡，並且說：

在早晨時，為她和西巴斯辛主持婚禮的好心神父還在家裡，提議也為奧塞諾和薇奧拉在當天舉行婚禮。於是，這對孿生兄妹就在同一天舉行婚禮。誰也想不到，一場讓他們分離的風暴和海難，現在卻成就了他們的美好姻緣——薇奧拉成為「伊里西亞公爵奧塞諾」的妻子，西巴斯辛也成為「富裕貴族奧利維婭伯爵夫人」的丈夫。

註：

1. 第十二夜——*Twelfth Night; or, What You Will*，或名「各遂所願」，喜劇。
2. 西巴斯辛——Sebastian。
   薇奧拉——Viola。
3. 伊里西亞——Illyria，曾經是羅馬帝國的一個省，位於亞得里亞海東岸。
4. 奧塞諾——Orsino，伊里西亞公爵。

5.奧利維婭 ——Olivia。

6.西奧里薩 ——Cesario，薇奧拉（Viola）的化名。

7.引自莎士比亞戲劇原文：

Come away, come away, Death,
And in sad cypress let me be laid;
Fly away, fly away, breath,
I am slain by a fair cruel maid.
My shroud of white stuck all with yew, O prepare it!
My part of death no one so true did share it.

Not a flower, not a flower sweet,
On my black coffin let there be strewn:
Not a friend, not a friend greet
My poor corpse, where my bones shall be thrown.
A thousand thousand sighs to save, lay me O where
Sad true lover never find my grave, to weep there!

8.安東尼奧 ——Antonio。

奧利維婭說：「……但是我還是難以戰勝理智，無法掩飾我對你的愛情。」——第 291 頁

雅典的泰門[1]

雅典有一位貴族名叫泰門[2]，他擁有比王侯富裕的財產，為人慷慨大方、仗義疏財，甚至毫無節制地花錢。他大部分的財富不能快速地累積成更多的財產，但是他依然把大筆錢財一筆一筆地花費在形形色色、身分地位不同的人們身上，所以，不僅窮人受惠於他，得到他的施捨，就連一些王公貴族也願意跟隨在他身旁，做一名食客和隨從。他的餐桌旁總是圍滿了客人，他們都在盡情享受泰門豪華的宴席，而他家的大門也向所有來來往往的雅典人敞開著。

泰門任意揮霍萬貫家財，又性情豪爽、過於慷慨，他那無拘無束的性格，使得眾人的心靈都愛戴他。各形各色的人爭相為泰門服務，有的是八面玲瓏的諂媚者，他們的臉就像一面鏡子，獲取不到贈品，就變成發出感歎的老主顧；有些是粗魯的憤世嫉俗者，並且對世事不屑一顧、漠不關心，他們卻也無法抗拒泰門彬彬有禮、慷慨大方的心靈，居然（有違本性地）願意參加泰門的豪華盛筵。而且，如果可以和泰門點個頭、打聲招呼，或者只得到泰門的一聲招呼，他們就會覺得不虛此行，心底充滿驕傲地回家。

如果一位詩人完成了一部作品，希望有人將自己的作品推薦給社會，毫無疑問，他一定會把它獻給泰門，這首詩的銷路必定會極好，甚至，資助人泰門還會提供作者一筆贈助金，並且讓他天天出入泰門府第，作一名食客、享受高級的款待。如果一位畫家想要出售一幅畫，他也會去找泰門，假裝請他品評鑒賞這幅畫，這位慷慨的貴族一定會被說服，買下這幅畫。如果一位珠寶商擁有一顆價值連城的鑽石，或是一位綢緞商擁有一些華麗、值錢的綢緞，他們也會捧著這些東西，進獻給泰門。泰門的宅邸就像是一個永遠敞開大門的市場，在這裡，他們可以任意將貨物、珠寶賣給他，而這位生性淳厚的貴族，還會因為這些物美價廉的商品而致謝，就好像是他們出於客氣，優先讓他挑選這些昂貴精美的商品，是一種賜給他的恩惠。

因為這些送上門來的財物，泰門的宅邸堆積了大量的物品，華而不實、毫無用處，反而是一種炫耀和鋪張，令人覺得反感。泰門的家人看不慣這種情況，因為泰門整天被糾纏得無法脫身，在這些無所事事的訪客中，充斥著成群的懶漢、說謊的詩人、畫家、貪婪的商人、窮困潦倒的貴族、貧窮的奉承者。他們一波接著一波，擠滿了他家的大廳，那些人在泰門耳邊低聲說著無恥的恭維話，像對待神明一般地奉承泰門，一點點小事也能讓他們誇耀得神聖無比，連他騎馬用的馬鐙都變成了聖物，似乎他們呼吸到的自由空氣，也都是來自於泰門慷慨的賞賜。

在每天依賴泰門混口飯吃的人們中，有些傢伙是出身高貴的青年（這意味著他們自己沒有資本鋪張浪費）。他們揮霍無度，被債主關進監牢，後來被泰門花錢贖回；從那之後，這些年輕的浪子們就緊緊攀附在泰門身邊，好像彼此的交情已經到達了某種一定的程度，泰門必須禮貌地善待這些揮霍者和放蕩之徒。這些年輕人在財富上雖然難以與泰門比肩，但是他們發現：模仿泰門的樣子，去揮霍那些不屬於自己的財物、享受奢侈的生活，倒是一件容易的事情。其中有一個這類的食肉蠅——一名令人十分厭惡的食客，名叫文提狄斯[3]，他因為一件非法的契約，而欠下一筆鉅債，就在不久之前，泰門還為他付清五太倫[4]的債務。

每天，泰門府邸裡都是川流如潮水、絡繹不絕的拜訪者，在這些人當中，最引人注目的是那些製作物品、進獻禮物的人。如果泰門喜歡其中某個人的一條狗、一匹馬，或是任何一件不值錢的家俱，那就是他們的幸運了。無論是什麼樣的物品，只要這件東西受到泰門的讚賞，隔天早上，送禮的人就會得到更加值錢的回禮；這些回禮不論是狗、馬或是其他任何東西，泰門都會慷慨地送出來，而且品質和價值都超過送禮者所進獻的禮物。如果泰門得到一隻狗或馬，也許會回贈他們二十隻狗或二十匹馬。似乎那些虛偽的捐贈者知道回贈的禮物更為值錢，於是他們就利用這種虛情假意的禮物，讓自己獲得收益。透過這種方式，路歇斯[5]——一個狡猾的貴族——向泰門推薦四匹配著銀質馬具的乳白色駿馬，並且送給了泰門，因為這位狡猾的貴族注意到泰門曾經稱讚過這些馬匹。此外，另一個貴族路庫勒斯[6]，同樣利用這種方式，虛偽地將一份禮物免費贈送給泰門——一對獵犬，因為泰門曾經讚賞牠們體形健美、動作敏捷。這位善良的貴族絲毫不懷疑送禮者的心中暗藏玄機，所以，泰門常常回贈豐富的報酬，而這些報酬——譬如是一顆鑽石或是一些珠寶——比那些唯利是圖的貢獻品，貴重二十倍以上的價值。

有時候，這些依賴泰門生存的傢伙會使用一簡潔明瞭的技巧、手段明顯地直奔主要目的；他們喜歡恭維泰門所擁有的財物，例如泰門買的便宜貨、最近購買的商品。他們這麼做的目的，無非是想從這位心地善良、輕信他人的貴族手中，得到一份禮物；因為在這個世界上，沒有一種服務不需要一點廉價的恭維，作為交換禮物的代價，然而，太容易輕信他人的泰門，卻察覺不出來其中的玄機。正是因為如此，有一天，泰門送給一名吝嗇的貴族一份禮物——一匹他騎乘過的棗紅色的駿馬，因為那位貴族興致勃勃地稱讚那匹馬體格強健，又奔馳得如此迅速。泰門知道，沒有人會讚揚那些自己不想擁有的東西，對他而言，考量朋友和自己喜好的時候，如果彼此愛好相同，泰門更加喜歡贈予，藉以滿足朋友的欲望。他甚至可以與這些所謂的朋友，一起分享他的領地，永遠也不會感到厭倦。

泰門的財富並未全部都贈送給這些卑鄙的諂媚者，讓這些人變得富裕；他也做了一些高尚和值得讚揚的事情。例如，有一次，泰門的僕人愛上一位雅典富翁的女兒，但是因為這名僕人的家產、地位都遠不如那位富裕的姑娘，他永遠不可能得到她。於是，泰門慷慨解囊，贈予這名僕人三個雅典太倫，使他擁有豐厚的財富，唯有如此，女孩的父親才會允許這樁親事。然而，在大多數的情況下，泰門的財產浪費在那些無賴和食客身上，他無法分辨那些朋友的虛偽面貌；因為，那些人總是聚集在他身邊，所以泰門認為那些人一定很愛他，而且，那些人總是滿臉笑容地極力奉承，根據這種表象，泰門確信自己的行為一定受到智者、善心人的贊許。當泰門和一群媚者、虛偽的朋友一起享樂、品嘗著佳饌美饌，猶如流水一般傾盡了泰門的財富、消耗掉泰門所有的家產，當泰門家族繁盛的產業被那些人啃食光的時候，面對那些人舉杯祝福他的健康和幸福，他也絲毫分辨不出朋友和奉承者之間的區別。他那雙眼睛被蒙蔽了，因為周圍一切令他感到驕傲。在那雙受到迷惑的眼睛之下，擁有這麼多情同手足的兄弟，支配彼此的錢財（雖然揮霍的都是他個人財產），似乎是一種珍貴的寬慰。在泰門的心裡，這一切是愉快而又友愛的盛宴，他總是以愉快的心情享受著這種景象。

但是，泰門無邊無際地揮霍自己的善心和慷慨，彷彿財神普洛托斯[7]就是他的管家一般；他毫無知覺的恣意揮霍家產，完全不在乎耗費了多少金錢，也不關心自己是否能維繫這種情況，根本不想停止這種瘋狂的揮霍。他的財富並非無窮無盡，這樣毫無節制地揮霍，即使擁有幾座金山銀山，也會很快地消耗殆盡。但是又有誰會去告訴他呢？那些諂媚者絕對不會，他們巴不得泰門視而不見，所以一味地蒙蔽他的知覺。

泰門的管家弗萊維斯[8]，為人忠厚老實，他試圖告訴泰門家裡的實際狀況，一度把帳本擺在泰門的面前，勸導他、哀求他，甚至用十分粗魯無禮的態度強烈警告他，他所擁有的財富所剩無幾，含著眼淚乞求他查看家中的財務狀況。但是，這些善意的規勸都是徒勞，泰門只是一直找理由應付他，然後轉移話題，談論其他事。讓富人們明瞭家境衰敗的事實，猶如向聾子大聲喊叫抗議一般，無濟於事，因為，人們總是不願意相信自己拒絕承認的事實；這種事實容易讓人懷疑、更令人難以接受。當放蕩的食客擠滿泰門豪宅的所有房間，那些食客肆意狂歡、享用泰門的錢財；當地板上四處淌滿美酒的時候；當每個房間都燈火通明，回蕩著音樂和酒酣之際的聲響時，這位忠誠的管家、誠實的管家弗萊維斯，總是獨自一人躲在一個角落，放聲大哭，他的眼淚比從酒桶中流瀉出來的酒汁，流淌得還要快、還要多。看到主人瘋狂地揮霍無度，他心裡明白，那些財富只換來了各種人的恭維，並且因此而耗費殆盡的時候，他就更加感到難過；等到泰門耗盡錢財，那些溢美之詞也會迅速地銷聲匿跡，酒席贏來的讚譽，來得快去得也快，一場冬雨過後，這些蒼蠅就會馬上消失。

但是現在，泰門不能再對忠實管家的請求充耳不聞了；他需要錢。因此，當泰門吩咐弗萊維斯賣掉部分田產、換取錢財來用的時候，弗萊維斯把在此之前，曾經三番兩次告訴泰門的建議，又對他說了一遍：主人大部分的田產已經賣掉或者是抵押債務了，而且現在，將他僅有的財產全部加在一起，也無法償還一些小債務。泰門聽到這番敘述之後，顯然非常驚訝，他立刻回答說：「從雅典到拉斯巴達，都延伸了我的土地啊！」

「哦，我好心的主人，」弗萊維斯回答道，「世界只有一個，它也是有邊緣的。如果這個世界歸屬您，您一下子就把它們都贈予眾多的人，那麼，它們也會迅速地消失！」

泰門安慰自己，他說自己從未資助過一次罪惡的施捨，即使他自己愚蠢地散盡家財，他也並沒有拿錢去滋長自己的罪惡，而是把錢都花費在朋友們身上——他所珍惜的友誼。他吩咐這位善良的管家（弗萊維斯正在哭泣）放心，因為他的主人有這麼多高貴的朋友，他決不會缺錢用。這個昏頭昏腦的泰門說服自己相信：只要他手頭缺錢使用，就可以隨心所欲地派人去向那些人（他們曾經接受過自己的慷慨資助）去借用。泰門面帶笑容，似乎對這個計畫信心十足，神情歡快地派人分頭去見路歇斯、路庫勒斯和辛普洛涅斯這些貴族——在過去的日子裡，他曾經毫無節制、慷慨地贈予這些人大量的禮物；他還剛剛替文提狄斯付清了債務，讓他從監獄裡被釋放出來，而文提狄斯又由於父親過世，繼承了一大筆遺產，這筆錢足以報答泰門對他所付出的慷慨；泰門要求文提狄斯償還自己替他支付的五個太倫，並要求其他幾位貴族歸還各自所積借的五十個太倫；他相信，那些人應該對他充滿了感激之情，即使是五十太倫的五百倍以上的數目（如果他需要），他們的感激之情也能夠滿足他的要求。

路庫勒斯是泰門第一個求助的人。這個卑鄙自私的貴族一整夜都在奢求得到銀盤和銀盃，聽到泰門的僕人前來拜訪，他那利慾薰心的腦袋立刻聯想到這是一個圓夢的好機會，因為泰門曾經派人送給他這樣的禮物。但是當他明白了事實的真相：泰門需要用錢；就立刻顯露那怯懦又冷漠的友情——像流水一般，轉瞬即逝的友誼本質。路庫勒斯向那名僕人發誓，一再聲稱他早就預見泰門的家產即將揮霍殆盡，許多次，他在赴宴的時候，就提醒過泰門這一切，而且在與泰門共進晚餐時，也試圖勸告他節省開支。但是他從不聽取任何建議或是警告。他的確經常參加泰門的酒宴（他這樣說道），也在很多大事上，獲得過泰門的慷慨相助；然而，對於他而言，一直是抱著提出規勸、忠告或譴責等等之類目的，才會參與泰門家的盛宴。這簡直是一個滑稽又卑鄙的謊言，因為路庫勒斯說完這一番義正嚴詞的話之後，緊接著就遞給這名僕人一點點吝嗇的賄賂，並且囑咐他回家後，告訴他的主人：路庫勒斯不在家。

泰門派去見路歇斯貴族的那名僕人也同樣無功而返。這個貴族滿嘴謊言，肚子裡填滿了泰門的美食，又享受泰門所贈予的貴重禮物，而幾乎一夜致富；當他發現事情發生轉變，那個就像噴泉一般慷慨的施捨突然停止之時，最初的時候，他幾乎不敢相信。但是一旦確認了這件事，路歇斯立刻表示遺憾，他不該失去這個替泰門效勞的機會，但是，很不幸地，自己剛剛在前天購買了一件東西（這是個無恥的謊言），所以現在手中沒有多餘的現款。他甚至罵自己「真是個畜生！」他說，竟然就這樣失去為好友效勞的機會——況且，能夠效勞這樣一位偉大的紳士，是一件多麼快樂的事情啊——失去這個機會，是他平生最大的苦惱。

誰能夠把和他分享同一碟食物的人稱為朋友呢？這只是每個諂媚者的特性。在每個人的記憶中，泰門和路歇斯簡直情同父子，泰門自掏腰包替路歇斯還債、替路歇斯付清僕人的工資，並且出資雇請工人，替路歇斯建造房屋。貪慕虛榮的路歇斯曾經誇耀過這一切。可是，唉，路歇斯證明了自己是個忘恩負義的禽獸；他拒絕借給泰門的這一小筆錢，與泰門曾經贈予路歇斯的財富相比，還不如善人施捨給乞丐的金額多。

辛普洛涅斯和每一位曾經受到泰門恩惠的貴族，他們唯利是圖地選擇含糊其詞，或者一口回絕泰門的請求；即使是文提狄斯——泰門曾經付錢贖他出獄——現在變得十分富裕的文提狄斯，竟然拒絕用當時泰門慷慨贈給他的五太倫，幫助泰門。

現在，人們都躲避貧窮的泰門，就像泰門富裕的時候，人們圍在他身邊、大獻殷勤地向他求助一樣。從前曾經高聲歌頌、稱讚他寬厚仁慈、慷慨無私、出手大方的人群，現在卻恬不知恥地譴責他、說他的慷慨是種愚蠢，大方只是一種揮霍。

事實上，泰門高貴的宅邸受到遺棄的待遇了，成為人們躲避而又憎恨的地方，他們只是從他們前路過，不再像從前那樣，每個過路者都會駐足腳步，進去品嘗它的美酒佳肴；現在，這裡不再聚集狂飲喧鬧的賓客，而是圍繞著失去耐心、吵吵嚷嚷的討債人，放高利貸和敲詐勒索的人包圍著這座大廈，他們暴躁地逼債，絲毫不留情面，令人難以忍受；他們催促著要債券、利息、抵押品；這些鐵石心腸的人既不會接受拒絕，也不會接受延遲。泰門的房子現在變成了他的監獄，他不能越界，也無法從中脫身。一個人向他索討五十太倫的欠賬，另一個人拿出一張五百克郎的帳單；他就算貢獻自己的血液，一滴一滴地抽出來還債，現在他體內也沒有足夠的血液供給他們。

泰門的家產（似乎看起來如此）已經處在令人絕望和無可挽救的情形之下，眾人都因為看見一絲嶄新、令人難以置信的曙光，而突然大吃一驚；就像一輪正在西沉的落日一般，泰門再次舉行了一場盛宴。泰門宴請一些常客——貴族和貴夫人們，以及所有在雅典名聲顯赫的人。路歇斯、路庫勒斯、文提狄斯、辛普洛涅斯等人，和其餘的貴族都來了。

當他們發現泰門的貧窮原來只是一種藉口（至少他們是這樣想的），不過是為了考驗他們對他的愛戴，內心頓時感到相當懊惱，當初自己若是花費了一點小錢，就可以輕易買到泰門的歡心，又可以確保日後源源不絕的財富。然而，在原先以為這位慷慨之人的財富已經全數枯竭的情況下，現在他的財富之泉卻又仍然奔流不息，這群人的心裡開心極了。他們參加宴會時，都掩飾著最深沉的悲痛和羞愧；當泰門懇請他們不必介意這些微不足道、他早已拋諸腦後的小事時，這群人感到十分難堪，並且恨不得立即有現成的財富去資助這位尊貴的朋友。

儘管在泰門身處困境的時候，這些卑鄙、奉承的貴族們拒絕給予他金錢上的援助，但是當泰門重新變得富裕時，他們之中，卻沒有一個人拒絕出席這次宴會。比起那些欣然追隨春天的燕子，這些趨炎附勢的傢伙，更迫切地追逐富人的鴻福財運。這群人就像是會觀察風向的夏日鳥兒。伴隨著音樂，冒著熱氣的美食擺上了酒桌；賓客們訝異著破產的泰門是如何弄出錢財，支付這次昂貴的盛宴，他們嘖嘖讚歎眼前的一切，有些人幾乎懷疑自己眼中的景象是否真實。此時，一個號令下達了，僕人揭開遮蓋食物的盤子，盤子裡卻沒有盛滿種類繁多、令人垂涎欲滴而又考究的珍饈美味——從前泰門慷慨供應的宴席——而是一種更適合於已經貧窮泰門的食物；盤子上面什麼都沒有，只有一點點蒸氣的幻影和溫熱的水，當然，這樣的酒席更相稱於這群食客，而他們的表白也確實像是幻影，他們的心就像眼前的水一般，而泰門就是用這類東西去迎接那些訝異的朋友們；泰門吩咐他們說：「狗兒們，揭開蓋子，跪下來舔吧！」然後，這群人驚魂未定，他又把一碟碟盤子扔向他們，那些貴族、貴夫人們伸手抓起帽子，全部擠成一團，匆忙奪門而出。在一場壯觀的混亂中，泰門在後面追趕著，對他們大喊道：「你們這些油嘴滑舌、笑裡藏刀的寄生蟲，隱藏在殷勤面具底下的破壞者，假裝友善的狼，故作溫順的蠢人、貪婪的小丑、酒肉朋友、趨炎附勢的蒼蠅！」為了避開他，這群人一窩蜂似的相互推擠，比起剛才急切進入這個房間時的心情，他們更加迫切地想立刻離開這棟房子。有些人丟掉了禮服和帽子，有些人在驚慌推擠中丟失了珠寶，所有人都急著逃離這個瘋狂的貴族，逃離這頓荒唐虛假的筵席。

這是泰門最後一次舉行宴會，在這次宴會上，他告別了所有雅典人；因為從此之後，他走向森林，不再理會那個令人憎恨的城市，以及所有的人們，並且希望那座面目可憎的城市的城牆全部下沉，房子都倒塌在他們的主人身上，期待瘟疫、戰爭、暴行、貧窮和疾病，可以緊緊纏擾著那裡的居民，祈禱公正的神明，可以殲滅所有的雅典人——不論老幼貴賤；他這樣一邊想著，一邊走進了森林；他說，他將在這裡找到最兇殘的野獸，但是牠們仍然比人類友善。他褪去人類的衣服，赤身裸體，不再保留人類的一切裝飾，然後建造了一個洞穴，居住在裡面，用一種野獸的方式，過著孤獨的日子；他吃野果、喝雨水，躲開同類，比起無情的人類，他寧願和這群野獸生活，牠們不會造成傷害，也更加友善。

是什麼樣的打擊讓富有慷慨的泰門，變成一個赤身裸體、憤世嫉俗的人！那些奉承者現在都在哪兒？那些侍從和僕人又在哪兒？森林裡凜冽的寒風是喧鬧的跟班，這些能夠成為他的傭人嗎？可以幫助他穿上暖和的衣服嗎？那些在屹立不搖的樹木上盤旋飛舞、繁衍後代生命的老鷹，會變成年輕活潑的侍僮，聽從他的差遣嗎？那些冰冷的山泉，在冬天就會凝結成冰，當他夜裡感到身體不適的時候，它們會幫助他準備溫暖可口的熱湯和粥嗎？或者是那些生活在森林中的生靈，牠們會舔他的手、向他大獻殷勤嗎？

有一天，他正在挖掘樹根，尋找一點賴以生存的食物，他的鐵鍬碰到了一些堅硬的東西，是一大堆黃金，也許是某個守財奴在某個緊急狀況中埋藏於此處，準備日後再回來取走這些貴重的黃金，可是還沒有等到這個機會，就已經撒手人寰，也沒有告訴別人這個隱密的藏匿處，所以它一直藏在那裡，既沒有做善事，也沒有危害到其他人，彷彿自從那日以後，它從未出現一樣，直到偶然間，與泰門的鐵鍬不期而遇，才再次重見光明。

如果泰門的想法還像過去一樣，那這一大筆財富就足夠他再一次收買朋友和奉承者；但是泰門已經對這個虛偽的世界厭惡透頂，金子的光芒在他眼裡含有毒液，他本來想把金子再埋進土裡，可是，想到金子可以帶給人類無窮的災難，錢財又是如何能在人群中引起搶劫、欺詐、不公義、賄賂、暴力和謀殺，他歡快地想像著（他對人類已經恨之入骨），他刨地時發現的這堆財寶，可以造成許多的災難禍患，人們因此會變得痛苦。

恰巧此時，一些士兵經過森林，來到他居住的洞穴附近，他們屬於雅典將領艾西巴第斯所率領的軍隊[9]。艾西巴第斯因為一些令人生氣的原因，與雅典元老院發生爭執（這些雅典人以忘恩負義聞名，尤其他們經常得罪自己的將領們和至交好友），因此率領自己以前統率的那支勝利之師，準備攻打那些不知好歹的雅典人。

泰門很欣賞艾西巴第斯的行為，他把金子全數送給艾西巴第斯，叫他用這堆黃金去犒賞士兵。泰門只要求艾西巴第斯揮軍攻陷雅典城、放火屠城，殺死所有的百姓；不要因為老人們長滿白鬍子，就饒恕他們，因為他們都是放高利貸的人；也不要因為小孩子似乎露出天真微笑，就饒恕他們，因為他們長大以後，就會變成叛徒。泰門鼓勵艾西巴第斯堵上耳朵、閉緊眼睛，不要讓任何引起同情和憐憫的景象或聲音，使他變得心慈手軟，也不要讓任何一個少女、嬰兒，或是母親的哭泣阻止他屠城，在戰鬥中毀滅所有的雅典人。泰門祈禱神明，在征戰的過程中，等他征服了雅典人，再將這個征服者毀滅。這一切顯示了泰門痛恨雅典、雅典人和所有的人類。

泰門孤獨地居住在這個荒涼的地方，過著野蠻的生活，有一天，當他忽然看見一個對他心懷敬畏的人走到這座岩洞，他大吃一驚。那個人是他那位忠誠的管家弗萊維斯，他愛主人、牽掛著他，這種熱情帶領他找到泰門破敗的住處，這位管家想要服侍他的主人。當弗萊維斯第一眼看到泰門時，這位高貴的貴族處於一種淒慘的境地，像剛出生的嬰兒一樣赤身裸體，生活在野獸中間，過著野獸般的生活，看起來像是他自己陰鬱的廢墟和一座頹圮的紀念碑。這位善良的僕人站在那兒，悲傷得說不出一句話，被驚駭和困惑籠罩著。當他終於能開口說話時，這兩個人哽咽得泣不成聲。泰門想要在慌亂中認出這名訪客的身分，或者根據這個人的穿著和打扮（他的態度與泰門所認識的人類截然相反），他猜測這個人前來此處的用意，便懷疑此人是個叛徒，就連他的眼淚也是虛偽的；但是這位善良的僕人用了許多事實證明自己的忠誠，並且告訴他：出自於對過去主人的關心和責任，才會來到這裡。於是，泰門不得不承認世界上還剩下一個好人，然而，即使如此，弗萊維斯是一個人類，擁有人類的形體相貌，泰門一看到他的臉龐，就不由得感到憎恨；聽到他從人的兩片嘴唇中發出聲音，就不由得感到厭惡。於是，這個忠誠的人也只好離開，因為他是人類，雖然他比一般人善良、悲天憫人，但是泰門還是難以忍受他身為人類的形體樣貌。

如果說這個可憐的管家只是稍微打擾到泰門，那麼，一些貴族的造訪就嚴重騷擾了泰門孤獨而寧靜的生活。事情的前因後果要回溯至艾西巴第斯將領的行動，正是艾西巴第斯讓雅典元老院深深懊悔於自己忘恩負義的行為。艾西巴第斯像一隻被激怒的野豬，猛烈地圍攻雅典城的城牆，威脅要把美麗的雅典城化為灰燼。在這種威脅之下，那些健忘的人們，才開始懷念起泰門；泰門曾經是雅典的將軍，精通軍事、驍勇善戰。泰門掌管軍隊秩序和操守時所立下的典範，讓人們記憶猶新。大部分勇敢的士兵都相信，在當時的情況下，只有泰門能夠帶領雅典人抵禦威脅著他們的圍攻軍隊，或者能夠趕退艾西巴第斯的猛烈進攻。

情急之下，雅典元老院派遣一個代表團來拜訪泰門，他們表達自己身處險境的情況，而且也坦白在泰門身處絕境的時候，他們沒有給予絲毫的尊重或幫助，對於雅典人曾經無恥和無禮的做法，泰門本人有權利提出補償的要求。

現在，他們誠摯地哀求他，流著眼淚乞求他，希望泰門能夠回到雅典城，去拯救這個曾經忘恩負義地驅逐他的城市；他們願意貢獻財富、權力、地位，補償過去泰門所受到的傷害，讓他得到眾人的尊敬和愛戴；他們願意把自己的生命和財產都交由他支配，給予他所有的一切，只希望泰門能夠返回雅典、保衛雅典城。但是赤裸著身體、又憎恨人類的泰門，已經不再是從前那個貴族泰門，不再是慷慨大方的貴族，不再是抵禦侵略的勇敢之花，也不再是和平的裝飾。如果艾西巴第斯殺了他的同胞，泰門漠不關心；如果美麗的雅典慘遭劫掠，艾西巴第斯屠殺老幼婦孺，泰門將會歡呼。於是，泰門告訴使者們，在他眼裡，殘暴軍隊所揮舞的一把屠刀，將會比雅典人的喉嚨更加值錢。

這是泰門給淚流滿面的使者們的唯一答覆，使者們失望至極。但是在分手之際，泰門祝願同胞們幸福，並且告訴他們，若是想要遠離悲傷和憂慮，躲避狂怒的艾西巴第斯的軍隊，是一件十分容易的事情，他可以指引他們一條出路，在臨死之前，他願意留下一點關愛給他親愛的雅典同胞。這番話讓使者們心中產生一絲希望，他們以為泰門恢復了善心，願意重返雅典。然而，泰門卻告訴他們，在他居住的洞穴附近，有一棵大樹，不久之後，他就會砍倒它。泰門邀請雅典所有的朋友，不論階級高低，如果他們希望躲避苦難，在他把樹砍倒之前，他們可以前來嘗一嘗這棵樹的滋味。他的意思是說：如果他們想要逃避苦難，可以吊死在這顆大樹上，這是逃避災難的唯一出路。

從前，泰門給予人們慷慨的饋贈，這是泰門展現給世人的最後形象，也是他最後的貴族式禮貌。幾天之後，一個貧窮的士兵走過泰門經常出現的森林，在距離森林不遠的海灘，他發現一座墳墓矗立在海邊，墓碑上面的墓誌銘說明這是憤世嫉俗的泰門的墳墓，碑文寫道：

當他活著，他痛恨一切活著的人；
當他死去，但願一場瘟疫摧毀人世間所有的卑鄙傢伙！

也許泰門用一種激烈的方式結束生命，或者，他只是厭倦了人世間的生活，而讓他走向死亡，這些都難以說明泰門的厭世。然而，所有人都稱讚他的墓誌銘寫得恰到好處，與他的死亡相契合。當泰門死後，他選擇以一個憤世嫉俗的孤獨者的身分，活在人們心中。他在海邊選擇了他的墳場，留給人們無限巨大的想像空間：在他的墳墓旁邊，一望無際的大海永恆地流淚，好像在蔑視、嘲笑人類轉瞬即逝的眼淚、虛偽、淺薄，以及欺詐。

註：

1.雅典的泰門——*Timon of Athens*，悲劇。

2.泰門——Timon。

3.文提狄斯——Ventidius。

4.太倫——talent。古希臘貨幣。

5.路歇斯——Lucilius。

6.路庫勒斯——Lucullus。

7.財神普洛托斯——Plutus，希臘神話中的財神。

8.弗萊維斯——Flavius。

9.艾西巴第斯——Alcibiades。

泰門把金子全數送給艾西巴第斯，叫他用這堆黃金去犒賞士兵。
——第314頁

（在這種極度絕望的時刻）茱麗葉想起了那位樂於助人的勞倫斯神父……
——第335頁

羅密歐與茱麗葉[1]

凱普萊特家族和蒙太古家族是維洛那城裡的兩大望族[2]，十分富裕。從前，這兩個家族發生過一次爭吵，隨著時間的推移，他們之間的仇恨越來越尖銳，影響也越來越廣泛，以至於這兩個家族的親戚和侍從都牽涉其中；如果一個蒙太古家族的僕人和凱普萊特家族的僕人偶然在街上相遇，那麼雙方必定相互謾罵，甚至發生流血事件。這種爭執影響到維洛那城百姓的寧靜愜意的生活。

有一次，老凱普萊特大人舉辦了一次盛大的晚宴，邀請了全城所有美麗小姐和地位尊貴的客人。維洛那城裡所有的漂亮姑娘都會出現在晚宴上，當然，只要不是蒙太古家族的人，所有的來賓都會受到熱情的款待。老蒙太古大人的兒子羅密歐[3]一直心儀於一位名叫羅瑟琳的姑娘，她也受邀參加凱普萊特家族這次所舉辦的宴會；儘管羅密歐清楚知道身為一個蒙太古家族的人，若是出現在這個晚宴上，是件十分危險的事情，但是羅密歐的朋友班伏里奧[4]卻慫恿他戴上面具，前往這次的宴會。等到在晚宴上見到他深愛的羅瑟琳（班伏里奧說），如果羅密歐把她和維洛那城其他的美女相比較，就會發現羅瑟琳只是天鵝群中的一隻烏鴉罷了。

儘管羅密歐不太相信班伏里奧的話，但是為了展現他確實愛羅瑟琳，羅密歐還是被班伏里奧說服了，決定去試試看。羅密歐是一個真摯又熱情的人，為了深愛的羅瑟琳，他常常夜不能寐，寧願獨自一人思念羅瑟琳，也不願意和其他人交往。而羅瑟琳卻不喜歡羅密歐，對他的殷勤和深情無動於衷。班伏里奧希望藉由這次的晚宴，醫治羅密歐對羅瑟琳的癡情；班伏里奧希望羅密歐找到其他足以讓他喜愛的女人，作為他的伴侶。

於是，年輕的羅密歐和他的朋友班伏里奧，以及另一個朋友茂丘西奧[5]，一起戴上面具參加了凱普萊特家的盛宴。老凱普萊特大人熱情地接待他們，並且告訴他們，只要是腳上沒長雞眼的姑娘，都會願意和他們跳舞。當晚，老人的心情輕鬆愉快，他還對這群年輕的小夥子說，自己年輕時也曾戴著面具去參加舞會，還在年輕貌美的姑娘耳邊輕聲細語。

當他們走進舞池，開始跳舞時，羅密歐忽然被一位擁有絕世美貌的姑娘吸引了，他感到十分震驚，因為他覺得燃燒的燈火似乎因為她的美麗而更加明亮了，她的美貌就像是黑人頸上的一顆璀璨寶石，在夜間顯得格外耀眼；這種美貌在人間太珍貴了，只能供人們觀賞！羅密歐說，她的美貌及聰明才智遠在其他姑娘之上，（他說）她就像是混在烏鴉群中的一隻白鴿。

正當羅密歐說出這些讚美之辭時，凱普萊特大人的侄子提伯爾特[6]聽到了這一番話，從聲音中，他聽出說話的人是羅密歐。提伯爾特的脾氣暴躁，是個易怒之人，他不能容忍蒙太古家的人竟然戴著面具溜進宴會，嘲弄和譏諷（他這樣說）凱普萊特家族的尊嚴。他怒不可遏，恨不得將年輕的羅密歐置之於死地。但是他的伯父——老凱普萊特大人——不允許他在這個時候有任何舉動；一方面，出自於主人應該尊敬客人，另一方面，是因為他聽說羅密歐具備紳士風度、舉止優雅，維洛那城裡所有人都稱讚他是一個品行端正、心地善良的青年。提伯爾特只好服從老凱普萊特大人的命令，不得不壓制怒火，但是他發誓，遲早有一天，這個蒙太古家族的卑鄙小子，一定會為他此時冒犯的舉動付出代價。

舞曲終了，羅密歐癡情地望著那位姑娘站著的地方；在面具的遮掩下，羅密歐冒昧地用最紳士的姿勢握住她的手，將她的手比喻成一座神殿，彷彿他握了她的手，就是對於神殿的一種褻瀆，作為一個羞愧的朝聖者，他只能溫柔地吻一下她的手，以此贖罪。

「好一個朝聖者，」姑娘回答道，「你的朝拜實在是太有禮貌，也太過虔誠了。聖人也有手，只是讓朝聖者觸摸，而不是用來親吻的。」

「聖人有嘴唇，朝聖者也有嘴唇，不是嗎？」羅密歐說道。

「噯，是呀，」姑娘說道，「他們用嘴唇來祈禱。」

「哦，我親愛的聖人，」羅密歐說，「請妳傾聽我的祈禱，並且成全它，否則，我會絕望。」

他們彼此用這種隱含愛意的話語交談著，直到姑娘被她母親叫走。羅密歐向旁人詢問她的母親是誰，當他得知這位令他深深迷戀的美麗絕倫的少女竟然是蒙太古家族的宿敵——老凱普萊特大人的女兒和繼承人——年輕的茱麗葉[7]，他感到痛苦萬分，因為在不知不覺中，他已經把自己的心交給了他的仇人，但是這番痛苦卻不能阻止他放棄這份愛情。同樣，當茱麗葉發現剛才與她交談的翩翩少年就是蒙太古家族的羅密歐，她也陷入了惶恐和不安之中，這種突如其來的愛情讓她難以理解；因為她為什麼會愛上他？愛上她的仇敵，還令自己的整顆心都歸屬於他？

夜深了，羅密歐和他的同伴們離開凱普萊特家，他們發現羅密歐突然失蹤了，因為羅密歐實在無法離開那座留下他整顆心的房子。他翻躍果園的圍牆，後面就是茱麗葉的房間：在那兒，他反覆沉思，懷念他剛剛到來的愛情，這個時候，茱麗葉突然出現在窗邊，她無與倫比的美貌像一道太陽光，照耀在東方的天際，而在暗夜中，果園上方的月亮也顯得黯淡無光，在這太陽光輝的映照下，月光顯得蒼白、暗淡、一副愁容。茱麗葉用手托著腮，羅密歐多麼希望自己就是她手中的一隻手套，如此一來，他就可以觸摸她的臉頰。此時此刻，茱麗葉也陷入沉思，她深深地歎了一口氣，然後說聲：「唉！」

羅密歐聽到茱麗葉在說話，心中一陣狂喜，他用一種她聽不到的輕聲說道：「哦，明亮的天使，再說下去吧。因為妳出現在我的上方，就像是從天而降的天使，凡人只能仰望妳。」

茱麗葉不知道她的聲音已經被羅密歐偷聽到了，她因為夜晚的偶遇而激動不已，她呼喚著情人的名字（她不知道羅密歐就在身邊）：「哦，羅密歐，羅密歐！」她說，「你究竟在哪兒，羅密歐？為了我，離開你的家族，拒絕承認你的姓氏！如果你不願意，只要你發誓永遠愛我，我就不再承認自己姓凱普萊特。」

這番話使羅密歐鼓起勇氣，他本來想說話，但是他渴望聽到更多東西：茱麗葉仍然一個人滿含深情地獨自（她以為是）傾吐著心聲，她責備羅密歐不該是蒙太古家族的羅密歐，她多麼希望羅密歐姓別的姓氏，或是拋棄那個可惡的姓氏，因為只要他不是蒙太古家族的人，他就能得到她的一切。聽到這番情意綿綿的告白後，羅密歐再也抑制不住自己的情緒，他向茱麗葉說話，就像他們剛才真的面對面交談一樣，他讓茱麗葉稱呼他為「愛人」，或是任何她喜歡的名字，因為如果茱麗葉不喜歡羅密歐這個名字，他便不再是「羅密歐」。

突然聽到花園裡有男人的聲音，茱麗葉感到十分驚訝。因為夜色深沉，她一開始沒有辨認出說話的人是誰，儘管她並未聽過羅密歐說過許多的話，然而情人的耳朵是如此敏銳，當羅密歐開口說話的時候，她立刻認出那是羅密歐的聲音。她警告他：翻躍果園的圍牆是一件危險的事情，因為一旦凱普萊特家族的任何人發現了他，就會將他置於死地，因為他是蒙太古家族的人。

「唉，」羅密歐說，「妳那眼神的威力比得上他們的二十把利劍。小姐，只要妳願意溫情地看我一眼，我就有勇氣抵擋他們的仇恨。我寧願死在他們的仇恨下，終結自己的生命，也不願這可恨的生命苟活下去，而得不到妳的愛。」

「你怎麼來到這裡的？」茱麗葉問道，「是誰為你指路？」

「是愛情為我指引，」羅密歐回答，「雖然我不是舵手，可是為了能得到妳的愛，就算妳在天涯海角，我也會冒險前往。」

聽到這番告白，茱麗葉的臉上不由得泛起一層紅暈，但是因為在夜色中，羅密歐沒有看到。她想收回剛才自己所說過的話，但是覆水難收。她又想故作大家閨秀的矜持，與心愛的情人保持距離。她就像一些謹慎的小姐一般常有的習慣，愁眉不展、喜怒無常，尖酸地拒絕所有求婚者；對於那些她們中意的人，不是刻意保持距離，就是裝作靦腆、漠不關心的模樣。似乎這麼一來，男士們就不會覺得可以輕易得到她們的愛；因為一件東西越不容易到手，就越顯得彌足珍貴。可是現在，茱麗葉已經無法假意拒絕、故意拖延，或是用傳統的計策來拖延羅密歐對她的求愛。因為羅密歐已經親耳聽到從她嘴裡說出來的愛情表白；當然，她做夢也沒有想到羅密歐會聽見自己所吐露的心事。於是，在這種新奇的情況下，茱麗葉只好大方地坦承自己的真心話。她稱呼羅密歐為英俊的蒙太古（愛情可以把一個刺耳、令人討厭的姓氏變得甜蜜），請求他不要因為她的那一番愛情告白，就以為她性情輕浮或是頭腦簡單；他一定要把這個錯（如果這是一個錯）歸納在今晚這個偶然的機會，正是因為這個偶然的機會讓他發覺自己的心思。茱麗葉補充說道，如果從女性的習慣做法看來，她的行為也許不夠穩重矜持，但是她會證明自己的感情比那些虛假的小姐們更真誠，因為她們看似端莊的行為，其實只是一種矯揉造作的矜持。

聽到這一番話，羅密歐心急地對天發誓，說他自己絕無輕視茱麗葉今晚的舉動的意思，但是茱麗葉打斷他的話，她祈求羅密歐不要發誓；因為她雖然喜愛羅密歐，卻並不想當晚就彼此交換誓言——這實在是太匆忙、太輕率、太突然了——對於他們彼此來說，都欠缺考慮。可是羅密歐心急地希望在當天晚上，立刻與她交換誓言。茱麗葉說，在他尚未向她要求發誓之前，她就已經交給他那個他希望得到的東西了；她的意思其實是暗示他剛才偷聽到的那番表白。但是，她想要收回剛才說過的山盟海誓，因為當她以後再次說出這番話時，他們將再次享受到這種快樂，她的愛情像大海一樣無邊無際，也像大海一樣深厚。

正當兩個人情意綿綿地交談，茱麗葉的奶媽叫她進去。此時臨近黎明，與她同睡的奶媽覺得她應該睡覺了；茱麗葉十分不情願地離開，匆匆地補充了幾句話，她對羅密歐說，如果他真誠地愛她，並且想娶她為妻，明天她會派一個信差去找他，並且約定一個結婚的日期，到了那個時候，她會把自己的命運託付給羅密歐，跟隨她的主人直到海枯石爛。

當他們互相約定這件事的時候，茱麗葉奶媽不斷地催促她趕快進入臥房，於是她一會兒跑進去，一會兒又跑出來，她彷彿害怕從此失去羅密歐，就像一個年輕姑娘害怕失去手中的小鳥一般，她讓小鳥從手掌心跳出去一點點，但又怕牠飛走，於是趕緊拉住手中的絲線，把牠拉回來；羅密歐也和她一樣捨不得離開，因為對於沐浴愛河的情侶來說，在夜深人靜時，最動聽的音樂是彼此互相傾吐的甜言蜜語。但是最終，他們還是不得不道別，祝願彼此安然地進入夢鄉。

當他們分別的時候，天已經亮了。羅密歐心中仍然回蕩著他的戀人臨別祝福時的甜蜜笑容，他輾轉難眠。實際上，羅密歐沒有回家，而是到附近的修道院去尋找勞倫斯神父[8]。這位善良的神父已經起床，開始做禱告了。他看到年輕的羅密歐來得如此之早，就準確地推測到他可能徹夜未眠，而且難以入眠的原因一定是年輕人熱烈的情感騷亂著思緒。他確實猜測到羅密歐失眠的緣故是因為陷入愛河，可是卻猜錯了誰是這場感情的女主角。他原本以為羅密歐是為了羅瑟琳而神魂顛倒、輾轉難眠。但是羅密歐告訴勞倫斯神父，他剛剛愛上了茱麗葉，並且請求神父為他們證婚。這種突兀的話令這位聖潔的人驚訝地抬起雙眼，甚至舉起手來，因為在此之前，羅密歐喜歡的對象是羅瑟琳，並且羅密歐經常埋怨羅瑟琳對自己無動於衷；當時，神父曾經告訴羅密歐，年輕人的愛情常常不是放在心上，而是放在眼睛裡，許多事情只是看到表面，而不是發自內心的感情，並且勸導羅密歐不要深陷於迷戀羅瑟琳的感情中，因為對方並不喜歡他。現在，羅密歐告訴神父，他愛茱麗葉，茱麗葉也愛他，他們發自內心深處地互相愛慕。在某種程度上，神父贊同這個觀點，此外，他認為茱麗葉和羅密歐的結合，也許可以化解凱普萊特與蒙太古兩大家族多年來的宿怨。這位善良的神父和這兩大家族的關係良好，他曾經試圖調解他們之間的紛爭，但是一直沒有取得和諧的結果。於是，一半是為了調解兩大家族的關係，另一半也是因為他關愛羅密歐，這個善良的神父答應主持羅密歐與茱麗葉的婚禮。

此時的羅密歐完全沉浸在幸福之中。茱麗葉根據之前的約定，派遣傳達訊息的信使，很快地，她獲知了羅密歐的計畫，於是，她一刻鐘也沒有耽擱，及時趕到勞倫斯神父修道院的密室，在那間密室裡，他們手挽著手，舉行了神聖的婚禮。善良的神父祈禱上天祝福這對新婚夫妻，並且祈求這件婚姻可以化解蒙太古和凱普萊特家族之間的冤仇、將昔日的宿怨埋葬地底。

婚禮儀式剛剛結束，茱麗葉匆忙趕回家中，急切地等待著夜幕降臨，因為羅密歐與她約定晚間在果園相會——那個地方是他們第一天晚上相見、訂情的地方。夜晚之前的這段時間，對茱麗葉而言，是一種艱熬，就像在重大節日前夕，小孩子歡心等待隔天可以穿上華麗漂亮的衣裳。

當天中午時分，羅密歐的朋友班伏里奧和茂丘西奧散步在維洛那城的街道上，與凱普萊特家的一群人相遇，性情暴烈的提伯爾特走在那群人的前頭。提伯爾特就是那個在老凱普萊特大人的宴會上，想和羅密歐打架的傢伙；他一看到茂丘西奧，就暴怒地指責他與蒙太古家的羅密歐狼狽為奸。茂丘西奧也和提伯爾特一樣性如烈火，兩人都正值血氣方剛的年紀，於是，儘管班伏里奧說了勸解的話，讓他們息怒，他們兩個人仍然激烈地互相對罵。

正在此時，羅密歐恰巧經過此處，暴怒的提伯爾特立刻轉移發怒的對象，用種種惡毒的話咒罵羅密歐，罵他是一個可恥的「惡棍」。由於提伯爾特是茱麗葉的親戚，與茱麗葉的關係很友愛，於是羅密歐不願意與他爭吵，而且他本來就不喜歡吵架。另外，羅密歐雖然是蒙太古家族的成員，但是他天性明智、個性謙和，從來沒有參與兩個家族之間的爭鬥。而且，現在因為茱麗葉的緣故，凱普萊特這個姓氏對羅密歐而言，是一個讓人感到親切的字眼，已經不是挑起積怨的暗語，而是足以平息怨恨的字眼。所以當提伯爾特憤怒萬分的時候，羅密歐仍然可以保持心平氣和，親切地稱呼提伯爾特為「好兄弟」，似乎儘管他自己是蒙太古家族的一份子，卻對凱普萊特這個姓氏有一種天生的好感。然而，提伯爾特卻不這麼想，他像恨地獄一般似地，去怨恨蒙太古家族的所有人，他根本聽不進去羅密歐的話，反而拔出寶劍，出手給對方教訓。

茂丘西奧並不瞭解羅密歐想與提伯爾特講和的隱祕原因，他早就被提伯爾特的行為激怒了，無法息事寧人，於是，他說了很多輕蔑的話，大罵提伯爾特是個無恥的混蛋，兩人開始揮舞著武器打鬥。儘管羅密歐和班伏里奧盡力阻止這場爭鬥，但是就在他們拉開雙方之際，茂丘西奧已經受到致命的一劍，被刺倒在地。看到自己的朋友茂丘西奧就這樣死去，羅密歐再也抑制不住胸中的怒火，他用提伯爾特辱罵自己的稱呼回敬提伯爾特，輕蔑地罵提伯爾特是可恥的惡棍；雙方開始拔劍決鬥，最後，羅密歐殺死了提伯爾特。

這場劇烈的流血衝突發生在中午時分，地點又是在維洛那城的市中心，很快就吸引了一群圍觀的市民。在圍觀人群的中間，也有聞訊而來的凱普萊特夫婦和蒙太古夫婦。隨後，維洛那城的親王也來了。親王是茂丘西奧的親戚，而且凱普萊特和蒙太古兩家族的爭鬥經常擾亂他的管轄地，為了日後的和平與安寧，他決心要殺一儆百，將兇手繩之以法。

班伏里奧是這場格鬥的目擊證人，親王吩咐他講述事情的經過。班伏里奧在保護羅密歐、減輕朋友罪責的情形下，如實講述事情的來龍去脈，替他的朋友辯解。然而，凱普萊特夫人則因為自家親戚提伯爾特已死，感到悲痛欲絕，她強烈要求為死者報仇，催促親王嚴懲兇手，不要理會班伏里奧的證詞，因為他既是羅密歐的朋友，也是蒙太古家族的人；由於她不知道羅密歐已經成為她的女婿、茱麗葉的丈夫，所以強烈地反駁班伏里奧的證詞。另一方面，蒙太古夫人則懇求親王饒恕羅密歐的性命，她認為從正義的角度而言，羅密歐不應該受到懲罰，因為雖然羅密歐殺死了提伯爾特，但是提伯爾特殺死茂丘西奧在先，已經事先觸犯了法律。兩位夫人情緒激動地辯論著，親王沒有理會這種激烈的言論，他仔細核對班伏里奧的證詞，最後，他作出宣判——羅密歐將被流放出維洛那城。

對年輕的茱麗葉小姐來說，這是個沉痛的消息。她才剛剛當了幾個小時的新娘，還未享受新婚的快樂，這樣的判決讓他們夫妻永久分離了！當她聽到這個消息，心裡首先極力譴責羅密歐，責罵他殺死她親愛的堂兄，她稱呼羅密歐為「外表瀟灑的暴君」、「惡魔般的天使」、「貪婪的鴿子」、「身披狼皮的羔羊」，以及「笑容底下深藏一副蛇蠍心腸」。猶如這些互相矛盾的稱呼一樣，茱麗葉內心也充滿著愛恨交加的掙扎。最後，愛情佔據了上風，她一面為堂兄的死亡而淚流滿面，一面則為羅密歐沒有被殺死而感到慶幸，然後，她又淚如雨下，為羅密歐將被放逐的事實而感到傷心。對她而言，縱然是許多個堂兄提伯爾特的死亡，也都比不上這件消息更加可怕、令人難以接受。

這次事件之後，羅密歐藏身在勞倫斯神父的密室，他在那裡知曉親王的判決，覺得流放的刑罰似乎遠比死亡更加可怕。對羅密歐而言，離開了維洛那城，代表著再也見不到茱麗葉，那是多麼可怕的一件事情啊；對他而言，天堂是因為茱麗葉而存在，遠離茱麗葉生活的地方，就是煉獄和酷刑。

好心的神父試圖安慰他、勸慰他冷靜一點，切勿太過悲傷，但是這個瘋狂的年輕人一點都聽不進去，他像瘋子一樣撕扯著頭髮，整個人撲倒在地上，並說要親自測量自己墓穴的尺寸。正當羅密歐做著這樣有失體面的舉動，他親愛的妻子忽然派人送信來了，使他從混亂的精神中清醒過來。然後，神父把握時機，勸告他不應該表現出怯懦的舉止；如今，他已經殺死了提伯爾特，難道還要因此害死自己、害死心愛的妻子？如果他不珍惜自己的生命，萬一有個三長兩短，茱麗葉難道可以獨活嗎？神父接著又說道，一個高尚的貴族如果只有表面的高貴，而缺乏內心的勇氣，他也不過是一尊蠟像而已。對於他所犯下的罪行，法律已經寬大仁慈地處理，已經由親王殿下親口宣判他流放的罪罰。提伯爾特本來想殺死他，他卻殺了提伯爾特，倖存本身就是一件值得慶幸的事。茱麗葉仍然活著，而且（本來是他意想不到的事情），成為了他親愛的妻子，這一連串的好運氣，就是一種幸福，就好像神父祈禱時受到上天的祝福一般，羅密歐應該感到莫大的幸福，而不是像一個沒有教養的村姑一樣鬧脾氣。神父勸告他當心，因為悲痛之下的絕望會導致喪命的結果。當羅密歐稍微平靜了一些，神父勸他在晚上時分，祕密地去探望茱麗葉，然接直接出發前往曼圖亞，就在那裡耐心地等待，直到神父找到一個合適的時機，宣布他與茱麗葉結婚的事實，也許這件事實可以化解兩個家族之間的仇恨，也會讓親王赦免羅密歐的罪行，然後，相較於離開時的悲傷，羅密歐將能滿懷著二十倍的喜悅，再次返回維洛那。羅密歐同意神父睿智的建議，然後離開修道院，去找他的妻子，準備當天晚上與茱麗葉同住，等到第二天黎明時分，就獨自前往曼圖亞。神父保證會時常捎信給他，以便讓他瞭解家鄉的情況。

當天晚上，羅密歐去見了他的妻子，他還是從當初傾吐愛情、訂情約會的那個果園，悄悄地潛入茱麗葉的臥房，與親愛的妻子度過了一夜。那是一個交錯著快樂和驚喜的夜晚，可是回想起白天所發生的悲劇，這些歡樂籠罩了一層陰影，快樂的時光太過短促，不受歡迎的黎明不知不覺地來臨了。當茱麗葉聽到清晨雲雀的歌聲，她多麼希望那是晚間的夜鶯在歌唱啊，然而此時，東方的太陽卻提醒她的確天亮了，那歌聲聽起來是如此嘈雜，預告著這對戀人分別的時刻到了。羅密歐心情沉重地告別了親愛的妻子，向她保證自己一旦抵達曼圖亞，每天的每時每刻都會寫信給她。當羅密歐從她臥房的窗口爬下來，抬頭仰望她的時候，這樣悲傷的場景讓茱麗葉感到一股不祥的預兆，因為在她眼瞳中的倒影，他似乎是墓穴裡的一具屍體，而在羅密歐悲傷的神情中，也同樣看到這種悲傷的場景，但是他必須離開，因為如果在黎明之後，羅密歐還沒有離開維洛那，將會遭受死刑。

然而這一切命運多舛的遭遇，對於這一對情侶而言，只是厄運的開始。羅密歐離開不久，老凱普萊特大人就替茱麗葉準備了一門親事，他做夢也不會想到女兒已經結婚，他替她挑選的丈夫是帕里斯伯爵[9]，這位伯爵具備騎士風度，是一位高貴的紳士；如果茱麗葉事先沒有遇見羅密歐，他也許會是向她求婚的最佳人選。

聽到父親正在張羅她的婚事，茱麗葉感到驚慌失措，深陷在憂傷和苦惱之中。她尋找各種藉口去拒絕這門婚事：她自己年紀太輕，還不適合結婚；提伯爾特剛剛死去，使她悲傷得無法接受這種歡欣的喜事；而且凱普萊特家族才剛剛結束喪事，緊接著就舉行她的婚宴，也會讓人覺得不合禮儀。她一條條地列舉各種理由，竭力反對這門親事，可是在這些理由中，唯獨沒有提到一件事：她已經結婚了。

老凱普萊特大人以為茱麗葉所提出的反駁理由，只是年輕女孩子的嬌羞，於是他斷然地命令她做好出嫁的準備，因為在下個星期四，她就必須嫁給帕里斯伯爵，而到了那一天，茱麗葉就會發現她的丈夫是一位年輕、富有的貴族，即使是維洛那城裡最高傲的女孩子，也會欣然接受這樣的丈夫。老凱普萊特大人不能容忍她的羞怯妨礙了這樁姻緣，也不能讓她錯失這樣美好的未來。

在這種極度絕望的時刻，茱麗葉想起了那位樂於助人的勞倫斯神父，每當她感到煩惱的時候，總是會向他求助。神父問她是否下定決心要與羅密歐在一起，進而願意採取一種鋌而走險的補救辦法；她回答說，寧可被活埋，也不能在她那親愛的丈夫——羅密歐——還活著的時候，嫁給帕里斯。神父吩咐茱麗葉佯裝快樂的樣子回家，並且按照她父親的意願，答應嫁給帕里斯。等到第二天晚上，也就是茱麗葉婚期的前一天晚上，喝下神父交給她的一小瓶藥水；這種藥劑可以讓人在四十二小時之內，呈現一種假死的狀態，會像死人一般僵冷、毫無生息。於是，當第二天早晨新郎迎娶她的時候，就會發現她已經在臥室死亡了。然後，按照鄉間風俗，茱麗葉會被放在沒有蓋子的棺架上，埋葬在家族的墓室。如果她能夠克服女人的膽怯，親身經歷這個可怕的遭遇，在吞下那瓶藥液的四十二小時之後，她將會在棺木中甦醒過來（他保證這瓶藥水的效果絕對沒有問題），彷彿像是做了一場夢。在她醒來之前，他會寫信給她的丈夫，詳細告訴他這個計畫，務必讓他在夜裡趕回來，把她帶到曼圖亞。基於深愛著羅密歐、恐懼與帕里斯結婚，茱麗葉鼓起勇氣，同意了神父的建議，採取這樣一個令人毛骨悚然的冒險辦法。她從神父手裡接過藥瓶，決心採納他的建議。

從修道院回家的路上，茱麗葉遇到年輕的帕里斯伯爵，她小心翼翼地掩飾自己的憎惡感，假裝願意做他的新娘。這個消息讓老凱普萊特夫婦十分高興；剛開始，茱麗葉拒絕老凱普萊特大人所促成的這門親事，一度讓老先生非常生氣，現在看到茱麗葉回心轉意，老凱普萊特大人喜出望外，茱麗葉又變成老先生心目中那個珍愛的女兒啦。於是，整個凱普萊特家族忙碌地準備即將到來的婚禮，為了舉辦維洛那城裡前所未見的盛大婚禮，凱普萊特家族不惜花費鉅資與眾多人力。

星期三晚上，茱麗葉喝下神父交給她的藥水。剛開始，她有些擔心這瓶藥水的效力；她害怕神父為了掩蓋事實——擔任她和羅密歐證婚人的事情——而給她毒藥。但是，茱麗葉又覺得神父是品格高尚的聖潔者，絕對不會做出這種違背良心的事；然而，她又擔心自己會在羅密歐抵達墓室之前醒來，因為那裡是一個可怕的地方，堆滿了凱普萊特家族往生者的屍骨，又躺著渾身是血、正在裹屍布裡漸漸腐爛的提伯爾特。然後，她又想起從前聽過的關於幽靈的故事，它們常常圍繞在屍體埋葬的地點；但是，這些恐懼不能抵擋她深愛羅密歐的心、對帕里斯的厭惡感，最後，她不顧一切地吞下了藥水，然後失去了知覺。

第二天一大早，帕里斯帶領樂隊來迎接他的新娘，然而，他眼前看到的不是活生生的茱麗葉，而是一具毫無生命的屍體。多麼可怕的死亡啊！整個凱普萊特家族也處在一種混亂的狀態中！可憐的帕里斯為他的新娘感到悲痛，在他們還未攜手結婚之前，那面目可憎的死神就奪走了她那年輕的生命。老凱普萊特夫婦更是傷心欲絕，這件悲劇引起了人們的同情心。他們只有茱麗葉這麼一獨生女，這個可憐的孩子曾經讓他們感到快樂和欣慰，正當他們即將看著女兒嫁給一位前途無量的女婿（這對老夫婦是這麼認為的），從此過著幸福又快樂的生活時，殘酷無情的死神竟然從他們身邊奪走她。現在，原本為婚禮所準備的一切，都用在葬禮上。喜筵變成了葬禮的宴席，婚禮時所唱的聖歌變成深沉的安魂曲，原本應該鋪在新娘腳下的鮮花，現在卻撒滿了死者的屍體。只有一點沒有變，那就是茱麗葉還是必須去教堂，只是原本由神父擔任證婚人，現在則要主持她的葬禮。茱麗葉確實被抬進了教堂，但是沒有增添人們的喜悅，而是增加一名死者的數目。

然而，俗話說好事不出門，壞事傳千里，壞消息總是比好消息傳得快。勞倫斯神父派人去曼圖亞通知羅密歐：這場葬禮是一場戲，茱麗葉並非真正死亡，她只是躺在墓穴裡一會兒，等待羅密歐前去迎接她，把她從那陰鬱的墓穴裡解救出來。但是在勞倫斯神父的消息傳遞給羅密歐之前，羅密歐已經得知茱麗葉死亡的消息。在此之前，羅密歐在曼圖亞過得輕鬆、愉快，夜裡，他還做了一個夢，夢見自己死去（一個奇怪的夢，死人還能在夢裡想事情），而他的妻子趕來時，發現他已經死亡，於是拚命親吻他的雙唇，用生命之吻讓他甦醒過來，最後他復活了，而且還成為一個皇帝！正在這個時候，維洛那城裡捎來了信息，他以為這一定是個好消息，可以證實他夢見的好預兆。然而，事與願違，事實與他預料的情景完全相反——他的妻子已經死亡，無論他如何親吻，她也不能死而復生。羅密歐吩咐僕人準備馬匹，他決定連夜趕回維洛那，到妻子的墓室去見她。

人們身處絕境的情況下，引起災難的瘋狂念頭最容易鑽入腦子裡。羅密歐想起曼圖亞有個窮困潦倒的藥劑師，不久前，他購物時經過藥劑師的店門口；那個人一副乞丐模樣，瘦骨嶙峋、衣衫襤褸，空空的藥箱放在佈滿灰塵的貨架上，顯得很寒酸。藥劑師當時曾經說（也許他擔心自己的不幸生活終究會落入絕望的境地）：「按照曼圖亞的法律，賣毒藥會被處死，但是如果哪個人需要毒藥，這兒有個可憐蟲願意賣給他。」

現在，羅密歐突然想起藥劑師說過的話，他找到了這名藥劑師。最初，藥劑師假意躊躇一番，但是當羅密歐掏出金幣的時候，貧窮便讓他不再抵抗誘惑，他賣給羅密歐一劑毒藥，並且說：即使一個人具有二十個人的旺盛精力，也會在吞下這劑毒藥後，立刻斃命。

於是，羅密歐帶著這劑毒藥返回維洛那，到墓室裡去見他親愛的妻子。他已經盤算好一切，等他抵達墓室後，吃下這劑毒藥，死後就可以埋葬在她的身邊。羅密歐到達維洛那城裡的時候，已經是半夜了，他找到凱普萊特家族墓地，正中央就是茱麗葉的墓室。他準備了提燈、鐽子和鐵鍬。當他正在賣力撬開墓室的時候，突然有人大聲呵斥他停止這種非法的行為，並且罵他是卑鄙的蒙太古。喊話的人是年輕的帕里斯伯爵，他在這個不湊巧的夜半時分，來到茱麗葉的墳前，是為了安靜地哀悼他的新娘、在她的墓前撒上一些鮮花。他一點兒也不知道羅密歐與「死者」之間的關係，但是他知道蒙太古家族的人是所有凱普萊特家族的死敵（他這樣認為），他推測羅密歐半夜前來挖墓，一定是想要褻瀆死者的遺體。因此，他憤怒地斥責羅密歐，阻止他進行這種邪惡的行為，並且警告羅密歐，不要忘記他現在是一名罪犯，按照維洛那的法律，如果他私自進城，就要被判處死刑，而且帕里斯自己也可以逮捕他。羅密歐竭力叫帕里斯走開，並且警告帕里斯不要激怒自己，否則就會動手殺了他，躺在墳墓裡的提伯爾特就是一個好榜樣。但是伯爵輕蔑地嘲笑羅密歐的警告，並且伸手抓住他這個罪犯，於是，這兩個人開始打鬥——帕里斯倒下。

當羅密歐藉助提燈的亮光，看看自己殺死的人是誰，才發現死者是帕里斯，他聽說帕里斯即將準備與茱麗葉結婚（這是他從曼圖亞返回維洛那的路途上，所得知的消息）。羅密歐抓起年輕死者的手，好像命運遭受不幸的帕里斯是他的夥伴，一種同病相憐的感覺讓羅密歐對死者產生了同情心，他說：要把帕里斯埋葬在凱旋者的墳墓裡，也就是埋葬在他正在挖掘的茱麗葉的墳墓。

羅密歐挖開墳墓，茱麗葉躺在墓室中，他發現死神也無法改變她的容貌和膚色，她還是那麼美麗絕倫；或者死神也在眷戀她的容貌，所以讓她躺在那兒，就像花朵一樣盛放、美麗動人，她的容貌和活著的時候一樣。她旁邊躺著她的堂兄提伯爾特，屍衣上血跡斑斑，羅密歐看見提伯爾特在裹屍布裡腐化，就向這具屍體乞求原諒，並且因為茱麗葉的緣故，稱呼他為堂兄，還說自己正準備替提伯爾特殺死仇人。接著，羅密歐向妻子告別，親吻她的嘴唇，然後他喝下藥劑師的毒藥，從疲倦的身軀上卸下十字架的重負。羅密歐飲盡的藥劑是真正的、致命的毒藥，與茱麗葉喝下的那劑麻醉藥不一樣，他很快就停止了呼吸。不久，茱麗葉喝的藥劑即將散盡效力，再過一會兒，她就會甦醒過來；屆時，茱麗葉將會抱怨羅密歐不遵守時間，或者應該說——他來得太早了。

此時，神父按照約定的時間，來到墓園。神父得知他派去曼圖亞的那封信，因為種種不幸的原因，在路上耽擱了，這封信並未交到羅密歐的手中，於是便親自帶著鐵鍬和提燈趕到墓地，準備把關在墓穴裡的茱麗葉救出來。但是他驚訝地發現凱普萊特家族的墓碑上有一盞燈正在嘶嘶地燃燒著，墓碑下有兩把劍，附近還有大量的血跡，而斷了氣的羅密歐和帕里斯則躺在墓穴旁。

勞倫斯神父還未釐清這個不幸意外的前因後果，茱麗葉已經從昏迷中甦醒了，她看見神父就在身旁，才恍惚記起自己身在何處，以及為什麼會在這裡。她問起羅密歐在哪裡，正在此時，神父聽到外面傳來喧嘩的聲音，就叫她趕緊離開這個充滿死亡的不祥之地，因為一種無法預料的力量破壞了他們的計畫；正在說話的時候，人們的聲音漸漸逼近墓地，神父害怕地躲藏起來，而茱麗葉也看到她的戀人羅密歐的屍體，她從羅密歐手裡握著的空杯子，推測他是服毒而死。如果當時杯子裡面還有毒藥的殘渣，傷心欲絕的她也會毫不猶豫地吞下去。她親吻著他依然溫暖的嘴唇，試圖沾舔一些殘留的毒藥。她聽到人們嘈雜的吵鬧聲越來越近，於是她迅速拔出隨身佩帶的一把短劍，刺向自己的胸口，就這樣死在羅密歐身旁。

過了一會兒，守墓人趕到墓園；由於帕里斯伯爵的一個侍僮親眼目睹主人與羅密歐之間的決鬥，在驚慌之中大聲喊叫，於是消息傳遍了整座城市，那名侍僮還在維洛那街道上跑來跑去，喊著令人困惑的話語：「帕里斯！羅密歐！茱麗葉！」於是流言四處傳播，不久，蒙太古大人和凱普萊特大人在喧囂聲中下了床，與親王一起前來查看這個騷亂事件的起因。勞倫斯神父已經被一些守墓人抓住了，因為他神態可疑地從墓地裡走出來，一邊顫抖，一邊歎氣，並且淚流滿面，此時，一群人聚集在凱普萊特家族的墓地前，親王吩咐神父說出這件離奇悲劇的前因後果。

於是，神父站在老蒙太古大人和老凱普萊特大人的面前，講述他們兩家兒女的悲慘故事。他敘述自己是如何促成他們的婚姻，並希望藉由這段婚姻，消弭兩個家族多年來的宿怨。他指著死者的屍體，並且說：死在那兒的羅密歐是茱麗葉的丈夫，死在那兒的茱麗葉是羅密歐忠貞的妻子。神父接著說道，在他找到一個適當的時機、宣布他們結婚的事實之前，茱麗葉又被捲進另一樁婚事之中，為了避免犯下重婚罪，茱麗葉就（按照他的建議）服用了詐死的藥劑，讓大家誤以為她已經死亡。與此同時，他寫信給羅密歐，請他在藥劑失效的時刻來到墓園、帶走茱麗葉，但是因為種種不幸的意外，送信人沒有把信件交到羅密歐手中。在此之後所發生的事情，神父就不清楚了；當他來到墓地，親自救走茱麗葉的時候，發現被刺殺身亡的帕里斯和羅密歐的屍體。

故事後來的情節，由那名看到帕里斯和羅密歐決鬥的侍僮補充說明，而跟隨羅密歐從曼圖亞來到維洛那城的僕人也做了說明。對愛情忠貞不渝的羅密歐臨死前曾經囑咐僕人——將自己親筆所寫的一封信交給他的父親。這一封信證實了神父所說的話，他在信裡承認已經與茱麗葉結婚，並且懇求父母的寬恕，懇求他們饒恕自己從那位可憐的藥劑師手裡購買了毒藥，來到墓穴與茱麗葉長眠在一起。信裡所有的敘述都與神父所說的情況吻合，也消除了「神父參與這場離奇命案」的可能性，洗清了神父的殺人嫌疑，證實神父雖然出於好心幫助這對戀人，不過他的計策太過奇妙，無意中竟招致這樣悲慘的後果。

聽完這些故事，親王轉過身，面對著老蒙太古大人和老凱普萊特大人，譴責他們彼此間殘酷而不理性的敵對關係，並且說，上天透過他們兒女之間的愛情，懲罰兩大家族刻意造成的冤仇。最終，這兩個家族不再是敵人，同意將他們長久以來的衝突全部埋葬在子女的墳墓裡。老凱普萊特把手伸給老蒙太古（作為和解的表示），並且稱呼對方為「兄弟」，似乎以這種方式承認他們兒女的婚事；老凱普萊特握著老蒙太古的手，並且說這是他的女兒所獲得的聘禮。但是老蒙太古說道，他願意付出更多，他要為茱麗葉塑造一尊純金的雕像，只要維洛那城市的名字存在一天，就不會出現其他雕像比這座——忠實、堅貞的茱麗葉——更出色、更精美的雕像。

老凱普萊特表示自己也要替羅密歐鑄造一尊雕像。這兩位可憐的老先生就這樣化解彼此的仇恨，雖然已經無法挽回這件悲劇，他們仍然爭相表現出比對方謙恭的態度。過去，他們彼此間的可怕仇恨毀滅了他們孩子的生命（成為兩大家族互相爭鬥、仇恨的可憐犧牲品）；由於羅密歐與茱麗葉的犧牲，化解了兩個貴族家庭之間那份根深柢固的憎恨。

註：

1.羅密歐與茱麗葉——*Romeo and Juliet*，悲劇。

2.凱普萊特家族——Capulets。

蒙太古家族——Montagues。

3.羅密歐——Romeo。

4.班伏里奧——Benvolio。

5.茂丘西奧——Mercutio。

6.提伯爾特——Tybalt。

7.茱麗葉——Juliet。

8.勞倫斯神父——Friar Lawrence。

9.帕里斯伯爵——Count Paris。

（星期三晚上）茱麗葉喝下神父交給她的藥水。
——第336頁

哈姆雷特[1]

丹麥王后葛楚德[2]，在國王哈姆雷特突然去世之後，當了未滿兩個月的寡婦，就與國王的弟弟克勞狄斯結婚了[3]。當時，這件事情引起所有人的注意，人們都覺得驚訝，認為王后的行為輕率、冷酷無情，因為這個克勞狄斯的品行與已故的老國王有著天壤之別；此人的外貌和性情皆卑劣可鄙、猥瑣不堪，沒有一處可以和王后已逝的丈夫相提並論。這難免引起了一些人的猜測，懷疑克勞狄斯偷偷謀殺了國王，然後再迎娶自己的嫂嫂，目的在於篡奪丹麥王位；如此一來，原本的合法繼承人——年輕的哈姆雷特——就無法順利繼承王位了。

然而，對於王后這個可恥的行徑，沒有一個人像年輕高傲的王子一樣，留下如此深刻的印象。哈姆雷特深愛並且崇敬死去的父親，幾乎把父親當成崇拜的偶像。而且哈姆雷特王子品行端正、舉止高雅，對於母親葛楚德有損尊嚴的卑劣行為，心裡感到非常悲傷。在這樣的情形之下，年輕的王子對父親的死亡感到慘痛，同時又對母親的婚姻感到屈辱。他被一種沉重的憂鬱所籠罩，失去了往昔的快樂，面容也日漸憔悴。平日沉浸在書中的喜悅離他而去，他不再參與任何娛樂和活動。他對這個世界感到厭倦，對他而言，這個世界彷彿是一座雜草叢生的花園，所有生機勃勃的鮮花都枯萎了，只剩下茂盛的野草茁壯地成長。造成這種精神壓力的起因，不是因為他不能繼承原本屬於自己的王位——儘管對於一個年輕、心高氣傲的王子來說，這是一種難以忍受的打擊、一份慘痛的屈辱。但是真正令他如此痛苦、失去所有精神的原因，是他母親這麼快就忘掉了他的父親，那是一個多麼好的父親啊！——一個如此愛他，對待她又如此溫情體貼的丈夫啊！而葛楚德似乎也總是表現多情、溫順的樣子，兩人總是情意纏綿，是一對恩愛的夫妻。可是如今，父親逝去還不到兩個月，母親就再婚了——嫁給他的叔叔、她死去丈夫的兄弟。況且，從血緣上的關係來說，這件婚姻本身就不成體統，也不合法。特別是她如此匆忙地結婚，完全不合禮儀；更有甚者，她居然選擇了這麼一個毫無國王品德的克勞狄斯，與她分享王位、同床共眠。這個事實比失去十個王國，更令這位正直的年輕王子沮喪，讓他的心靈蒙上一層陰霾。

王后葛楚德和新國王想盡辦法要讓哈姆雷特快樂起來，可是王子依然愁眉苦臉。在宮裡，為了哀悼他死去的父王，他仍然穿著深黑色的衣服，任憑是誰都無法說服他褪去喪服，甚至在他母親結婚的那一天，他也不肯換穿另一套衣服。那天，在這個可恥的日子裡（似乎對他而言是這樣），他拒絕參加所有的宴會或歡慶。

最令他苦惱的事情，是他無法確定父親的死因。雖然克勞狄斯宣布說：一條毒蛇咬死了國王。可是年輕的哈姆雷特敏銳地懷疑，那條毒蛇就是克勞狄斯；克勞狄斯為了奪取王位而謀害了哈姆雷特的父親。

他這樣的推測究竟有幾分真確？還有，他應該如何看待他的母親——她祕密參與這件謀殺案的程度為何？是否經過她的同意？她是否不知情？這些疑問不斷地困擾著他，使他心煩意亂。

此時，有一則傳聞流傳到哈姆雷特的耳朵裡，據說在城堡高臺上值夜崗的士兵，已經連續三個晚上看到鬼魂——哈姆雷特的摯友霍拉旭[4]也看到了——更令人驚訝的是，凡是看到幽靈的人描述起當時的情景，都如出一轍：當鐘聲敲響十二下，這個鬼魂就出現了，從頭到腳穿著一套盔甲，而那件盔甲的樣式，與國王生前所穿的盔甲完全相同，它的樣子也長得像已故的國王，臉色蒼白、神情憂傷，再加上斑白的鬍子，簡直就像國王在世時的樣子。士兵向它大聲喝問，它卻從不回答。曾經有一次，它抬起了頭，好像準備說話，恰巧天亮了，報曉的公雞鳴叫了，它也就從他們的視線裡消失了。

聽到這種傳言，哈姆雷特感到非常驚訝。所有人的描述都那麼吻合、毫無紕漏，使他不能不相信。他推斷士兵們看到的鬼魂一定是父親的幽靈，他心想：鬼魂絕對不會無緣無故出現，它一定是想說些什麼事情，雖然迄今為止，它一直保持沉默，但是它遲早會開口說話。於是，哈姆雷特決定當天晚上就跟士兵一起守城，也許有機會看到它；他焦急地等待著黑夜來臨。

當黑夜降臨，哈姆雷特、霍拉旭和一個名叫馬西勒斯的士兵登上了高臺，鬼魂經常在那裡飄盪。這是一個寒冷的夜晚，寒風凜冽、冰冷刺骨，哈姆雷特他們正談論著夜晚的寒冷，突然被霍拉旭打斷了，示意他鬼魂走來了。

哈姆雷特真的看到傳言中的幽靈，他突然感到又驚喜又害怕。剛開始，他還祈求上帝保佑他們，因為他不知道它是善良還是邪惡的鬼魂，也不知道它帶來的是吉是凶。但是不久，他的膽量逐漸強大，而他父親——那個鬼魂似乎是他的父親——那麼可憐地望著他，好像急於跟他談話。幽靈在各個方面都與他父親在世時一模一樣，終於，年輕的哈姆雷特忍不住叫喚著他的名字，向他打招呼：「哈姆雷特，國王，父親！您從何而來？大家明明看見您躺在墳墓裡，可是此時此刻，您為何會來到人間、出現在月光下？請告訴我，應該怎麼做才能讓您的靈魂得到安息呢？」鬼魂招手示意哈姆雷特離開兩個同伴，單獨跟隨它到僻靜的地方。霍拉旭和馬西勒斯唯恐它是個邪惡的幽靈，會趁機引誘王子到附近的海邊，或可怕的懸崖峭壁，然後露出猙獰的面孔，把王子嚇得失去理智，他們都力勸年輕的王子不要跟著它走，但是哈姆雷特心意已定，無論他們怎麼勸說都無濟於事。此時的哈姆雷特對於生死已經無所畏懼，至於他自己的靈魂，他說，既然它同樣永生不朽，那鬼魂又如何能夠加害自己呢？哈姆雷特感覺自己像獅子一樣勇猛健壯，於是他掙脫了同伴，追逐鬼魂的身影。

當哈姆雷特和鬼魂單獨在相處的時候，鬼魂終於打破沉默，說它是哈姆雷特父親的鬼魂，被人謀害致死。正如哈姆雷特所猜測的那樣，克勞狄斯（哈姆雷特的叔叔）為了佔據王位和自己的嫂嫂，親手害死了自己的哥哥。事情的經過如下：老哈姆雷特有個習慣，每天午後都要在花園裡睡覺，邪惡的克勞狄斯趁著他熟睡的時候，偷偷把有毒的莨菪汁灌進他的耳朵，那致命的毒液像水銀一般，迅速地流遍他全身的血管，燒乾了他的血液，使他的皮膚長滿了痲瘋病人的硬殼。就這樣，國王的同胞兄弟奪去了他的生命、王后和王位。鬼魂請求哈姆雷特一定要殺死傷天害理的新國王，向這個卑鄙的兇手報仇，不然它會死不瞑目。但是，它對哈姆雷特說：在報仇的時候，務必不能傷害自己的母親。雖然她背棄了第一任丈夫，嫁給了謀殺丈夫的兇手，但是老國王還是不忍心奪走她的性命，讓她自己去接受良心的譴責。哈姆雷特同意之後，鬼魂就消失了。

哈姆雷特回到兩位同伴的身邊，他囑咐霍拉旭和馬西勒斯對當晚所發生的事情要絕對保密。至於與父親鬼魂談話的細節，哈姆雷特沒有告訴任何人，只告訴了他的摯友霍拉旭。不過，當哈姆雷特獨處的時候，他做出一個嚴肅的決定：決心忘掉過去的一切事情，甚至包括書本上的知識。從今以後，腦海裡只剩下報仇的事。

在此之前，哈姆雷特的身體就一直很虛弱，精神也十分沮喪，所以，鬼魂的出現使他神經緊張，幾乎使他精神失常。哈姆雷特擔心如果繼續這種狀態，會引起叔叔的懷疑，一旦叔叔知道自己圖謀報仇，或者得知「哈姆雷特知道了老國王死亡的真相」，便不容易執行報仇的計畫。於是，哈姆雷特做了一個奇怪的決定：從今以後，他要偽裝成一個瘋子。他認為，如此一來就不會引起叔叔的猜疑了，同時，可以巧妙地掩飾自己焦躁不安的情緒。

從那個時候起，哈姆雷特的言談舉止和從前相比，變得有些瘋狂和怪誕的樣子。由於他確實裝得像個瘋子，國王和王后也被他矇騙了。他們感到奇怪，老國王已經去世幾個星期，為什麼王子沒有任何好轉的跡象，反而更加惡化了。因為他們不知道鬼魂的事情，所以就猜測王子一定還藏有其他心事。最後，他們認為，王子是為了愛情的緣故才發瘋，而且，他們也查出了王子的心人上究竟是誰。

原來，在哈姆雷特深陷憂鬱之前，他確實深愛著一位美麗的姑娘，她是御前國務大臣波洛涅斯的女兒奧菲利婭[5]。哈姆雷特曾經不斷地寫信、送戒指，不止一次鄭重其事地追求她；而這位姑娘也相信他的誓言和求愛都是出於真誠。但是，由於哈姆雷特近來深陷於煩惱，便極其冷淡地對待她。尤其自從他裝瘋的那一刻起，就故意表現得無情、粗暴。但是善良的奧菲利婭並沒有因此責怪他，她相信哈姆雷特依然深愛著她，現在所表現的冷酷並非出自於他的本性，只不過是暫時性的精神錯亂。她說，哈姆雷特高貴的心靈和卓越的智慧，就像是美妙的鈴鐺，能夠鳴奏出最動聽的音樂，可是現在，積壓在他心靈和理智之上的憂鬱損害了他；如果鈴鐺搖奏不成曲調，或者是搖奏得非常粗暴，只能發出尖利又令人不愉快的聲響。

自從哈姆雷特將報仇當作首要任務後——向殺死他父親的兇手復仇，對他而言，愛情已經成為一種奢侈品，而且他也不允許自己享受這種閒情逸致的愛情。儘管如此，他還是偶爾會滿懷柔情地想到他的奧菲利婭。有一次，他覺得自己殘酷地對待這位溫柔的姑娘，實在是毫無道理了，於是就寫了一封信給她，信裡充滿了狂烈熱情，措辭也十分誇張，倒是很符合他偽裝的瘋態。當然，誇張的同時，字裡行間也流露著溫馨的柔情，稍稍讓奧菲利婭感到一絲安慰，使她相信哈姆雷特內心深處仍然愛著她。哈姆雷特寫給她的那封信是這樣描述的：「妳可以懷疑星星是一團火，妳可以懷疑太陽會動，妳可以懷疑真理會變成謊言，但是請永遠不要懷疑我對妳的愛……。」信裡還有更多諸如此類的話。忠貞的奧菲利婭將這封信交給父親，而這位老人覺得應該盡一位臣子的本分，就向國王和王后，一五一十地報告這件事。從此以後，國王和王后就推斷：真正造成哈姆雷特發瘋的原因是愛情。王后十分高興哈姆雷特是因為奧菲利婭而發瘋的，因為如此一來，哈姆雷特可以很容易地康復，她和國王也能稍微減輕心理負擔了。

然而，哈姆雷特的病症比他們所想像的厲害，或者說，僅僅依靠愛情，根本無法治癒哈姆雷特。因為父親的鬼魂依然縈繞在他的腦海，時時刻刻提醒他莫忘記報仇的使命，這讓哈姆雷特覺得：只要沒有實現報復兇手的神聖使命，他就一天無法得到安寧。似乎每個小時的遲延，對他而言都是犯罪、有違父命。可是，殺死一個國王，又談何容易？國王身邊始終有衛兵保護，就算只有形影相隨的母后，他也難以下手啊；畢竟，自己要殺的這個篡位者是母后現任的丈夫，殺死他，自己也會心生憐憫。這種矛盾的想法折磨著憂鬱、頹廢的哈姆雷特，讓他無法下定決心、躊躇不決。再說，對天性如此溫厚的哈姆雷特而言，活活殺死一個同類，這種極端的行為本身就是可憎而恐怖，所以他就在猶豫不決中反問自己：如何確定眼前所看到的鬼魂就是父親的靈魂？萬一那是一個魔鬼呢？聽說魔鬼可以隨意變化樣子，或許他趁著自己虛弱、憂鬱的時候，變成父親的模樣去驅使自己殺人啊！最後，他決心要找到比幻覺或鬼魂更加可靠的證據，再做定奪。

正當哈姆雷特躊躇不決的時候，一批流浪的藝人來到宮裡，他們即將在宮廷裡表演。正巧，哈姆雷特以前欣賞過他們的演出，而且他還記得自己尤其喜歡的一齣戲，是描述特洛伊國王普里阿摩斯遇害和王后赫卡柏傷心欲絕的悲劇臺詞[6]。哈姆雷特對這些老朋友們的到來，表示熱烈歡迎，並且央請他們再表演一次那齣悲劇。於是，舞臺上就出現一幕幕的場景：衰老的國王被殘忍地謀殺，整座城市和全數市民都葬身火海，悲傷的王后抑鬱而瘋狂，她的王冠變成一塊碎布、王袍變成了毯子，赤著腳在宮中奔跑。這些表演如此生動，不僅演員在戲中流下了真實的眼淚、聲嘶力竭，而且還深深撼動了周圍觀眾的心。

哈姆雷特也不例外，那一段虛擬的臺詞彷彿將他帶回千百年前，他竟然為了從未謀面的古人赫卡柏流下同情的眼淚。同時，他感覺到愚蠢而愧疚：自己敬愛的父親真正地被謀殺了，可是自己竟然卻一直無動於衷，整天在恍惚、醉生夢死中度過，任由兇手逍遙法外！不過，有件事情卻給了他一個提示，使他聯想到一個驗證新任國王和王后是否犯罪的方法。他想起有這樣一個例子：有些兇手看到舞臺上表演的謀殺案時，因為劇情感人和相類似情節的渲染，居然當場伏首認罪。由此可見，一齣活靈活現的好戲，能帶給觀眾多麼大的影響！所以，他決定在他叔叔面前，讓這些演員表演出一段他父親被謀殺的場景，只要仔細觀察叔叔的反應，就可以從他的表情神色去推斷他究竟是不是兇手。於是，他親自安排一齣戲，邀請新國王和王后來觀看演出。

哈姆雷特所安排的這齣戲，內容描述維也納的一件公爵謀殺案。公爵名叫貢紮古，他的妻子名叫白普蒂絲妲。表演的劇情如下：公爵的一個近親琉西安納斯，為了圖謀公爵的財產，在花園裡毒死了他，霸佔貢紮古的妻子和他的財產。

國王不知道這次表演是特地為他設下的圈套，以為王子終於從瘋病中恢復精神，就欣然答應前往，王后以及大臣們都來看戲了。哈姆雷特特意坐在國王的附近，以便仔細觀察他的表情。剛開始的第一場戲，是貢紮古和妻子兩人間的談話，妻子一再向丈夫表白愛情，宣稱如果丈夫比她先死，她決不再改嫁，因為只有那些謀害親夫的邪惡女人才會再嫁，所以如果她有了第二任丈夫，她寧願受到詛咒。哈姆雷特觀察到，聽完這段臺詞，他母親和國王的臉色起了變化，像是吞了苦艾一樣難受；這齣戲的影響力開始奏效。接下來的一幕戲是貢紮古在花園裡睡著了，琉西安納斯躡手躡腳地走到他身旁，將毒藥灌進他的耳朵；這情景與國王毒死他哥哥的邪惡行徑實在太相似了，顯然使這個篡位者無法承受劇情的刺激，他不能繼續看完這齣戲，他忽然大喊一聲：「點燈，走回寢宮！」他假裝得了急病，突然在一片混亂中離開了劇場。國王離開後，戲也落幕了，但是國王的反應足以使哈姆雷特確信：鬼魂所說的話是實情，而非幻覺。正如一個人有一些疑問，或遲疑不決的事情突然迎刃而解，哈姆雷特感到興奮不已，自己的猶豫不決終於得到了解脫；他對霍拉旭發誓，對於鬼魂所說的話，他願意付出一千鎊。現在，他已經確定，他叔叔就是謀殺他父親的兇手，也明白自己現在的責任就是報仇。就在此時，王后派人傳話，叫哈姆雷特去她的內宮裡密談。

其實，召見哈姆雷特是國王的旨意。他心想，剛才的戲劇像極了他自己的罪行，應該不可能只是個巧合，他想要瞭解王子對於他的罪行知曉多少內幕，就督促王后打聽。可是，奸詐的國王又擔心王后會偏坦兒子，所以就吩咐大臣老波洛涅斯躲在王后內宮的帷幕後面，如此一來，他就能清楚知道他們談話的一切內容。這個計謀尤其適合波洛涅斯的性格，因為他這一生都生存在朝廷政治裡的勾心鬥角，最擅長用詭詐狡猾的手段去刺探內幕，這也是為什麼國王派他去偷聽的原因。

哈姆雷特走進母親房間，王后就開始委婉地責備他剛才的行為，說他嚴重地得罪了他的父親，當然王后所指的「父親」是當今的國王、哈姆雷特的親叔叔。因為她嫁給了他，所以稱他為哈姆雷特的父親。不過，對哈姆雷特而言，這是一個值得尊敬的稱呼，只會讓他想起自己的親生父親；所以聽到母親將「父親」一詞用在一個卑鄙的壞蛋身上，而且實際上，這個人是謀殺親生父親的兇手，便極為憤怒、嚴厲地回答：「不，母親，是妳冒犯了我的父親。」

王后說，這番話簡直是一種毫無根據的答覆。

哈姆雷特反駁說：「不，這才是妳應有的回答。」

王后問他是否知道此時正在跟誰說話。

「哎呀！」哈姆雷特痛苦地回答說，「但願我不知道。可是，我偏偏清楚地知道，妳是王后、是妳丈夫胞弟的妻子，妳又是我的母親；我真的但願妳不是。」

「放肆，」王后憤怒地說，「你實在太無禮了，既然如此，我只好去找其他人來和你爭辯。」王后的意思是去找國王或波洛涅斯來勸說哈姆雷特。

但是，哈姆雷特不讓母親離開。他心想，既然已經抓住機會與她單獨相處，就要試著想辦法讓母親意識到她自己的邪惡墮落。所以他抓住母親的手腕，硬按著她坐下。可是，哈姆雷特的嚴肅神情讓她害怕，唯恐他的瘋狂行為會傷害到她，於是她大聲叫喊著救命。與此同時，躲在帷幕後面的波洛涅斯以為王后有生命危險，也不停地喊道「救命！來救王后！」只是，他沒有跑出去幫助王后。哈姆雷特聽到這個聲音以後，認為藏在那兒的人一定是國王本人，於是就拔出佩劍，一劍刺了過去，好像是在扎一隻從那兒跑過的大老鼠，直到那個聲音停止，斷定那個人已經死了，他才放下寶劍。他拖出那個屍體，但是死者不是國王，而是躲在帷幕後面、刺探祕密的波洛涅斯。

「唉呀！」王后嚷道，「瞧你做了一件多麼魯莽、血腥的事情！」

「沒錯，母親，這的確是一件血腥的事。」哈姆雷特痛苦地回答，「可是，妳比我更殘忍，妳殺死了自己的丈夫，然後又嫁給他的胞弟。」

其實，對於父母的過錯，做兒女的人應當巧妙包涵，所以哈姆雷特本來想把話說得委婉一點，但是情急之下，他還是嚴厲地斥責了母親；當然，他心想，這種指責是為了讓母親改邪歸正，沒有其他惡意。於是，品德高尚的王子就用感人肺腑的言辭，激憤地訴說王后所犯下的罪行。他說，王后不該無情無義，這麼快就忘記已故的老國王，又在這麼短的時間內，嫁給謀害丈夫的兇手——與老國王的胞弟結婚。況且，她曾經對上天發誓，如今卻做出違背良心的事，她的所作所為足以讓人心生懷疑；懷疑女人的一切誓言、世間一切的美德都是一種偽善。既然如此，婚姻的誓言又有什麼意義呢？也許它還比不上賭徒的詛咒呢，宗教也因而成為嘲笑的對象，變作虛有其表的空話。接著，他說她做了一件讓蒼天蒙羞、令大地受辱的事，哈姆雷特拿出兩幅國王的肖像，一幅是已故國王，她第一任丈夫；另一幅是現在的國王，她的第二任丈夫。他提醒王后注意他們之間的區別。他說，她已逝的丈夫多麼像上帝一般仁慈高貴！他擁有太陽神阿波羅的鬈髮，前額像天神，眼睛像戰神，他的姿勢就像降落在山峰上擁抱蒼天的幸運之神。可是，如今她嫁給了什麼樣的人呢？她的第二任丈夫就像患了枯萎病或黴病的患者，渾身沾滿了細菌般那樣卑鄙，竟然狠心摧殘自己的親兄弟！這一番話讓王后意識到自己骯髒醜陋的行為，在內心深處，她感到羞愧。哈姆雷特問她如何繼續與這樣一個人生活，怎麼能夠這樣鬼迷心竅地嫁給謀殺她丈夫的兇手、成為那個詭計多端的篡位者的妻子。

哈姆雷特正在說著這一番話的時候，老國王的鬼魂又出現了，模樣完全像是老國王生前的樣子，像哈姆雷特上次看到的那般。鬼魂飄進了房間，哈姆雷特緊張地問它為什麼出現在這兒，鬼魂說，他是來提醒哈姆雷特不要忘記替它報仇的承諾，至於王后，鬼魂說既然她已經知錯，就放過她吧，它叫他去跟王后說話，以免她會在悲傷和恐懼中死去。說完，鬼魂就消失了。哈姆雷特的一番話已經讓王后幡然悔悟，可是哈姆雷特與鬼魂交談的時候，由於她無法看見國王的鬼魂，就以為哈姆雷特是在對著空氣說話，心裡害怕兒子又精神失常了。然而，哈姆雷特安慰她，他讓她感覺自己的脈搏正常地跳動，自己剛才確實是在與父王的鬼魂交談。他又流著眼淚懇求王后：承認過去的罪惡以後，避免再跟國王生活在一起，不要再繼續做他的妻子。如果王后答應以一顆誠摯、虔誠的心，去懷念已逝的老國王，做一個真正的母親，那麼，他就會以一個兒子的身分，為她祈禱、祝福。王后答應一定會依照他的吩咐去做，於是，這對母子的談話結束了。

現在，哈姆雷特終於可以鎮靜下來，從容地看看自己一時衝動殺死的人是誰了。可是，當他發現死者竟然是波洛涅斯——他深愛的奧菲利婭姑娘的父親，他把屍體拉到一旁。等他稍微穩定了情緒，他開始為自己所做的這件事情流下眼淚。

此時，國王意識到哈姆雷特的存在是一種威脅，於是便一心想除掉他。但是，他知道這位王子深受百姓愛戴，所以不敢輕舉妄動；況且，他也害怕王后，因為雖然王后也有過錯，但是還是十分疼愛自己的兒子。於是，哈姆雷特殺死波洛涅斯的不幸事件，恰巧使國王找到一個藉口，讓他正大光明地將哈姆雷特驅逐出境。因此，這個詭計多端的克勞狄斯假意為了王子的安全著想，讓王子不會因為波洛涅斯的死亡而受到懲罰，他派遣兩個大臣護衛王子出國、坐船前往英國；因為當時的英國是丹麥的屬國。然而實際上，克勞狄斯國王寫了一封密函給英國國王，要求他們等哈姆雷特一踏上英國國土，就立刻將他處死。哈姆雷特瞭解他叔叔的個性，懷疑這其中暗藏陰謀，於是在夜晚的時候，趁著同行護衛正在熟睡之際，偷偷取得那封信，打開密函之後，他巧妙地擦掉自己的名字，換上了那兩個隨行護衛的名字，然後重新把信封好，再放回原處。不久，船隻遭遇海盜的攻擊，發生了一場海戰。在與海盜戰鬥的過程中，哈姆雷特異常勇敢，隻身跳進敵船，與海盜搏鬥，而他自己乘坐的那艘船卻趁機怯懦地逃跑了。那兩個隨行的人，自私地挾帶密函趕往英國，毫不顧忌哈姆雷特將會遭遇什麼樣的危險。幸好，這封密函的內容已經被哈姆雷特更改了內容，這兩個人也得到了應有的懲罰。

海盜抓住哈姆雷特以後，哈姆雷特就留在他們的船上。不過當海盜們得知這名俘虜是個王子，便善意款待他、敬重他。他們希望王子可以在宮廷中幫助他們，以報答他們的這番好意，所以就把哈姆雷特帶到距離他們最近的一個丹麥港口，讓他上岸。哈姆雷特一上岸，就寫信給他的叔叔，告訴他因為一場奇怪的遭遇，自己又回到了丹麥，等到第二天見面時，再對他敘述具體詳情。可是，他怎麼也想不到，回家之後，等待他的是一片悲涼淒慘的情景。

年輕、美麗的奧菲利婭死了！自從得知她的父親死於非命，而且是死於她心愛的人手中，奧菲利婭深受打擊，傷心欲絕，就開始變得神志不清。她經常拿著花朵在宮廷中亂跑，把花送給宮裡的女人們，並且說那些花朵是撒在她父親的墳墓上，她還唱著愛情和死亡的輓歌，有時又唱著毫無意義的歌詞，似乎忘記了過去所有的事情。有一天，她獨自來到小河邊，看到河邊有一棵柳樹斜著軀幹伸進小溪的上邊，葉子倒映在水面上，於是，她用雛菊、蕁麻、野花和雜草編織了一個花環，然後爬到柳樹上，想把這個花環掛在柳枝上。可是就在她爬樹的時候，柳枝折斷了，這個美麗又年輕的姑娘和花環一起跌落了水中。然而，她似乎對所面臨的災難毫無知覺，或者，她以為自己原本就是水生動物，於是她靠著衣服漂浮在水上一陣子，還斷斷續續地唱了幾句古老的歌謠。不久，她的衣服被水浸濕，變得沉重起來，她就連同那支未唱完的歌曲，在美妙的歌聲中被河水吞沒到污泥裡，悲慘地淹死了。哈姆雷特回到宮廷的時候，奧菲利婭的哥哥雷歐提斯正在為這個美麗的姑娘舉行葬禮，國王、王后和所有的朝臣也都在場。

不過，哈姆雷特並不知道這是在舉行誰的葬禮，只是躲在一旁偷看，不想去打擾這個儀式。他看到王后按照處女葬禮的習俗，在墳墓上灑滿鮮花，她一邊灑花一邊說道：

「鮮花應該拋灑給美人！可愛的姑娘，我本來想用鮮花來裝飾新娘子的婚床，妳本來應該成為我的哈姆雷特的妻子。可是如今，卻只能把這些鮮花灑在了妳的墳墓上！」

聽到這句話，哈姆雷特才驚訝地發覺，死者是他心愛的奧菲利婭，悲傷和悔恨沉重地壓在他的心上。接著，他看到她的哥哥雷歐提斯[7]說道：希望從奧菲利婭的墳墓中生長出紫羅蘭。同時，他看到雷歐提斯跳進了奧菲利婭的墳墓，悲傷得像發瘋了一般，他命令侍從們在他身上堆滿泥土，讓他與奧菲利婭一起埋葬在墳墓裡。這個悲傷的情景重新喚醒哈姆雷特對奧菲利婭的愛情，他不能容忍一個哥哥如此悲痛欲絕，因為在他的心目中，他對奧菲利婭的愛情超越四萬個哥哥所能付出的愛。於是，哈姆雷特從角落裡衝了出來，跳進墳墓中，甚至比雷歐提斯更加地瘋狂。雷歐提斯一看到哈姆雷特出現，就想起父親和妹妹的死亡，就把哈姆雷特當成敵人一般，掐住他的喉嚨，大聲喊道「報仇」，直到侍從把他們拉開了。葬禮結束之後，哈姆雷特為自己魯莽的舉動表示歉意，他解釋說，自己跳進墳墓裡並不是為了和雷歐提斯打架，只是不能容忍有人為了奧菲利婭的死亡，比他更加傷心。於是，兩個高貴的青年似乎暫時和解，停止戰爭。

然而，奸詐的國王，也就是哈姆雷特邪惡的叔叔，仍然沒有放棄殺害哈姆雷特的計畫，這一次，他決定利用雷歐提斯對於父親和奧菲利婭的死亡，所產生的悲憤之情，來謀害哈姆雷特。於是，在國王的慫恿下，雷歐提斯提出一場友好的劍術戰，作為言歸於好的藉口，哈姆雷特接受了挑戰。兩人約定的比賽日期到了，宮廷所有的人都到場了；因為大家都知道哈姆雷特和雷歐提斯兩人劍術精湛，朝臣們還為這次比賽投下了很大的賭注。按照比劍規則，雙方必須使用圓頭劍，哈姆雷特挑選了一把圓頭劍，所以他不知道在國王的授意下，雷歐提斯使用了一把塗有毒藥的尖頭劍，他絲毫沒有懷疑雷歐提斯會暗藏什麼詭計，也沒有仔細檢查雷歐提斯的劍。比賽剛開始的時候，雷歐提斯並沒有認真比劍，讓哈姆雷特占了些優勢，國王故意裝模作樣地喝彩，讚揚哈姆雷特劍術高超、為他的勝利乾杯。但是幾個回合之後，雷歐提斯氣勢越來越猛，並趁機用毒劍刺了哈姆雷特一下，給他致命的一擊。哈姆雷特極為激憤，可是他不知道這些都是事先計畫好的陰謀，於是他用自己的劍，換過雷歐提斯的那把毒劍，用毒劍回刺了他一下，雷歐提斯因而成為這個陰謀的犧牲品；正在這個時候，王后突然尖聲喊叫自己中毒了。原來，國王特意預備了一杯含有毒的水，打算讓哈姆雷特口渴的時候喝下；這個背信棄義的國王在杯子裡下了劇毒，如此一來，如果雷歐提斯比劍失敗，他還有機會毒死哈姆雷特。結果，由於國王忘記事先警告王后，王后無意中喝下毒水。王后用她生命的最後一口氣喊叫——她是被毒死的。

目擊了這一切之後，哈姆雷特懷疑這是一個陰謀，於是吩咐關閉所有大門，他要查出誰是幕後指使者。此時，雷歐提斯也倒在地上，他感覺到自己身中劇毒，就喊道不必查了，自己就是出賣朋友的人。接著，他供出國王是如何一手佈置這個陰謀，他告訴哈姆雷特，劍頭已抹上了毒，哈姆雷特只剩下半個小時的生命，無藥可救了。他乞求哈姆雷特寬恕他，說著說著就斷氣了。此時，哈姆雷特眼看著自己就快死了，劍頭上還殘留著一些毒藥，他想起自己答應父親鬼魂的承諾，就拿起那把毒劍，刺向背信棄義的叔叔，刺進他的胸膛。哈姆雷特總算實現自己的諾言，為父親報仇雪恨了。哈姆雷特覺得呼吸即刻就要停止，生命就要離他遠去，他轉過身，走向他親密朋友的身旁——這場悲劇的見證者——霍拉旭，用最後一口氣懇求他活在世上——因為霍拉旭當時像是要自殺的樣子，想與王子一起死去——把這件悲慘的事公諸於世。霍拉旭答應一定忠實地告訴世人這件事，於是，哈姆雷特滿意地閉上眼睛，哈姆雷特結束了他的悲劇性命運。霍拉旭和所有在場的人都流著眼淚禱告，希望天使可以保佑王子的靈魂。哈姆雷特是一位深情寬厚、仁慈和藹、高貴勇敢的王子，王子的美德贏得人們的愛戴；毫無疑問，倘若他仍然在世，他應該會成為一位最高貴賢明、眾望所歸的丹麥國王。

註：

1. 哈姆雷特——*Hamlet, Prince of Denmark*，悲劇，莎士比亞四大悲劇之一。
2. 葛楚德——Gertrude，哈姆雷特王子（Prince Hamlet）的母親，老國王哈姆雷特的妻子（King

Hamlet）。

3.克勞狄斯——Claudius。

4.霍拉旭——Horatio。

5.奧菲莉婭——Ophelia。國務大臣波洛涅斯（Polonius）的女兒。

6.特洛伊（Troy）是小亞細亞的古城，荷馬在史詩《伊利亞德》中描寫，在希臘人圍攻該城時，國王普里阿摩斯（Priam）被殺。

7.雷歐提斯——Laertes。

奧菲利婭。……她用雛菊、蕁麻、野花和雜草編織了一個花環。——第359頁

（當哈姆雷特和鬼魂單獨在一起的時候）鬼魂終於打破沉默。——第348頁

「沒錯，母親，這的確是一件血腥的事，」哈姆雷特痛苦的回答，「可是，妳比我更殘忍，妳殺死了自己的丈夫，然後又嫁給他的胞弟。」——第356頁

但是，他（奧塞羅）殺害苔絲狄蒙娜的決心沒有動搖。——第382頁

奧塞羅[1]

威尼斯一位有錢的元老[2]勃拉班修[3]，他的女兒是美麗、溫柔的苔絲狄蒙娜[4]。由於苔絲狄蒙娜本人品德出眾，將來又會繼承一大筆遺產，向她求婚的人絡繹不絕。不過，這位高貴的姑娘認為：人的心靈比外貌更加重要。於是，她用自己非凡的眼光，捨棄了本國所有同膚色的人；她以一種值得欽佩卻不可模仿的獨特眼光，選擇了一個摩爾人——奧塞羅[5]。這個人是個黑人，她的父親也很欣賞他，經常邀請他到家裡來作客。

然而，苔絲狄蒙娜選擇這個情人是有她自己的理由。奧塞羅是一位驍勇善戰的軍人，在與土耳其人之間的浴血奮戰中，屢建戰功，被提升為威尼斯軍隊裡的將軍，受到國家的尊敬和信任。除了黑皮膚，這個高尚的摩爾人具備一切優秀的特質，值得所有高貴小姐去青睞。

奧塞羅曾經是一個旅行家，而苔絲狄蒙娜（就像所有的姑娘一樣）喜歡聽他的冒險故事，於是，他開始從早年的往事，談到他親身經歷的戰役、圍攻和會戰，講到他在水上和陸地所面臨的種種險境，談到他衝進突破口，或者朝向炮口挺進，最後在千鈞一髮之際死裡逃生。他還談到如何被傲慢無禮的敵人俘虜、被當作奴隸賣掉，他又是如何忍氣吞聲，才得以逃脫苦難。在講述這些經歷的時候，他還附帶地說他在外國看到的一些新奇事物：一望無際的荒野、瑰麗浪漫的洞穴、採石場、岩石和高聳入雲的山峰；一些野蠻的國家和吃人的部落；一個腦袋長在胳膊底下的非洲民族。這些旅行家的故事深深地吸引著苔絲狄蒙娜，如果在聽故事的時候，因為家務事，一時之間被叫走，她總是趕緊處理完事情，然後立刻回來用貪婪的耳朵，如饑似渴地聽完奧塞羅的敘述。有一次，苔絲狄蒙娜終於忍不住向奧賽羅提出一個請求：請他將一生的經歷完整地講述一遍。因為雖然這段時間內她已經聽了許多故事，但那都是一些零零碎碎的段落。奧塞羅答應了。當他講述到少年時代所遭受的艱難困苦時，還讓她流下不少同情的眼淚。

奧塞羅說完了經歷，苔絲狄蒙娜的心情也是百轉千迴，連她自己也不知道為了奧賽羅的遭遇感歎了多少回。她趁機巧妙地立下一個動聽的誓言：那些事都是非常離奇、悲慘，令人同情，如果自己沒有聽說也就罷了，但是現在聽完之後，她真希望上天為她創造出這樣一個男子。然後，她又向奧塞羅致謝，並暗示他：如果他有朋友愛上了她，只需讓那個人講述過去的經歷，就能得到苔絲狄蒙娜的愛情。得到這樣一個坦率卻不失矜持的暗示，而且，看到苔絲狄蒙娜嬌羞嫵媚地微笑，奧塞羅當然明白她的意思。於是，他也趁此機會表白自己的心意，得到苔絲狄蒙娜姑娘的同意，答應與他祕密結婚。

勃拉班修雖然很欣賞奧塞羅，但是從膚色和他的財產看來，勃拉班修不會同意將女兒許配給他。儘管他一直沒有干預女兒和奧塞羅之間無拘無束的談話，但是這種情形並不意味著：他打算讓奧塞羅成為自己的女婿。在他的計畫中，苔絲狄蒙娜也會像威尼斯的高貴小姐們一樣，挑選一位元老身分的人，或者是有朝一日能夠成為元老的人，作為她自己的丈夫。可是，他失策了，他沒想到苔絲狄蒙娜竟會愛上這個摩爾人，她把自己的心和財產全部獻給了這個人；所有姑娘都看不上他這種另類的膚色，但是在苔絲狄蒙娜的眼裡，他的膚色比那些向她求婚的威尼斯貴族的膚色，更加的高貴。

他們的婚禮雖然是祕密地舉行，不過，這個祕密很快就傳進老勃拉班修的耳朵裡。勃拉班修在莊嚴的元老院會議上，氣憤地控告奧塞羅，他堅持地說道：奧塞羅憑藉符咒和巫術騙取了苔絲狄蒙娜的愛情，讓她未經過父親的同意，就嫁給了他；奧塞羅的做法違反了道義。

在這種危機時刻，發生了一件湊巧的事情，威尼斯政府刻不容緩地需要奧塞羅為國效命。原來，土耳其人調派了強大的艦隊，正向賽普勒斯島[6]進攻，企圖奪回這個軍事要塞。在如此危急的關頭下，威尼斯政府把希望寄託在奧塞羅身上，認為只有他才能夠抵禦土耳其人的進攻。於是，奧塞羅就以雙重身分被召見到元老院，站在元老們面前：一方面肩負著國家的重任，另一方面又是個罪犯。按照威尼斯法律，如果他被指控的罪名成立，他將會被判處死刑。

在這種嚴肅的場合，元老們都以最大的耐心聽著勃拉班修的指控。但是這位氣憤的父親仍然情緒激動地陳述一些毫無說服力的證據，控訴奧賽羅。於是，當奧塞羅站出來替自己辯護的時候，只須把自己和苔絲狄蒙娜戀愛的經過如實講一遍，就足以推翻勃拉班修的控訴。奧賽羅的言辭如此坦白直率——這就是真實的證據——連主審案件的公爵也不得不承認，如果他自己的女兒遇到這種情況，也會愛上奧塞羅。所以，勃拉班修所謂的符咒和巫術，只是男人在戀愛時所用的光明正大的方法；至於巫術，不過是一種講故事的才能，藉此贏得姑娘的芳心。

苔絲狄蒙娜證實了奧塞羅的證詞。在法庭裡，她首先承認了父親的養育之恩，並說自己盡了一份做女兒的責任；然後她向父親提出一個要求，懇請父親允許她做到妻子對丈夫應盡的責任，就像母親對待他（勃拉班修）一樣。

年邁的勃拉班修無話可說了，不能再堅持自己的訴訟。勃拉班修十分悲傷地把摩爾人叫到面前，無奈地將女兒嫁給了他，對他說：如果自己有扣留苔絲狄蒙娜的權利，他休想得到她。並且說：幸虧自己只有這麼一個女兒，否則，苔絲狄蒙娜的行為會使自己變成一個暴君，會因為苔絲狄蒙娜與情人私奔，替其他的女兒戴上枷鎖。

奧塞羅對艱苦的軍隊生活習以為常，把它看作家常便飯那樣自然。所以這件糾紛結束以後，他就準備前往賽普勒斯，指揮作戰了。苔絲狄蒙娜是個深明大義的妻子，與一般新婚夫婦在聲色犬馬中消磨時光相比，她更希望丈夫去建功立業（雖然十分危險），她還欣然願意與丈夫一同奔赴前線。

奧塞羅和妻子剛剛在賽普勒斯上岸，就聽到消息說，土耳其艦隊被一場劇烈的暴風雨驅散了。這樣一來，戰爭的威脅就暫時解除了。但是，奧塞羅萬萬沒有想到，他將遭受另一場戰爭：在別人惡毒地挑撥下，他開始猜忌清白的妻子。而這種猜忌，就其本性來說，遠比陌生人或異教徒[7]的入侵更加危險、可怕。

這件不幸的事情要從邁克爾・凱西奧開始談起。在將軍的朋友們中，最受信賴的莫過於邁克爾・凱西奧[8]。凱西奧是佛羅倫斯的年輕軍官，性情活潑、熱情，善於對女人獻殷勤，得到女人的歡心，而且他的相貌英俊，能言善辯，正是這些特質，引起年紀稍長（奧塞羅的年紀也不輕了）的男人的嫉妒心，尤其是那些娶了貌美妻子的男人。然而，高貴的奧塞羅光明磊落、性格單純，他從不猜忌別人，正像他自己不會做卑鄙的事情一樣，他也從不懷疑別人會那麼做。所以當他與苔絲狄蒙娜談戀愛的時候，曾經尋求凱西奧的幫助；奧塞羅知道自己不善於言談、不會對女人說些柔情蜜意的話，而凱西奧卻很有這方面的本領，便經常請凱西奧（奧塞羅這樣說道）代表自己去向苔絲狄蒙娜求婚。這樣的純潔、真誠，正是這個勇敢的摩爾人的一種榮耀，而不是缺點。正因為此，除了奧塞羅，溫柔的苔絲狄蒙娜最為信任的人就是凱西奧（但是作為一個賢德的妻子，她總是與凱西奧保持適當的距離），也就不奇怪了。苔絲狄蒙娜和奧賽羅結婚以後，她對邁克爾・凱西奧的態度也絲毫沒有改變。凱西奧還是經常去他們家拜訪，並且像從前那樣，和苔絲狄蒙娜有說有笑。他那歡快的談話，總能讓性情嚴肅的奧塞羅感到愉快。因為嚴肅之人經常能從性格活潑之人的談話中，得到快慰，以此釋放內心的鬱悶。

最近，奧塞羅晉升凱西奧為副官，這是一個受信任、最接近於將軍的職位。但是，這次的提升卻惹惱了伊阿古[9]。伊阿古是個資深的軍官，他還經常嘲笑凱西奧只懂得贏得女人歡心，對於進攻戰術或排兵布陣一無所知，所以他認為自己應該更有資格接受這個職務。除了仇視凱西奧，他也恨奧塞羅，一半的原因是因為奧塞羅偏愛凱西奧，另外一半的原因就莫名其妙了——他竟然憑空猜疑，並且輕率、毫無根據地認為奧賽羅喜歡他的妻子愛米利婭。這些仇恨累積起來，就促使詭計多端的伊阿古想出一個可怕的計謀：他計畫報復凱西奧、摩爾人和苔絲狄蒙娜，要他們一起同歸於盡。

伊阿古為人狡詐、洞悉人性，他清楚地知道：在一切折磨人類心靈的痛楚（遠比對肉體的折磨更加痛苦）中，最令人難以忍受、最刺激人心的折磨，恐怕就是由嫉妒而生的痛苦。所以，如果他能讓奧塞羅嫉妒凱西奧，那將會是實施報復的絕妙之計，也許能讓凱西奧或奧塞羅之中的一人死亡，或者兩個人都死掉，如此一來，他會更加感到高興。

奧賽羅將軍和夫人抵達賽普勒斯的時候，由於敵人的艦隊已經被暴風雨驅散，這個消息傳出去以後，整個海島沉浸在節日的氣氛裡，每個人都在歡快的喜宴上縱情飲酒、互相祝賀，並且祝福奧塞羅和美麗的苔絲狄蒙娜，為這一對夫妻的健康，舉杯飲酒。

當天晚上，伊阿古開始了他處心積慮的陰謀。那天晚上的警衛工作由凱西奧負責，奧塞羅命令士兵們不能飲酒過量，以免打架鬥毆，驚嚇了當地居民，或讓他們討厭新登陸的軍隊。可是，伊阿古卻以向將軍表示忠誠和敬愛為藉口，拚命慫恿凱西奧毫無節制地喝酒（縱情飲酒對負責警衛的軍官來說，是一項嚴重的錯誤），最初的時候，凱西奧拒絕了，但是後來，伊阿古繼續諂媚地慫恿他，凱西奧終於忍受不住，就一杯接一杯地喝了起來（伊阿古一邊不斷添酒，一邊唱著勸酒歌），嘴裡還不停地稱讚苔絲狄蒙娜夫人，一次又一次地為她乾杯，誇讚她是一位最美麗絕倫的夫人。後來，一個受伊阿古唆使的傢伙故意向他挑釁，此時，凱西奧喝到肚子裡的酒精使他鬼迷心竅，失去了理智，衝動之下，兩人拔劍對峙。一位好心的蒙太諾軍官跑過來排解糾紛，卻在扭打中受傷。騷亂越鬧越嚴重了，存心不良的伊阿古最先帶頭喊著報警，並叫人敲響城堡上的警鐘（好像這起事件不是酒醉打架，而是危險的叛變）。奧塞羅被警鐘吵醒了，匆忙間穿上衣服，趕到出事地點，詢問凱西奧發生了什麼事情。此時，凱西奧清醒了大半，酒勁兒也過去了一點，但是他卻羞愧地無言以對。伊阿古假裝極不情願地指責凱西奧，好像是因為奧塞羅一定要問個水落石出，迫於無奈，他才不得已說出事情的全部經過（他把自己參與的那部分省略掉，當時凱西奧酒醉得厲害，也記不得了）。於是，聽起來看似替凱西奧開脫罪名的陳述，事際上卻是加重他的罪責。結果，嚴守軍規紀律的奧塞羅，被迫裁撤凱西奧的副官職位。

伊阿古的第一步陰謀就如此大功告成了。他利用陰險的手段暗中陷害自己的敵人，讓凱西奧失去了副官的職位。然而，他還要更進一步地利用這個夜晚所發生的事情，引起更巨大的災難。

凱西奧完全清醒後，對自己的行為感到後悔不已，他向虛偽的朋友伊阿古表示，自己怎麼會這樣愚蠢，竟然把自己變成了一隻野獸，現在，他算是一切都毀滅了，他怎麼好意思去向將軍請求恢復職位呢？將軍一定會輕視他、說他是個酒鬼。伊阿古假裝安慰他說：事情並不嚴重，誰都難免偶爾有喝醉的時候，現在只有想盡辦法去補救這個局面。他說，正好，奧賽羅將軍現在任何事都聽從夫人的意見，對她言聽計從，所以勸說凱西奧去請求苔絲狄蒙娜替他求情。以苔絲狄蒙娜樂於助人的個性來說，她一定會答應這件事。如此一來，凱西奧就可以重新得到將軍的重用，同時，他與將軍的情誼也會變得比以前更加親密。如果伊阿古沒有抱著邪惡的目的，這是一個好主意；從下文就可以看出他的險惡計謀。

於是，凱西奧依照伊阿古的建議，去向苔絲狄蒙娜夫人求救。苔絲狄蒙娜一向樂於助人，無論是誰，只要是真心誠意地懇求她辦正當的事情，她都會應允。所以，凱西奧開口以後，她立刻答應在丈夫面前替凱西奧求情，說自己寧願一死，也決不會背棄承諾。面對苔絲狄蒙娜誠懇又巧妙的言辭，儘管奧塞羅對凱西奧非常不滿，也無法拒絕他的妻子；但是現在就赦免一個違犯軍紀的人，也太不合常理了。於是奧塞羅決定：等到過些時日之後，再恢復凱西奧的職位。苔絲狄蒙娜仍然沒有放棄，她催促丈夫一定要盡快赦免凱西奧，她堅持說道：一定要在第二天晚上，或第三天的早晨，最遲到第四天的早晨，恢復凱西奧的職位。然後她又說，可憐的凱西奧已經感到懊悔和羞愧，不應該繼續受到如此嚴厲的懲罰。她看到奧塞羅仍然沒有鬆口答應，就說道：

「怎麼，我的丈夫。替凱西奧求情這麼困難嗎？當初邁克爾・凱西奧替你求婚的時候，我對你稍有貶意，他總是替你辯護！我現在要求你做的只是一件小事，你卻感到為難；如果我想考驗一下你的愛情，一定會要你做一件大事，看你會怎麼去做。」

對於苔絲狄蒙娜的要求，無論如何，奧塞羅都不能拒絕。最後，他請求妻子給他一些時間，他答應一定會重新任用邁克爾・凱西奧。

湊巧的是，在此之前，當奧塞羅和伊阿古走進苔絲狄蒙娜的房間時，來向苔絲狄蒙娜說情的凱西奧恰巧從對面的門走出去。心懷狡詐的伊阿古故意自言自語地小聲說道：「我覺得有點不對勁啊。」起初，奧塞羅沒有在意這句話，而且，隨後他和妻子商量事情的時候，就把這句話全部忘掉了。但是，苔絲狄蒙娜離開後，伊阿古卻假意問道：奧塞羅向苔絲狄蒙娜求婚的時候，邁克爾・凱西奧是否知道他們戀愛的事情；對於這一點，將軍的回答是肯定的，他又補充說，凱西奧還撮合過他們的姻緣。伊阿古聽到這句話以後，卻皺起了眉頭，好像發現一件可怕的事，嚷叫了一句：「真的嗎？」這句話一下子讓奧塞羅回想起伊阿古看見凱西奧走出苔絲狄蒙娜房間時，無意間脫口而出的那句話；他開始覺得伊阿古話中有話、另有含意，因為在他的心裡，只有奸詐的惡棍才會吞吞吐吐，而伊阿古是個正直的人，對他充滿了愛戴和忠誠。如果這句話出自一個無賴之口，就一定是個騙局，但是這句話從伊阿古這樣誠實人的嘴裡說出來，又有這麼不自然的表情，就表示他心中藏著一件嚴重的事情，卻無法說出口。於是，奧塞羅懇求伊阿古，不論他想說的事情有多麼糟糕，也一定要把他所知道的事情全部說出來。

「我應該怎麼做呢？」伊阿古說：「如果不能避免卑鄙想法的侵入，就像污穢的東西踏進了宮殿一樣，硬生生地擠進我的心中，我應該怎麼辨呢？」伊阿古繼續說道，他不想讓自己枝微末節的觀察憑添奧塞羅的煩惱。他說，如果奧塞羅知道了他的心事，就會心神不寧，也會因為輕率的猜疑而破壞別人的名聲。當這些旁敲側擊的暗示引起奧塞羅的好奇心、弄得他疑神疑鬼、幾乎發瘋的時候，伊阿古又假裝一副關心的神情，懇求他不要因為猜疑而吃醋。就這樣，這個惡毒的壞人就運用欲擒故縱的狡詐伎倆，在奧塞羅的心裡灑滿猜忌的種子，讓毫無戒心的奧塞羅開始猜疑妻子。

「我知道，」奧塞羅說，「我的妻子很漂亮，她還喜歡社交和宴會，能言善辯，也喜歡唱歌、彈琴、跳舞。但是只要她是貞潔的，這些喜好都是美德。除非有真憑實據，我才能懷疑她做出不貞的行為。」

聽到奧塞羅不輕易懷疑夫人的貞潔，伊阿古假裝十分高興的樣子，他坦率地直言，他也沒有什麼證據，他只是請求奧塞羅日後仔細觀察苔絲狄蒙娜的行為舉止，尤其是當凱西奧在場的時候。他勸奧塞羅既不要嫉妒，也不要認為相安無事，因為他（伊阿古）比奧塞羅更加瞭解義大利女人的性情。他說：威尼斯女人的心中暗藏許多計謀，不敢讓她們的丈夫知道，但是卻瞞不過他的眼睛。然後，他又狡猾地暗示奧賽羅：苔絲狄蒙娜與他結婚的時候，就曾經巧妙地騙過了她的父親，以致於那位可憐的老人還以為奧塞羅使用了巫術，誘拐他的女兒。奧塞羅聽了這個暗示，深受刺激，他心想：苔絲狄蒙娜既然能欺騙父親，為什麼就不可以欺騙丈夫呢？

此時的奧塞羅已經無法壓抑自己的情緒，但是他故意裝作無所謂的樣子，讓伊阿古繼續講下去。伊阿古假仁假義地先說了許多抱歉的話，口口聲聲說不想傷害朋友凱西奧，然後就狠心地說到了要害。他提醒奧塞羅：苔絲狄蒙娜拒絕了許多她本國的、膚色相同並且門當戶對的男子，而嫁了他這個黑皮膚的摩爾人，這對一個倔強任性的小姐而言，是非比尋常的事。可是等到她可以清醒地判斷時，她就可以拿奧塞羅去和那些相貌英俊、皮膚白淨的義大利本國青年相比較。所以，伊阿古建議奧塞羅拖延赦免凱西奧的事情，正好可以留意苔絲狄蒙娜替他求情的殷切程度，就可以從中發現一些蛛絲馬跡，知道事情的真相。於是，這個陰險狡詐的邪惡之徒布置一連串的陰謀，他利用苔絲狄蒙娜的溫柔善良，設計了一個圈套，把她的善良變成毀滅她自己的羅網：第一步，唆使凱西奧向她求情，然後再通過這種別有用心的調解，實施毀滅他所仇恨的人。

談話結束的時候，伊阿古假意懇求奧塞羅：在取得確實的證據之前，千萬不要懷疑妻子的清白。奧塞羅答應一定忍耐，不會做出衝動的事情。然而，從那一刻開始，被蠱惑的奧塞羅又怎麼能夠平靜呢，他嘗到了前所未有的痛苦滋味；無論罌粟、曼陀羅汁，還是世上所有的安眠藥，都無法讓他享受昨日的酣眠。他開始厭倦將軍的職務，不再喜歡打仗。以前，他一看到隊伍、軍旗、戰陣，就感到興奮；聽到鼓聲、號角或戰馬的嘶鳴聲就激動不已、躍躍欲試。而現在，他已經失去了所有的興致，軍人所特有的尊嚴和雄心壯志等美德都消失殆盡了。他一會兒覺得苔絲狄蒙是忠實的妻子，一會兒又覺得她不忠實；有時覺得伊阿古是正直的軍人，有時又覺得他在栽贓嫁禍。有時候，他甚至希望自己根本不知道這件事，如果他不知道，即使妻子真的愛上了凱西奧，他也不必承受這樣的折磨。他的情緒幾乎被這些混亂不堪的念頭逼瘋了。有一次，奧塞羅竟然掐住伊阿古的喉嚨，命令他拿出苔絲狄蒙娜出軌的證據，並且威脅他：如果他蓄意誹謗誣陷，就會立刻處死他。伊阿古佯裝出氣憤的樣子，說自己的一番好意被誤解；接著，他問奧塞羅：是否曾經見過一條草莓花樣的手絹。奧塞羅回答說，當然知道，因為那條手絹是他送給妻子的第一件禮物。

「就是那條手絹，」伊阿古說，「今天我看見邁克爾・凱西奧用它來擦臉。」

「如果一切確實如你所說，」奧塞羅說，「不用瘋狂的報復把他們倆殺死了，我誓不罷休。

現在，為了表現你對我的忠誠，限你三天之內，把凱西奧殺死。至於那個美麗的魔鬼（指他的妻子苔絲狄蒙娜），我立刻回去，想個快捷的方式結束她的生命。」

如果一個人被嫉妒纏身，即使是漂浮的空氣，也可以成為像《聖經》一樣強而有力的證據；此時的奧塞羅正是如此，僅僅憑藉一條伊阿古口中的手絹，就足以成為蒙騙他的憑證，讓他不去釐清事情的來龍去脈，就宣判兩個人的死刑。忠實的苔絲狄蒙娜從來沒有把這件禮物送給凱西奧，這位忠貞的妻子怎麼可能把丈夫送給她的禮物送給另一個男人呢？凱西奧和苔絲狄蒙娜之間的關係清清白白、光明正大，兩人沒有背著奧塞羅犯下不可饒恕的罪行，一切都是邪惡的伊阿古從中作祟；伊阿古假意想從苔絲狄蒙娜的手絹描下花樣來，就吩咐他的妻子（一個善良、卻很軟弱的女人）從苔絲狄蒙娜那兒偷出手絹，然而實際上，阿伊古把手絹丟在凱西奧路過的地方附近。如此一來，伊阿古就可以陷害凱西奧，也就可以讓奧塞羅聯想到：這條手絹是苔絲狄蒙娜送給凱西奧的了。

於是，奧塞羅見到妻子之後不久，佯裝頭痛（頭疼也可能是真實情形）的樣子，要借她的手絹來揉揉太陽穴。苔絲狄蒙娜於是就遞給了他一條手絹。

「不是這條手絹」奧塞羅說，「要我送給妳的那條。」

當然，苔絲狄蒙娜拿不出那條手絹（因為如前所述，它的確被偷走了）。

「怎麼了？」奧塞羅接著說，「那條手絹是一個埃及女人送給我母親的禮物。那女人是個巫婆，能看夠透凡人的心思。當初她曾經對我母親說：只要手絹保存在她手上一天，它就會庇佑她丈夫愛她一天。可是，如果她把手絹弄丟了，或者是送給別人，我父親對她的愛情就會改變；當初曾經多麼深刻地愛她，以後就也會多麼深刻地憎恨她。臨終前，母親把手絹交給了我，要我送給我的妻子。所以，妳要留心保存，把它看得像妳的生命一樣寶貴。」

「真的這麼靈驗嗎？」苔絲狄蒙娜心裡感到有些害怕。

「當然是千真萬確，」奧塞羅繼續說，「那是一塊含有魔法的手絹，由一個活了兩百歲的女巫用神靈吐出來的真絲織成的，那蠶絲還曾經浸泡在處女木乃伊的心臟裡。」

聽到那條手絹具有如此神奇的魔力，苔絲狄蒙娜有些驚慌，因為她擔心隨著手絹遺失，她會失去丈夫的愛。然後，奧塞羅的疑心病開始發作了，他的神情似乎流露出輕率魯莽的念頭，他仍然逼迫妻子拿出手絹，苔絲狄蒙娜便極力想讓心情沉重的丈夫轉移注意力。於是，她假裝輕鬆地對奧塞羅說，她並不相信關於手絹魔法的那番話，那只是奧塞羅編造出來的故事，目的只是想阻止她為凱西奧求情罷了，接著（正像伊阿古事先所預言的情形一樣），她又趁機稱讚起凱西奧。可憐的苔絲狄蒙娜實在不應該說出這番話啊！因為，當她無法拿出手絹時，奧塞羅已經瀕臨發瘋邊緣，剛才她說的那番話更是雪上加霜，使奧塞羅瘋狂地奪門而出，苔絲狄蒙娜才開始懷疑丈夫嫉妒心發作，儘管她不願意這麼想。

翻來覆去地想，苔絲狄蒙娜還是不明白為何丈夫會表現得如此瘋狂。想起奧塞羅最近反常的行為，她十分傷心，不過她又想辦法為奧賽羅找理由，她責怪自己不應該錯怪高貴的奧塞羅，心想：一定是威尼斯傳來不好的消息，或者國家政事遇到了什麼麻煩事，才使奧塞羅心神不安、脾氣暴躁，不像以前那般溫柔了。她自言自語地說道：「男人又不是神仙，怎麼能指望他們在結婚後，對待妻子的態度還是像結婚那天一樣呢？」

然而，再次見到奧塞羅的時候，苔絲狄蒙娜面臨更加嚴厲的指責，以及奧塞羅的眼淚。苔絲狄蒙娜感到很困惑，於是歎了口氣，說道：「唉，你到底遭遇到什麼不幸的事啊，竟讓你如此傷心？」奧塞羅悲痛地說，他可以堅韌地承受各種不幸——貧窮、疾病和恥辱，卻唯獨無法忍受她的不貞的行為。他形容苔絲狄蒙娜就像是一株「毒草」，遠遠看著，她的樣貌是如此美麗，氣味也如此芳香，可是走近時，卻令五官疼痛，既不能看，也不能聞。聽著這些莫須有的罪名，無辜的苔絲狄蒙娜感到驚訝、茫然不知所措。奧塞羅離開以後，她昏昏沉沉地只想睡覺，只好吩咐僕人整理她的床，鋪上了結婚那天所用的被罩。這位善良的夫人沒有一句抱怨的話，她只是說著：大人教導孩子的時候，總是態度溫和地教導他從最容易的事情做起，而她現在就像是個孩子，奧塞羅當然可以溫和地責備她。

苔絲狄蒙娜躺在床上的時候，心想丈夫隨後就會來。因為情緒低落，她很快就睡著了。此時，奧塞羅走進了臥室，同時還帶來一個邪惡的念頭——殺死他的妻子。可是看到她睡得香甜，奧塞羅實在不願意看見她流血，也實在不忍心在她那比雪花還要潔白的皮膚上，留下傷痕。但是，他殺害苔絲狄蒙娜的決心沒有動搖，因為在他的意識裡，如果繼續讓她活下去，她會像背叛自己一樣，還會背叛更多的男人。於是，奧塞羅最後一次戀戀不捨地吻她，（如他所說）這個吻是如此甜蜜；然後，他流下眼淚，他說：這是令人心碎的淚水。

苔絲狄蒙娜被他吻醒了，可是當她睜開眼睛，卻看到奧塞羅咬著下嘴唇、轉動著眼珠；苔絲狄蒙娜心慌意亂了，因為她知道只要奧塞羅露出這種神情，總是意味著將有可怕的事情發生。果然，丈夫立刻殘酷地說，讓她祈禱、準備受死吧，因為他不想殺死她的靈魂。此刻，無辜的苔絲狄蒙娜才意識到情況極為嚴重，但是她根本無法反抗，只有任憑丈夫擺布，她只能苦苦哀求丈夫不要那麼殘忍，因為她真的不知道自己犯了什麼罪。然後，奧塞羅終於提到凱西奧的名字和苔絲狄蒙娜送給他的那條手絹，這位夫人正要澄清事實，他突然用被子蒙起她的臉，活生生地悶死苔絲狄蒙娜。

就在此時，凱西奧被抬進屋裡，他受了傷，而且渾身是血。原來，伊阿古暗中派了一個人去行刺凱西奧，不過，那個傢伙沒有得逞，他沒有殺死凱西奧（他只是被刺傷，卻沒有傷到要害）。為了防止罪行敗露，伊阿古趁機殺死那個刺客。然而，人算不如天算，刺客衣袋裡的一封信證實了伊阿古的奸計，也證實了凱西奧是清白無罪。所以，凱西奧現在來找奧塞羅，並且質問他——自己究竟犯下什麼罪行，奧塞羅竟然派遣伊阿古來暗殺他。

事情總算真相大白，但是對於奧塞羅而言，猶如一道晴天霹靂；因為他清楚地意識到，自己是一名貨真價實的兇手，他的妻子（可憐、無辜的夫人）一直忠實於他。他感到極端的痛苦，他實在沒有活下去的勇氣，於是就拔出寶劍、刺向自己，倒臥在他那親愛的妻子身邊。

奧塞羅的舉動使在場所有人都感到恐怖和震驚，因為他的聲譽一向極為崇高。而且，在被那個惡棍的陰謀蒙騙之前，他是一個溫柔多情的丈夫，深愛著自己的妻子。他那雙剛毅的眼睛，雖然不會輕易流淚，可是，當他意識到自己的錯誤之後，他那悔恨的眼淚會像阿拉伯橡樹的樹膠一樣淚流不止。如今，他親手殺死自己的妻子，也只能說：他愛得不明智，卻又愛得很深。他死去以後，以前卓越的功績和驍勇善戰的名聲仍然留在人們的記憶裡，被大家傳誦。現在，他的繼任者只有把這位將軍的死亡經過呈報給威尼斯政府，對於這件令人痛惜的事件，能為這位將軍所做的事，也只是用最嚴厲的刑罰折磨伊阿古，將他極刑處死，藉以安慰奧賽羅的在天之靈。

註：

1.奧塞羅——*Othello*，悲劇。

2.元老——古羅馬時代的一種官職，相當於今天的參議員。

3.勃拉班修 ——Brabantio。

4.苔絲狄蒙娜 ——Desdemona。

5.奧塞羅 ——Othello，摩爾人（Mppr），屬於非洲西北部的一個民族，主要聚集在阿爾及利亞和摩洛哥。

6.賽普勒斯島 ——Cyprus，地中海東部的一個大島，十五世紀末一度歸屬威尼斯，一五七一年被土耳其占領，一九六〇年獨立，成立共和國。

7.異教徒 ——此處指土耳其人。

8.邁克爾．凱西奧 ——Michael Cassio。

9.伊阿古 ——Iago。

泰爾親王配力克里斯[1]

泰爾親王配力克里斯知曉一件大人物的祕密，讓他遭遇了不幸，他發現希臘皇帝安提奧克斯[2]曾經很詭祕地犯下一件駭人聽聞的罪行，因此遭到國王的威脅；當時，這個國王的勢力極為雄厚，威脅說要讓親王的臣民和泰爾城[3]捲入一場可怕的災難。為了避免這場災難，配力克里斯決定離開自己的領土，到外地去流亡一段時間。這種情形又證明了：窺探大人物的祕密，一般而言，是一件危險的事。泰爾親王委託國事給誠實正直、能幹的大臣赫力堪納斯，就坐船離開了泰爾，想等到安提奧克斯的憤怒平息之後再回來。

親王前往的第一個地方是塔色斯[4]。他聽說塔色斯城的人們當時正遭受嚴重的饑荒，就帶了大批糧食去救濟他們。對於已經山窮水盡的塔色斯人民來說，這個援助實在是莫大的驚喜，他也好像是從天而降的救星。塔色斯的總督克利翁代表所有的人民，以萬分感謝的心情向他表示熱烈歡迎。不過，配力克里斯在這裡住了不久，就接到泰爾城傳來的消息，他忠實的大臣來信警告：安提奧克斯已經知道他的住處，極有可能會祕密地派人來謀害他，請他務必注意安全。配力克里斯接到這封信後，只能再次搭船出海。配力克里斯離開的時候，塔色斯當地的人們都出門為他送行，並且衷心為他禱告，祝福這位善心人一路平安。

航行不遠，就遇到了一場可怕的風暴，結果除了配力克里斯，船上其餘的人全部淹死了。配力克里斯裸著身被海浪沖到一個不知名的海岸上，他在那裡漫無目的地走著，幸好不久後，就遇到幾個善良的漁夫。漁夫邀請他到家中填飽肚子、換上乾淨的衣服。在與漁夫們閒談的時候，配力克里斯得知自己身處在潘塔波里斯，這個地方的國王名叫西蒙尼狄斯[5]，這位國王治理國家有方、國泰民安，又因寬厚仁慈而受到人民的稱頌，被人稱作善良的西蒙尼狄斯。他還從漁民的口中得知一件大事：國王西蒙尼狄斯有個年輕漂亮的女兒，第二天就是她的生日，宮廷裡預計舉行一場盛大的比武大會，屆時將會有許多來自各地的王子和騎士前來參加比賽，以贏得美麗的泰莎[6]公主的芳心。聽到這裡，親王暗自心想，可惜自己那副精美的盔甲丟失在大海裡，否則，他也可以去參加比賽，加入那些勇敢騎士的行列。誰知此時，另外一名漁夫正好用魚網撈起一副完好的盔甲，拿去給配力克里斯看一看，正是他自己所遺失的那一副。這位親王看著自己的盔甲，激動地說：

「真是太感謝命運了！雖然我遭遇了這麼多的磨難，如今，總算得到一些補償。因為，這副盔甲是已逝的父親留給我的紀念品，為了懷念親愛的父親，我將它視作無比珍貴的寶物，無論走到哪兒，都隨身攜帶。雖然狂暴的風浪曾經奪走它，但是現在風平浪靜，大海最終還是把它物歸原主了。感謝大海的恩賜，讓我重新擁有父親的遺物，那場海難也就不算什麼不幸的事了。」

第二天，配力克里斯穿著珍貴的盔甲，出發前往西蒙尼狄斯的王宮。比武場上，他表現出驚人的神勇，武藝超群，不費吹灰之力，打敗了其他參賽的騎士和王子們。因為這次的比武競賽是為了慶祝公主的生日，所以按照慣例，尊貴的泰莎公主必須親手為勝利的勇士戴上花冠，表達特別的敬意。泰莎沒有違反這個習俗，她馬上屏退其他王子和騎士們，配力克里斯成為那天的幸福之王。當配力克里斯見到這位公主的剎那間，也變成了一個最多情的情人，熱烈地愛上她了。

看到配力克里斯的超群本領和武藝造詣，西蒙尼狄斯便十分賞識他的英勇和高貴的氣質，雖然還不夠瞭解這位出身王族的陌生人（配力克里斯懼怕安提奧克斯知道自己的行蹤，表示自己只是泰爾的一個普通紳士），但是善良的西蒙尼狄斯並不介意他的出身，所以，當他察覺女兒已深深地愛上配力克里斯，他很樂意讓這個來歷不明的勇士成為自己的女婿。

配力克里斯和泰莎結婚才幾個月，赫力堪納斯就傳來消息：他的仇人安提奧克斯已經死了，請親王盡速回去管理國事。因為他離開的時間太長，泰爾的臣民已經失去了耐心，以造反為威脅的藉口，談論著要讓赫力堪納斯繼承王位。不過，赫力堪納斯是親王忠實的大臣，他不會接受如此的安排，於是就派人把臣民的意願傳達給親王，希望他能回國，重新享有他的合法權利。此時，配力克里斯已經沒有理由隱瞞自己的身分，就表明自己的真實身分。西蒙尼狄斯得知自己的女婿（那位身分不明的騎士）竟然是赫赫有名的泰爾親王，真是又驚又喜，可是一想到配力克里斯馬上就要離開這裡，又感歎他不是個普通紳士。而且，泰莎已經懷有身孕，西蒙尼狄斯擔心她在海上遭受顛簸，配力克里斯也希望她先留在父親身邊，等孩子出生後再走。可是泰莎非常堅持要與丈夫一起離開，最後他們只好同意讓她同行，希望她到了泰爾以後再分娩。

大海總是不友善地對待不幸的配力克里斯，這一次又給他帶來一場災難性的航行。當他們離開不久，海上刮起了一場可怕的風暴，泰莎驚恐過度，就在暴風雨的混亂中生下了孩子，她自己卻停止了呼吸。一會兒，奶媽利科麗達[7]懷裡抱著一個嬰兒，來到配力克里斯的面前，告訴他一個淒慘的消息：「嬰兒剛剛出生，王后就已經過世了，這是她遺留下來的孩子。可是孩子太小了，這樣一個地方並不適合她啊。」

得知妻子的死訊，配力克里斯悲痛欲絕，內心所遭受的折磨讓他久久無法說話，他一開口，就哽咽地說：「啊，上帝，為什麼讓我們愛上祢美好的饋贈，然後又狠心地奪走這份禮物呢？」

「節哀吧，仁慈的殿下，」利科麗達說，「王后死了，可是她還留下了一個小女兒，這個小生命需要您的撫養呢，請您看在孩子的份上，振作起來吧。」

配力克里斯把這個新生嬰兒抱在懷裡，對她說：「但願妳的一生風平浪靜，因為從未有一個孩子是在這樣的驚濤駭浪中誕生，但願妳平穩地成長在溫馨的環境，因為從未有一個親王的孩子，在誕生時受到如此粗暴的對待！因為妳還是個胎兒時，就報知了空氣和天地水火。甚至妳才剛剛來到這個世間，就同時有生命因而殞落（意指她母親的死亡），而且這種損失無法用人間所有的快樂來補償。」

暴風雨繼續狂怒地肆虐著。航海的水手抱持著一種迷信，認為只要船上有死屍，風浪永遠也不會平息。於是，他們懇求配力克里斯，把王后的屍體扔到海裡。他們說：「您有勇氣戰勝這樣的海浪嗎，殿下？但願上帝保佑您！」

「我有足夠的勇氣，」悲傷的親王說，「我不懼怕風暴，它已經帶給我最大的不幸。可是，為了這個可憐的孩子，我希望風平浪靜。」

「殿下，」水手勸說道，「那就必須把王后丟進大海裡。海面上波濤洶湧，捲起了呼嘯的巨風，如果不從船隻上扔下屍體，風暴便不會平息。」

配力克里斯雖然知道這是一個荒謬的迷信，而且毫無根據，他卻只能無奈地屈服了，說道：「那就依照你們的意思，把悲慘不幸的王后扔進大海裡吧！」

此時，不幸的親王和他親愛的妻子告別。他深情望著泰莎說：「親愛的，妳的分娩有多麼的痛苦，沒有光亮、沒有溫暖，冷酷的大自然徹底把妳遺忘了。而現在，我來不及為妳準備棺材，就要把妳扔進大海裡。本來我應該為你建造一座神聖的墓碑，如今卻只能讓妳的遺體淹沒在咆哮的海水下面，與那些貝殼一起漂泊。哦！利科麗達，吩咐涅斯托去拿香料、墨水、紙、珠寶過來；吩咐聶坎德把裝有綢緞的匣子搬來，我要為王后做最後的祝福。利科麗達！妳先抱走孩子，趁著神父為泰莎做永別的禱告，趕快去辦。」

配力克里斯為他的王后穿上了綢緞壽衣，用芬芳的香料灑滿她的全身，輕輕地把她放進一個大箱子裡，旁邊放了一些珍貴的珠寶和一張紙條。紙條上面寫明她的身分，並且說，無論是誰恰巧撿到了這個箱子，請為她舉行一個葬禮。然後，配力克里斯親手把箱子推向大海。真是不可思議，此時風浪真的慢慢變弱了。配力克里吩咐水手先把船開往塔色斯，他說：「如果孩子跟著我們漂泊到泰爾，實在太危險了，我要去塔色斯，請人細心地撫養她。」

再說，暴風雨過去之後，裝著泰莎遺體的大箱子，在海上漂浮了一夜，第二天早上就被人發現了。當時，以弗所一位受人尊敬的紳士薩利蒙[8]（他也是一位醫術高明的醫生），正在海邊站著，他的僕人把箱子抬到他的面前，說：「海浪將這只箱子沖上岸邊。」一名僕人還說：「我從未見過這樣巨大的海浪，竟然足以把箱子拋到岸上來。」

薩利蒙吩咐僕人把箱子抬到家裡，打開一看，驚訝地發現：原來裡面是一位年輕美麗的女人的屍體。他從那芬芳四溢的香料、堆滿寶石的珠寶盒推測，這一定是位高貴的人物。再仔細搜尋，又發現了一張紙條，於是他知道躺在面前的死者曾經是一位王后，而且是泰爾親王配力克里斯的妻子。薩利蒙對於這件意外的遭遇，確實感到非常驚訝，更加同情那位泰爾親王，因為他失去了這麼可愛的夫人。他說：「配力克里斯，假如你還活著，也一定悲傷得肝腸寸斷。」然後，他仔細觀察泰莎的臉，看到她的臉色太鮮艷了，他不相信她已經死亡。於是，他一邊責怪把她丟入海裡的人：「他們匆匆忙忙地就把妳扔進海裡了。」一邊吩咐生火、把適合的強心劑拿來，奏起輕柔的音樂。如果泰莎甦醒，這麼做有助於穩定她的情緒。不久，泰莎真的「死而復生」了，眾人圍著泰莎，驚訝地看著。薩利蒙對他們說：「各位，這位王后已經昏迷了將近五個小時，先讓她透透氣吧。而且，快看，她又開始呼吸了，她還活著，她的眼皮在翻動。等這位美人醒過來後，我們再聽她講述她的際運，那一定是催人淚下的情景。」

原來，泰莎根本沒有死，只是生產後極度虛弱，暈厥了過去，以致於當時所有看到她的人都斷定她已經死了。現在，在這位善良紳士的照料下，她重新見到了生命的光華，她恢復了意識，睜開雙眼，她甦醒後的第一句話是：「我在哪兒？我的丈夫呢？這是什麼地方？」

薩利蒙一點一滴地告訴泰莎事情的真相。當他覺得她的精神已經痊癒，才把那張紙條和那些珠寶拿給她看。她看到紙條後，說道：「這是我丈夫的筆跡。我記得在那場航行中，發生了可怕的風暴，但是上天啊，我卻不知道自己是否在海上生下了孩子。既然我再也見不到我的丈夫，不如去當修女吧，不再享受人世間的歡愉。」

「夫人，」薩利蒙說，「如果您有如此打算，可以到附近的戴安娜[9]神廟，您可以住在裡面修行。而且，如果您願意，我的侄女可以照顧您。」

泰莎表示感謝，接受了這個提議，等身體完全恢復後，薩利蒙就安排她進入戴安娜神廟，成為神廟的女祭司。每天，泰莎都為她死去的丈夫虔誠地修行著。

與此同時，配力克里斯帶著他的小女兒（因為她誕生在海上，配力克里斯為她取名叫瑪麗娜[10]），抵達塔色斯，打算將她留在克利翁總督和總督夫人狄奧妮莎的身邊。他心想，塔色斯發生饑荒的時候，自己曾經救濟過他們，他們一定會善待自己的女兒。克利翁一見到配力克里斯親王，聽說他遭受巨大的災難，就說道：「哦，那位可愛的王后啊，如果您可以把她帶來這裡，目睹她的芳容就足以使我開心，連上天也會因此感到欣喜！」

配力克里斯回答說：「我們必須服從命運的安排。我可憐的泰莎已經葬身大海，即使我像大海那般暴怒咆哮，結局也還是一樣。這是我的寶貝女兒瑪麗娜，但是我現在無法帶著她航行，所以，我只能把孩子託付給你們撫養，請你們善心地對待她，務必將她養育成人，並讓她接受公主般的教育。」然後，他又對克利翁的妻子狄奧妮莎說：「仁慈的夫人，請求您把我的孩子撫養成人。」狄奧妮莎回答說：「殿下，您放心吧，我自己也有個年紀相同的孩子，如果她們不能受到平等的待遇，我寧可委屈我自己的孩子。」克利翁也做出相同的承諾：「配力克里斯親王，您曾經拯救過我的百姓（他們每天都在禱告中感激您的恩德），憑著您的高尚行為，我也會將您的孩子視如己出；否則，所有受過您救濟的全城百姓都會責罰我沒有盡到責任。如果我違背了自己的諾言，寧願神明懲罰我和我的後代子孫。」

於是，配力克里斯安心地留下了小瑪麗娜，同時也留下奶媽利科麗達，囑咐她妥善照顧小主人。配力克里斯臨走時，小瑪麗娜還不知道她失去了什麼，而利科麗達在與親王主人分別的時候，卻哭得極為傷心。配力克里斯說：「哦，利科麗達，不要哭。別哭了。細心照顧妳的小主人，也許妳日後還必須仰仗她的恩惠呢。」

配力克里斯安全抵達泰爾，順利地重掌王權、治理他的國家。此時，他認為已經逝去的王后泰莎，仍然滿懷憂傷地獨自留在以弗所。而從未見過母親的瑪麗娜，在塔色斯度過了童年。克利翁夫婦記著配力克里斯對他們的恩惠，也謹記著自己的承諾，給予瑪麗娜符合高貴身分的教育，當她成長到十四歲的時候，她的學問使那些博學的先生們都自歎弗如。她的歌聲美如天籟，舞姿也像女神一般；除此之外，她的針線手藝也毫不遜色，譬如，她可以巧妙摹擬飛鳥、水果和鮮花，繡出來的花樣是那麼的活靈活現、栩栩如生；她用綢緞做的玫瑰花，幾乎和天然的玫瑰分毫不差，人們的肉眼根本無法分辨真假，就算是兩朵天然的玫瑰，都沒有長得這麼相像。然而，瑪麗娜所學會的這些本領，導致了她的災難。因為狄奧妮莎的親生女兒雖然和瑪麗娜年齡相同，也受到同樣完善的教育，但是不論天資或是相貌，都遠遠不如瑪麗娜那樣完美。當狄奧妮莎發現大家把讚美都投射在瑪麗娜一個人身上，她的嫉妒終於變成了憎恨，因而想出一個計策，她愚蠢地認為：只要除掉瑪麗娜，只要人們見不到瑪麗娜，她倒楣的女兒就會得到更多的尊敬。

忠心的奶媽利科麗達還在世的時候，狄奧妮莎不敢傷害瑪麗娜。但是在瑪麗娜十幾歲的時候，這個忠心的老奶媽逝世了。於是，狄奧妮莎買通一個名叫里奧寧[11]的僕人，幫助她實行邪惡的計畫。狄奧妮莎設法命令里奧寧殺死瑪麗娜時，年輕的瑪麗娜正在哀悼，為已逝的利科麗達哭泣。

雖然里奧寧生性兇惡，但是他也不忍心做這種事情。因為瑪麗娜贏得了所有人的心，人們都喜歡她。他說：「她是個善良的孩子啊！」

「那就更應該讓她和神在一起作伴，」狄奧妮莎窮凶惡極地說，「看，她已經走過來了，可能還在為她死去的奶媽利科麗達落淚。你決定按照我的吩咐去做嗎？」

里奧寧不敢違背主人的意思，只好回答說：「我答應妳。」

於是，短短的一句話注定舉世無雙的瑪麗娜，即將要提早離開人世間。此時，瑪麗娜提著一籃鮮花走過來，她說，每天，她都要去善良的利科麗達安息的墓園，在奶媽的墳前撒滿鮮花，只要夏天還沒有結束，她就要像鋪上一件絨毯一樣，在墳墓上灑滿紫蘿蘭和金盞花。

接著，她又傷心地說，「哎呀！我實在是個不幸的姑娘，在暴風雨中出生，母親也過世了。對我而言，也許這個世界就像一場永不停歇的暴風雨，奪走我一個又一個的親人。」

虛偽的狄奧妮莎走過來了，她說：「瑪麗娜，妳怎麼一個人在這兒哭啊？我的女兒沒有陪伴妳嗎？別再為利科麗達哭泣了，把我當成妳的奶媽吧。如此傷心也無濟於事，看，眼淚損害了妳的美貌，不像從前那樣漂亮了。來，遞給我那籃鮮花吧，海風會吹壞花瓣。讓里奧寧陪妳去散散步吧，新鮮的空氣會活躍妳的精神。里奧寧，攙扶著她，陪她一起去走走吧。」

「不，夫人，」瑪麗娜懂事地說，「我不能佔用您的僕人。」原來，里奧寧是為狄奧妮莎效力的其中一名隨從。

「去吧，孩子，」這個狡詐的女人說，她故意找藉口讓瑪麗娜單獨和里奧寧在一起。「我愛妳的父親泰爾親王，也愛妳。我們每天都期盼著他蒞臨塔色斯，等他來到這裡時，如果發現妳因為悲傷的緣故而改變了樣貌，沒有我們所說的那麼美麗無雙，他一定會以為我們沒有細心地照顧妳。我懇求妳，好孩子，去散散步吧，回復從前開心的樣子，才能永遠保持傾國傾城的絕世美貌。」

瑪麗娜只好說：「嗯，好吧，我接受夫人的好意，去散散步，可是我真的沒有心情去這麼做。」

狄奧妮莎一邊走開，一邊對著里奧寧說：「記住我剛才說的話！」這句令人震驚的話，意思是說：里奧寧一定要記得殺死瑪麗娜。

瑪麗娜一邊走，一邊望著她出生的大海，說：「現在空中刮著西風嗎？」

「是西南風。」里奧寧回答。

「我出生的時候，海上刮著北風。」她說。此時她又感傷地回想起奶媽告訴她的往事——父親的悲傷、母親的死亡，悲傷的思緒全部湧進了腦海裡。她說：「利科麗達告訴我，當時父親絲毫不感到害怕，只是對水手們喊著：『水手們，鼓起勇氣！』纜繩磨破了他尊貴的雙手，可是他始終緊緊抓著桅杆，承受了一股幾乎把甲板劈成兩半的海浪。」

「那是什麼時候發生的事情？」里奧寧問。

「我出生的時候，」瑪麗娜回答說，「海上從未興起過那麼猛烈的風浪。」然後，她描繪起當時的情景：風暴、水手的動作、水手長吹的哨子聲和船主的大聲叫喊……造成三倍以上的嚴重程度，船艙上一片混亂。原來，利科麗達以前經常對瑪麗娜講起她出生時的不幸事件，所以這些場景總是縈繞在她的腦海。但是，里奧寧打斷了她的話，並且要求她祈禱。

「為什麼要祈禱呢？」瑪麗娜問，她雖然不知道原因，卻感到害怕。

「如果妳只需要用一點點時間去禱告，我可以准予妳這項恩惠，」里奧寧說，「但是不要囉嗦，也不要耽擱時間，神明的耳朵靈著呢，何況我也發誓要盡快辦完事情。」

「你要殺我嗎？」瑪麗娜迷惑地問：「哎呀！為什麼呢？」

「這是夫人吩咐的命令。」里奧寧回答。

「她為什麼要殺我呢？」瑪麗娜說，「我沒有傷害過她，從未說過一句污蔑她的壞話，也從來沒有虐待過動物。我從來沒打死過一隻老鼠，連一隻蒼蠅也不忍心傷害。有一次，我不小心踩死了一隻蟲子，還難過得啜泣。請相信我，我從來沒有得罪過她，我犯了什麼過錯？」

里奧寧回答說：「我只是奉命行事，不需要殺妳的理由。」

但是瑪麗娜命不該絕，就在里奧寧準備動手殺她的時候，恰巧有一群海盜在附近靠岸。他們一看到瑪麗娜，就擄走她，作為戰利品帶到船上。

擄走瑪麗娜之後，那群海盜把她當作奴隸，賣到一個名叫密提林的地方。儘管有一段時間，瑪麗娜非常不幸地過著卑微的生活，但是不久之後，她的美貌、品德和才華等聲譽就傳遍了整個密提林城。在那座城市裡，她教導人音樂、舞蹈和刺繡等技藝，賺了豐厚的錢財，她將賺來的財帛全數交給那買下她的主人，她的主人很快地就變成富翁了。然而，有件事更值得一提：瑪麗娜的學識和勤勞等名聲，引起密提林總督——一位年輕的貴族——拉西馬卡斯[12]的興趣，他決定親自去會見這位全城讚譽不絕的才女。結果，令這位總督意想不到：過去所聽到的關於瑪麗娜的稱讚，都不足以形容她的優點。拉西馬卡斯極為欣賞她的談吐，她表現出聰慧敏銳、品行端莊和仁慈善良等特質。臨走時，拉西馬卡斯說，希望她永遠有勤勞的美德，並且說：如果再次聽到自己的消息，對她而言，一定是件好事。拉西馬卡斯心想，像瑪麗娜這樣品德出眾、容貌脫俗、儀態不凡的女子實在少見，她是舉世無雙的才女；他希望能夠娶她為妻，可惜，瑪麗娜目前身分卑微，很難和公爵締結門當戶對的婚姻。於是，他希望能夠發現她也許有著高貴的身世，然而，一旦有人詢問起瑪麗娜的父母，她總是坐著垂淚。

此時，在塔色斯，里奧寧害怕狄奧妮莎生氣，就回報說：已經把瑪麗娜殺死了。於是，那個邪惡的壞女人宣布：瑪麗娜患病而死了，還虛情假意地舉行了葬禮，立了一座豪華的墓碑。然而，不久之後，配力克里斯就由他忠實的大臣赫力堪納斯陪同，從泰爾乘船，來到了塔色斯，特地專程接女兒回家。當初，瑪麗娜還是嬰兒的時候，配力克里斯就把她託付給克利翁夫妻，從此以後，父女二人未再見面。如今，這位仁慈的親王，一想到馬上就可以和親愛的孩子見面，高興地合不攏嘴、欣喜萬分。但是，當他們告訴他：瑪麗娜已經過世，並帶領他去看瑪麗娜的墓碑，這個最可憐的父親傷心欲絕。對配力克里斯而言，塔色斯埋葬了泰莎留下的獨生女，同時也一起埋葬了他最後的希望。他實在不忍心再繼續待下去，就匆忙地乘船離開塔色斯。從登船的那一刻起，他整個人都變得愚鈍了，渾身籠罩著一種沉重的陰鬱，一句話也不說，似乎對周圍事物完全失去了知覺。

從塔色斯返回泰爾，必須要經過瑪麗娜所居住的密提林。正巧，拉西馬卡斯總督從岸上看到這艘皇室的船隻，在好奇心的驅使下，他乘坐一艘平底船靠近那艘大船，進行一次拜訪。赫力堪納斯對他以禮相待，告訴他這艘船從泰爾航行而來，現在正要載著親王配力克里斯，返回泰爾去，同時，他也從赫力堪納斯的口中，得知了這位親王的不幸遭遇。

「大人，親王三個月以來，從未說過一句話，也不肯吃飯，」赫力堪納斯憂愁地說，「好像是為了延續他的悲傷。從頭到尾敘述整件事情，實在太複雜也太冗長了，他現在的病根主要是失去了心愛的妻子和女兒。」

拉西馬卡斯請求覲見這位悲傷的親王。等他見到配力克里斯，發覺他曾經是儀表不凡的親王，於是問候道：「尊敬的親王殿下，上帝保佑您！歡迎您的到來，親王殿下！」

面對拉西馬卡斯的問候，配力克里斯親王絲毫沒有反應。這個時候，拉西馬卡斯忽然想到那位曠世才女——瑪麗娜姑娘，覺得她待人溫柔，也許有辦法去安慰這位沉默的親王。於是，徵得赫力堪納斯的同意，他派人去尋找瑪麗娜。奇怪的是，當瑪麗娜踏進船上，大家表現出來的語氣，彷彿真的將瑪麗娜視作他們的公主，熱情地表示歡迎她蒞臨，他們齊聲喊道：「真是一位絕世美女啊！」

拉西馬卡斯聽到他們的讚美，非常高興地說：「她確實是一位出色的姑娘，如果她擁有高貴的身世，我就能娶她為妻，也就心滿意足、別無所求了。」然後，他用非常尊敬的語氣稱呼美麗漂亮的瑪麗娜，並且溫文爾雅地對她說：船上有一位尊貴的親王，因為悲傷過度而沉默不語，陷入一種長久悲痛的狀態中。拉西馬卡斯請求她盡力去醫治這位親王的憂鬱。他說出來的這一番話，好像瑪麗娜能夠賜給人們健康和幸福。

「大人，我願意盡力醫治他。」瑪麗娜說，「但是，除了我和我的女僕，任何人都不許靠近他。」

瑪麗娜在密提林謹慎地隱瞞了自己的身世，她不想讓人知道一個曾經出身於皇室的人，現在竟然淪為奴隸。可是現在，為了喚醒深陷在憂鬱中的配力克里斯，她開始講述自己不幸的身世；因為她明白，聽到別人所遭遇的不幸命運，更容易引起憂鬱之人的注意。於是，她講述自己變幻無常的命運，敘述她從王族的身分淪落為奴隸的經過。她甜美的聲音喚醒了沉默的親王，親王終於抬起那雙呆滯許久的眼睛，看到長相完全與王后一模一樣的瑪麗娜，他感到十分驚訝，沉默已久的親王開口說話了。

「我最親愛的妻子，」神志清醒的配力克里斯說，「長得很像這位姑娘，如果我的女兒還活著，應該也是長成這個模樣。唉，妳的眉毛、身高、眼睛像極了我的王后，她的身材也是這麼纖細勻稱，她的聲音像銀鈴，眼睛像寶石。年輕的姑娘，妳住在何處？我想知道妳的身世。我剛才好像聽到妳曾經所遭遇過的傷心往事，妳還說要把心裡的苦水都傾倒出來、妳與我皆一樣不幸。」

「我說過這些話，」瑪麗娜回答說，「而且我認為，這些話很有道理。」

「講述妳的遭遇吧，」配力克里斯請求說，「即使妳所遭受的苦難只有我的千分之一，妳也像個男子漢一樣忍受了苦痛，而我卻像個姑娘般，無法承受磨難。不過，妳看起來就像一個凝視著君王墳墓的『忍耐女神』，以微笑來面對一切苦難。好了，善良的姑娘，講述妳的身世吧，來，坐在我身邊。」

然而，聽到她的名字叫瑪麗娜時，配力克里斯實在太驚訝了！對他而言，這是一個不尋常的名字，他曾經特意為自己的女兒取名為瑪麗娜，表示她「生在海上」的意思！「啊，妳在嘲弄我嗎？」他說，「還是我惹惱了哪位神仙，祂故意派妳來嘲笑我？」

「陛下，請您耐心一點，」瑪麗娜說，「否則，我就停止這個故事。」

「不，說下去，」配力克里斯說，「我一定會耐心聽，不過，一聽到妳的名字叫瑪麗娜，實在讓我感到太驚訝了。」

「這個名字是我的父親取名的，」瑪麗娜回答說，「他是一位國王。」

「哦，天哪，一個國王的女兒！」配力克里斯說，「而且名叫瑪麗娜！妳真的是個有血有肉、活生生的人嗎？妳不是精靈吧？哦，繼續說下去，妳在哪兒出生呢？為什麼會叫瑪麗娜？」

瑪麗娜繼續說，「我叫瑪麗娜這個名字，是因為我出生在海上。我的母親是一位國王的女兒。善良的奶媽利科麗達經常流著眼淚告訴我，說我剛出生後不久，我的母親就過世了。我的父王只好把我留在塔色斯。後來，不知道為了什麼原因，克利翁那個惡毒的妻子計畫要謀殺我，正好一群海盜經過時救了我，把我帶往了密提林。但是，善良的殿下，您為什麼哭了？您或許覺得我是個騙子，可是如果配力克里斯國王還活在人世，我的確就是他的女兒。」

聽到這兒，配力克里斯簡直不敢相信這是事實，他狂喜地大聲喊著侍從，確信自己沒有在做夢。他激動地對赫力堪納斯說：「哦，赫力堪納斯，打我一下吧，或者在我身上割開一道傷口，讓我立刻感到疼痛，以免這片像大海一般沖刷過來的喜悅，衝垮我生命中的海岸。啊，孩子，妳出生在海上，葬身在塔色斯，如今又讓我在海上與妳相遇！哦，赫力堪納斯，快跪下，盛謝神聖的眾神，我找到了瑪麗娜！上帝祝福妳！我的孩子。赫力堪納斯，快點把我的新衣裳拿過來。她差點兒被殘忍的狄奧妮莎害死，不過她總算還活著。咦——這位是誰啊？」（他第一次注意到拉西馬卡斯的存在）。

「殿下，」赫力堪納斯回答，「這位是密提林的總督。他聽說您心情憂鬱，特意來探望您。」

「殿下，我感謝您，」配力克里斯說。「一見到瑪麗娜，我就已經痊癒了——哦，上天祝福我的女兒！可是聽啊，這是什麼音樂？」這時，他彷彿聽到了輕柔的音樂，不知是哪位仁慈的神仙所彈奏的樂音，還是他自己的快樂使他產生了幻覺。

「殿下，沒有什麼音樂啊。」赫力堪納斯回答。

「你聽不見嗎？」配力克里斯說，「這是從天上傳來的音樂。」

其實，的確沒有任何音樂傳奏而來的聲音，拉西馬卡斯推測，從悲傷轉換到幸福的頂端，一定是這種突然的變化，讓親王感到極度的疲憊，因而有些神志不清。於是他說：「反駁他會發生壞事，先順從著國王的話，附和說我們也聽到了音樂。」大家按照拉西馬卡斯的建議去做，果然，配力克里斯說感到昏昏欲睡，拉西馬卡斯勸他在一張躺椅上休息，並且在他的頭下放了枕頭；也許，興奮過度確實使他筋疲力盡，一躺在床鋪上，他就酣然入睡了。瑪麗娜靜靜地坐在躺椅旁邊，守護著熟睡中的父親。

配力克里斯睡覺的時候，做了一個夢。在夢境中，他看見以弗所的女神戴安娜，女神吩咐他前往她的神廟，在祭壇前講述他自己一生的經歷和不幸。然後，她以銀弓發誓說，如果他按照她的吩咐去做，將會得到某種意想不到的幸福。配力克里斯醒來之後，竟奇蹟般地重新振作精神，他告訴大家剛才的夢境，並且決定服從女神的吩咐，前往以弗所。

此時，拉西馬卡斯邀請配力克里斯上岸休息幾天，盛情難卻，配力克里斯答應了。在密提林這段期間，我們可以充分想像，總督是如何的設宴歡慶，用多姿多彩的表演和娛樂活動款待他們父女。那幾天，拉西馬卡斯向瑪麗娜求婚，配力克里斯絲毫沒有表示反對的意見；因為他心裡明白，在瑪麗娜身分卑微的時候，拉西馬卡斯對她的態度就十分敬重，而且，瑪麗娜本人對拉西馬卡斯的求婚，也沒有表示抗拒的意思。但是，配力克里斯提出了一個條件：在他答應婚事以前，他們倆必須陪伴他去朝拜以弗所的戴安娜神廟。於是，他們三個人一起乘船前往神廟。女神護佑著他們一帆風順，幾個星期之後，他們平安抵達以弗所。

當配力克里斯走進神廟的時候，救活泰莎的薩利蒙（此時他年事已高）正站在女神的祭壇旁邊，而泰莎身為女祭司，站在祭壇前面。雖然這些年來，配力克里斯一直沉浸在思念妻兒的悲傷中，模樣改變了很多，泰莎還是感覺他的模樣像是自己的丈夫。等他走近祭壇，開始說話的時候，泰莎就辨識出他的聲音，她驚喜萬分地看著丈夫。

配力克里斯站在祭壇前，說：「戴安娜女神，我謹遵祢的旨意，來到了這裡。我是泰爾親王，曾經因為逃難而離開本國，最後在潘塔波里斯，與美麗的泰莎結婚。她在驚濤駭浪中分娩、失去了生命，留下一個女兒瑪麗娜。我的女兒瑪麗娜在塔色斯長大成人，我親手將她交給狄奧妮莎撫養，當她十四歲的時候，狄奧妮莎卻想殺死她；但是，幸運之神將她帶往了密提林。我坐船經過密提林海岸，上天又把這孩子送到了我的船上。因為她的記憶，我找到了自己的女兒。」

聽了配力克里斯說完這番話，泰莎再也抑制不住了，狂喜地喊道：「是你，是你，哦，尊貴的配力克里斯！」然後就暈過去了。

「這個女人怎麼了？」配力克里斯說，「她快要死了嗎？諸位，快救救她！」

「閣下，」薩利蒙說，「如果您剛才在戴安娜祭壇前所說的話都是實情，那麼這位女士就是您的夫人。」

「可是，先生，不對啊，」配力克里斯說，「我曾經親手把她扔進大海裡。」

於是，薩利蒙又詳細敘述了一遍事情的經過：在一個暴風雨的早晨，如何在以弗所的海邊發現了箱子；他如何打開箱子，發現裡面的珠寶，還有一張字條；他又是如何幸運地救活她，把她安頓在這座戴安娜神廟。

這時，泰莎從昏迷中甦醒過來，說：「哦，殿下，您不是配力克里斯嗎？您說話的聲音像他一樣，相貌也與他一樣。還有，您剛才不是還提到什麼風暴、誕生和死亡嗎？」

配力克里斯大吃一驚地說道：「這不是死去的泰莎的聲音嗎？」

「是我，我就是泰莎，」她說，「就是你們認為葬身海底的那個泰莎。」

「噢，戴安娜女神真是靈驗啊！」配力克里斯喊著，虔誠和敬畏地感謝神明的指引。

「現在，我更能確定是您本人了，」泰莎說，「記得在潘塔波里斯，我們揮淚和父王告別的時候，他送給您一枚戒指，就是你手上所戴的這一枚。」

「眾神啊，我心滿意足了！」配力克里斯大聲喊著，「祢們現在給予我的恩澤，把我過去所遭受的苦難都變成了微不足道的小事。哦，我的泰莎，我再次將妳擁入了懷裡！」

瑪麗娜也說道：「哦，天啊，我也擁有母親的懷抱了。」

於是，配力克里斯讓她們母女相見，他指著瑪麗娜，說：「看，誰跪在這兒？是妳的親生骨肉，是妳在海上生下的孩子，因為她誕生在海上，所以我為她取名叫瑪麗娜。」

「上帝保佑妳，我的心肝寶貝！」泰莎說著，欣喜若狂地摟住她的孩子。

此時，配力克里斯跪在祭壇前說：「聖潔的戴安娜，謝謝祢恩賜夢境。為了祢所托的夢，我每天晚上都會為祢祈禱、供奉祢。」

然後，配力克里斯徵得泰莎的允許，他們當場莊嚴地把女兒——貞潔的瑪麗娜，許配給值得她深愛的拉西馬卡斯。

故事進入尾聲。但是從配力克里斯親王、他的王后及女兒身上，我們可以看到一個好榜樣：品德高尚的人受到災難的打擊（上天默許這樣的災難，是為了教導人們忍耐和堅貞的美德），並且在災難的引導下，戰勝意外和變化，最終走向成功和幸福的結局。而從赫力堪納斯身上，我們可以看到正直和忠誠：他本來可以繼承王位，卻寧願選擇放棄權力，也不願意損害別人的利益。從薩利蒙身上，我們能夠得到這樣的教誨：在知識的指引下做善事，造福於人類，這種作為也接近於神的本性。

最後，我們還剩下一件事沒有說完：那個邪惡的狄奧妮莎，她也得到了應得的懲罰。原來，當塔色斯的居民知曉她殺害瑪麗娜的陰謀以後，就齊心協力替恩人的女兒報仇，他們放火燒燬克利翁的宮殿，燒死了他們夫妻倆及全家人。雖然狄奧妮莎的卑鄙陰謀並未成為事實，但是這個殘暴的罪行十分嚴重，所以，對他們而言，這種懲罰也恰如其分。看來，對於這個結局，眾神應該感到極為滿意。

註：

1. 泰爾親王配力克里斯——*Pericles, Prince of Tyre*，喜劇。
2. 安提奧克斯——Antiochus。

3. 泰爾城——Tyre，古腓尼基的港口，位於現在的黎巴嫩。

4. 塔色斯——Tharsus，古羅馬西里西亞首府，位於小亞細亞東南部。

5. 西蒙尼狄斯——Symonides，潘達波里斯（Pentapolis）的國王。

6. 泰莎——Thaisa，潘達波里斯的公主。

7. 利科麗達——Lychorida，泰莎和瑪麗娜的奶媽。

8. 薩利蒙——Cerimon。

9. 戴安娜——Diana，羅馬神話中的月神。

10. 瑪麗娜——Marina，拉丁文，意思是「海女」。由克利翁（Cleon）總督和總督夫人狄奧妮莎（Dionysia）撫養長大。

11. 里奧寧——Leonine，狄奧妮莎的侍從。

12. 拉西馬卡斯——Lysimachus，密提林（Mitylene，位於希臘愛琴海中的一個島嶼）的總督。

狄奧妮莎窮凶惡極地說：「你決定按照我的吩咐去做嗎？」──第394頁

配力克里斯說：「……我想知道妳的身世。」——第400頁

譯後記

傅光明

查爾斯・蘭姆在寫作《伊利亞隨筆》之前，曾與姊姊瑪麗・蘭姆合作，將詩劇的莎士比亞戲劇改寫成敘事體的散文——《莎士比亞戲劇故事》。因姊姊瑪麗患有遺傳性瘋癲，後來發病時殺死了母親，後來又面臨父親失業的窘境，一家人的生計只能依靠查爾斯菲薄的薪水來維繫，當時，查爾斯只是東印度茶葉公司的一名小職員，蘭姆姊弟倆感情甚篤，為了能夠悉心照顧時而發病的姊姊，查爾斯終身未娶。在身心的痛苦之下，查爾斯抒寫了大量的隨筆散文，最後彙集成《伊利亞隨筆》（*Essays of Elia*，1823）。無論他與姊姊合作改寫的《莎士比亞戲劇故事》，還是他自己的隨筆，這兩部作品都是英國文學乃至世界文學中的散文隨筆名作。

作為瞭解莎士比亞戲劇的研究者，姊弟倆的改寫，是從三十七部莎劇中精選出二十部悲劇和喜劇。除了《李爾王》、《麥克白》、《雅典的泰門》、《羅密歐與茱麗葉》、《哈姆雷特》和《奧賽羅》這六部悲劇，其餘作品均出自瑪麗・蘭姆的手筆。一八〇七年，首卷改寫完成，一八〇九年一月，這本故事集最終以兩卷本的形式出版，副標題是「專為年輕人而作」。出版後，不僅受到年輕人、孩子們的喜愛，大人們也踴躍購買以求先睹為快，第一版很快就銷售一空。這本由莎翁戲劇改寫的「故事」不斷被翻譯成多國文字，至今譯本已多達數十種。二百多年來，有數不清癡迷莎翁的讀者、醉心莎劇的演員，以及陶然於莎學的學者，都是通過這本「故事」

本「故事」入門的。

歷數《莎士比亞戲劇故事》翻譯成中文的過程，也是件十分有趣的事。

一八三九年，「沙士比阿」這個名字第一次出現在林則徐主持編譯的《四洲志》中，之後，雖然他的名字不斷被提及，如「沙斯皮耳」（見《萬國通鑑》）、「篩斯比爾」（見《西學略述》）、「沙基斯庇爾」（見《泰西歷代名人傳》）、「狹斯丕爾」（見嚴復譯《天演論》）等，直到一九〇二年，梁啟超在《飲冰室詩話》中，將他的中文名字譯為莎士比亞，但他的原著譯作始終未見。

第一次署名他原著出版的書，卻並非他自己的劇作，而是這部「故事集」最早的中譯本，即清末光緒二十九年（一九〇三年），由上海達文社以文言文翻譯出版的作品，題為「英國索士比亞著」的《澥外奇譚》，書封上未署名譯者姓名；另外，該書只收錄了十則「故事」。

第二年（一九〇四年），林紓（琴南）與魏易合作，同樣是以文言文翻譯，由上海商務印書館出版了這部原作者署名為「英國莎士比」的「故事」全譯本，為「說部叢書」第一集第八編，書名題為《英國詩人吟邊燕語》（簡稱《吟邊燕語》），收錄的二十篇「故事」是：〈肉券〉（威尼斯商人）、〈馴悍〉（馴悍記）、〈孿誤〉（錯誤的喜劇）、〈鑄情〉（羅密歐與茱麗葉）、〈仇金〉（雅典的泰門）、〈神合〉（泰爾親王配力克里斯）、〈蠱征〉（麥克白）、〈醫諧〉（終成眷屬）、〈獄配〉（一報還一報）、〈鬼沼〉（哈姆雷特）、〈環證〉（辛白林）、〈仙獪〉（仲夏夜之夢）、〈林集〉（皆大歡喜）、〈禮哄〉（無事生非）、〈女變〉（李爾王）、〈珠還〉（冬天的故事）、〈黑瞀〉（奧瑟羅）、〈婚詭〉（第十二夜）、〈情惑〉（維洛那二紳士）、〈颶引〉（暴風雨）。

也就是說，上海商務印書館一九〇四年（光緒三十年七月首版）出版的《吟邊燕語》（林紓、魏易合譯），是《莎士比亞戲劇故事集》的第一個中譯本。

一九一〇年，上海商務印書館將這部「故事」又以英文本《原文莎氏樂府本事附漢文釋義》出版，版權頁註明「宣統二年五月初版」，註釋者署名「平湖甘永龍」，將原作者署名改為「拉穆」（音譯蘭姆）。此後，不僅該書不斷重印，到一九二三年已印刷到第二十版；《莎氏樂府本事》這個書名也變得流行起來，不斷有新譯本問世，在一九三〇年代的上海，可謂風行一時。啟明書局、春江書局、明日書店、三民圖書公司都出版了各自的譯本，並且多次重印再版。遺憾的是，許多年過去，不僅幾位譯者始終默默無聞，這幾個版本也都成為絕版的民國舊書。

儘管直到一九二一年，中國才出現了首部莎士比亞原著的「戲劇」譯本——田漢發表於《少年中國》雜誌第二卷第十二期上的《哈孟雷特》，但這本「故事」早已經產生了深遠的影響，不僅中國的舞臺上開始演出莎劇，更引起了許多作家、學者的關注。從一九三六年開始，以一人之力翻譯莎翁戲劇的朱生豪先生，中學時候的英語課本就是商務出版的這本《莎氏樂府本事》。應該說，這本「故事」是引領他進入莎翁戲劇的入門書。可惜天妒英才，一九四四年，在抗戰中貧病交加、積勞成疾，卻仍孜孜於翻譯莎翁戲劇的朱生豪，英年早逝，在三十二歲時過世，他留給世人二十七部莎翁戲劇的中譯本。

其實，如果不直接閱讀英文原著，任何一種「故事」的中譯本都無從讓我們全面而深入地體會到屬於莎翁的原汁原味的語言、豐富的劇情和激烈的戲劇衝突，多元而立體地剖析風采各異的戲劇人物，但是，可以透過蘭姆姊弟詩一般的敘事散文，初步領略、感受莎劇的藝術魅力。蘭姆姊弟曾說：他們的改寫或許無從表達出莎劇原來的豐富意蘊，但它同樣涵有一種「原生態的美」，正因為此，這部把深奧且精妙的莎翁劇作加以改寫的「故事集」，歷經兩百年的時間考驗之後，仍被無數的讀者津津樂道，並且讓眾多讀者更易接近莎翁的原著精髓。

蘭姆姊弟的「故事集」是引領青年讀者解讀莎士比亞最好的入門書，原著序文說明蘭姆姊弟改寫莎翁劇作的初衷：「這些故事教導他們學會一切美好而高貴的行為：禮貌待人、仁慈善良、慷慨大方、富有悲憫之心。我們還希望，待他們年齡大了一些，繼續讀莎士比亞原著時，更能夠證明今天的閱讀是正確的，因為莎士比亞的作品真的是充滿了人類所有美德的典範。」

若能完整領略過莎劇原著，無論何時，只要想起這本「故事集」帶你走入莎士比亞的文學世界，你都會從心底發出愜意舒心的微笑。我便是帶著這樣的微笑，漸漸步入莎士比亞戲夢人生的文學世界。蕭乾先生所翻譯《莎士比亞戲劇故事集》的中譯本，是我接觸莎士比亞戲劇的第一本譯作，這本譯作曾經廣受好評，且深具影響力；能產生這樣的影響，除了蘭姆姊弟自身的魅力，我想與蕭乾本人作為一位現代文學作家及其人生經歷有所關連；一九五五年，第四次步入幸福的新婚殿堂以後，蕭乾開始翻譯這部「故事集」，可能是婚姻生活所帶來的快樂，使他翻譯得極為迅速；隔年，中國青年出版社就出版了這本譯作。

蘭姆姊弟為了防止「庸俗化莎劇」，盡可能使用十六、十七世紀的英語。但對於任何一位中文譯者，不僅絕不能使用十六、十七世紀的文言文或白話，還必須努力使翻文讀起來像現代漢語的散文詩，因為莎翁原作畢竟是詩劇。如蘭姆姊弟序言所說：「莎士比亞戲劇是一座豐富的寶庫，值得人們在不斷的閱歷中欣賞、領會。相對而言，我們所改編的這些故事僅僅是寶庫中微不足道的一部分，充其量不過是臨摹莎士比亞那精美絕倫圖畫的複製品而已。為了讓這些『複製品』讀起來更像散文，我們不得不改動一些莎士比亞的經典詞句，如此一來，就遠不能表達原著的涵義，也損害了莎士比亞語言的美感。不過，即便在有些地方，我們原封不動地使用了原著的自由體詩，希望利用原作的簡潔樸素達到散文的效果；然而，要把莎士比亞的語言從天然土壤和生意盎然的花園裡移植過來，無論如何，勢必會損傷它與生俱來的美麗詩意。」

因此，這本故事集流傳的價值之一，是作為導讀莎翁戲劇的入門書，讓人在故事中，擷取源自莎翁詩劇的文學風貌。

英國詩人彌爾頓曾為莎士比亞寫下詩句：

他善於用神聖的火焰，
重新把我們塑造得更好。

無論是否能把莎士比亞讚譽為人類有史以來最偉大的詩人、戲劇家，但他是一個最會在舞臺上講述故事的人。與他的「戲劇故事」終生相伴，人生也會因此美麗。

二〇一三年一月三十日

經典文學

莎士比亞戲劇故事集

Tales from Shakespeare

作　　者—查爾斯・蘭姆、瑪麗・蘭姆（Charles and Mary Lamb）
譯　　者—傅光明
發 行 人—王春申
總 編 輯—李進文
編輯指導—林明昌
主　　編—王育涵
校　　對—李婉慧
封面設計—吳郁婷

業務經理—陳英哲
行銷企劃—葉宜如
出版發行—臺灣商務印書館股份有限公司
23141 新北市新店區民權路 108-3 號 5 樓（同門市地址）
電話：(02)8667-3712　傳真：(02)8667-3709
讀者服務專線：0800056196
郵撥：0000165-1
E-mail：ecptw@cptw.com.tw
網路書店網址：www.cptw.com.tw
Facebook：facebook.com.tw/ecptw

圖片授權：Baldwin Library of Historical Children's Literature,
George A. Smathers Libraries, University of Florida, http://ufdc.ufl.edu

局版北市業字第 993 號
初版：2013 年 4 月
初版六刷：2018 年 6 月
定價：新台幣 300 元
法律顧問—何一芃律師事務所

莎士比亞戲劇故事集
查爾斯・蘭姆（Charles Lamb）
瑪麗・蘭姆著；傅光明譯
初版 . -- 新北市：臺灣商務出版發行
2013.04
面； 公分 . --（經典文學）
譯自：Tales from Shakespeare
ISBN 978-957-05-2773-5

1. 英國文學　2. 莎士比亞
873.4332
101024949

廣　告　回　信
板橋郵局登記證
板橋廣字第1011號

免　貼　郵　票

23141

新北市新店區民權路**108-3**號**5**樓

臺灣商務印書館股份有限公司　收

請對摺寄回，謝謝！

傳統現代　並翼而翔

Flying with the wings of tradtion and modernity.

讀者回函卡

感謝您對本館的支持，為加強對您的服務，請填妥此卡，免付郵資寄回，可隨時收到本館最新出版訊息，及享受各種優惠。

■ 姓名：______________________　　性別：□ 男　□ 女

■ 出生日期：________年________月________日

■ 職業：□學生　□公務(含軍警)□家管　□服務　□金融　□製造
　　　　□資訊　□大眾傳播　□自由業　□農漁牧　□退休　□其他

■ 學歷：□高中以下（含高中）□大專　□研究所（含以上）

■ 地址：
____
____

■ 電話：(H) ____________________ (O) ____________________

■ E-mail：______________________________________

■ 購買書名：____________________________________

■ 您從何處得知本書？

□網路　□DM廣告　□報紙廣告　□報紙專欄　□傳單
□書店　□親友介紹　□電視廣播　□雜誌廣告　□其他

■ 您喜歡閱讀哪一類別的書籍？

□哲學・宗教　□藝術・心靈　□人文・科普　□商業・投資
□社會・文化　□親子・學習　□生活・休閒　□醫學・養生
□文學・小說　□歷史・傳記

■ 您對本書的意見？（A/滿意　B/尚可　C/須改進）

內容 ____________編輯________校對________翻譯________
封面設計________價格________其他____________________

■ 您的建議：____________________________________

____

※ 歡迎您隨時至本館網路書店發表書評及留下任何意見

臺灣商務印書館　The Commercial Press, Ltd.

23141新北市新店區民權路108-3號5樓　電話：(02)8667-3712
讀者服務專線：0800-056196　傳真：(02)8667-3709
郵撥：0000165-1號　E-mail：ecptw@cptw.com.tw
網路書店網址：www.cptw.com.tw　網路書店臉書：facebook.com.tw/ecptwdoing
臉書：facebook.com.tw/ecptw　部落格：blog.yam.com/ecptw